Dieter Adam *Geh zum Teufel, mein Engel*

Zum Autor

Dieter Adam, Baujahr 1941, war bis zur seiner Kehlkopf-OP im Jahre 2014 ein bekannter hessischer Musiker, der mit seiner Gruppe Adam und die Micky's zahlreiche Schallplatten und CDs bespielt und besungen und mit seinem Lied "Die Runkelroiweroppmaschin" eine Art heimliche hessische Nationalhymne geschaffen hat.

Mit der Schriftstellerei begann er 1974, als er für das Frankfurter Volkstheater von Mama Hesselbach Liesel Christ das hessische Volksstück mit Musik "Das Herz von Frankfurt" schrieb. Danach über 100 Heftromane, Karnevalsbücher, Kurzgeschichten und etliche Ein- und Mehrakter für die Laienbühne, die aber auch von Profibühnen wie Peter Steiners Theaterstadl gespielt wurden und heute noch im Heimatkanal von Sky laufen.

Nachdem er mangels Stimme nicht mehr auf die Bühne kann, arbeitet Dieter Adam alte Manuskripte auf und veröffentlicht sie als "books on demand" in eigener Regie.

Dieter Adam

Geh zum Teufel, mein Engel

Ein heiterer Roman aus den 80er Jahren

Bibliografische Information der Deutschen
Nationalbibliothek:
Die Deutsche Nationalbibliothek verzeichnet diese
Produktion in der Deutschen Nationalbibliothek;
detaillierte bibliografische Daten sind im Internet über
www.dnb.de abrufbar

© **2016 Dieter Adam**

Herstellung und Verlag: BoD - Books on Demand
Norderstedt

ISBN: 9 783743 11565 1

Ouvertüre

Heute, an einem sonnigen Maitag im Jahre 2016, erwiesen wir meinem besten Freund die letzte Ehre. Tim Küppers ist gerade mal sechsundsiebzig Jahre alt geworden. Einfach eingeschlafen ist er; hat sich abends in sein Bett gelegt und ist am nächsten Morgen nicht mehr aufgewacht. Herzversagen, hat der Arzt festgestellt. Eigentlich ein sehr schöner Tod, den ich mir für mich auch wünsche, wenn es denn mal Zeit für mich ist zu gehen. Besser, als sich jahrelang mit irgendwelchen Krankheiten wie Krebs oder MS herumzuschlagen und vielleicht unerträgliche Schmerzen erleiden zu müssen. Stelle ich mir schlimm vor. Dann lieber wie mein Freund Tim abtreten; kurz und schmerzlos.

Dabei dürfte es ihm ziemlich wurscht gewesen sein, wann und wie er das Zeitliche segnet. Tim bekam seit etwa zwei Jahren nicht mehr mit, was mit ihm und um ihn herum geschah. Alzheimer. Erkannt hat er niemanden mehr von denen, die ihm mal etwas bedeutet hatten. Auch mich nicht. Es tat weh, diesen früher so intelligenten Menschen derart hilflos erleben zu müssen. Und keine Chance, dass sich das jemals wieder bessern würde.

Vor fünf oder sechs Jahren hatte es angefangen. Erste Symptome waren Gedächtnisstörungen und mangelnde Konzentration, wenn wir zusammen wieder mal einen Hit fabrizieren wollten. Das machte ihn aggressiv, wenn ihm partout kein Reim einfallen wollte. Wie oft gerieten wir uns deswegen in die Wolle. Er warf mir vor, ich wäre zu ungeduldig, schließlich könne er sich so etwas nicht aus dem Ärmel schütteln. Früher hatte er das gekonnt. Am Anfang gab ich ihm kontra, wenn er mich angriff, später machte es mich besorgt.

Meine Sorge war nicht unbegründet. Es wurde immer schlimmer mit Tim. Seine neue Frau Kerstin, die er nach der Scheidung von Claudia geheiratet hatte und dreißig Jahre jünger als er war, schleppte ihn schließlich zum Arzt. Dessen Diagnose bestätigte, was ich befürchtet hatte:

Tim litt an schnell fortschreitender Demenz. Eine Heilung war unter den gegebenen Umständen ausgeschlossen.

Vor drei Jahren schließlich kam er in ein Pflegeheim. Man kann nicht behaupten, dass es ihm dort schlecht ging. Im Gegenteil. Mir kam er immer recht fröhlich vor, wenn ich ihn besuchte. Wer ich war, wusste er natürlich nicht mehr. Er wusste ja nicht einmal mehr, wer ER war. Aber das schien ihn wenig zu bekümmern. Er lebte in einer anderen Welt - und das schien ihm irgendwie zu gefallen.

Und jetzt war er also von der großen Showbühne des Lebens abgetreten. Die Friedhofshalle von Heiligenstadt konnte kaum die vielen Menschen fassen, die ihm das letzte Geleit geben wollten. Viele bekannte Künstler, für die wir einst Hits geschrieben hatten, waren gekommen, Verleger, Fernsehproduzenten und -moderatoren, Politiker usw. usw. Ich kannte viele und musste unzählige Hände schütteln, als ich mit Pam, meiner Frau, erschien. Etliche weinten, manche lächelten verkrampft, alle zogen ernste Gesichter. Wieder war einer der ganz Großen der Musikbranche gegangen wie zuvor schon Udo Jürgens, James Last, Max Greger, Hugo Strasser und wie sie alle hießen.

Für Pam und mich hatte man in der ersten Reihe Plätze reserviert. Dort saßen wir zwischen Claudia, der Ex, und deren Tochter Sabine auf der einen Seite und Kerstin, der neuen Frau, auf der anderen. Alle drei tiefschwarz, aber sehr elegant gekleidet. Sie begrüßten uns mit einem stummen Kopfnicken, als wird uns zu ihnen gesellten. Untereinander würdigten sich die alte und die neue Dame Küppers keines Blickes.

Sabine, inzwischen auch schon siebenundvierzig und Mutter von drei erwachsenen Kindern, hatte ihren Mann Andreas mitgebracht, der an ihrer linken Seite hockte. Ihre Kinder hatten sich in der Reihe hinter uns bei meinen niedergelassen und tuschelten miteinander. Um was es ging, war leider nicht zu verstehen. Vermutlich um die neue Frau ihres Opas, die wieder jugendlich und schick wie aus einem Modejournal entstiegen aussah.

Claudia, mittlerweile über siebzig, hatte sich für ihr Alter noch recht gut gehalten. Gerüchten zufolge sollte sie etwas mit einem wesentlich jüngeren Maler haben. So ganz genau wusste ich das nicht. Seit ihre Ehe mit Tim vor etwa fünfzehn Jahren in die Brüche gegangen war, hatten wir kaum noch Kontakt zueinander. Was wohl dem Umstand zuzuschreiben war, dass ich damals nach wie vor eng mit Tim zusammengearbeitet hatte und wir demzufolge auch privat mit ihm und seiner neuen Frau Umgang pflegten.

Meine Pam rief Claudia zwar hin und wieder mal an, aber so eng wie früher einmal war ihr Vertrauensverhältnis zueinander nicht mehr. Wahrscheinlich befürchtete Claudia, dass wir, wenn sie meiner Frau zuviel verriet, es Tim brühwarm weiterzählen würden. Was wir niemals getan hätten. Denke ich mal. Für meine Holde hätte ich dafür allerdings nicht die Hand ins Feuer gelegt.

Und jetzt saß ich also an der Seite meiner Pam zwischen Claudia und Kerstin und starrte mit brennenden Augen auf den prächtigen, von zahlreichen Kränzen und Blumengebinden eingerahmten Sarg, in dem mein alter Freund Tim ruhte. Im Hintergrund lief leise die Trauermusik, die ich selbst auf Wunsch Kerstins für ihn zusammengestellt hatte und die viele Melodien beinhaltete, für die er irgendwann einmal den Text geschrieben hatte.

Gerade eben lief die gefühlvolle Ballade *ICH HABE SOLCHE SEHNSUCHT NACH DIR* aus unserem Musical *STROHWITWER,* das wir vor dreißig Jahren zusammen geschrieben hatten und einer unserer größten Erfolge geworden war. Ich musste lächeln, als ich daran dachte, unter welchen widrigen Umständen unser Erfolgsstück damals entstanden war. Unser beider Ehen wären dabei fast vor die Hunde gegangen. Ich schloss die Augen und dann liefen wie in einem alten Film die Erinnerungen an eine längst vergangene, aber trotzdem sehr schöne Zeit an meinem geistigen Auge vorbei...

1.

Ich saß, damals im Jahre 1986, am Flügel und komponierte. Außer *New York, New York, Spanish Eyes* und *Tanze mit mir in den Morgen* war mir bisher leider nichts eingefallen. Bedauerlicherweise waren diese Notenfolgen samt den dazugehörigen Akkorden aber schon vergeben. Andere hatten Millionen damit verdient; verdienten sie immer noch. Oder ihre Erben; denn Melodien sind geschützt. Bis siebzig Jahre nach dem Tod des Urhebers können Leute, die nie etwas mit der Entstehung von Kompositionen zu tun hatten und vielleicht nicht einmal Noten lesen können, abkassieren. So stand es im Urhebergesetz.

Ich hatte also keine Chance, meine Einfälle, die eigentlich gar nicht meine waren, zu verwenden. Die GEMA würde Protest einlegen. Da saßen offenbar Experten, die sich mit Melodien auskannten. Die hatten mir einmal nachgewiesen, dass mein Lied *Sag mir die Wahrheit* Note für Note mit dem Titel *Du sollst nicht lügen* übereinstimmte. Ich hatte diesen Song, als ich *Sag mir die Wahrheit* schrieb, nicht gekannt. Ehrenwort. Trotzdem glichen sich die beiden Kompositionen wie ein Ei dem anderen. Nur im Rhythmus hatten sie sich etwas unterschieden. Ich hatte mein Lied umkomponieren müssen. Nun hatte es wie das Kirchenlied *Maria breit' den Mantel aus* geklungen. Aber das war dann keinem mehr aufgefallen. Mit Kirchenliedern hatten die GEMA-Experten offenbar nicht viel am Hut.

Nun ja, es gibt eben nur sieben Töne plus Zwischentöne. Auch andere Komponisten - größere als ich - haben sich schon beklaut. Man muss manchmal nur etwas genauer hinhören, dann weiß man plötzlich, warum einem diese schöne Melodie so bekannt vorgekommen ist. Weil man sie längst von woanders kannte.

Ich komponierte gerade *Mack The Knife* neu nach der alten Melodie, als die Tür zu meinem Arbeitszimmer aufgerissen wurde und Pam, mein mir vor Gott und der Welt angetrautes weibliches Wesen, ins Zimmer stürmte.

"Ihr beabsichtigt also, ein neues Musical zu schreiben?", plärrte sie mich ohne lange Vorrede an und rümpfte ihre süße, kleine Stupsnase. "Dies bedeutet mit anderen Worten, dass ich für mindestens ein halbes Jahr keinen Mann haben werde; dass mein innigstgeliebter Göttergatte vom frühen Morgen bis in die späte Nacht mit seinem Freund Tim Küppers zusammensitzen und blödsinnige Gags aushecken wird; dass es für mich und meine Familie weder Sonn- noch Feiertage geben wird; dass mein keuscher Körper sich umsonst nach Liebe sehnt, weil mein Herzallerliebster nachts viel zu müde sein wird, um sein Weibchen in die Arme zu nehmen und das zu tun, was als Ehemann seine Pflicht wäre. Von der Kür ganz zu schweigen. Mit einem Satz: Ein Scheißleben!"

Wenn sie solche ordinären Wörter benutzte, wurde es ernst; denn unter normalen Umständen befleißigte sie sich nie einer solchen Ausdrucksweise. Das ließ ihre gute Erziehung nicht zu. Jetzt aber...! Ich sah Gewitterwolken an unserem Ehehimmel aufziehen; dicke, düstere Gewitterwolken. Und das alles nur, weil ich ein bisschen Geld verdienen wollte. Verstehe einer die Weiber!

Oder führte sie am Ende etwas im Schilde? Gehörte

ihre Aggressivität zu einer Art Taktik, mir Gewissensbisse einzujagen, um dann mit etwas ganz anderem herauszurücken? Eventuell mit der Forderung nach dem süßen Kleidchen, das sie bei *Chantal* in Frankfurt im Schaufenster hatte hängen sehen? Oder die Halskette, deren *lächerlicher* Preis bei mir Schwindelanfälle auslöste? Es wäre nicht das erste Mal gewesen, dass sie auf diese Weise vorging.

Bei mir begannen Alarmglocken zu schrillen; Sirenen wie kurz vor einem Atomangriff aus Liechtenstein..

Pam hatte ihre kleinen Hände, die so ungemein zärtlich sein konnten, in die Hüften gestemmt und funkelte mich mit ihren giftgrünen Augen an wie eine griechische Rachegöttin. Ihr hübsches Gesicht hatte sich hässlich verzogen und erinnerte mich irgendwie an die afrikanische Maske, die wir von unserem letzten Urlaub in Ostafrika mitgebracht hatten.

Diesen Urlaub hätten wir uns eigentlich gar nicht leisten können, weil Ebbe in unserer Kasse herrschte. Ich hatte ihn trotzdem genehmigt, weil ich eine liebenswerte Bank hatte, die Überziehungen des Girokontos gegen gute Zinsen großzügig erlaubte und ja auch noch die Erbschaft von Tante Adelheid, die etwa achtzig sein musste, ins Haus stand. Leider - nein, nicht leider, sondern Gott sei Dank - war diese Dame immer noch sehr rüstig und wenn ihr nicht ein Hohlblockstein auf den Kopf fiel, würden wir auf ihr Ableben noch lange warten müssen. Ich gönnte es ihr von Herzen. Trotz Ebbe in der Kasse. Und vielleicht erbten wir auch gar nichts von ihr, weil es noch etliche andere gab, die ebenfalls hungrig auf ihre Hinterlassenschaft waren. Tante Adelheid schied also vorerst in meiner Finanzplanung aus.

"Wir brauchen aber unbedingt wieder mal Geld",

brachte ich die Sache verzagt auf den Punkt. "Die Tantiemen für unser letztes Stück fließen immer spärlicher. Einen Hit habe ich momentan auch nicht. Also wird es höchste Zeit, dass wir wieder etwas Neues bringen. Du weißt, wie es in unserer Branche ist: So schnell, wie man oben ist, ist man auch wieder unten."

Pam musterte mich kühl vom Scheitel bis zur Sohle und ließ sich mir gegenüber in einem Sessel nieder. Sie nahm mit spitzen Fingern eine Zigarette aus der goldenen Dose, die auf dem niederen Couchtisch stand, zündete sie an und blies den Rauch in kleinen Kringeln an die frisch tapezierte Decke.

In ihrem Zorn wirkte sie noch hübscher als sonst. Und wütend war sie jetzt ohne Zweifel. Zumindest tat sie so. Ich wartete jeden Moment darauf, dass sich ihre blonde Kurzhaarfrisur wie das Fell einer Katze, die Probleme mit einem Hund hat, aufrichtete.

Pam, die eigentlich Pamela hieß, aber von keinem je so genannt worden war, war mit ihren einunddreißig Jahren immer noch ein verdammt hübsches Weibchen. Wobei *immer noch* eigentlich eine Frechheit war; denn mit dreißig fing das Leben für eine Frau doch gerade erst so richtig an, habe ich mir sagen lassen Und endete heutzutage auch mit vierzig oder fünfzig noch lange nicht.

"Doch", dachte ich und musterte meine bessere Hälfte verstohlen. "Man kann als ihr angetrauter Ehemann unbedingt stolz auf dieses Prachtstück von einem Weib sein. Ihre Figur" - ich schnalzte in Gedanken lustvoll mit der Zunge - "einfach hinreißend: Ihre beachtliche Oberweite, stramm und griffig, die schmale Taille, der süße Po, die schlanken, langen Beine und so weiter... und so weiter...! Ein weibliches Wesen wie aus dem Bilderbuch. An dieser Tatsache haben auch unsere beiden Kinder nichts geändert, die wir zusammen fabriziert haben."

Haben Sie's gemerkt? Ich war immer noch verliebt in meine Frau. Ehrlich. Verliebt wie am ersten Tag - und das war schon eine ganze Weile her. Dreizehn Jahre. Dreizehn herrliche, abwechslungsreiche Jahre, in denen allerdings manchmal auch verschiedene Blumenvasen geflogen waren. Gott sei Dank haben sie nicht immer getroffen. Mein Weibchen zielte zum Glück schlecht.

Auch jetzt schaute ich mich wieder ängstlich um, ob nicht irgendwo in ihrer Nähe ein Wurfgeschoß herumstand, das sie mir an meinen Künstlerkopf werfen konnte. Ich musste unbedingt auf die kostbare Meißener Porzellanfigur achten, die ich irgendwann einmal als Anerkennung für irgend etwas erhalten hatte. Sie gehörte neben etlichen Platin- und Goldschallplatten zu den Prunkstücken meiner diversen Auszeichnungen, die ich in meinem Arbeitszimmer aufgereiht hatte. Pams Hand trommelte in gefährlicher Nähe dieser Kostbarkeit auf dem Tisch herum. Und wenn sie trommelte...! Ich kannte das.

"Die Tantiemen fließen also spärlicher?", fragte sie mit einem maliziösen Lächeln.

Ich nickte.

Obwohl sie mehr als einen Kopf kleiner war als ich und auch gewichtsmäßig nur knapp die Hälfte von mir auf die Waage brachte, kam ich mir in diesem Augenblick klein und unscheinbar wie ein Däumling vor. Madame hatten geruht, die Hosen anzuziehen. Das Gegenteil wäre mir lieber gewesen!

"Hättest du einen ordentlichen Beruf gelernt", fauchte sie, "könntest du jeden Monat dein geregeltes Gehalt in Empfang nehmen. Und wir müssten nicht immer zitternd warten, ob eines deiner Stücke angenommen wird oder nicht."

"Es ging uns doch bis jetzt gar nicht so schlecht", warf ich schüchtern ein. "Ich hatte einige große Erfolge. Denk nur an die *Königin von Saba*! Davon haben wir uns unser Haus hier in Mainstetten gebaut. Ganz zu schweigen von meinen Schlagern. In jeder Hitparade sind sie zu..."

"Waren sie", unterbrach mich Pam gehässig.

"...zu finden", ergänzte ich meinen begonnenen Satz verdrießlich und fuhr fort: "Na schön, momentan läuft es nicht so gut. Der Geschmack der Leute hat sich geändert. Aber irgendwann kommt meine Zeit wieder. Verlass dich drauf."

"Mag sein", räumte Pam ein und schlug aufreizend ihre hübschen Beine übereinander. "Trotzdem stinkt es mir gewaltig, oft wochenlang auf meinen Mann verzichten zu müssen. Ich bin noch relativ jung und sehne mich hin und wieder nach etwas Liebe. Du verstehst, was ich meine?"

Ich verstand, was sie meinte. Aber sie übertrieb schamlos, fand ich. Sooo schlimm, wie sie tat, war es nun auch wieder nicht mit mir.

Na ja - vielleicht doch?

Wenn ich eine Idee im Kopf hatte, konnte es passieren, dass ich mich in meinem Kellerstudio vergrub und jeden Kontakt zur Außenwelt abbrach. Zu den Essenszeiten war ich geistesabwesend und dirigierte in Gedanken ein großes Orchester, das mein neues Werk aufführen sollte. Ich sprach kaum ein Wort, stocherte lustlos im Essen herum und gab auf Fragen ausweichende Antworten. Wenn überhaupt; denn zugehört hatte ich natürlich nicht.

War meine Idee dann aber zu Papier gebracht und

als Demoaufnahme im Kasten, wurde ich wieder zum treusorgenden Familienvater und fleißigen Liebhaber, der sein Weibchen - so schien es jedenfalls - immer auf die Gipfel der höchsten Lust führte.

"Ich habe übrigens schon mit Claudia gesprochen", verkündete Pam. "Sie ist derselben Meinung wie ich."

Claudia war Tim Küppers Eheweib und - wenn auch über zehn Jahre älter - die beste Freundin meiner Göttergattin. Kein Wunder also, dass sie einer Meinung waren. Wenn es gegen uns Männer ging, waren sie das grundsätzlich immer. Frauen können Biester sein. Nennt mir einen Mann, der dies nicht irgendwie bestätigen könnte!

"Wir haben beschlossen", fuhr Pam fort, "euch nicht bei eurer Arbeit zu stören."

"Das finde ich aber sehr nett und rücksichtsvoll von euch", entgegnete ich erfreut. Ich hätte es besser nicht sagen sollen!

"Genau das dachten wir uns auch", lächelte Pam boshaft. "Deshalb haben Claudia und ich beschlossen, in der Zeit, in der ihr euer neues Musical schreibt, uns ein wenig die Welt anzusehen. Ich hoffe, du hast nichts dagegen?"

Sie schaute mich derart unschuldig an, dass es mir eiskalt den Rücken hinunterlief. Frauen können nicht nur Biester, sie können Teufel sein!

"Ihr... ihr wollt euch... die Welt anschauen?", stotterte ich.

Pam nickte huldvoll.

"Und... und wer soll das bezahlen?"

Als Karnevalsschlager war diese Zeile nach dem großen Krieg ein Riesenhit gewesen und längst zum Evergreen geworden. Leider war sie nicht auf meinem

Mist gewachsen. Als nüchterne Feststellung wie jetzt stammte sie dagegen von mir. Und es wurde kein Hit. Im Gegenteil.

Pam drückte ihre Zigarette im Aschenbecher aus, strich sich über ihren blonden Wuschelkopf und verschränkte die Arme vor der Brust: Die typische Kampfstellung meiner besseren Hälfte.

"Wie du weißt, habe ich von meiner Tante Frieda - Gott hab sie selig - ein paar Mark geerbt. Sie liegen nutzlos auf meinem Sparkonto herum - und das bei den momentanen Zinsen. Zwei Prozent oder so. Ich dachte mir, man könnte diese Floppen besser verwenden. Was dagegen?"

Natürlich hatte ich etwas dagegen; so ziemlich alles hatte ich dagegen. Trotzdem schüttelte ich, missmutig zwar, aber immerhin, meinen blonden Künstlerkopf.

"Wie lieb von dir", sagte sie und lächelte mich dankbar an.

"Und was wird aus den Kindern?", erkundigte ich mich.

Pam winkte ab. "Es wäre viel zu anstrengend für sie, sie auf einer Weltreise mitzuschleppen. Unverantwortlich wäre das sogar. Nein, mein Gutester, die Kinder bleiben selbstverständlich hier. Schließlich sind es ja auch deine, nicht wahr? Sie werden dich bei deiner Arbeit nicht stören. Julia besucht morgens die Schule, nachmittags macht sie ihre Hausaufgaben, und dann geht sie zu Freundinnen spielen."

"Und was ist mit Jan? Er ist gerade zwei Jahre alt und immer noch nicht stubenrein."

"Das machst du doch mit links", entgegnete Pam. "Jan ist für sein Alter schon ziemlich selbständig. Zumal er bald drei wird."

"Aber er scheißt immer noch in die Windeln", warf

ich grob dazwischen.

"Na und?", machte Pam gleichgültig. "Dann wechselst du sie eben. Gibt es da ein Problem?"

Sie schaute mich kampfeslustig an. Ich schob vorsichtig die kostbare Porzellanfigur aus ihrer Reichweite. Ansonsten zog ich es vor, zu schweigen.

"Na?", versuchte sie mich aufzumuntern.

"Was ist, wenn ich nein sage?"

Pam lachte glockenhell. "Dann fahre ich trotzdem. Ich habe übrigens schon die Tickets."

Ich fühlte, wie ich nervös wurde. Mit zitternden Händen fingerte ich mir eine Zigarette aus der goldenen Dose und steckte sie in den Mund.

"Sie ist verkehrt herum", grinste Pam.

Ich sah sie verständnislos an.

"Die Zigarette", klärte sie mich auf.

Ich hatte sie mit dem Filter nach vorn in den Mund geschoben. Missmutig drehte ich sie um und zündete sie an. Sie schmeckte mir überhaupt nicht. Außerdem rauche ich normalerweise so gut wie nie. Nur jetzt. Zur Beruhigung meiner überstrapazierten Nerven.

Es war sinnlos. Die Nerven blieben überstrapaziert.

"Wie stellst du dir das alles vor?", fragte ich schwach.

"Herrlich!", rief Pam und faltete mit einem verzückten Augenaufschlag die Hände. "Wundervoll!"

Ich hätte ihr an die Kehle springen mögen.

"Für dich - ja!", sagte ich mit verkniffenem Gesicht. "Meine Frau reist monatelang allein in der Weltgeschichte herum, ist tausenderlei Gefahren ausgesetzt, lernt andere Männer kennen, die nur darauf lauern, sie mit süßlichen Worten aufs Kreuz zu legen..."

"Mein Männe ist wohl eifersüchtig?", fiel sie mir lachend ins Wort.

Ich knirschte mit den Zähnen und hatte den Filter der Zigarette im Mund. Wütend spuckte ich ihn in den Aschenbecher und drückte den Glimmstängel aus.

"Eifersüchtig?" Ich lachte höhnisch. "Dieses Wort kenne ich nicht."

"Ach ja?"

"Ich meine ja nur... und so", sagte ich und kam mir unheimlich blöd dabei vor. Ihr offenbar auch.

"Ich bleibe dir schon treu", versprach sie mit einem zu Herzen gehenden Augenaufschlag. "Außerdem ist Claudia dabei; sozusagen als Anstandswauwau!"

"Das ist gerade die Richtige", brummte ich.

Sie war es wirklich! Der gute Tim hatte sich längst damit abgefunden, dass seine Frau hin und wieder mal mit einem anderen flirtete. Und nicht nur das!

Auch mit mir hatte sie es schon versucht. Ich war standhaft geblieben. Auch wenn es schwer gefallen war. Ich habe eben meine Prinzipien! Niemals mit der Frau eines Freundes! Und überhaupt...!

"Claudia ist in Ordnung", holte Pam mich wieder in die Realität zurück. "Außerdem nehmen wir beide die Pille!"

Das wiederum beruhigte mich ungemein!

Scheißweiber!

"Tim wird übrigens während der Zeit unserer Abwesenheit zu dir ins Haus ziehen", fuhr Pam fort. "Platz genug haben wir ja. Dann kann Sabine gleich ein bisschen nach den beiden Kleinen sehen."

Sabine war Tims siebzehnjährige Tochter. Ein bildhübsches Ding im gefährlichen Alter. Gefährlich für alle Männer im Rhein-Main-Gebiet und den umliegenden Ortschaften. Sie schlug genau ihrer Frau Mama nach. Auch sie hatte es schon bei mir versucht.

Schwamm drüber. Ich hatte, wie gesagt, meine Prinzipien. Auch die siebzehnjährigen Töchter meiner Freunde fielen darunter.

Und nun sollte sie...!

"Das kann ja heiter werden", dachte ich. "Heiter in ganz dicken Anführungsstrichen!"

"Weiß Tim schon davon?", erkundigte ich mich erschlagen.

Pam nickte. "Claudia teilt es ihm in diesem Augenblick gerade mit."

"Ich rufe ihn gleich mal an."

"Tu das", erklärte Pam sich einverstanden.

Mit hängenden Schultern schleppte ich mich zum Telefon und wählte Tims Nummer. Es dauerte eine Weile, dann meldete er sich. Ich hörte am Tonfall seiner Stimme, dass er mittlerweile ebenfalls Bescheid wusste.

"Was meinst du dazu?", fragte ich ihn.

"Das sage ich dir lieber, wenn wir allein sind", antwortete Tim düster. "Feind hört nämlich mit."

"Ich stelle fest, dass wir beide unheimlich mutig sind", sagte ich. "Anstatt auf den Tisch zu hauen, wie uns das zustünde, lassen wir uns einmachen wie Fallobst. Was sind wir nur für Männer?"

"Ganz normale", befand Tim verstimmt. "Oder glaubst du, anderen geht es besser? Der Mann ist von Natur aus eine arme Sau. Wir bilden uns zwar ein, der Herr im Haus zu sein, doch gemacht wird immer, was die Frau sagt."

"Wie wahr, wie wahr!", hörte ich Claudias liebliche Stimme im Hintergrund. Sie triefte vor Hohn.

"Du bist also damit einverstanden, dass unsere Frauen diese gottverdammte Weltreise machen?", fragte ich in der Hoffnung, er würde vielleicht die Traute haben, zu widersprechen.

Er hatte sie nicht!

"Es bleibt uns gar nichts anderes übrig, als zuzustimmen", meinte er. "Sollen sie doch abhauen! Ich halte sie nicht!"

"Danke, das wollte ich nur wissen", grummelte ich. "Mach's gut, Tim. Wir sehen uns dann ja bald."

"Mach's gut, Tobias. Bis bald."

Wir legten auf, und ich ging zu Pam zurück, die mir erwartungsfroh entgegenschaute.

"Es ist in Ordnung", hörte ich mich sagen. "Ihr könnt die Reise antreten."

"Du bist so lieb zu mir!", rief Pam enthusiastisch, erhob sich und fiel mir um den Hals. "Du bist so herzensgut! Das werde ich dir niemals vergessen. Ich schreibe dir auch jede Woche eine Karte. Das verspreche ich dir."

"Übertreibe bitte nicht", brummte ich verdrossen. "Jede Woche eine Karte - das wird teuer."

"Für dich ist mir nichts zu teuer", behauptete sie scheinheilig. "Ich pack dann gleich mal die Koffer. Mir bleibt nicht mehr viel Zeit bis morgen früh."

"Morgen früh?" Ich hob entsetzt die Augenbrauen. "Soll das heißen, dass ihr schon morgen früh abhauen wollt?"

"Aber ja. Hatte ich dir das noch nicht erzählt?"

Sie hatte nicht, da war ich mir ganz sicher. Bevor ich noch einen Einwand anbringen konnte, war sie aus dem Zimmer geeilt. Nachdenklich steckte ich mir eine Zigarette an. Diesmal an der richtigen Stelle. Sie schmeckte mir trotzdem nicht. Weil ich ja eigentlich nie rauche. Jetzt brauchte ich das aber, denn Rauchen sollte angeblich die Nerven beruhigen. Für meine Nerven hätte ich allerdings zum Kettenraucher werden müssen.

♥

"Jan hat die Hosen voll", hörte ich meine Tochter Julia sagen, die mit ihrem kleinen Bruder auf leisen Sohlen ins Zimmer getreten war. "Mami meint, du sollst ihn trockenlegen. Sie hat nämlich keine Zeit."

Ich liebe meine Kinder abgöttisch. Wirklich. In diesem Augenblick hätte ich sie umbringen mögen, die beiden Süßen, Lieben. Eiskalt. Und meine Göttergattin mit.

"Papa duckt bös", stellte mein Sohn Jan fest und schob sich näher an mich heran. Linde Lüfte begannen mich zu umwehen. Es war wirklich höchste Zeit für den kleinen Hosenscheißer. Allerhöchste.

"Jan hat deschisst", erklärte der Kleine und schaute mich schief von der Seite an.

"Das ist nicht zu überriechen", erwiderte ich missmutig. "Wir haben ja auch keine Toilette, nicht wahr?"

Jan verzog weinerlich sein Gesicht. Gleich würde er losbrüllen. Er verstand das vorzüglich. Der geborene Schauspieler. Ging etwas nicht nach seinem Kopf, legte er los. Ein gelehriger Schüler seiner Mutter.

"Na, dann komm mal mit, du Held", forderte ich ihn, um mir sein Geplärre zu ersparen, schnell auf und nahm ihn bei der Hand. Nun guckte er wieder zufrieden aus der Wäsche, der kleine Halunke. Wie seine Mami, wenn sie erreicht hatte, was sie wollte. Keine Viertelstunde war es her, seit sie ähnlich reagiert hatte. Womit hatte ich das bloß verdient?

Ich brachte ihn ins Kinderzimmer und deponierte ihn auf der Wickelkommode. Julia, mein achtjähriges Töchterchen, blond wie ihre Mutter und ihr auch sonst recht ähnlich, beobachtete jeden meiner Handgriffe. Wehe, ich würde etwas falsch machen! Sie würde es sofort an höherer Stelle vermelden, das kleine Biest.

Ich tat mein Möglichstes. Wenig später trotteten meine beiden Ableger zufrieden von dannen. Jan duftete wieder wie eine Rose. Ich atmete auf, wusch mir gründlich die Hände und begab mich zurück in mein Arbeitszimmer.

♥

Der Rest des Tages verlief ziemlich eintönig für mich. Meine Göttergattin packte ihre Siebensachen zusammen, meine Kinder spielten im Garten und ich langweilte mich. Zu komponieren versuchte ich erst gar nicht mehr. Es fiel mir eh nichts ein. Und unter den gegebenen Umständen schon mal gar nicht.

Um mich abzulenken, beschäftigte ich mich mit Tims neuestem Buch, dessen Erstdruck er mir freundlicherweise überlassen hatte. Es war sinnlos. Die Buchstaben begannen vor meinen Augen zu tanzen, wurden zu geilen Männern, die meine Holde umschwärmten wie Motten das Licht und ihr auf eindeutig zweideutige Weise den Hof machten.

Dabei konnte ich mir doch wirklich ziemlich sicher sein, dass sie mir treu blieb! Sie hatte mich noch nie betrogen. Selbst dann nicht, als wir uns in der stürmischen Anfangszeit unserer Ehe mal für eine Weile getrennt hatten.

Aber was war jetzt, nach so vielen Jahren Ehe, wo die Liebe - und das war nicht zu leugnen - so langsam aber sicher zur Gewohnheit zu verflachen drohte?

„Was ich nicht weiß, macht mich nicht heiß", dachte ich. „Soll sie doch ruhig herumvögeln, wenn ihr danach zumute ist. Soll sie sich halt von der halben Welt aufs Kreuz legen lassen. Meinetwegen auch von der ganzen. Ich bin schließlich auch kein Kind von Traurigkeit. Bin es nie gewesen."

"Würdest du dich freundlicherweise um das Abendessen kümmern?", fragte die, die ich soeben in Gedanken verflucht hatte, und setzte sich mit unschuldsvoller Miene auf meinen Schoß. "Ich bin noch nicht ganz fertig. Ich verspreche dir aber, dass wir später noch gebührend Abschied feiern werden."

Als sie mich hinter den Ohren kraulte und mich verspielt auf deren Läppchen küsste, war ich bereit, ihr alles zu vergeben. Hoffentlich kraulte sie während ihrer Weltreise keine anderen Männer hinter den Ohren! Sie beherrschte diese Kunst vortrefflich und hatte damit schon so manchen Streit im Keim erstickt.

Ich nickte.

Husch, war sie wieder aus dem Zimmer. Ich kam nicht einmal dazu, ihr ihre Zärtlichkeiten auf irgendeine Weise zu vergelten. Also erhob ich mich seufzend und trottete in die Küche.

"Würdest du, während ich bade, die Kinder ins Bett bringen?", bat sie mich nach dem Abendessen und lächelte verführerisch. Was blieb mir anderes übrig? Ich fügte mich wenig begeistert.

Ich legte Jan, der schon wieder ein größeres Geschäft in den Windeln hatte, noch einmal trocken, knöpfte Julia das Nachtgewand zu und begleitete die beiden Lieben zu ihren Betten.

Pam huschte noch einmal, nur mit BH und Slip bekleidet, ins Kinderzimmer, küsste die Kleinen und strich ihnen die Bettdecke glatt.

"Seid schön lieb zu Papi", ermahnte sie unsere Ableger. "Ich will keine Klagen hören. Du, Julchen, bist alt genug. Du wirst dem Papi im Haushalt helfen. Das tust du doch, nicht wahr?"

Julia nickte und schaute sie verständnislos an. "Gehst du denn fort, Mami?", erkundigte sie sich bekümmert.

"Ja, mein Liebling. Ich gondele ein wenig mit Tante Claudia in der Weltgeschichte herum. Aber ich komme bald wieder. Ihr schafft das schon mal für eine Weile allein. Ich weiß doch, dass ich mich auf euch verlassen kann. Außerdem wird euch Sabine ein bisschen zur Hand gehen. Sie und Onkel Tim ziehen nämlich während meiner Abwesenheit zu euch ins Haus. Es kann also gar nichts passieren."

„Hast du eine Ahnung", dachte ich.

Pam streichelte den beiden Kleinen noch einmal zärtlich über ihre blonden Wuschelköpfe und huschte zurück ins Bad, wo ich sie kurz darauf in den hellsten Tönen singen hörte.

"Einmal um die ganze Welt!", intonierte sie Karel Gotts Hit in einer Art und Weise, dass ihn der Sänger selbst vermutlich nicht wiedererkannt hätte.

Pam war sehr unmusikalisch. Das hatte mich bisher nie gestört. Heute ging sie mir mit ihrem disharmonischen Geröhre gewaltig auf den Wecker. Schade, dass sie kein Radio war. Radios haben Knöpfe zum Abdrehen. Sie nicht.

Mürrisch vor mich hin brummelnd ging ich zurück ins Wohnzimmer, legte eine Platte auf den Player und stülpte mir die Kopfhörer über die Ohren. Pams Badewannengesänge gingen unter in Gershwins *Rhapsodie In Blue*. Ich schloss genussvoll die Augen und begann zu träumen..

Dreizehn Jahre wurden es im nächsten Monat, dass ich meine Herzallerliebste kannte. Als wir uns zum ersten Mal trafen, war ich ein relativ unbekannter Musiker von zwanzig Jahren gewesen, der sich damit seine Brötchen verdiente, indem er mit seiner Band für andere Leute zum Tanz aufspielte. Da dies meist nur an den Wochenenden geschah, half ich nebenbei einem Onkel, der einen Getränkegroßhandel betrieb, bei der Auslieferung von Bier-, Wasser-. Limo- und Colakästen. Und ich schrieb meine ersten Kompositionen, die ich diversen Verlagen anbot. Merkwürdigerweise wollte sie keiner haben. Sie kamen mit schöner Regelmäßigkeit zurück.

"Leider sehen wir momentan keine Möglichkeit...," schrieben sie mir. Oder: "...ist unser Verlagsprogramm schon auf lange Zeit festgelegt... wünschen wir Ihnen an anderer Stelle mehr Erfolg... Blablabla!"

Meine Eltern hatten einen Arzt, einen Rechtsverdreher oder zumindest einen Bankmenschen aus mir machen wollen. Mit Engelszungen hatten sie auf mich eingeredet. Musiker wäre doch kein Beruf, hatten sie gemeint. In früheren Zeiten hätten die Leute ihre Wäsche abgehängt und die Haustüren verrammelt, wenn Musikanten durch das Dorf gezogen wären.

Ich wurde dennoch einer. Bekannt und berühmt wollte ich werden. Ein zweiter Bernstein, Gershwin oder James Last. Mindestens.

Es sollte einige Zeit vergehen, bis ich die ersten Rosinen aus dem großen Kuchen des Musikgeschäftes picken durfte. Viel Zeit. Bis es soweit war, tingelte ich eben auf zweitklassigen Bühnen herum. Doch ich verdiente nicht schlecht dabei. So waren auch meine Eltern einigermaßen zufrieden.

Es war an einem Freitag, dem dreizehnten. Dieses Datum hätte mich eigentlich stutzig machen müssen; stutzig und vorsichtig. Ich wurde weder das eine noch das andere.

Wir spielten in einem kleinen Ort in der Nähe Frankfurts. Die Turnhalle, in der der hiesige Kaninchenzuchtverein seinen Jubiläumsball veranstaltete, war überfüllt. Die Besucher schoben und drängelten sich auf der Tanzfläche herum und versuchten, ihre Füße wieder einigermaßen unbeschadet zum Platz zurückzubringen. Falls sie das Glück hatten, überhaupt einen Platz ergattert zu haben.

Wir waren heute groß in Form. Die Leute waren hin und her gerissen von unserer flotten Musik und spendeten begeistert Applaus. Manchmal auch eine Runde Bier oder Schnaps. Es tat unserem Ego gewaltig gut, so gefeiert zu werden, und stachelte uns an, noch besser zu spielen. Die Masse im Saal tobte. Wir fühlten uns fast ein wenig wie Stars. Dabei waren wir nur ganz kleine Lichter, hatten bis jetzt nicht einmal eine eigene Platte herausgebracht und waren auch noch nie im Fernsehen aufgetreten.

Unmittelbar vor der Bühne saß ein bildhübsches blondes Mädchen mit einer traumhaften Figur. Die jungen Burschen rissen sich förmlich um sie, doch sie tanzte nur selten. Stattdessen lauschte sie unserer Musik, nuckelte hin und wieder an ihrer Cola und schien sich köstlich über einen der Musiker zu amüsieren, der ständig versuchte, in Blickkontakt mit ihr zu treten. Ab und blinzelte er ihr sogar zu. Dann drehte sie demonstrativ den Kopf zur Seite und tat so, als würde sie das alles nicht sonderlich interessieren.

„Entweder ist sie etwas bescheuert oder schüchtern", dachte ich, der jener blinzelnde Musiker war. „Lohnt es sich, das herauszufinden? Oder soll ich vielleicht in einer andere Richtung blinzeln?" Dort versprachen verheißungsvolle Blicke nämlich mehr Erfolg.

Aber nein!

Ich fand es, zumindest heute Abend, wesentlich reizvoller, eine uneinnehmbar scheinende Festung zu erobern statt eine Burg, die sich längst ergeben hatte, zu stürmen.

In einer Pause setzte ich mich einfach zu ihr und sprach sie an. Der Erfolg? Sie gab mir ein paar patzige Antworten und ließ mich spüren, wie lästig ich ihr war.

Ich gab nicht auf und ließ im weiteren Verlauf des Abends meinen Charme gebündelt auf sie los. Nach und nach wurde sie etwas zugänglicher. Ich durfte sie sogar nach Hause bringen, als Feierabend war. Das war aber dann auch schon alles!

Als ich Anstalten machte, in einen verschwiegenen Waldweg einzubiegen, protestierte sie heftig und machte mir klar, dass sie, sollte ich anhalten, sofort aus meinem alten VW springen und um Hilfe schreien würde. Zerknirscht riss ich das Steuer herum und fuhr auf die Straße zurück.

Mistkram!

Bis jetzt waren mir die Weiber immer scharenweise zugeflogen. Wie Schmeißfliegen hatten sie mich umschwärmt und mir großzügig das offeriert, von dem Männer so gerne naschen. Und jetzt diese Pleite!

"Wie heißt du überhaupt?", fragte ich sie, um überhaupt etwas zu sagen.

"Ich heiße Pamela", antwortete sie schnippisch. "Pamela Seliger."

Dann schwiegen wir uns wieder an, bis wir vor dem Haus ihrer Eltern standen. Dort sagte sie *Vielen Dank* und *Gute Nacht* und sprang aus meinem Wagen. Bevor sie ins Haus schlüpfte, winkte sie mir noch einmal zu. Und lächelte spöttisch. Verflixtes Luder!

Wie ein begossener Pudel fuhr ich nach Hause, legte mich ins Bett und träumte mit offenen Augen von ihr. Feuchte Träume. Es war früher Morgen, bis ich endlich Schlaf fand. Doch selbst da ließ mich ihr Bild nicht los. Es hatte mich voll erwischt. Ich war verliebt bis über beide Ohren. Verliebt wie die großen Leute.

Am nächsten Tag rief ich sie an und fragte, ob ich sie wiedersehen dürfte.

"Warum?", gab sie zurück. Sonst nichts. Nur: "Warum?"

Ich wurde verlegen und stotterte wirres Zeug in den Telefonhörer; dummes, nichts sagendes Gesülze. Sie kicherte albern, und ich ärgerte mich fürchterlich. Ich hätte auflegen sollen, tat es aber nicht. Nach langem Hin und Her gewährte sie mir dann endlich eine Audienz für den kommenden Sonntagnachmittag. Ich war der glücklichste Mensch dieser Erde.

Es dauerte fast ein Jahr, bis ich sie endlich davon überzeugt hatte, dass ich und nur ich allein der einzig Richtige für sie war. Mit Händen und Füßen wehrte sie sich dagegen, dies endlich einzusehen.

Sie wolle keinen Musiker heiraten, meinte sie störrisch. Ihre Mutter habe sie eindringlich davor gewarnt. Musiker wären untreu, versoffen und arbeitsscheu. Außerdem wäre sie noch viel zu jung, um überhaupt an so etwas zu denken, hätte ihre Mutter gesagt. Dabei war sie immerhin schon achtzehn. Die Tochter, nicht die Mutter. Ich mochte meine Schwiegermutter von Anfang an nicht. Daran hat sich bis heute kaum etwas geändert.

Schließlich hatte ich Pam soweit, dass sie sich mit mir verlobte. Meine Eltern waren mit meiner Wahl einverstanden, ihre nicht. So verlief die Verlobungsfeier denn auch recht frostig. Erst, als die beiden Väter gehörig dem ausgezeichneten Wein zugesprochen hatten, wurde es etwas lustiger. Aber da musste Pams Vater nach Hause. Schwiegermutter hatte die Hosen an. Das hätte mich warnen sollen; denn wie heißt es in jenem bekannten Lied?

"Bevor du heiratst, betracht se dir genau: Denn wie die Schwiegermutter wird später mal die Frau."

Wie wahr! Aber ich war viel zu verliebt, um an dieses Lied zu denken. Und ganz so schlimm wie ihre Frau Mama ist Pam ja auch nicht. Noch nicht. Kann aber mit fortschreitendem Alter durchaus noch werden. Weiß man's?

Bis zur Verlobung hatte es, abgesehen von ein paar harmlosen Küssen, nichts zwischen uns gegeben. Nicht mal anfassen hatte ich sie dürfen, geschweige denn...! Nix mit *Petting statt Pershing* Geschweige denn *make love, not war.*

"Du musst warten können", knurrte sie bissig, wenn ich davon anfing. "Ich geh doch nicht mit jedem x-beliebigen Mann ins Bett."

Genau das sagte sie auch noch einen Tag vor unserer Verlobung. Einen Tag nach der Verlobung lernte ich einen Vulkan kennen. Ich hatte mich immer für einen guten Liebhaber gehalten. Sie war eine Klasse besser. Dabei hatte sie vorher nie etwas mit einem Mann gehabt. Ich kann es beschwören. Sie war einfach ein Naturtalent.

Wir waren im Kino gewesen. Dort durfte ich brav ihr Händchen halten. Als ich beim Nachhauseweg an dem bewussten Waldweg vorbeifuhr und keine Anstalten machte - warum auch? - dort einzubiegen, sah sie mich plötzlich aus verhangenen Augen von der Seite an und meinte:

"Wollen wir nicht anhalten, Tobias? Wir könnten noch eine Zigarette rauchen und uns ein bisschen unterhalten."

Das ließ ich mir natürlich nicht zweimal sagen. Ich bremste und fuhr rückwärts in den Waldweg. Kaum hatte ich den Motor abgestellt, fiel sie wie eine Ertrinkende über mich her. Sie klammerte sich an mich, presste ihre Lippen auf meinen Mund und züngelte wie eine Schlange. Ich wusste gar nicht, wie mir geschah, so überrascht war ich. Doch dann hatte ich mich gefasst und begann mitzumischen.

Nun war das in einem alten VW alles andere als einfach. Man hatte viel zu wenig Platz für zärtliche Spielchen. Alles war zu eng. Und ich wusste ja auch noch nicht, wie weit ich überhaupt gehen durfte.

Ich durfte überraschenderweise eine ganze Menge. Pam hatte ihre Hemmungen abgelegt. Der Verlobungsring an ihrer linken Hand schien ihr die Gewissheit zu verleihen, dass ich es tatsächlich ernst meinte. Sie konnte gar nicht schnell genug aus ihren Klamotten rauskommen und half mir beim Ablegen der meinen. Tja, und wenig später stellte ich dann fest, dass die Federung meines alten Käfers auch nicht mehr die beste war. Und dass Pam wirklich noch nie etwas mit einem anderen Mann gehabt hatte.

"Schön war's", schnurrte sie später und schmiegte sich schwer atmend an mich. "Wir sollten das von jetzt an öfters tun."

Wir taten es von jetzt an öfters!

Ein Jahr später heirateten wir, und ich durfte ab sofort *Du* zu ihren Eltern sagen. Schweren Herzens hatten sie sich dazu durchgerungen, mich zu akzeptieren.

Die erste Zeit wohnten wir in einer windschiefen Zweizimmerwohnung direkt unterm Dach eines uralten Vierfamilienhauses. Im Winter war unsere Herberge zugig und trotz Ölofen saukalt, im Sommer konnte man es vor Hitze kaum aushalten. Aber sie war billig, die Bude. Mehr konnten wir uns zu dieser Zeit nicht erlauben. Und das, obwohl Pam weiter ihrem Beruf als Arzthelferin nachging.

Meine Kompositionen, die ich mittlerweile mit selbst gedrechselten Texten versah, kamen weiterhin zurück. Ich hob die Absagen der einzelnen Musikverlage fein säuberlich in einem Ordner auf. Es wurden eine ganze Menge. Wenn ich meine Verleger heute ärgern will, nehme ich die Absagen von damals zu den Verhandlungen mit und halte sie ihnen unter die Nase. Sie grinsen dann verlegen, denn inzwischen habe ich die meisten meiner Songs, die sie damals ablehnten, an sie verkauft. Man muss halt nur einen Namen haben.

Nach einem Jahr hatten wir unseren ersten großen Streit. Schuld war, wie konnte es anders sein, meine Tätigkeit als Musiker. Pam hatte sich nie damit abgefunden, einen Künstler geheiratet zu haben. Damals musste ich ihr sogar recht geben. Eine Ehe konnte man es kaum nennen, die wir führten. Die Beatles haben unsere Situation in einem ihrer zahlreichen Songs parodiert. *Obladi, oblada* oder so ähnlich hieß das Werk. In dem ging es auch um einen Musiker, der nie zu Hause war. Und wenn er gegen Morgen erschien, musste sie fort zur Arbeit.

Bei uns war es ähnlich. Ich war fast jeden Abend auf

Achse, weil ich, um mehr Geld zu verdienen, jetzt auch wochentags zu spielen begonnen hatte. Sie hockte allein zu Hause vor der Flimmerkiste. Das Programm rauf und wieder runter glotzte sie. Und umgekehrt. Und es gab damals nicht einmal das Kabelfernsehen, so dass sie mehr Auswahl gehabt hätte. Kein Wunder also, dass sie sauer wurde. Bei dem Programm!

Außerdem wurde es draußen fast immer schon hell, bis ich endlich müde und abgespannt und nicht selten angetrunken den Weg nach Hause fand. Sie sagte zwar nicht viel dazu, aber ihre Blicke sprachen Bände, wenn sie mich empfing. Ganze Bibliotheken! Falls sie überhaupt noch wach war. Das war ganz selten der Fall.

Morgens schlief ich bis zum Mittagessen. Sie war dann schon seit Stunden bei ihrem Onkel Doktor, half ihm beim Schreiben seiner Rezepte, zapfte seinen Patienten Blut ab und beschriftete Urin- und Stuhlproben. Bis sie nach Hause kam, musste ich schon wieder fort zum Musizieren. Ein Scheißleben war das. Und besonders förderlich für unser Liebesleben war es schon mal gar nicht.

Irgendwann platzte ihr der Kragen. "So geht das nicht weiter mit uns!", keifte sie zornbebend, als ich wieder einmal erst morgen von gestern nach Hause gekommen war und sie mir die halbe Wohnungseinrichtung an den Kopf geschleudert hatte. Es war einer der Momente, in denen ich mir wünschte, nie geheiratet zu haben.

"Dieses Familienleben zwischen Tür und Angel ertrage ich nicht länger", fuhr sie fort. "Es geht mir auf den Geist. Meine Mutter wusste, warum sie mich davor gewarnt hat, einen Musiker zu heiraten. Hätte ich nur auf sie gehört. Immer und immer wieder muss ich meinen Mann mit anderen teilen. Nie gehört er mir allein. Wenn das so weitergeht, lasse ich mich von dir scheiden. Lieber ein Ende mit Schmerzen, als Schmerzen ohne Ende."

Peng - das hatte gesessen! Ein Blattschuss!

"Aber ich bin nun mal Musiker", warf ich zaghaft ein. "Das wusstest du schließlich."

"Ja, das wusste ich", schrie sie mit sich überschlagender Stimme. "Ich Rindvieh! Ich könnte mich heute noch dafür ohrfeigen! Einen Musiker! Zum Kotzen ist das! Aber jetzt ist es aus! Ich mache das nicht länger mit! Was brauche ich einen Mann, den ich ohnehin nie sehe? Man hat als Frau doch gewisse Träume: Mal ausgehen mit dem dir Angetrauten, essen bei Kerzenlicht, tanzen. Wann kommen wir beide denn mal dazu? Nie!"

Sie hatte ja so recht. Uns blieben zum Ausgehen meist nur der Totensonntag, der Volkstrauertag und der Heiligabend. Aber da war nirgendwo etwas los. Auch am Karfreitag nicht.

"Was soll ich tun?", fragte ich. "Ich habe nun mal nichts anderes gelernt."

"Dann geh meinetwegen zur Müllabfuhr!", fauchte sie.

Um unsere Ehe zu retten, bewarb ich mich bei der Müllabfuhr und wurde auch genommen. Ein anstrengender Job war das. Abends war ich hundemüde. Nach einem heißen Bad, um den tagsüber in und um mich aufgespeicherten Duft abzuspülen, schlief ich in der Regel ein. Also wieder nichts mit Liebe und Familienleben; denn an den Wochenenden - das hatte ich mir ausbedungen - machte ich weiterhin Musik.

Das hatte ich mir nicht nehmen lassen, und sie hatte auch nichts dagegen gehabt. So verständnisvoll war sie immerhin gewesen!

Im Laufe des folgenden Jahres fuhr ich dann noch für eine Großbäckerei Brot aus, spielte den Laufburschen für eine Bank, betätigte mich als Kaufhausdetektiv und als Hilfskoch in einer Werkskantine und schrieb als Hilfssheriff Parksünder auf. Nichts war geeignet für mich. Überall stellte ich mich so dämlich an, dass mein jeweiliger Chef mich nach wenigen Tagen zu sich bat und mir freundschaftlich nahelegte, meinen derzeitigen Beruf zu wechseln.

Ich stellte mich nicht absichtlich dämlich an, wie mein bestes Stück griesgrämig vermutete. Ehrenwort! Ich war einfach nicht für einen bürgerlichen Beruf geschaffen. Musiker bleibt Musiker. Das ist nun mal so und das bleibt auch so. Tausend Pams konnten daran nichts ändern. Und tausend Schwiegermütter erst recht nicht.

Pam verließ mich und kehrte zur ihren Eltern zurück, die das natürlich hatten kommen sehen; vor allen Dingen meine heiß geliebte Schwiegermutter. Mein Schwiegervater weniger. Mit offenen Armen wurde es wieder aufgenommen, das arme Kind. Hallelujah, wir hatten also doch recht gehabt! Musiker? Pfui Deibel!

Als ich mit hängendem Kopf und schlechtem Gewissen im Elternhaus meiner immer noch Innigstgeliebten aufkreuzte und mich mit meiner Frau Gemahlin aussprechen wollte, wurde ich erst gar nicht vorgelassen. Wie ein Hausierer wurde ich an der Haustür abgefertigt. Man freute sich unübersehbar, mich wieder von der Liste der nächsten Verwandten streichen zu können.

Darüber ärgerte sich Pam wiederum so sehr, dass sie

stehenden Fußes zu mir zurückkehrte. Es herrschte wieder Friede, Freude, Eierkuchen in unserem Dachzimmerpalast. Vorübergehend zumindest.

Ihre Eltern ließen sich ein halbes Jahr nicht bei uns blicken. So sauer waren sie wegen unserer Wiedervereinigung. Aber sie blieben eben nur ein halbes Jahr weg. Dann traten sie wieder regelmäßig in Erscheinung und mischten sich in alles ein, was sie eigentlich gar nichts anging. Wiederum mehr die Schwiegermutter als der Schwiegervater - wohlgemerkt. Alles war wie früher.

♥

Natürlich komponierte ich in dieser Zeit immer noch. Wunderschöne Songs schrieb ich meiner Meinung nach. Trotzdem wollte sie keiner haben. Ich spielte schon mit dem Gedanken, mit dem Komponieren aufzuhören. Wer schreibt schon gerne für den Papierkorb? Es wurde mir wirklich langsam zu blöd, ständig abgelehnt zu werden. Es frustrierte einen. Es nahm einem den Glauben an sich selbst. Man hielt sich selbst plötzlich für einen Nichtskönner, obwohl man es eigentlich gar nicht war.

Aber jetzt war es Pam, die mir den Rücken stärkte, mich überzeugte, es weiter zu versuchen, nicht locker zu lassen. Einmal müsste es doch klappen, meinte sie. Meine Lieder wären besser als vieles, das sie sonst im Radio und TV dudelten.

Und sie hatte recht!

Eines Abends kam ich todmüde von meiner neuesten Tätigkeit als städtischer Straßenfeger nach Hause. Meine Göttergattin stand schon in der Tür und winkte strahlend mit einem Schreiben, auf dem ich die

Insignien eines bekannten Musikverlages erkennen konnte.

Ich wurde sofort hellwach und spurtete die Treppen hoch. Als ich nach dem Schreiben greifen wollte, drehte sich mein Prachtstück auf dem Absatz um, ließ den Brief in ihrem Ausschnitt verschwinden und huschte in unsere Miniwohnung. Ich eilte hinter ihr her. Vor den Ehebetten holte ich sie ein und schleuderte sie in die Federn. Sie kicherte und strampelte. Ich warf mich auf sie und versuchte, ihr den Brief zu entreißen. Es gelang mir nicht, weil sie sehr flink war.

"Erst ein Kuss", verlangte sie, meine Angriffe prustend abwehrend. "Erst ein Kuss, dann kriegst du's!"

Ich küsste sie und versuchte dabei, nach dem Brief zu grapschen. Das Schreiben fand ich auf Anhieb nicht in ihrem Ausschnitt, dafür aber etwas anderes, das wesentlich interessanter war. Was kümmerte mich jetzt noch der Brief? Jedenfalls kam ich erst eine knappe Stunde später dazu, ihn zu lesen.

"Sehr geehrter Herr Wunderlich", stand da. "Ihre Nummer mit dem Titel *STARLIGHT* gefällt uns sehr gut. Der Text ist allerdings so nicht zu verwenden. Wir haben uns deshalb entschlossen, Ihr Werk Herrn Tim Küppers zu einer Neutextierung zu überlassen. Herr Küppers ist, wie Sie vielleicht wissen, einer der bekanntesten Textdichter unseres Landes. Sein Text und Ihre Musik zu einem gemeinsamen Werk vereint könnte vielleicht ein neuer Hit werden. Wir..."

Dieser Brief hängt heute, in Gold gerahmt, in meinem Büro.

"Juchhuuuu!", jubelte ich und schloss mein bestes Stück in die Arme. "Geschafft! Wenn Tim Küppers den Text zu meinem Song schreibt, wird er auch produziert. Die können es sich gar nicht leisten, es nicht zu tun, wenn sie ihn nicht vor den Kopf stoßen wollen. Wir haben es wirklich geschafft! Endlich!"

Ja, ich hatte tatsächlich recht! Die Nummer *Starlight* mit dem neuen Text von Tim Küppers wurde ein Riesenhit. Eine Gruppe mit dem Namen *WATERLOO* nahm ihn auf und wurde damit selbst zu Stars. Wir verdienten alle eine Schweinegeld damit. Über eine Million Schallplatten verkauften wir, von den unzähligen Einsätzen in Fernsehen und Rundfunk ganz abgesehen. Die brachten den Autoren über die *GEMA* zusätzlich noch etliche Kohlen. Ich wurde von heute auf morgen reich.

♥

Tim Küppers und ich wurden ein unzertrennliches Gespann und nebenbei die besten Freunde. Hit nach Hit schrieben wir zusammen. Er war zwar ein paar Jahre älter als ich, aber das tat unserer Freundschaft keinen Abbruch. Wir verstanden uns fast blind, ergänzten uns in fast jeder Beziehung und zählten schnell zu den Größten im deutschen Showgeschäft. Wollte man Erfolg haben, kam man an uns nicht mehr vorbei.

Natürlich gab ich jetzt alle meine unsinnigen Berufe auf und widmete mich nur noch meiner Musik. Tingeln hatte ich nicht mehr nötig. Nur noch komponieren, komponieren und noch einmal komponieren musste ich. Zum Glück flossen mir die Ideen nur so aus der Feder. Mit jeder Note traf ich genau den Zeitgeist. Tobias Wunderlichs Musik war *IN*. Mein Bankkonto wuchs und wuchs.

Längst hatten wir unsere schiefe Zweizimmerwohnung gegen eine große in einem vornehmen Stadtviertel getauscht. Wir waren schließlich *WER* und hatten auf einmal sogar unsere gesellschaftlichen Verpflichtungen. Meine Göttergattin war in ihrem Element.

Es gab in dieser Zeit nur einmal einen großen Krach. Das war, als sich unser erstes Baby, das wir uns jetzt ja leisten konnten, anmeldete. Ausgerechnet in dieser Zeit hatte Tim die glorreiche Idee, ein Musical zu schreiben - unser erstes gemeinsames größeres Werk.

Ich war begeistert dabei und ließ meine Frau mit ihrem schwellenden Leib oft und lang allein. Mir war klar, dass dies nicht die feine englische Art war, aber was sollte ich machen?

Jedenfalls flogen wieder einmal die Fetzen, und mein Weibchen zog erneut zu ihren Eltern. Ich ließ sie dort, bis das Musical beendet war. Versöhnt hatten wir uns natürlich längst wieder. Sie küssten und sie schlugen sich. Ein alter Hut.

Die Premiere unseres ersten Musicals in einem rennomierten Theater und die Wehen meiner holden Gattin fielen natürlich auf den gleichen Tag. Ich wurde zu einem Nervenbündel und wusste kaum noch, ob ich ein Männchen oder ein Weibchen war.

Das Musical wurde ein internationaler Erfolg, mein Baby zu einem persönlichen. Selbst meine Schwiegermutter sprach mir dafür ihre Anerkennung aus - und das wollte schon etwas heißen. Dass sie mir um den Hals fiel und mich mit Tränen in den Augen küsste, konnte ich leider nicht verhindern.

Von den Einnahmen des Musicals bauten wir uns unser lang ersehntes Haus im Grünen und waren sehr glücklich. Pam sah sogar ein, dass ich mich hin und wieder um unsere Finanzen kümmern musste und mich manchmal mehrere Tage mit Tim zusammensetzte, um etwas Neues auszubrüten. Für Film, Fernsehen und Funk arbeiteten wir inzwischen. Es lief jetzt wie geschmiert. Bis Techno und solcher Computerscheiß modern wurde und die jugendlichen Plattenkäufer mehr interessierte als richtige Musik. Da lief es plötzlich nicht mehr so gut.

Vergangene Woche hatten Tim und ich also beschlossen, eine neues Musical in Angriff zu nehmen. Ein Werk, das die Welt erobern würde, sollte es werden; eine zweite *Fair Lady*, eine neue *Westside-Story*, etwas wie *Cats, Phantom der Oper* oder *Starlight-Express*. Irgend etwas Großes, Umwerfendes, Sensationelles jedenfalls. Dabei hatten weder Tim noch ich eine Ahnung, von was das Werk überhaupt handeln sollte. Aber das würden wir in gemeinsamer Arbeit schon herausbekommen. Uns war bis jetzt immer etwas eingefallen!

♥

Ich wurde abrupt, aber nicht unsanft aus meinen Vergangenheitsträumen gerissen. Wegen Mr. Gershwins phantastischer Musik hatte ich nicht registriert, dass Pam ins Zimmer gekommen war. Sie trat hinter mich, legte ihre schlanken Arme um meinen Hals und schmiegte sich an mich. Außer einem seidenen Morgenmantel hatte sie nichts an. Und den hatte sie vorn nicht einmal geschlossen. Mir wurde abwechselnd heiß und kalt.

So ließ ich mich denn auch nicht lange bitten. Ich riss mir die Kopfhörer von den Ohren, schleuderte sie in eine Ecke und nahm mein holdes Weib in die Arme. Schnurrend wie eine Siamkatze ließ sie sich auf meinem Schoß nieder und kuschelte sich an mich.

"Was machst du denn da?", fragte sie überflüssigerweise, als ich sie zärtlich zu streicheln begann. Dabei hatte sie mir längst das Hemd aufgeknöpft, um mit meinen spärlichen Brusthaaren ein neckisches Spielchen zu treiben. Jetzt war mir nur noch heiß. Sie war eben ein Vollblutweibchen und verstand es, einen Mann auf Touren zu bringen. Der kleine Tobias in meiner Hose verlangte stürmisch, aus seinem Gefängnis herausgelassen zu werden!

Und dieses Prachtstück sollte ich allein in der Welt herumreisen lassen? Meine Laune, eben noch himmelhochjauchzend, sank auf den Gefrierpunkt.

"Warum machst du nicht weiter?", erkundigte sie sich, als ich meine Bemühungen vorübergehend einstellte.

"Ich dachte gerade daran, dass du morgen um diese Zeit irgendwo in der Weltgeschichte herumschwirren wirst", knurrte ich und schob sie ein wenig von mir.

"Nicht irgendwo", erwiderte sie und rückte wieder etwas näher an mich heran. "Wir werden brav und sittsam in New York sein."

"Brav und sittsam?", wiederholte ich griesgrämig. "Ha, ha, ha!"

"Aber ich betrüge dich doch nicht gleich am ersten Tag", meinte sie treuherzig. "Wenn überhaupt. Und dann ist da ja auch noch die Zeitumstellung. Wir werden viel zu müde sein, um an so etwas denken." Sie gab mir einen Kuss auf die Nasenspitze. "Und jetzt mach weiter, wo du aufgehört hast. Viel Zeit bleibt uns eh nicht mehr. Ich muss morgen früh um vier Uhr aufstehen. Unser Flugzeug geht um acht."

Mein Wonneproppen hatte das unwahrscheinliche Talent, im richtigen Zeitpunkt genau das Falsche zu sagen. Ihre Bemerkung hob meine Potenz für keinen

Pfennig. Im Gegenteil. Klein-Tobias zog sich schmollend zurück. Ich brummelte mir etwas Unverständliches in den Bart und knöpfte ihr den Morgenmantel wieder zu.

"Ich möchte dich keinesfalls um deinen Schlaf bringen", hörte ich mich missmutig sagen. "Es könnte ja deinem Teint schaden."

"Nun sei kein Miesepeter", maulte sie und setzte ihrerseits fort, zu dem mir eigentlich die Lust vergangen war. Und natürlich wurden ich und der kleine Tobias wieder schwach. Sag mir einer einen Mann, der es in einer solchen Situation nicht geworden wäre; mit einem bildhübschen, kaum bekleideten Weib auf dem Schoß. Männer sind schließlich auch nur Menschen.

Es wurde ein überaus stürmischer Abschied, den wir voneinander nahmen. Mein kleiner Tobias leistete Schwerarbeit. Und Pam jubilierte in den höchsten Tönen. Ein paarmal dachte ich, wir wecken die Kinder auf. Zum Glück hatten sie einen gottgesegneten Schlaf. Nach der allerletzten Nummer brachte mir Pam schonend bei, dass ich sie um fünf Uhr zum Flughafen zu bringen habe. Ich hätte sie erschießen mögen. Zum Glück gab es weder ein Gewehr noch eine Pistole in unserem Haus. Sie zu erwürgen, war ich zu matt.

Natürlich verschliefen wir. Um eine ganze Stunde. Jetzt hieß es, sich zu spurten. Pam warf mich unsanft aus den Federn, indem sie mir einen eiskalten Waschlappen an den Kopf schleuderte. Ungewaschen und unrasiert schlüpfte ich in meine Klamotten und schleppte ihre Koffer zum Wagen. Sie schien alles mitzunehmen, was sie besaß. Ich hatte nie gewusst, dass es so viel war. Unser Auto, immerhin eines der gehobeneren Klasse, war fast zu klein für das viele Gepäck. Wir mussten uns dünn machen, um dazu zu passen; sehr dünn.

Meine Herzallerliebste, inzwischen auf die schnelle renoviert und dennoch wie neu aussehend, machte noch einen kurzen Kontrollgang durch das Haus und sah auch noch einmal nach ihren mit rosigen Wangen schlafenden Kindern. Dann drängte sie mich zum Aufbruch.

Kurz vor Offenbach stellte sie fest, dass sie die Tickets zu Hause auf dem Wohnzimmerschrank hatte liegenlassen. Also zurück. Und nur noch eine gute Stunde bis zu ihrem Abflug.

Ich raste wie Michael Schumacher auf dem Hockenheimring über die Autobahn und dann durch die Straßen verschiedener Ortschaften bis zu unserem Haus, handelte mir drei Anzeigen wegen Geschwindigkeitsüberschreitung und eine wegen Überfahrens einer roten Ampel ein und brachte sie eine Viertelstunde vor ihrem Abflug dorthin, wo wir eigentlich eine Stunde vorher schon hätten sein sollen.

Tim Küppers und seine bessere Hälfte waren auch gerade erst angekommen. Frauen waren eben alle gleich. Wir begrüßten uns mit einem Blick, der Bände sprach, unsere Damen mit einem Küsschen links und einem Küsschen rechts.

"Letzter Aufruf für die Lufthansamaschine Nummer soundsoviel nach New York!", kam es aus den Lautsprechern. Es war die Maschine unserer Frauen, also allerhöchste Eisenbahn.

Wir rasten mit den Koffern zur Gepäckaufnahme, wo wir einen gehörigen Aufschlag für das Übergewicht bezahlen mussten, und geleiteten unsere Damen zur Zollkontrolle, wo sie bereits ungeduldig von einer Stewardesse erwartet wurden. Ich konnte Pam gerade noch einen flüchtigen Abschiedskuss geben, dann entschwanden unsere beiden Lieben auch schon im Eilzugstempo. Tim und ich waren Strohwitwer! Arme, von ihren Frauen verlassene Schweine!

"Darauf gehen wir jetzt erst einmal einen trinken!", schlug Tim vor und grinste mich mit einem schiefen Lächeln an. "Schließlich müssen wir unsere soeben gewonnene Freiheit gebührend feiern. Scheiß auf alle Weiber!"

Im Grunde sprach er mir aus der Seele, hegte ich doch ganz ähnliche Gedanken wie er. Trotzdem war mir zum Feiern nicht so recht zumute. Ich fühlte mich einsam und verlassen und hätte am liebsten ein bisschen geheult. Aber das musste ich ja nicht unbedingt zeigen. Also folgte ich Tim lieber zur nächsten Biertheke.

3.

Tim Küppers war sechsundvierzig Jahre alt, lang wie eine Bohnenstange und genauso dürr. Wenn er neben einem ging, glaubte man seine Knochen klappern zu hören. Aber das war gewiss nur Einbildung. Seine Frisur hatte sich etwas nach hinten verschoben, und die daraus resultierende Halbglatze war der ideale Landeplatz für Fliegen und anderes Ungeziefer jeder Art. Da er stark kurzsichtig war, trug er eine billige Nickelbrille Marke AOK. In dieser Beziehung war er sparsam. Er war nicht zu bewegen, sich etwas Besseres zu leisten.

"Hauptsache, ich sehe damit", pflegte er zu sagen. "Alles andere ist unwichtig."

Seine Frau war nicht so sparsam. Die brachte sein Geld großzügig unter die Leute. Das wiederum interessierte *ihn* kaum. Seiner Frau gönnte er es, wenn sie sich alles leistete, wonach ihr Herz begehrte. War es Liebe oder war es Angst vor ihrer spitzen Zunge? Ich will und mag es nicht entscheiden.

Eine männliche Schönheit war Tim also nicht. Aber er war eine Seele von Mensch; ein ganz, ganz lieber Kerl. Und er war intelligent. Fast zu intelligent, um in der Musikbranche, von Eingeweihten auch abfällig *Haifischbranche* genannt. Erfolg zu haben. Er konnte Texte schreiben, die unsere Verleger und Produzenten einfach ablehnen mussten. Weil sie zu gut waren. Lieder, die richtige Schlager, also Gassenhauer, werden sollten, durften nicht allzu intelligent sein.

Zum Ausgleich für seine weniger geistvollen Werke

verfasste Tim gelehrte Bücher über die alten Römer und Griechen. Sie verkauften sich zwar nicht besonders gut, doch die Kritiker, die sonst kein gutes Haar an uns ließen, lobten sie über den grünen Klee. Ob sie diese gelehrten Schwarten überhaupt verstanden?

Ich legte diese Bücher jedenfalls immer nach den ersten zehn oder zwanzig Seiten kopfschüttelnd zur Seite, weil sie einfach eine Nummer zu groß für mich waren. Außerdem hatte ich mich noch nie sonderlich für die alten Römer oder Griechen interessiert. Selbst in der Schule nicht.

Dies änderte aber nichts an der Tatsache, dass Tim und ich uns blendend verstanden. Wir waren ein Team, das sich gesucht und gefunden hatte. Auch privat. Trotz der alten Römer und Griechen. Zumal *er* wiederum keinen Violinschlüssel von einem Bassschlüssel unterscheiden konnte.

Jetzt tranken wir also ein Bier auf unsere Freiheit, das auch ihm nicht so recht zu schmecken schien, und verabschiedeten uns eine halbe Stunde später voneinander. Tim wollte am Nachmittag mit seiner Tochter bei uns einziehen. Viel geredet hatten wir nicht. Jeder hatte seine eigenen Probleme mit sich selbst und den gegebenen Umständen gehabt. Vermutlich waren es dieselben gewesen. Diese verdammten Weiber! Dass ihr Flugzeug abstürzte, wollte ich ihnen aber trotzdem nicht wünschen. So sadistisch war ich nicht. Und ich wollte es doch auch irgendwann wiederhaben, mein Herzstück, hatte jetzt schon Sehnsucht nach ihr.

Ich verbrachte den Rest des Vormittages damit, zunächst meine Tochter Julia mehr oder weniger pünktlich in die Schule zu verabschieden, die zum Glück heute erst gegen 10 Uhr begann. Danach versorgte ich meinen Sohn Jan mit frischen Windeln und legte mich anschließend noch ein wenig auf's Ohr, um mich von den Strapazen der vergangenen Nacht und des frühen Morgens zu regenerieren.

Meine Kinder weckten mich pünktlich um zwölf Uhr mittags. Sie hatten Hunger. Daran hatte ich leider nicht gedacht. Bis heute hatte das Essen um diese Zeit immer pünktlich auf dem Tisch gestanden. Pam war nun mal eine perfekte Hausfrau. Ich leider nicht. Bei mir brannte selbst das Wasser an. Und wenn ich Eier kochte, hätte man damit kegeln können. Von verlorenen Eiern ganz zu schweigen. Ich hätte sie nie mehr wiedergefunden.

"Wir gehen in den *Anker*", schlug ich vor. "Dort isst man ganz gut."

Der *Anker* lag gleich um die Ecke und hieß eigentlich *Zum goldenen...* Wir waren schon öfters dort eingekehrt, wenn meine Regierung mal keine Lust verspürte, den Elektroherd anzuschmeißen, um etwas zu kochen. Und wir waren eigentlich auch immer recht zufrieden gewesen mit dem, was geboten wurde. Es war kein *First-class*-Restaurant, aber es war auch kein *Last-class*. Es lag irgendwo dazwischen.

"Ah, der Herr Kompositeur gibt uns widder mal die Ehre", schmeichelte mir der dicke Wirt des *Ankers* zur Begrüßung in einer Mischung aus schlechtem Hochdeutsch und gutem Hessisch. Er grinste uns wie ein Honigkuchenpferd an und geleitete uns zu einem freien Tisch. "Und ganz ohne die Frau Gemahlin?"

"Sie ist verreist", erklärte ich mürrisch.

"Dann issser also Strohwitwer, der Herr Kompositeur", konstatierte der Wirt. "Des hat auch sei Reize.

Ganz besonnere sogar." Er blinzelte mir verschwörerisch zu und senkte seine Stimme. "Ich wollt, mei Alt däht aach emal..." Er unterbrach sich, weil die Alte sich näherte, seufzte abgrundtief und strich sich mit leidender Miene durch's schüttere Haar. "Bleibt se länger fort, die holde Frau Gemahlin?"

„Das geht dich blöden Halbaffen einen Scheißdreck an", dachte ich. Da ich aber etwas zu essen für mich und die Meinen haben wollte, erwiderte ich freundlich:

"Sie unternimmt eine kleine Weltreise, Herr Kniesel."

"So gut müsst mer's aach emal hawwe", murmelte der Dicke. "Eine Weltreise! Üwwer Mallorca bin ich noch net nausgekomme! Un des nur in de Newesaison. Warn Sie schon emal in de Newesaison uff Mallorca? Tote Hose ist da. Nur deutsche Rentner trifft mer an. Scheindode, die sich kei Langspielplatt mehr anschaffe sollte, weil mer net weiß, ob se die je zu End anhörn könne. Ich..."

"Herr Kniesel, wir haben Hunger", unterbrach ich ihn. "Wenn Sie vielleicht so etwas wie eine Speisekarte für uns hätten?"

"Eine Weltreise", brummte der Wirt, schüttelte den fetten Kopf und tappte davon, uns die Speisekarte zu holen.

Julia wünschte sich ein Kinderwiener. Jan wollte eine Wurst. Beides natürlich mit Pommes frites und viel Ketchup. Ich bestellte mir ein Rumpsteak mit Bratkartoffeln und Knoblauchsoße. Egal, wie sehr ich anschließend müffelte. Ich konnte mich ohnehin selbst kaum noch riechen. Zum Trinken orderten wir für mich ein Bier und für die Kinder zwei Spezi.

Jan und Julia bauten, um sich die Zeit zu vertreiben, mit den Bierdeckeln Häuser. Das Bierdeckelhaus kippte um, Jan wollte es retten, fasste danach und erwischte seinen Spezi. Während das Glas umkippte, traf es mein Bier. Das stürzte ebenfalls um und alles vereinigte sich in bunter Mischung auf meiner Hose.

„Awwer des mecht doch nichts", meinte der dicke Wirt mit einem gutmütigen, alles verzeihenden Lächeln und behob mit ein paar Servietten den größten Schaden. „Des kann doch mal bassiern!"

Nachdem es uns dreimal passiert war, lächelte der Wirt nicht einmal mehr verkrampft. Und als dann auch noch der gefüllte Aschenbecher umkippte und sich mit den vorher schon verschütteten Getränken zu einer farblich undefinierbaren Masse vereinigte, mit der Jan Ornamente auf die Tischdecke zu zeichnen begann, nahm sein Kopf die Farbe einer überreifen Tomate an.

„Er will wohl mal Maler wärn?", stänkerte er säuerlich und nahm uns die Tischdecke weg. „Sehr begabt! Bemerkenswert begabt!"

Irgendwann kam unser Essen. Während ich Jans Wurst in für ihn essbare Stücke zerlegen wollte, griff er nach der Ketchup-Flasche und spritzte auf seine Pommes frites. Ich konnte es nicht verhindern. Die Pommes frites traf er nicht. Dafür aber wieder meine Hose. Sie sah jetzt tatsächlich aus wie das Werk eines abstrakten Malers. Vielleicht sollte ich sie trocknen lassen und irgendeiner Kunstgalerie zum Verkauf anbieten? Verrückte, die so etwas erstehen, gibt es immer wieder. Selbst Fett auf einem Stuhl ist schon berühmt geworden. Und etwas Geld könnte ich ja momentan wirklich gebrauchen!

Warum der Wirt nicht *Auf Wiedersehen* oder wenigstens *Guhde* sagte, als wir gingen, sondern *Leben Sie wohl*, verstehe ich bis heute nicht. Sonst hatte der Herr der Zapfhähne uns fast die Füße geküsst, wenn wir sein Lokal verließen. Ob es daran lag, dass mein liebes Weibchen nicht dabei war? Ich hatte wirklich keine Ahnung. Oder anders ausgedrückt:

Ich wollte lieber keine Ahnung haben!

♥

Natürlich wusste ich, dass Jan nach dem Mittagessen sein Schläfchen brauchte. Das hatte Pam so eingeführt, und es war sicher auch gut für den Jungen. Jan sah das offensichtlich ganz anders. Deshalb gerieten meine Bemühungen, ihn zum Mittagsschläfchen zu bewegen, zu einer Art Kampf der Giganten!

Schon, als ich ihn auf die Wickelkommode legte, um ihn zum dritten Mal (?) an diesem Tag frisch zu machen, schrie der kleine Halunke wie am Spieß.

Ich versprach ihm ein neues Matchbox-Auto.

Er plärrte weiter. Matchbox-Autos waren offenbar auch nicht mehr das, was sie einmal für Jungs bedeutet hatten. Ich hätte ihm vielleicht die neuste Spielkonsole versprechen sollen? Oder einen neuen Mercedes Benz? Jedenfalls krakeelte mein Herr Sohn, als wollte ich ihn ohne Betäubung schlachten.

Aus lauter Sympathie heulte Julia mit. Warum, war mir schleierhaft. Ich hatte sie weder trockenlegen wollen, noch ihr empfohlen, sich ebenfalls ein Stündchen auf's Ohr zu legen oder sonst irgend etwas. Ich schickte sie in ihr Zimmer.

Mit beleidigter Miene trottete sie davon. Wie sehr sie ihrer Mutter ähnelte! Nur die Tür hatte sie noch nicht richtig im Griff, als sie die hinter sich zuschlug. Bei Pam knallte sie etwas lauter. Aber das würde mein Töchterlein sicher noch lernen im Laufe der nächsten Jahre.

Jan schrie erbarmungslos weiter. Nach dem Abgang seiner Schwester vielleicht sogar noch etwas lauter. Er strampelte und trat nach mir, kämpfte wie Samson gegen die Philister. Statt Eselsknochen benutzte er LEGO-Steine.

"Meine Güte", dachte ich verstört, "was für Kinder hast du da nur in die Welt gesetzt! Geborene Terroristen!"

Ich nahm den Junior mit der rechten Hand in den Clinch und versuchte, ihm mit der linken Hand den Schlafanzug überzustreifen. Als ich es endlich - Gott sei Dank - geschafft hatte, hatte er ihn verkehrt herum an. Wo seine Hände hingehörten, staken die Füße. Und umgekehrt. Also alles noch einmal von vorn.

Endlich hatte ich es geschafft. Ich schleppte ihn, abgeschlafft wie ein Kohlebergwerksarbeiter nach acht Stunden Schicht, zu seinem Bett, und er plärrte:

„Jan hat desisst!"

„Das gibt es nicht", widersprach ich erschöpft. „Soviel, wie du auswirfst, hast du doch gar nicht gegessen."

„Jan hat desisst", wiederholte mein Wonneproppen.

Wohl oder übel nahm ich ihn noch einmal hoch und schnupperte. Tatsächlich. Der kleine Kerl musste über sagenhafte Vorräte verfügen.

Also zurück zur Wickelkommode und die gleiche Prozedur von vorn.

„The same protzieeescher as every year!"

Endlich lag er wieder in seinem Bettchen. Er schrie immer noch. Jetzt noch einige Phon lauter. Julia erschien mit wichtiger Miene.

„Er will seinen Nulli", klärte sie mich auf. „Ohne Nulli schläft der nie!"

Ich gab ihr voller Dankbarkeit einen Kuss und sah

mich nach dem Nulli, der eigentlich ein Schnuller war, um. Er war nirgends zu finden. Julia und ich krochen gemeinsam auf dem Boden herum und suchten ihn. Er lag im hintersten Winkel des Zimmers. Aufatmend stopfte ich ihn dem Kleinen in den Schnabel - und bekam ihn prompt wieder an den Kopf gespuckt.

„Falscher Nulli!". plärrte Jan.

„Jan benötigt immer drei Nullis", bemerkte Julia. „Einen für die linke Hand, einen für die rechte Hand und einen für den Mund. Der für den Mund war das anscheinend nicht."

Nach mühsamer Suche hatten wir endlich sämtliche Nullis dahin verteilt, wo Jan sie haben wollte. Da fing er an zu schreien:

„Mami! Wo ist? Jan will Mami haben!"

„Mami ist nicht da´", entgegnete ich verzweifelt und dem Wahnsinn nahe. „Und wenn du jetzt nicht den Schnabel hältst...!"

Jan hielt ob meiner Drohung für einen Moment den Atem an und brüllte dann unverdrossen weiter. Julia und ich verließen dennoch das Zimmer, und er gab dann auch nach einer Weile endlich Ruhe. Schreien machte offenbar müde.

„Du musst mir jetzt bei den Hausaufgaben helfen", verkündete Julia, als ich mich gerade aufseufzend in einen Sessel fallen lassen wollte, um die Zeitung zu lesen. „Mutti macht das immer. Oder kannst du es nicht, weil du nicht mehr weißt, wie es geht?"

Das konnte ich mir unmöglich nachsagen lassen. „Was Mutti kann, kann ich schon lange", warf ich mir selbstbewusst in die Brust. „Was hast du denn auf?"

Kaum der Rede wert, was sie mir zeigte; ein bisschen Rechnen, ein bisschen Schreiben, ein bisschen Sachkunde. Lächerlich.

Beim Rechnen unterliefen ihr sechs Fehler. Ich nahm sie mir gutmütig vor und erklärte ihr, wie sie richtig hätte rechnen müssen. Es war die Methode, die man uns seinerzeit eingepaukt hatte.

„Das haben wir in der Schule aber ganz anders gelernt", widersprach Julia denn auch sofort.

„Unsinn", erwiderte ich. „Man kann das nur so rechnen, wie ich es dir gezeigt habe."

„Dann schau dir mal mein Rechenbuch an."

Sie hatte recht! Man rechnete heutzutage tatsächlich ganz anders als zu meiner Zeit. Es kam mir viel umständlicher vor, aber nach etwa einer Stunde hatte ich kapiert, was und wie die Rechenbuchautoren es meinten. Stolz gab ich mein neu erworbenes Wissen an meine Tochter weiter, und sie schien es auch endlich zu verstehen. Wir machten uns ans Schreiben.

Beim Wort Kuckuck trennten sich erstmals unsere Geister. Ich wollte es in der Mitte mit einem einfachen K schreiben, sie mit CK. Herr Duden gab ihr recht. Aber ich bin ja auch Komponist und nicht Schriftsteller. Und das Lied *„Kuckuck, Kuckuck ruft's aus dem Wald"* habe ich nicht geschrieben. Sonst hätte ich's vielleicht gewusst.

Bei der Sachkunde lernte ich, wie sich ein Vogel zusammensetzt. Vom Schnabel bis zu den Zehen. Oder heißen sie Krallen? Nur, dass so ein Viech auch einen Hintern hat, davon stand nichts in Julias Sachbuch. Das mussten sie wohl vergessen haben. Oder war es zu unanständig, zugeben zu müssen, dass selbst ein Vogel hin und wieder menschliche - oder sagt man vöglerische - Bedürfnisse verspürt? Und ich fand auch nichts, ob Vögel pinkeln müssen. Dass sie scheißen konnten, war mir bekannt. Unter unserem Dachfirst nisteten Schwalben. Die entluden sich mit wahrer

Pracht auf unsere Hauswände und Fensterbänke. Aber von Pipi hatte ich bist jetzt noch nichts bemerkt. Eine interessante Frage. Ich nahm mir vor, mich während der nächsten Elternzusammenkunft bei Julias Lehrerin danach zu erkundigen. Meine Tochter wollte ich aus verständlichen Gründen nicht mit diesem doch etwas anrüchigen Wissensnotstand behelligen.

Endlich waren wir fertig. Julia mit ihren Hausaufgaben, ich mit meinen Nerven. Ich begann, meine Göttergattin zu bewundern, die das alles mit stoischer Ruhe über sich ergehen ließ. Und ich verfluchte sie, weil sie nicht da war, als mein Sohn jetzt schon wieder kräftig zu schreien anfing.

Diesmal hatte er nichts in den Windeln. Ich musste sie trotzdem wechseln, weil man diese neuartigen Kackservietten nur einmal benutzen kann. Dann begaben sich meine beiden Lieben hinaus in den Garten um zu spielen. Ich goss mir einen Wodka ein, griff nach meiner Zeitung und ließ mich aufatmend in meinen Sessel sinken. Da klingelte es an der Haustür.

♥

Es waren Tim und seine Tochter Sabine, die bei uns einziehen wollten. Ich verteilte sie gleichmäßig auf die beiden Gästezimmer und half ihnen beim Auspacken. Ich hätte es, zumindest bei Sabine, nicht tun sollen.

„Ich bin begeistert, bei dir wohnen zu dürfen", säuselte die flotte Siebzehnjährige und warf mir dabei einen Blick zu, der Eis zum Schmelzen gebracht hätte. „Du und ich in einem Haus! Das Schicksal meint es wirklich gut mit uns!"

Sie schien Hedwig Courths-Mahler zu lesen. Oder

Harold Robbins; denn wie sie mich jetzt anschmachtete, versprach mehr, als die gute, alte Hedwig zu bieten hatte. Viel mehr. Aber ich hatte doch meine Prinzipien:

Nie mit der siebzehnjährigen Tochter eines Freundes!

Dabei war dieses junge Biest verdammt hübsch und überaus reizvoll. Sie hatte Kurven, die einem den Atem nehmen konnten - und auch sonst! Man musste höllisch aufpassen, wenn man ihren Verlockungen nicht erliegen wollte. Und darauf legte sie es ja offenbar an.

Als Sabine sich ungeniert auszuziehen begann und plötzlich nur noch in ihrem knappen Slip vor mir stand, verließ ich fluchtartig das Zimmer und knallte die Tür hinter mir zu. Ich hörte sie noch spöttisch kichern.

Lieber Himmel, was kam da auf mich zu!

"Stark bleiben!", ermahnte ich mich. "Immer stark bleiben. Sie ist die Tochter deines besten Freundes. Und außerdem ist sie erst siebzehn! Ein Opa bist du gegen sie; eine ganz andere Generation. Zumal du deiner lieben Alten ja auch treu bleiben willst. Weil du hoffst, dass sie dir ebenfalls treu bleibt."

Ich seufzte und begab mich zu Tim.

Tim hatte wenig Klamotten, dafür eine ganze Wagenladung Whisky mitgebracht; Fusel vom Allerfeinsten. Verdursten würden wir jedenfalls nicht. Zumal mein Keller auch sehr gut gefüllt war. Und nicht nur mit Whisky.

„Du musst auf deine Tochter aufpassen", warnte ich ihn, nachdem ich in sein Zimmer getreten war und mich auf seinem Bett niedergelassen hatte, um ihm beim Auspacken zuzusehen. „Sie ist scharf wie eine Rasierklinge. Von wem sie das nur hat?"

Tim fasste nach einer seiner mitgebrachten Whiskyflaschen, öffnete sie mit den Zähnen und nahm einen tiefen Schluck. Er wischte sich mit dem Handrücken über die Lippen und reichte sie an mich weiter. Ich genehmigte mir ebenfalls einen Schluck, obwohl ich sonst um diese Zeit nie etwas trank. Zumindest keine scharfen Sachen. Aber heute war schließlich ein ganz besonderer Tag.

„Mach dir keine Sorgen", sagte Tim, ließ sich von mir die Flasche zurückgeben und trank erneut. „Bine ist alt genug. Unschuldig ist sie vermutlich auch nicht mehr. Bei der Mutter! Und die Pille nimmt sie außerdem. Was sollte also passieren? Die Jugend ist heutzutage in sexuellen Dingen viel freier als wir - und das trotz AIDS-Gefahr. Für was gibt es Kondome? Lass sie sich austoben."

„Meinetwegen", warf ich schüchtern ein. „Aber bitte nicht mit mir!"

Tim schaute mich an, als sehe er mich zum ersten Mal. Dann lachte er herzlich. „Mit dir? Was sollte Bine von einem Opa wie dir schon wollen?"

„Jedenfalls guckt sie mich an, als ob sie wollte."

„Du musst einen Sprung in der Optik haben!"

„Und wenn doch?"

„Dann breche ich dir alle Knochen", verkündete Tim düster. „Du und Bine? Sie könnte - na ja - fast deine Tochter sein."

„Sie ist es aber nicht", meinte ich. „Aber sorge dich nicht: Ich habe nicht die Absicht, mich an deiner Tochter zu vergreifen. Hätte ich dich sonst gewarnt?"

„Ich denke nicht, dass mein Töchterlein an Geschmacksverirrung leidet!"

„Geht das gegen mich?"

„Nur allgemein", befand Tim grinsend. „Wem der Schuh passt, der ziehe ihn an."

Aus dem Nebenzimmer kam Indianergeheul. Erschrocken eilten wir hinüber. Jan und Julia hatten entdeckt, dass unser Besuch angekommen war und begrüßten Sabine stürmisch. Sie lagen zu dritt auf dem Bett und balgten sich kreischend. Tims Tochter trug jetzt außer ihrem Slip wenigstens noch einen BH. Trotzdem!

„Gucken darfste!", grinste Tim, als er meinen Blick bemerkte.

„Du hast vielleicht Nerven", brummte ich, schüttelte den Kopf und begab mich in Richtung Tür. „Meinst du, das lässt mich unbeeindruckt? Auch wenn sie deine Tochter ist."

"Kannst du wenigstens kochen?", fragte mich Tim später.

Ich schüttelte missmutig den Kopf. "Ich habe mich in dieser Beziehung ganz auf dich verlassen. Du kannst doch sonst alles!"

"Alles nicht", räumte Tim ein. "Kochen gehört unter anderem dazu. Aber ihr habt doch sicher Kochbücher im Haus? Mit deren Hilfe kriegen wir das schon hin."

"Ich kann Eier backen", erklärte ich stolz, obwohl mein erster und einziger Versuch, und dies nur unter Pams Anleitung, nicht gerade erfolgreich verlaufen war. Wir hatten meine Rühreier, weil gerade Glatteis war, pulverisiert und zum Abstreuen der Gehsteige verwendet.

"Na, das ist doch wenigstens schon etwas. Verhungern werden wir jedenfalls nicht. Auch wenn ich Eier hasse!"

"Und wie ist es mit Sabine?"

"Vergiss es", antwortete Tim kopfschüttelnd. "Sie hat sich vorgenommen, einen reichen Mann zu heiraten, bei dem sie es nicht nötig hat, selbst zu kochen. Das soll dann eine Hausangestellte für sie erledigen, meint sie."

"Vielleicht sollten wir uns an Essen auf Rädern wenden", schlug ich vor.

"Geht nicht", versetzte Tim. "Die versorgen nur ältere und kranke Herrschaften, die selbst kaum noch krabbeln können. Bleibt als Ausweg aber immer noch die holländische Küche."

Ich schaute ihn verständnislos an.

"Van der Dose", erklärte er mir. "Aber jetzt trinken wir erst noch einen." Er griff nach seiner Whiskyflasche. "Prost, Tobias! Auf uns und den Rest der Welt. Ausgenommen unsere beiden Engel. Sollen sie doch zum Teufel gehen!"

♥

Bis zum Abend hatten wir beide einen leichten bis mittelschweren in der Krone. Unsere Kinder hatten uns Gott sei Dank in Ruhe gelassen. Sie tobten mit Sabine im Garten herum und vergaßen dabei völlig, dass sie zwei einsame Väter hatten. Zwei Väter, die sich selbst bemitleideten und ihre seelischen Wunden dabei tüchtig mit Whisky pflegten.

Gegen neunzehn Uhr erinnerten sie sich wieder an uns. Da meldeten sich nämlich ihre Mägen. Also kamen sie angetrottet und verlangten ihr gutes Recht.

"Meine Güte!", rief Sabine und rümpfte ihr hübsches Näschen. "Hier stinkt es wie in einer Schnapsbrennerei! Hattet ihr nichts Besseres zu tun, als euch vollaufen zu lassen?"

"Hatten wir nicht", erwiderte Tim und kicherte blöd. "Hatten wir weiß Gott nicht."

"Und wer bereitet uns jetzt das Abendessen?"

"Ich", erklärte ich mutig. "Ich kann nämlich Eier backen. Mit und ohne Speck."

"Wenn das bloß mal 'was wird", zeigte Sabine sich skeptisch. "In deinem Zustand."

"Sooo besoffen bin ich nun auch wieder nicht", verteidigte ich mich und erhob mich aus meinem Sessel. Die Welt um mich herum drehte sich sanft. Mich eisern zusammenreißend marschierte ich in die Küche. Die Kinder folgten mir interessiert. Tim blieb, wo er war und öffnete die nächste Flasche.

Bevor ich mit meinem ungewohnten Werk begann, schlug ich vorsichtshalber in einem Kochbuch nach, wie Rühreier fachgerecht zubereitet wurden. Anschließend suchte ich alle Zutaten zusammen und begann, unter Oberaufsicht der Kinder, meine Kochkünste zu erproben. Ich hatte die gelbliche Brühe gerade in die Pfanne gegeben, als das Telefon klingelte.

"Nimmst du mal ab, Bine", bat ich Sabine.

"Immer ich", maulte das Mädchen. "Ich bin doch nicht euer Dienstbote. Mit finsterer Miene begab sie sich in die Diele, wo das Telefon stand, und meldete sich. "Es ist für dich, Tobias", rief sie. "New York."

Ich ließ Eier Eier sein und flitzte zum Telefon. Julia und Sven folgten mir neugierig. Selbst Tim wälzte sich schwerfällig aus seinem Sessel und gesellte sich leicht schwankend zu uns.

"Hallo!", brüllte ich in die Sprechmuschel und fühlte, wie mein Herz vor Aufregung die doppelte Schlagzahl produzierte. "Hallo, wer ist denn da?"

"Hello?", vernahm ich eine amerikanisch eingefärbte

Stimme. "Mister Wonderlick? Are you Mister Wonderlick?"

"Yes!", antwortete ich. "I am the Mister Wonderlick. What will you from me?"

Ich hatte schon immer Probleme mit den Sprachen gehabt und besonders mit deren Grammatik. Sabine, die kurz vor dem Abitur stand, begann zu kichern. Als ich ihr einen bitterbösen Blick zuwarf, kicherte sie noch mehr.

Die Stimme am anderen Ende der Leitung erzählte mir etwas, von dem ich nur verstand, dass Missis Wonderlick mich zu sprechen wünsche. Mehr wollte ich gar nicht wissen.

"Give me this woman", rief ich in den Apparat. "And make a little quick, cause time is money."

Sabine lachte inzwischen laut. Sie ging mir auf den Geist. Man kann schließlich nicht alles können.

"Hallo, mein Liebling", hörte ich die vertraute Stimme meines Erzengels. "Wir sind gut angekommen. Ist zu Hause alles in Ordnung?"

Ich nickte. Und weil sie das, wie mir einfiel, ja nicht sehen konnte, sagte ich schnell noch "Yes".

"Wir hatten einen herrlichen Flug", berichtete Pam. "New York ist eine aufregende Stadt. Auch unser Hotel ist wunderbar. Wir fühlen uns pudelwohl. Hoffentlich vermisst ihr uns nicht allzu sehr?"

"Nein, wir vermissen euch nicht", versicherte ich. "Wir kommen bestens zurecht."

"Das freut mich", sagte Pam. "Ich lasse bald wieder von mir hören. Und jetzt gib mir bitte Tim. Claudia möchte ihn sprechen. Mach's gut, mein Schatz. Bussi, Bussi."

Es schmatzte im Hörer, und ich schmatzte zurück. Dann winkte ich meinem Freund Tim und überließ ihm das Telefon.

Tim sagte ein paarmal "Ja" und ein paarmal "Nein", schmatzte ebenfalls und legte auf.

"Es geht ihnen gut", grummelte er und schaute mich zerknirscht an. "Ich soll euch übrigens alle grüßen."

Sabine schnupperte. "Irgend etwas riecht hier angebrannt!"

"Die Eier!", rief ich entsetzt. "Ich habe die Eier vergessen."

Wir spurteten gemeinsam in die Küche. Dichte Rauchwolken quollen uns entgegen. Wir vereinten uns in einem gemeinsamen Hustenanfall. Ich riss die Pfanne vom Herd, verbrannte mir die Pfoten und ließ sie auf den Boden fallen. Die Eier waren ohnehin zu Eierkohlen geworden. Tim öffnete geistesgegenwärtig das Fenster. Der Rauch zog langsam ab.

"Das war's", knurrte ich düster. "Mehr Eier hatten wir nicht."

Im Kühlschrank fand ich ein paar Büchsen mit Hausmacher Wurst und ein Glas Gurken. Brot konnte ich leider keines auftreiben. Also aßen wir die Wurst ohne Brot und dazu die Gurken.

"Wir müssen künftig alles notieren, was uns ausgeht", meinte ich, nachdem wir unser opulentes Mahl beendet hatten. "Das übernimmst am besten du, Sabine."

"Warum ausgerechnet ich?"

"Weil jeder von uns künftig einen Teil der Hausarbeiten übernehmen wird", erklärte ich. "Sonst kommen wir nämlich nie über die Runden."

Das sah man ein. Also wurden die Aufgaben nach eingehenden Beratungen wie folgt aufgeteilt:

Tim hatte morgens die Betten zu machen, Staub zu fegen, den Mülleimer auszuleeren und samstags die

Straße zu kehren. Sabine wurde zur Chefeinkäuferin ernannt und hatte dafür zu sorgen, dass immer etwas Essbares zur Verfügung stand. Julia sollte ihr dabei helfen. Mich berief man zum Koch, weil ich zumindest Eier backen konnte; mit und ohne Speck. Außerdem war ich für die Kinder zuständig; für die kleinen - versteht sich. Den Abwasch sollte die Spülmaschine erledigen, die Wäsche... Na, nun raten Sie mal!

Nachdem diese Sache geklärt war, brachte ich Julia und Jan ins Bett. Zu meiner größten Überraschung protestierten sie nicht einmal. Sie mussten wohl eingesehen haben, dass wir nur überleben konnten, wenn wir alle zusammenhielten. Oder sie waren einfach nur hundemüde. Ich vermutete Letzteres; denn so schlecht war die Gute-Nacht-Geschichte, die ich ihnen aus Dankbarkeit für ihr braves Verhalten vorlas, nun auch wieder nicht. Es gab gleich zu Anfang drei Leichen. Doch da waren die Kinder längst schon eingeschlafen.

"Was fangen wir mit dem angebrochenen Abend an?", erkundigte sich Sabine, als ich zu ihr und Tim ins Wohnzimmer zurückkehrte. "Oder wollt ihr am Ende auch schon ins Bett gehen?"

"Spät wird es jedenfalls nicht bei mir", entgegnete ich. "Ich muss morgen früh beizeiten aufstehen. Julia hat um acht Uhr Schule."

"Ich auch", meinte Sabine. "Aber ins Bett gehen möchte ich deswegen trotzdem noch nicht."

"Wir könnten ja noch ein bisschen spielen", schlug ich vor.

Sabine war begeistert von meiner Idee, Tim offenbar

nicht so sehr. Er schaute mich an, runzelte die Stirn, sagte aber nichts dazu. Er hätte mich wenigstens warnen können, der Schuft.

"Was haltet ihr von einem zünftigen Pokerspielchen?", regte Sabine mit dem harmlosesten Gesicht der Welt an. "Natürlich nur um Pfennige."

Also pokerten wir um Pfennige. Gegen zehn Uhr hatte ich zwanzig Mark an das kleine Biest verloren, Tim fünfzehn. Wir waren stinksauer, sie strahlte wie ein Honigkuchenpferd.

"Ich denke, es wird Zeit für dich", wandte sich Tim verdrossen an seine Tochter. "Sonst kriegst du morgen früh wieder nicht die Augen auf."

Sabine lachte hämisch. "Du ärgerst dich ja bloß, weil du verloren hast", spottete sie. "Deshalb soll ich verschwinden."

"Ärgern?" Tim schnaubte verächtlich. "Dieses Wort kenne ich gar nicht."

"Natürlich ärgerst du dich", konstatierte Sabine. "Und Tobias ärgert sich auch. Ihr müsstest nur eure bedepperten Gesichter sehen. Die sprechen Bände."

"Also gut!", rief Tim. "Dann gib uns halt noch eine Revanche. Aber höchstens ein Stündchen."

In diesem Stündchen verlor ich weitere zwanzig Mark, Tim etwa dasselbe. Unsere Laune besserte sich dadurch keineswegs. Sabine dagegen zog zufrieden von dannen.

"Was haben wir nur falsch gemacht?" fragte ich Tim. "Hat sie irgendeinen faulen Trick drauf?"

"Keine Ahnung." Tim zuckte die Schultern. "Sie gewinnt immer und hat mir schon so manchen Heiermann aus der Tasche gezogen. Vielleicht hat sie einfach nur Glück? Ich weiß es wirklich nicht."

Wir genehmigten uns jeder noch einen doppelstöckigen Whisky und begaben uns dann ebenfalls zur Ruhe. Bevor ich in mein einsames Ehebett kroch, duschte ich noch einmal ausgiebig. Ich stellte den Wecker auf sieben, löschte das Licht und schloss die Augen.

„Ach, Pam", dachte ich, ehe ich einschlief. „Du fehlst mir so sehr. Das Bett ist so kalt und leer ohne dich. Warum hast du mich bloß verlassen?"

♥

"Tobias!", weckte mich eine leise, weibliche Stimme. "Tobias, wach doch auf!"

Eine zarte, nach irgendeinem süßlichen Parfüm duftende Hand rüttelte mich. Verschlafen richtete ich mich auf. Sabine hockte neben mir auf der Bettkante und schaute mich wehleidig an. Sie trug ein Nichts von einem Negligé hinter dem die durchaus bemerkenswerten Konturen ihres wohlproportionierten jungen Körpers nur allzu deutlich hervorschimmerten. Mir wurde abwechselnd heiß und kalt. Und das, obwohl ich grundsätzlich nackt schlief.

„Gar nicht hinsehen, Tobias", redete ich mir ein. „Stark bleiben, Junge! Sie ist die Tochter deines Freundes."

"Was suchst du in meinem Zimmer?", fuhr ich sie barsch an und versuchte, meinem Gesicht einen strengen Ausdruck zu verleihen. "Mach, dass du verschwidest! Ich möchte schlafen!"

"Ach, Tobias, sei doch nicht so ekelhaft", jammerte sie. "Ich habe solche Schmerzen!"

"Dafür bin ich nicht zuständig", erwiderte ich. "Geh damit zu deinem Vater."

"Der schläft doch", lispelte sie weinerlich.

"Ich auch." Ich warf einen Blick auf den Wecker. "Weißt du eigentlich, wie spät es ist?"

"Ja, aber ich habe doch solche Schmerzen. Du musst mir helfen. Das ist deine verdammte Pflicht und Schuldigkeit als Gastgeber."

"Wo hast du denn Schmerzen?", erkundigte ich mich, immer darum bemüht, sie nicht mit allzu lüsternen Augen anzustarren. Was mir - ich gebe es ehrlich zu - nicht ganz leicht fiel.

"Hier tut es weh", erklärte die Nixe im Negligé, und wies auf eine Stelle an der Innenseite ihres rechten Oberschenkels. "Schau es dir bitte einmal an."

Ich warf einen flüchtigen Blick auf die *kranke* Stelle und wandte meinen Kopf schnell wieder zur Seite. „Heiliger Antonius, steh mir bei", betete ich, obwohl ich nicht wusste, ob dieser Heilige für Verlockungen selbiger Art zuständig war. Mir fiel momentan aber kein anderer ein. Mit Heiligen hatte ich es nicht so.

"Ich kann nichts erkennen", krächzte ich. Mein Mund und meine Kehle waren trocken, als wäre ich seit vierzehn Tagen ohne Wasser durch die Sahara marschiert. "Wahrscheinlich hast du gar nichts und bildest dir diese Schmerzen bloß ein."

"Ich *habe* Schmerzen", behauptete sie und rückte etwas näher an mich heran. "Du musst es dir nur genauer anschauen."

Genau das wollte ich nicht mehr tun. Was ich beim flüchtigen Hinsehen hatte erkennen können, genügte vollauf. Es genügte, um einen einsamen, von seiner Frau verlassenen Mann wie mich samt seinem kleinen Tobias in Aufruhr zu versetzen, wenn Sie verstehen, was ich meine. Und das ohne Viagra!

"Eigentlich bist du ein Idiot", schoss es mir in den Kopf. "Sie ist immerhin schon siebzehn. Kein Staatsanwalt könnte dir etwas wollen. Warum greifst du nicht einfach zu? Sie legt es schließlich darauf an, offeriert es dir förmlich auf dem Silbertablett."

"Du bist ein Schwein", warnte mich mein besseres Ich. "Überhaupt mit diesem Gedanken zu spielen! Schäme dich, Tobias Wunderlich, und reiß dich gefälligst zusammen!"

"Weißt du, ob Pam dir treu ist?", lockte der Teufel in mir. "Vielleicht liegt sie auch gerade mit einem anderen im Bett und lässt sich von ihm verwöhnen."

"Blödsinn", schalt ich den Teufel. "In New York sind sie zeitlich sechs Stunden hinter uns. Bei denen ist es gerade erst früher Abend. Um diese Zeit wird gegessen und nicht gebumst."

"Verschwinde!", knurrte ich Sabine grob an. "Ich kenne diese Art von Schmerzen, kann dir aber leider nicht helfen. Schließlich bin ich ein verheirateter Mann. Such dir lieber einen anderen, jüngeren. Mich lass gefälligst aus dem Spiel."

"Ach, Tobias!", schluchzte das Mädchen und warf sich an meine dünn behaarte Brust. "Was soll ich mit einem anderen? *Dich* liebe ich doch; nur dich." Also doch Hedwig Courths-Mahler oder Rosemarie Pilcher. "Warum schickst du mich fort?"

Ich schluckte und streichelte ihr sanft über ihr Köpfchen. "Es hat doch keinen Sinn", murmelte ich. "Sieh das doch ein. Du bist gerade mal siebzehn und ich ein alter, verheirateter Bock über dreißig. Es wäre unverantwortlich von mir. Ich könnte deinem Vater nie mehr unbefangen in die Augen blicken."

"Ach, der!", winkte Sabine ab. "Der sieht doch eh nicht richtig. Außerdem müsste er es ja auch nie erfahren."

"Trotzdem", versetzte ich. "Ich kann und will es

nicht. Also geh jetzt bitte. Geh!"

Sie hörte abrupt zu weinen auf, erhob sich und schaute voller Verachtung auf mich nieder. "Feigling!", hörte ich sie sagen. "Meine Güte, bist du ein Feigling! Aber vielleicht bist du ja auch impotent."

Ich hätte ihr gerade in diesem Moment das Gegenteil beweisen können, unterließ es aber wohlweislich. Dafür warf sie den Kopf in den Nacken und stolzierte hocherhobenen Hauptes aus meinem Zimmer.

"Na endlich!", seufzte ich, legte mich um und versuchte, wieder Schlaf zu finden. Vergebens. Immer wieder trat Sabines halbnackter Körper vor mein geistiges Auge und ließ mich nicht den ersehnten Schlummer finden.

"Schwein, Schwein, Schwein!", schimpfte mein besseres Ich. "Hast du nicht gestern Abend mit deiner Frau ausgiebig herumgepoppt? Wie kannst du da heute schon wieder scharf wie ein Rettich sein? Und das in deinem Alter! Schlaf jetzt lieber! Um sieben ist die Nacht herum. Das bist du doch gar nicht gewöhnt. Zähl Schafe, das hilft beim Einschlafen."

Ich war gerade beim Schaf Nummer einhundertachtundvierzig angekommen, als es im Nebenzimmer zu plärren begann. Jan! Wie eine Schiffssirene heulte er, vielleicht noch um einige Phon lauter. Also hüpfte ich seufzend aus dem Bett und schlüpfte in meinem Morgenmantel. Auf dem Gang begegneten mir bereits Tim, Sabine und Julia, die ebenfalls von Jans Urgeschrei geweckt worden waren. Sabine streckte mir verstohlen die Zunge heraus. Sollte sie doch. Es berührte mich kaum.

"Geht ruhig zurück in eure Nester", forderte ich Tim und die beiden Mädchen auf und gähnte herzhaft. "Ich kümmere mich schon um meinen Ableger."

Die drei nickten müde und verschwanden in ihren Zimmern. Jan brüllte inzwischen noch etwas lauter. Ich begab mich zu ihm und fand ihn in seinem Bettchen stehend vor. Als er mich erkannte, erreichte sein Geplärre Orkanstärke. Was für eine gewaltige Stimme! Und das ohne Lautsprecheranlage! Vielleicht würde er irgendwann einmal in Bayreuth singen können! Jetzt nervte er mich nur.

"Warum weinst du, Sohnemann?", wandte ich mich an ihn und bemühte mich, trotz Wut im Bauch, möglichst sanft zu sprechen.

"Jan Dusst!", verkündete er. "Will tinken! Jan viel asch Dusst hat!"

"Okay", sagte ich. "Papi holt dir etwas zu trinken. Du musst aber jetzt schön ruhig sein, sonst können die anderen nicht schlafen. Hast du mich verstanden?"

Der Sohnemann nickte.

Ich schlurfte in die Küche, goss meinem Sohn ein Glas Limo und mir einen Whisky ein und kehrte mit beidem zurück in das Kinderzimmer.

"Prost!", sagte ich und überreichte ihm das Glas mit der Limo.

"Post!", erwiderte Jan und trank, als hätte er seit Tagen nichts mehr bekommen.

"So, und jetzt wird wieder geschlafen", forderte ich ihn auf. "Gute Nacht, mein Sohn."

Ich legte ihn um, deckte ihn zu und verließ das Zimmer. Kaum lag ich im Bett, ging das Theater wieder los. Ich wieder raus aus dem Bett und zu ihm hinüber.

"Was gibt's denn jetzt schon wieder?"

"Nulli fott!", jammerte das Goldstück.

Also ließ sich der Papi auf die Knie nieder und suchte nach dem verdammten Schnuller. Es dauerte eine Weile, bis ich merkte, dass Jan auf ihm lag. Ich steckte ihm das abscheuliche Ding in den Mund, schaute nach, ob auch seine Hände mit den anderen bestückt waren und wankte zurück in mein Bett. Es war halb zwei. Endlich schlafen!

Pustekuchen! Das Telefon klingelte! Fluchend sprang ich aus meinem Nest und raste zu dem verflixten Apparat. "Hallo!", meldete ich mich müde.

"Mein Mann hat mich geschlagen!", kam eine heisere weibliche Stimme aus dem Hörer.

"Wie schön für Sie", erwiderte ich gähnend. "Aber was habe *ich* damit zu tun?"

"Sie müssen mir helfen!", flehte mich die weibliche Stimme an. "Er ist total betrunken, das Schwein! Er schlägt mich noch tot!"

"Dann rufen Sie doch die Polizei!" schlug ich vor.

"Ich denke, Sie wären die Polizei?"

"Falsch verbunden", erklärte ich. "Hier ist die Heilsarmee."

"Die Heilsarmee? Na fein! Das ist genauso gut. Mit Ihnen wollte ich mich schon lange mal unterhalten. Ich..."

Ich legte auf und tappte zurück in mein Zimmer. Kaum lag ich im Bett, erschien Tim, knipste das Licht an und erkundigte sich, wer angerufen hätte.

"Ich weiß es nicht."

"Aber du musst doch wissen, mit wem du eben telefoniert hast!"

"Ich weiß es aber wirklich nicht."

Das Telefon klingelte erneut. Tim ging dran. Kurz darauf war er wieder bei mir. "Das scheint eine Verrückte zu sein", meinte er kopfschüttelnd. "Sie will mit dem freundlichen Herrn von der Heilsarmee sprechen, den sie gerade an der Strippe gehabt hätte. Sie lässt sich nicht abweisen."

"Ich komme", sagte ich und folgte Tim zum Telefon. "Ja, bitte?"

"Ah, da sind Sie ja wieder", freute sich die weibliche Stimme am anderen Ende der Leitung. "Wir sind unterbrochen worden. Sagen Sie mal: Glauben Sie an Seelenwanderung?"

"Ja, so etwas soll es geben", versetzte ich matt.

"Na also", triumphierte die Stimme. "Als ob ich es geahnt hätte. Wahrscheinlich ist der Geist Plutos in meinen Mann gefahren!"

"Wer ist Pluto?"

"Pluto hieß unser Hund. Ein bitterböser Köter. Mein Mann musste ihn erschießen. Seitdem ist er so ekelhaft zu mir. Vorher war er eine Seele von Mensch; nie ein schlimmes Wort oder so. Und jetzt ist Pluto in ihn gefahren."

"Kann schon sein", zog ich diese Möglichkeit in Betracht. "Sozusagen als Rache für seinen gewaltsamen Tod."

Ich hörte im Hintergrund eine wütende männliche Stimme, es klatschte ein paarmal, die weibliche Stimme begann zu plärren, und dann wurde aufgelegt.

"Was wollte sie von dir?", erkundigte sich Tim interessiert.

"Der Geist Plutos ist in ihren Mann gefahren", nuschelte ich mit halbgeschlossenen Lidern, wälzte mich an ihm vorbei und begab mich zurück in mein Zimmer. Tim kam nach.

"Wer ist Pluto?", wollte er wissen.

"Ihr Hund", erklärte ich einschlafend. "Pluto ist ihr Hund."

Tim rüttelte mich wach. "Du spinnst", sagte er und tippte mit dem Zeigefinger an die Stirn.

"Mag sein", entgegnete ich benommen "Dürfte ich

dann bitte schlafen?"

"Du spinnst wirklich", wiederholte Tim und entschwand.

Es war kurz vor zwei. Endlich kehrte Ruhe ein. Ich konnte es selbst kaum glauben und wartete fast ungeduldig, ob nicht doch noch etwas Unvorhergesehenes passieren würde. Darüber wurde es drei. Dann endlich dämmerte ich hinüber ins Reich der Träume.

Drei Tage waren vergangen; drei Tage, die ähnlich verlaufen waren wie der erste. Bis jetzt waren Tim und ich nicht dazu gekommen, auch nur eine Zeile unseres neuen Musicals zu schreiben. Wir waren alle mit Hausarbeit und ähnlichen wichtigen Dingen ausgelastet gewesen; gnadenlos ausgelastet.

Sabine behandelte mich seit jener Nacht wie einen Hund, der sie gebissen hatte. Dabei hatte ich sie gar nicht gebissen, hatte nicht einmal an ihr geschnüffelt. Wahrscheinlich lag es daran. Jedenfalls sprach sie nur noch das Nötigste mit mir, und wenn ich sie etwas fragte, erhielt ich schnippische Antworten. Es schien, als hätte sie es aufgegeben, mich verführen zu wollen. Ich atmete innerlich auf und war andererseits auch ein bisschen enttäuscht, dass sie ihre Bemühungen um mich so schnell eingestellt hatte. Wie sehr hätte es meinem männlichen Ego geschmeichelt, sie noch weitere Male zurückweisen zu können. So aber...! Schwamm drüber!

Von unseren beiden Damen hatten wir seit ihrem Anruf aus New York nichts mehr gehört. Es schien ihnen also offenbar gut zu gehen, sonst hätten sie sich vermutlich gemeldet.

Vielleicht war aber auch das Gegenteil der Fall und sie konnten uns, weil sie gekidnappt worden waren, gar nicht anrufen? Diese verdammte Unsicherheit! Wenn man nur wüsste, wo sie steckten. Ich wurde schon nach drei Tagen nervös. Wie würde das erst in ein paar Wochen aussehen? Nicht auszudenken!

Heute war Samstag, und wir konnten alle etwas länger schlafen. Die Kinder mussten nicht in die Schule, eingekauft hatten wir gestern schon - herrlich! Ein richtiger Tag zum Faulenzen!

Kurz nach sieben standen Julia und Jan an meinem Bett und rüttelten mich wach.

"Dürfen wir spielen?", fragten sie.

Sie durften und spielten so intensiv, dass eine halbe Stunde später das ganze Haus wach war.

"Könntest du deinen Kindern nicht beibringen, dass es Leute gibt, die noch ein wenig schlafen wollen?", fuhr mich Tim an, nachdem er unrasiert und mit halbgeschlossenen Lidern in mein Zimmer getappt war. "Die machen einen Lärm, als wollten sie deine Hütte einreißen!"

Er hatte unbedingt recht. Aus dem Kinderzimmer drangen urwüchsige Schreie und lautes Gepolter. Glas klirrte, Holz splitterte, Benjamin Blümchen trompetete. Der Jüngste Tag konnte nicht anders beginnen.

Ich kroch aus meinem Bett, begab mich ins Kinderzimmer und gebot energisch Ruhe. Julia begann zu weinen, Jan plärrte. Also beruhigte ich meine Ableger und versuchte es auf die sanfte Tour. Man versprach mir, etwas leiser zu spielen. Was dann auch tatsächlich funktionierte. Dafür klingelte es an der Haustür. Ich ging, um zu öffnen.

"Auch du brauchst Jesus", klang es mir entgegen, und genau das stand auch auf einer Broschüre mit der Aufschrift *Wachturm*, die man mir unter die Nase hielt. Bei den überraschenden Besuchern handelte es sich um zwei Männer, die sich als Zeugen Jehovas entpuppten und mir die Bibel auszulegen versprachen.

"Ich bin katholisch", sagte ich und wollte die Tür schließen. Es ging nicht. Einer der Männer hatte seinen

Fuß dazwischengestellt.

"Ihre Konfession ist unerheblich", erklärte er freundlich. "Wir sind letztlich alle Brüder im Herrn. Betrachten Sie sich nur einmal die Bergpredigt..."

"Die kenne ich", unterbrach ich ihn. "Selig sind die Bekloppten, denn sie brauchen keinen Hammer."

Von da an kam ich nicht mehr zu Wort. Wie auf einen Geisteskranken redeten sie abwechselnd auf mich ein. Ich lernte die Bibel aus einem ganz anderen Gesichtspunkt kennen. Als Tim und Sabine, die wieder ihr Nichts von einem Negligé trug, an der Haustür auftauchten, fielen den Herren Zeugen fast die Augen aus den Köpfen.

"Schämen Sie sich nicht?", grollte einer der Männer und hob anklagend den Finger gen Himmel. "Sünde herrscht in diesem Haus! Sodom und Gomorrha! Zwei alte Böcke wie Sie und dieses blutjunge, unschuldige Wesen!" Er kannte Sabine nicht. "Der Herr wird seinen Bannstrahl auf Sie lenken und Sie in die tiefsten Abgründe der Hölle stürzen!"

"Sie ist meine Tochter", tat Tim kund. "Und jetzt lassen Sie uns bitte in Frieden. Wir wollen noch ein wenig schlafen. Falls das in diesem Haus überhaupt möglich ist."

Gemeinsam gelang es uns schließlich, die netten Bibelforscher abzuwimmeln. Aber erst, nachdem wir jeder ein Exemplar ihrer Zeitschrift erstanden hatten.

"Du erkältest dich noch", knurrte Tim seine Tochter an. "Musst du so herumlaufen? Dann brauchtest du eigentlich auch gar nichts anzuziehen."

"Stört es jemanden?", wollte Sabine schnippisch wissen. "Dann kann er ja wegschauen!"

Sie warf den Kopf in den Nacken und verschwand in ihrem Zimmer.

Tim sah mich an und hob die Schultern. "Du hattest recht", meinte er müde. "Ich sollte tatsächlich auf sie aufpassen. Und auf dich auch", fügte er anzüglich hinzu. Dann begab er sich ebenfalls wieder zur Ruhe.

Ich war inzwischen hellwach und beschloss, aus dieser Not eine Tugend zu machen. Also duschte ich und zog mich an. Anschließend deckte ich den Frühstückstisch und fuhr zum Bäcker, um Brötchen, Croissants und ähnliche Erzeugnisse örtlicher Backkunst zu kaufen. Ich warf die Kaffeemaschine an und ging zu meinen Kindern. Nachdem ich Jan trockengelegt hatte, weckte ich meine Gäste und bat sie zum Frühstück. Sie maulten zwar ob der frühen Stunde, krochen dann aber doch aus den Federn.

"Dein Kaffee schmeckt nach Schmierseife", stellte Sabine fest, als wir schließlich beieinander saßen und die mit Honig, Marmelade und Nutella beschmierten oder mit Wurst belegten Brötchen und Croissants in uns hineinstopften. "Ekelhaft."

"Sie hat recht." Tim schüttelte sich. "Der Kaffee schmeckt tatsächlich merkwürdig. Aber nicht nach Schmierseife, sondern eher nach Motorenöl."

"Ihr leidet an Geschmacksverirrung!", rief ich verärgert. "Der Kaffee schmeckt hervorragend!"

"Ja", sagte Sabine bissig. "Hervorragend nach Schmierseife."

"Na schön!", schnaubte ich. "Dann koch du ihn doch ab sofort! Aber wahrscheinlich kannst du das gar nicht, weil du zu dumm dazu bist!"

"Das muss ich mir von dir impotenten Rhinozeros nicht gefallen lassen!", wurde Sabine laut und sprang auf. "Eine Beleidigung folgt der anderen! In diesem Haus halte ich es nicht länger aus! Papa, komm, wir gehen!"

"Unsinn", widersprach Tim. "Wir bleiben natürlich. Was sollen wir denn allein zu Haus?"

"Dann sag deinem Freund, dass er diese Beleidigung sofort zurücknimmt", fauchte Sabine und funkelte mich wütend an.

"Aber du kannst doch wirklich keinen Kaffee kochen", meinte Tim, griff seelenruhig nach dem nächsten Brötchen, um es dick mit gekochtem Schinken zu belegen.

"Stimmt", räumte Sabine ein und setzte sich wieder. "Ich bin aber nicht zu dumm dazu. Wenn ich wollte, könnte ich."

"Dann beweis es uns ab morgen und will mal", schlug ich vor. "Im übrigen hattet ihr recht: Der Kaffee schmeckt wirklich seltsam; aber weder nach Schmierseife noch Motorenöl, sondern eher nach Meister Propper. Vielleicht hätte ich die Kanne nach dem Spülen noch einmal ausleeren sollen."

♥

"Was gibt es heute zum Mittagessen?", erkundigte sich Tim nach dem Frühstück. Er war nie satt zu bekommen und hätte eigentlich bei den Unmengen, die er in sich reinfraß, mehrere Zentner auf die Waage bringen müssen. Tat er aber, wie wir wissen, nicht. "Wenn du jetzt Eier sagst", fuhr er fort, "springe ich an die Decke. Die kommen mir nämlich mittlerweile schon aus den Ohren raus. Mittags Eier, abends Eier und hart- oder weichgekochte Eier zum Frühstück. Es wundert mich, dass ich noch nicht gackere."

"Ich hatte eigentlich daran gedacht", räumte ich ein. "Rührerei mit Schinken hatten wir noch nicht."

"Aber mit Speck", meinte Sabine. "Das ist fast dasselbe."

"Na schön", seufzte ich. "Dann werde ich heute mal das Kochbuch zu Rate ziehen und euch ein Festmenü präsentieren. Allzu schwer kann das ja nicht sein."

"Haben wir genügend Salzstangen im Haus?", wollte Tim wissen.

"Wieso das denn?"

"Damit wir etwas zu essen haben, falls das mit dem Festmenü nichts wird", grinste er.

"Armleuchter!", grollte ich beleidigt.

Tim zuckte die Schultern und begab sich hinaus in den Garten, um den Rasen zu mähen.

Ich entschloss mich, Gulasch mit Nudeln zu kochen und schickte die Kinder einkaufen. Nachdem sie zurück waren, halfen sie Tim bei der Rasenpflege, und ich studierte das Kochbuch. Man nehme...

Ich nahm, und bald brutzelte das Fleisch lustig auf dem Herd.

Weil das Fleisch auch ohne mich brutzeln konnte, ging ich hinaus in den Garten und sah nach, wie weit Tim und die Kinder inzwischen gekommen waren. Sie waren fast fertig. Als ich Jan erblickte, war ich auch fast fertig. Er war grün von Kopf bis Fuß und glich jenen berühmten Männchen vom Mars.

"Jan hat dehelft!", verkündete er stolz. "Pima, nich?"

Sollte ich ihn ausschimpfen? Wirklich nicht. Schließlich hatte er es gut gemeint. Und ganz unschuldig war ich ja auch nicht an der neuen Hautfarbe meines Ablegers. Ich hätte den Rasenmäher längst zur Reparatur geben müssen; denn dessen Auffangkorb war nicht mehr ganz dicht, sodass das dröhnende Monstrum beim Mähen eine breite Spur geschnittenen Grases hinterließ.

Dieses Gras rechten die Mädchen zu Haufen und Jan warf es mit seinen kleinen Patschhändchen in einen ausgedienten Wäschekorb. Die Hände wischte er hin und wieder an seiner Hose ab. Manchmal musste er auch das Gesicht oder sein T-Shirt erwischt haben. Und die Haare. Jedenfalls war er überall grün.

Ich schnappte mir meinen kleinen Grashüpfer und schleppte ihn ins Badezimmer. Und schon musste ich wieder kämpfen. Jan war nämlich sehr wasserscheu und wehrte sich mit Händen und Füßen, gebadet zu werden. Bis ich ihn in der Wanne hocken hatte, war schon eine reife Leistung. Eine halbe Stunde musste ich an ihm herumschrubben, bis unter dem satten Grün wieder so etwas wie eine rosige Haut zum Vorschein kam. Als er endlich sauber war, schwamm das Badezimmer. Und mich konnte man auswringen. Ich zog mich um.

Mein Gulasch war unterdessen fast gar. Ich würzte noch einmal kräftig nach, weil Gulasch ja scharf sein muss. Jetzt war es auch Zeit, die Nudeln aufzustellen. Wir waren drei Erwachsene und zwei Kinder. Da braucht man schon eine gehörige Menge, dachte ich in meiner kochtechnischen Ahnungslosigkeit und warf drei Pfund in das kochende Wasser. Wenig später gingen mir die Augen über. Und der Topf mit den Nudeln ebenfalls. Das Zeug quoll und quoll. Ich musste umtopfen. Und es quoll weiter. Ich schüttete einen Teil in die Toilette.

Eine Viertelstunde später stolperte Tim völlig aufgelöst und bleich wie ein Bettlaken in die Küche. Er ließ sich entnervt auf einen Stuhl fallen und schlug die Hände vor's Gesicht.

"Tim, was ist mit dir?", erkundigte ich mich besorgt.

"Ich habe einen Bandwurm!", ächzte er. "So ein

Apparat!" Er zeigte mir mit den Händen die entsprechende Größe. "Das hat mir gerade noch gefehlt!"

"Wie kommst du eigentlich darauf, dass du einen Bandwurm hast?", wollte ich wissen.

"Weil ich gerade auf der Toilette war und ihn gesehen habe", erklärte er mit der dumpfen Stimme eines Todeskandidaten. "Und nicht nur einen! Eine ganze Familie muss das sein!"

Mir ging ein Licht auf. Ich hatte, als ich die Nudeln in das Klo schüttete, in der Eile offenbar abzuspülen vergessen. Und jetzt...! Ich konnte nicht anders und begann lauthals zu lachen.

"Ich weiß nicht, was es da zu lachen gibt", beschwerte sich Tim tödlich beleidigt. "Schließlich bin ich ein kranker Mensch."

"Ich bedauere dich von ganzem Herzen", versicherte ich und hielt mir die Seiten vor Lachen. "Ehrlich."

"Dann hör gefälligst auf zu lachen!", schrie Tim und klatschte beide Hände auf den Küchentisch. "Hör auf damit."

Ich konnte nicht aufhören und war nicht einmal in der Lage, ihn über den wahren Sachverhalt aufzuklären. Und als ich jetzt hörte, welche Maßnahmen er gegen seinen vermeintlichen Wurm zu ergreifen gedachte, wollte ich es auch gar nicht mehr.

"Hast du Sauerkraut im Haus?", fragte er mich leidend.

"Ich glaube, im Kühlschrank steht noch eine Büchse. Warum?"

"Sauerkraut ist gut gegen Bandwürmer", klärte mich Tim auf. "Und Rizinusöl" Er schüttelte sich. "Ausgerechnet Rizinus. Hast du Rizinus?"

Ich hatte und überließ ihm sowohl das Sauerkraut als auch das Rizinusöl. Natürlich war das gemein von mir.

Aber wie sagte schon der Igel? "Spaß muss sein!" Dann stieg er auf die Klosettbürste.

Tim aß mit Todesverachtung eine ganze Büchse Sauerkraut für vier Personen und schluckte anschließend mit verkniffener Miene einen großen Esslöffel voll Rizinusöl. Fünf Minuten später raste er zur Toilette. Kreidebleich kam er zurück.

"Nichts", grummelte er. "Ich muss die Prozedur noch einmal wiederholen; denn wenn man den Kopf nicht erwischt..."

Jetzt hielt ich es an der Zeit, den armen Tim aufzuklären. Bevor ich überhaupt zu Wort kam, war er schon wieder verschwunden.

"Was hat er denn?", wollte Sabine, die mit den Kindern hereingekommen war, wissen, als ihr Vater mit der Geschwindigkeit eines Hundertmeterläufers an ihr vorbeispurtete und in der Toilette verschwand. "Hat er sich den Magen verdorben?"

"Nein", erwiderte ich grinsend. "Er denkt, er hätte einen Bandwurm. Dabei waren es lediglich Bandnudeln, die ich ins Klo geschüttet habe, weil sie sich auf wundersame Weise vermehrt hatten."

"Du bist gemein!", schrie Tim, der soeben wieder in der Küche eintraf. "Du bist ein Schuft! Ein Gauner! Ein... ein Rindvieh!"

"Suft! Dauner! Hindvieh!", wiederholte Jan und schaute mich ob dieses neuen Wortschatzes stolz an. "Suft! Dauner! Hindvieh!"

"So etwas sagt man nicht", ermahnte ich meinen Sohn.

"Tim auch desagt", motzte der Kleine.

"Ich darf das auch", meinte Tim zornbebend und erdolchte mich mit Blicken. Bevor sie mich töten konnten, war er schon wieder auf und davon.

Bis er von jenem Ort, den auch ein Kaiser zu Fuß aufsuchen muss, zurückkehrte, deckten wir den Tisch im Esszimmer ein. Mein Gulasch duftete himmlisch. Uns lief das Wasser im Mund zusammen. Kein Wunder nach drei Tagen Eier in allen Variationen.

Tim sah durch mich hindurch, als er sich zu uns an den Tisch setzte. "Das gibt sich schon wieder", dachte ich und verteilte Nudeln und Gulasch auf die einzelnen Teller.

"Langt tüchtig zu", forderte ich die ganze Mannschaft frohgemut auf. "Guten Appetit allerseits."

Kaum hatten sie den ersten Bissen im Mund, verzogen alle - mich eingeschlossen - wie auf Kommando entsetzt das Gesicht. Jan spuckte sein Bröckchen in die Gegend und fing zu weinen an.

Es war scharf! Schärfer! Noch schärfer! Ungenießbar! Die Tränen traten mir und meinen Tischnachbarn in die Augen. Ich befürchtete, dass jeden Moment Feuer aus unseren Ohren schlagen würde.

"Bähhhh!", machte Julia und würgte. Auch Tim und Sabine würgten. Ich selbstverständlich ebenfalls. Ich glaubte, meine Zunge stünde in Flammen. Wie ein Mann sprangen alle auf und rasten zur nächsten Wasserleitung, um den Brand zu löschen. Ich wunderte mich, dass es nirgendwo zischte. Ich hatte fest damit gerechnet.

"Wer war das?", donnerte ich meine Lieben an, als alle wieder mit roten Augen und heraushängenden Zungen am Tisch saßen. Ich war mir nämlich sicher, das Fleisch nicht verwürzt zu haben. Soviel Pfeffer und Paprika hatte ich nicht hineingetan. Das stand fest.

"Nun", begann Tim zögernd. "Ich dachte, du hättest vielleicht vergessen, das Fleisch zu würzen und habe etwas Pfeffer und Paprika dazugegeben. Auch einen kleinen Schuss Tobasco. Vielleicht etwas zuviel. Aber Gulasch muss schließlich scharf sein."

"Du hast nachgewürzt?", rief ich aufgebracht. "Ohne vorher abzuschmecken?"

Tim nickte kleinlaut. Der Bandwurm war vergessen.

"Ich habe auch etwas Pfeffer und Paprika dazugegeben", gestand Sabine. "Und etwas Chilipulver. Hätte ja wirklich sein können, dass du nicht richtig gewürzt hast. Du bist schließlich kein Koch." Sie senkte die Augen und starrte betreten zu Boden. "Tut mir leid."

"Jan hat auch nachgewürzt", enthüllte uns Julia verzagt. "Er hatte beobachtet, wie Bine etwas in den Topf warf und wollte es ihr nachmachen. Bis ich ihn davon abhalten konnte, war es passiert."

"Ihr Hornochsen und -öchsinnen habt also alle nachgewürzt?" konstatierte ich wütend.

"Ich nicht", warf sich Julia stolz in die Brust.

"Auf die Handvoll Pfeffer und Paprika wäre es auch nicht mehr angekommen", grollte ich. "Wer ist hier eigentlich der Küchenchef?"

"Du", hauchten sie allesamt.

"Und warum mischt ihr euch dann in meine Angelegenheiten?", rief ich. "Wenn das noch einmal geschieht, lege ich umgehend mein Amt nieder. Dann könnt ihr meinetwegen verhungern."

Ich stand wie ein Feldherr vor seiner geschlagenen Truppe. Keiner wagte mich anzusehen. Ich fühlte mich wie Cäsar, nachdem er den Rhein überquert hatte. Allerdings wie ein hungriger Cäsar.

"Und was essen wir jetzt?", fragte ich das gemeine römische Volk und verschränkte angriffslustig die Arme vor der Brust.

"Vielleicht können wir etwas Obst aus der Dose zu den Nudeln essen", schlug Tim vor. "Das schmeckt auch ganz gut."

"Ja, falls ihr die Nudeln nicht auch verdorben habt!"

"Ich habe jedenfalls kein Salz hineingetan", versicherte Sabine. Tim auch nicht. Jan auch nicht. Ich auch nicht. Die Nudeln schmeckten wie Arsch und Friederich. Daran änderte auch das Dosenobst kaum etwas. Eier mit Schinken wäre besser gewesen.

"Morgen gehen wir in eine Kneipe", gab ich bekannt. Man war einstimmig dafür. Morgen war schließlich Sonntag, da konnte man sich diese Ausgaben ruhig mal leisten. Unsere beiden Weltreisenden warfen das Geld ja auch mit beiden Händen hinaus. Warum sollten wir armen Daheimgebliebenen darben? Fiel uns gar nicht ein.

Wir hatten gerade die Spülmaschine angeworfen und Jan in die Heia gebracht, als es an der Haustür klingelte. Böses ahnend ging ich hin und öffnete. Meine lieben Schwiegereltern standen davor. Welche Freude! Wohl oder übel bat ich sie herein.

"Ist Pam nicht da?", erkundigte sich meine Schwiegermutter, nachdem sie ihren Mantel an der Garderobe aufgehängt und mich mit einem angedeuteten Küsschen begrüßt hatte. Ihren Hut behielt sie auf.

"Nein, sie ist nicht zu Hause", erwiderte ich. "Sie befindet sich in New York, vielleicht auch schon in Timbuktu oder Okinawa. So genau weiß man das nicht."

"Du machst Scherze." Meine liebe Schwiegermutter schaute mich strafend an. "Oder?"

Ich beteuerte, dass es sich leider nicht um einen

Scherz handelte. "Pam unternimmt zusammen mit Claudia Küppers eine Weltreise", klärte ich sie auf.

Die Gute stieß einen entsetzten Schrei aus. "Ohne mir etwas davon zu sagen!", klagte sie und schlug die Hände über dem Kopf zusammen. "Unerhört ist das! Unerhört!"

Ich zuckte mit den Schultern. Mein Schwiegervater sagte gar nichts. Er redete nie viel. Seine Frau dafür um so mehr. Was sie an einem Tag von sich gab, sprachen andere nicht in einem Monat.

Karl Seliger, mein Schwiegervater, war ein gutmütiger Typ, klein und rundlich und immer freundlich. Das nun schon viele Jahre währende Los, mit seiner Frau Elfriede verheiratet zu sein, hatte seinem treuen Dackelgesicht einen bekümmerten, ja, fast schon verängstigten Ausdruck verliehen. Auch die Haare waren ihm ausgefallen. Vielleicht hatte er sie zu oft gerauft? Wer weiß?

Karl trug immer die Mode von vorgestern und die eine Nummer zu weit. Er durfte nicht rauchen, durfte nur Wasser und Fruchtsäfte trinken und von dem schmalen Taschengeld, das ihm zugebilligt wurde, hatte er seiner Gattin einmal wöchentlich pflichtschuldigst Blumen zu kaufen. Manchmal tat er mir richtig leid. Aber nur manchmal. Schließlich war er an seinem Dilemma selbst schuld. Er hätte beizeiten auf den Tisch hauen sollen. Oder diesen Drachen erst gar nicht heiraten.

Mein Schwiegervater war achtundfünfzig Jahre alt und hatte den ehrbaren Beruf eines Finanzbeamten erlernt, den er immer noch ausübte. Von ihm stammte so mancher Tipp, wie ich den Fiskus... Schwamm drüber. Man soll keine schlafenden Hunde wecken. Es würde weder ihm noch mir bekommen, wenn sie wach wurden.

Elfriede, seine Frau, war genau das Gegenteil von Karl: Resolut, laut und keinen Streit vermeidend. Sie war einen guten Kopf größer als ihr Göttergatte und blickte auch sonst ziemlich abfällig auf ihn herab. Sie glaubte nämlich, etwas Besseres verdient zu haben als einen biederen Finanzbeamten. Ihr Vater war immerhin Reichsbahnobersekretär und ein führendes Mitglied in der Partei gewesen. Darauf konnte man sich schon etwas einbilden, obwohl sie auf Letzteres inzwischen keinen großen Wert mehr legte und es lieber verschwieg.

Elfriede war fünfundfünfzig, versuchte aber verzweifelt, sich auf jugendlich zu trimmen. Sie hatte ihre Haare tiefrot färben lassen, was ihr eine gewisse Ähnlichkeit mit einer Hexe verlieh. Ihre kleinen, kalten Augen waren immer in Bewegung. Ihr entging nichts. Man fühlte sich immer von ihr durchschaut. Vielleicht konnte sie sogar Gedanken lesen? Hexen sollen das angeblich können.

Meine Schwiegerleute wohnten etwa dreißig Kilometer von uns entfernt in der Großstadt. Leider nur in Miete, wie Elfriede ständig mit einem schiefen Blick auf ihren Gatten betonte. Zu einem eigenen Haus hätte sein Gehalt nie gereicht. Nun ja, man müsse halt mit dem zufrieden sein, was man hätte. Große Sprünge könne man sich damit nicht erlauben. Dabei flogen sie zweimal im Jahr für drei Wochen nach Mallorca. Und auf Sylt waren sie auch schon gewesen. Aber dort hatte es ihnen nicht gefallen. Die vielen Nackten! Ekelhaft! Karl hatte es gefallen.

Karl und Elfriede tauchten nicht regelmäßig bei uns auf, aber immer wieder. Und das grundsätzlich unangemeldet, als wollten sie uns überprüfen. So wie heute.

Meine liebe Schwiegermutter schien momentan sehr verärgert zu sein. Ich erkannte es an ihren zusammengepressten Lippen und dem gefährlichen Funkeln in ihren Augen.

"Kommt doch erst einmal mit ins Wohnzimmer", forderte ich meine beiden Besucher auf und ging voraus. Als sie Tim und Sabine dort sitzen sahen, schauten sie mich fragend an.

"Wie ich bereits sagte: Claudia begleitet Pam auf ihrer Weltreise. Tim und Sabine sind solange zu uns gezogen."

"Uuunerhört", murmelte meine Schwiegermutter und begrüßte meine beiden Untermieter. Dann nahm sie Julia in die Arme, presste sie an sich und küsste sie. "Armes Kind! Armes, verlassenes Kind!" Als ob es *mich* nicht gäbe! "Was ist mit Jan?"

"Er schläft, sonst würde er brüllen."

"Warum befindet sich deine Frau auf einer Weltreise?", begann meine Schwiegermutter mit ihrem Verhör, nachdem sie sich auf der Couch häuslich niedergelassen hatte. Karl setzte sich mit dem ihm eigenen freundlichen, aber verschüchterten Lächeln neben sie.

Nun musste ich ausführlich berichten, wie es zu Pams überraschendem Entschluss, sich die Welt anzusehen, gekommen war. Die liebe Schwiegermutter schüttelte ein ums andere Mal missbilligend den Kopf. Karl ebenfalls, aber immer erst dann, wenn seine Elfriede geschüttelt hatte. So streng waren hier die Bräuche.

"Du hast meine arme Tochter also wieder einmal aus dem Haus getrieben", konstatierte meine liebe Schwiegermutter am Ende meines Berichtes. "Das sieht dir ähnlich."

Natürlich! Ich war wieder schuld! Ich war schließlich immer schuld! Zumindest in ihren Augen. Warum wunderte ich mich eigentlich noch darüber?

"Ach was!", winkte ich verstimmt ab. "Wir sind ohne jeglichen Streit im Guten auseinandergegangen. Wir haben zum Abschied sogar noch einmal ausgiebig miteinander gevö..."

Ich unterbrach mich und schwieg. Was ging meine Schwiegermutter an, was Pam und ich zum Abschied getrieben hatten?

Tim grinste unverschämt. Karl lächelte verstohlen und fast ein wenig wehmütig. Ob er und die liebe Schwiegermutter noch miteinander...? Ich konnte es mir kaum vorstellen.

"Sie hat euch also mir nichts, dir nichts verlassen?", fasste die liebe Schwiegermutter zusammen. "Nur zu ihrem Vergnügen?"

"So ist es", bestätigte ich.

"Ich werde ein Wörtchen mit meiner Tochter reden müssen, wenn sie zurück ist", kündigte Elfriede an.

"Das wird aber eine Weile dauern", vermutete ich.

"Einmal wird sie ja wohl zurückkommen", schnarrte meine Schwiegermutter. "Dann kann sie 'was erleben! Lässt einfach ihren Mann und die armen Kleinen im Stich und treibt sich in der Welt herum. Uuunerhört!"

Wenn Pam mich verlassen hätte und - wie so oft - zu ihren Eltern zurückgekehrt wäre, hätte sie das keinesfalls *uuunerhört* gefunden. Im Gegenteil. Jetzt aber ärgerte sie sich, weil ihr Herzblatt sie nicht in ihre Pläne eingeweiht hatte. Wo sie doch sonst alles als erste wissen musste - und auch wusste.

"Natürlich nehmen wir die Kinder mit zu uns nach Hause", beschloss sie. "Nicht wahr, Karl?"

Karl nickte gottergeben.

"Das geht nicht", widersprach ich. "Julia muss zur Schule."

"Dann wenigstens Jan."

Mir war bekannt, dass der Bub seine Großmutter ebenso sympathisch fand wie ich. Ich konnte ihm unmöglich zumuten, bei ihr wohnen zu müssen. Er wäre, so klein er war, mit Sicherheit ausgebüchst. Und das in der Großstadt! Wir hätten ihn vielleicht nie wieder gesehen.

"Die Kinder bleiben hier!", entschied ich.

Elfriede schnappte empört nach Luft. Wie konnte ich wagen, ihr zu widersprechen? Uuunerhört war das! "Karl, was sagst du dazu?", wandte sie sich an ihren Mann. Karl hob die Schultern und schwieg. "Da meint man es gut, und schon kriegt man wieder eins auf den Deckel."

"Es war nicht böse gemeint", versicherte ich.

"Schon gut! Schon gut!", winkte Elfriede ab und tupfte sich mit einem Taschentuch ein paar imaginäre Tränen von den Augen. "Du konntest mich ja noch nie leiden. Dir wäre am liebsten, wenn ich tot wäre. Lüge nicht! Ich weiß es!"

Daran hatte ich wirklich noch nie gedacht. Ehrenwort. Ich wünschte sie zwar manchmal dahin, wo der Pfeffer wächst, aber tot? Meinem schlimmsten Feind würde ich das nicht wünschen. Der liebe Karl sollte sie ruhig noch ein paar Jährchen genießen. Vielleicht wurde er auf seine alten Tage hin ja doch noch ein Mann und zeigte ihr endlich mal die Zähne. Und wenn es die dritten waren.

"Ihr Angebot ehrt uns", mischte sich Tim ölig ein.

Er hatte bei meiner Schwiegermutter schon immer einen Stein im Brett. Wegen seiner gelehrten Bücher, die sie verschlang, aber - ich vermute es mal - nicht verstand. Dieser Mann hatte, im Gegensatz zum Schwiegersohn, Bildung. Deshalb war Tim auch so etwas wie ein Halbgott für sie.

"Wir kommen wirklich sehr gut mit den Kindern zurecht", betonte Tim. "Aus uns ist, den Umständen entsprechend, eine große, gut funktionierende Großfamilie geworden. Sie brauchen sich wirklich keine Sorgen zu machen, gnädige Frau."

Gnädige Frau! Das ging ihr runter wie Honig. Wer hatte sie je so genannt? Karl bestimmt nicht. Und ich auch nicht; selbst, als ich noch um Pam geworben hatte.

"Ich habe es nur gut gemeint", wiederholte sie.

"Aber das wissen wir doch", sülzte Tim. Ich hätte ihm die Füße dafür küssen mögen. Er verstand es, den Drachen zu bändigen. Wie Jung-Siefried. "Uns ist bekannt, dass Sie ein überaus hilfsbereites, großmütiges Herz besitzen. Ich wünschte, meine Schwiegermutter wäre wie Sie." Sie war seit vielen Jahren tot. Er hatte sie nie kennengelernt, der alte Halunke

"Bekommt ihr auch genügend zu essen?", erkundigte sich Elfriede bei Julia.

"Aber natürlich", bestätigte die Kleine. "Papi kocht ganz prima. Heute gab es Gulasch."

Warum um alles in der Welt musste sie davon anfangen? Warum konnte sie nicht einfach den Schnabel halten?

"Ich wusste gar nicht, dass du kochen kannst", wandte sich meine liebe Schwiegermutter an mich, und ich hatte das Gefühl, endlich mal eine Stufe in ihrer Achtung emporgeklettert zu sein.

"Nicht der Rede wert", gab ich mich bescheiden. "Man tut, was man kann."

"Und?" Meine liebe Schwiegermutter sah sich gespannt im Kreise um. "Wie hat es geschmeckt, das Gulasch?"

Meine Mitesser drucksten verlegen herum.

"Nun?"

"Das wissen wir nicht", bekannte Julia. "Wir mussten es wegschütten."

Ich purzelte wieder etliche Stufen auf Schwiegermutters Achtungsleiter hinunter. Das konnte man ihrem Gesicht deutlich entnehmen.

"Daran waren aber wir schuld", erhob sich Tim zu meinem Verteidiger. "Viele Köche verderben eben den Brei."

"Das Gulasch", korrigierte ihn Julia vorlaut.

"Glaubst du nicht, es wäre besser, wenn ich dir Lydia als Haushaltshilfe schicke?", fragte mich Elfriede. "Sie ist arbeitslos und weiß ohnehin nicht so recht, was sie den ganzen Tag tun soll. Außerdem ist sie eine ausgezeichnete Köchin. Das wäre doch *die* Lösung."

Das wäre überhaupt keine Lösung, fand ich. Lydia Sonnenkorn war die eineiige Zwillingsschwester meiner holden Gattin und deren getreues Ebenbild. Sie war seit etwa einem halben Jahr geschieden und - warum auch immer - genauso scharf auf mich wie Sabine. Das hatte sie schon öfters zu erkennen gegeben. Lydia hatte eben - im Gegensatz zu mir - keine Prinzipien. Nie mit dem Mann meiner Schwester gab es für sie offenbar nicht. Ihre Anwesenheit in meinem Haus würde unweigerlich zu einem Chaos führen. Ich würde mir einen Keuschheitsgürtel zulegen müssen, falls es so etwas für Männer gab.

"Wir kommen schon zurecht", murmelte ich mit einem verunglückten Lächeln. "Trotzdem: Vielen Dank für dein Angebot."

"Du kannst es nicht ablehnen", beharrte meine liebe

Schwiegermutter auf ihrem grandiosen Einfall. "Das lasse ich nicht zu. Lydia zieht zu euch ins Haus und damit basta. Sie ist eine anständige Frau und wird euch eine große Stütze sein. Vielleicht könnt ihr euch dann endlich eurer eigentlichen Arbeit widmen."

"Ich finde diese Idee großartig", mischte sich Tim ein. "Zumal ich Hausarbeit jeglicher Art hasse."

Er kannte Lydia natürlich. Wer weiß, was er sich von ihrer Anwesenheit versprach? Sollte er doch. Für mich war sie jedenfalls tabu. Von wegen der Prinzipien.

"Also gut", lenkte ich ein. "Soll sie halt kommen, falls sie das überhaupt möchte."

"Sie hat zu mögen", betonte Elfriede. "So, und jetzt fahren wir gleich zu ihr und leiten alles in die Wege. Wenn nichts dazwischenkommt, zieht sie morgen bei euch ein."

Sie wälzte sich von der Couch, schnappte sich ihren Gatten und verabschiedete sich. Ich streichelte die Tür, durch die sie verschwunden war.

"Ich freu mich auf Lydia", meinte Tim und rieb sich vergnügt die Hände.

"Ja, weil du ein Esel bist", knurrte ich mit finsterer Miene. "Du weißt genau, dass das nicht gut geht, und du weißt auch warum. Hättest du bloß den Schnabel gehalten, dann wäre es mir vielleicht gelungen, meine liebe Schwiegermutter von ihrer großartigen Idee abzubringen."

"Das war für den Bandwurm", erklärte Tim grinsend. "Rache muss sein. Außerdem kann Lydia, wie du hörtest, gut kochen. Sollten wir uns das entgehen lassen?"

Ich winkte ab und begab mich zu Jan, der - wie sein Geplärre verriet - aufzustehen wünschte. Die Lage wurde immer verworrener. Ich wäre am liebsten in die Hintere Mongolei ausgewandert. Vielleicht wäre ich unterwegs meiner Pam begegnet. Ach, Pam!

5.

Am Abend überredete uns Sabine, sie in eine Diskothek zu begleiten. Tim und ich wehrten uns zunächst mit Händen und Füßen dagegen.

"Diskotheken sind nichts für ältere Herren wie uns", meinte ich. "Die nennen uns glatt Opa, wenn wir dort aufkreuzen. Vielleicht lassen sie uns nicht mal rein."

"Sie lassen euch schon rein", beteuerte das Mädchen. "Schließlich bin ich bei ja euch. Und wenn sie euch tatsächlich als Opas bezeichnen sollten, müsst ihr das einfach überhören. Für mich seid ihr jedenfalls keine Opas. Ich stehe auf ältere Semester."

Sie warf mir - ich registrierte es mit Grausen - einen verliebten Blick zu. Dass ich sie vergangene Nacht zurückgewiesen hatte, schien sie mir verziehen zu haben. Ich befürchtete, und das wahrscheinlich zu Recht, dass sie es erneut versuchen würde. Und morgen kam auch noch Lydia! Es würde zum Krieg kommen zwischen den beiden. Die Siegesprämie war ich. Ich durfte nicht daran denken, tat es aber unentwegt.

"Mir ist es in einer Diskothek viel zu laut", erklärte Tim. "Ohne Ohrenschützer halte ich es in einem solchen Laden keine zehn Minuten aus. Und meine sind gerade in der großen Wäsche."

"So laut ist es dort gar nicht", behauptete Sabine und widersprach sich im gleichen Moment selbst: "Außerdem muss moderne Musik laut sein. Das müsstet ihr als Musikschaffende eigentlich wissen. Die spielen sogar hin und wieder etwas von euch. Natürlich nicht oft. Die heutige Jugend steht halt auf anderer

Musik." Sie nannte die Namen einiger Gruppen und deren aktuelle Titel, von denen ich noch nie gehört hatte. "So etwas müsstet ihr mal schreiben. Damit könntet ihr eine Unmenge Kohlen machen. Mehr als mit euren Wald- und Wiesenschnulzen."

"Mein liebes Kind", brummte Tim, der sich über die Kritik seiner Tochter an unseren Werken sichtlich ärgerte. "Du kannst unsere niveauvollen Lieder nicht mit diesem die Ohren beleidigenden Plastikkram aus dem Computer vergleichen. Wir schreiben für gehobenere Ansprüche."

"Ach ja?", machte Sabine spöttisch. "Und was ist mit eurer *Försterin vom Ammersee*? Ist das auch für gehobenere Ansprüche?" Sie begann zu singen. "Die Försterin vom Ammersee ist eine schöne Maid, juchhe..."

"Hör auf", stöhnte Tim und hielt sich die Ohren zu. "Das war eine Jugendsünde. So etwas muss man schnell vergessen."

"Einverstanden", lachte das Mädchen. "Aber nur, wenn ihr mit mir tanzen geht. Sonst singe ich weiter."

"Was?", rief ich entsetzt. "Tanzen sollen wir auch? Ich kann dieses neumodische Zeug nicht, habe sogar Mühe mit dem altmodischen. Meinst du, ich möchte mich blamieren? Kommt nicht in Frage."

"Du stellst dich an wie die Jungfrau beim ersten Kind", fand Sabine. "Es ist ganz leicht. Ich zeige euch, wie's geht. Wartet, ich hole eine Kassette."

Sie ließ keine Gegenrede gelten, und so fügte ich mich schließlich widerwillig. Kurz darauf dröhnte der neueste Techno-Hit aus meiner Stereoanlage. *Bumm bumm bumm bummbumm bumm bumm bumm...!* Wenn das Musik sein sollte, was fabrizierten wir dann?

Sabine tanzte. Ihr ganzer Körper war in Bewegung.

Sie wippte und zuckte, verrenkte die Arme in der Luft, ließ die Hüften kreisen wie eine orientalische Bauchtänzerin, stampfte mit den Füßen, schleuderte die Haare ins Gesicht und wieder zurück. Tim und ich schauten ihr fasziniert zu.

"Das lerne ich nie", befürchtete ich kopfschüttelnd.

"Stell dich nicht so an, Opa!", rief das Mädchen atemlos. "Komm schon! Papa, du auch!"

Wir alten Trottel ließen uns überreden und hüpften im Wohnzimmer herum, als hätten wir Ameisen in der Hose. Ich kam mir unwahrscheinlich blöd vor. Doch Sabine ließ nicht locker. Mir lief der Schweiß in Strömen den Körper hinunter, mein Herz klopfte zum Zerspringen. Ich bekam Seitenstechen und wollte das Handtuch werfen. Sabine ließ es nicht zu. Weiter, weiter, weiter...!

"Na, seht ihr, es geht doch", entband sie uns beide Tanzbären nach einer Weile von unserer tänzerischen Freiübungen. "Ihr seid nicht einmal so schlecht, wie ich befürchtet habe. Man kann euch durchaus vorzeigen. Und jetzt zieht euch bitte um."

"Umziehen?"

"Aber natürlich", sagte das Mädchen. "Zieht eure ältesten Jeans an, dazu möglichst bunt bedruckte T-Shirts und Lederjacken. Und bedeckt eure Künstlerköpfe mit Baseballmützen, das Schild selbstverständlich nach hinten. Wollmützen gehen notfalls auch Dann wirkt ihr jünger und fallt gar nicht mehr so sehr auf."

Wir zogen uns zurück und verkleideten uns genau nach Sabines Vorgabe. Die geforderte Baseballmütze pumpte ich mir von Jan, Tim bekam die von Julia. Als wir fertig waren, sahen wir tatsächlich wie Teenager aus; wie Teenager mit alten Gesichtern.

"Na ja", machte Sabine, während sie uns kritisch in

Augenschein nahm. "Zum Glück ist es ja nicht ganz so hell in der Disko."

Bevor wir das Haus verließen, schaute ich noch einmal kurz nach den beiden Kleinen. Sie schlummerten friedlich und sahen mit ihren rosigen Wangen wie zwei Posaunenengelchen aus. Kaum zu glauben, zu welchen Teufelchen sie werden konnten, wenn sie nicht schliefen!

Ich legte Julia vorsichtshalber einen Zettel hin, auf dem ich ihr mitteilte, dass wir ausgegangen waren, aber bald zurück sein würden. Sie möge sich bitte keine Sorgen machen. Und falls Jan aufwachen sollte, möge sie...

"Schreibst du einen Roman?", erkundigte sich Tim und blickte mir interessiert über die Schulter.

"Das nicht", erwiderte ich. "Aber ich muss doch zumindest für alle Fälle Vorsorge treffen. Sonst plärren sie, falls sie erwachen und uns nicht vorfinden, Gott und die Welt zusammen. Frau Hippenstiel aus der Nachbarschaft ist äußerst hellhörig, wartet nur darauf, mir eins auszuwischen zu können, und schon haben wir die Bullen am Hals. Wegen Kindesmisshandlung. Das möchte ich vermeiden."

"Können wir dann endlich gehen?", drängelte Sabine.

Wir konnten.

"Deinen protzigen Angeberschlitten musst du aber in einer Seitenstraße parken", forderte Sabine, nachdem wir in die Nähe der Diskothek gekommen waren. "Sonst halten sie euch womöglich für Zuhälter, Mädchenhändler oder Dealer."

Ich hätte meinen Wagen gar nicht vor der Diskothek abstellen können, weil der Parkplatz längst überfüllt war. Selbst in den umliegenden Nebenstraßen hatte ich

Mühe, eine freie Stelle zu ergattern. Halb Hessen schien sich hier versammelt zu haben, wie mir die Autonummern verrieten. Dazu etliche aus dem benachbarten Bayern. Einer kam sogar aus Rom und ein anderer aus Istanbul. Ob die extra wegen dieser Diskothek...? Möglich war alles.

Der Laden nannte sich *Black Jack* und lag im ersten Stock eines großen Gebäudes, in dem außerdem noch ein Supermarkt sowie etliche andere Restaurationsbetriebe untergebracht waren. Alles wirkte erstaunlich gepflegt und hatte keine Ähnlichkeit mit den Schuppen, die wir früher Disko genannt hatten.

Vor dem Aufgang zum *Black Jack* befand sich die Kasse, an der man sein Eintrittsgeld entrichten musste, das einem in Form von Getränkecoupons - allerdings drei Mark weniger - zurückgegeben wurde. Zugleich wurde hier aber auch eine Art Gesichtskontrolle vorgenommen.

"Was hasten da für Typen mitgebracht?", wandte sich einer der geschniegelten und gestriegelten Jünglinge, die dafür zuständig waren, an Sabine. "Ganz taufrisch sind die aber nicht mehr. Hoffentlich ist ihr Verfalldatum noch nicht abgelaufen, sonst müssen wir womöglich noch den Notarzt verständigen."

"Die sind okay", erklärte Sabine, die hier offensichtlich recht gut bekannt war; denn während man uns misstrauisch und voller Skepsis begutachtet hatte, hatte man sie mit lautem *Hallo* und *Na, wie geht's denn so?* begrüßt. "Ich bürge für sie."

Wir durften passieren, stiegen die Treppen empor und befanden uns kurz darauf mitten in einer Art Ameisenhaufen. Selbst laufen konnte man kaum mehr. Man wurde geschoben, gedrückt, gedrängelt und gezogen. Man hätte nicht umfallen können, wenn man ohnmächtig geworden wäre. Und über allem lag das überlaute, eintönige *Bumm bumm bumm bummbumm bumm bumm bumm...*, das man neuerdings Musik nannte. Mir drohte das Trommelfell zu platzen. Tims Miene konnte man entnehmen, dass es ihm ähnlich erging.

Sitzgelegenheiten gab es so gut wie keine, dafür um so mehr Stehplätze an hohen Bistrotischen, die ringsum verteilt waren, und an den beiden Bartheken. Einen Großteil des Raumes nahm die von farbigen Spotlights und Laserblitzen beleuchtete und mit zuckenden Gestalten dicht bevölkerte Tanzfläche ein. Über allem thronte der Diskjockey, der vor jeder Nummer ein paar faule Witzchen riss und marktschreierisch das nächste Machwerk ankündigte, das dann sogleich mit der Lautstärke eines startenden Jumbojets aus den Lautsprechern dröhnte und ähnlich klang wie das vorherige.

Bumm bumm bumm bummbumm bumm bumm bumm!

"Geil hier, nicht wahr?", brüllte Sabine und sah mich strahlend an. "Kommt, wir suchen uns einen Platz an der Theke. Da ist es immer am gemütlichsten."

Ich hatte eine andere Vorstellung von gemütlich. Tim wahrscheinlich auch. Er folgte uns mit dem Gesichtsausdruck eines gekränkten Langhaardackels.

Natürlich gab es weder an der einen noch an der anderen Theke einen Platz. Nur in der dritten, vierten Reihe davor. Aber das schien Sabine gemeint zu haben. Jedenfalls parkte sie uns hier und ließ sich von ihrem Vater Geld geben, um Getränke für uns zu organisieren. Eine knappe halbe Stunde später war sie mit etwas zurück, das so ähnlich wie Cola aussah und auch so schmeckte. Wenn man genauer nachforschte, konnte man sogar den Hauch eines weinbrandähnlichen Fusels darin entdecken.

Tim und ich hatten uns, während Sabine weg war, zu unterhalten versucht. Wir plärrten uns an, verstanden uns aber nicht und gingen schließlich zur Gebärdensprache der Taubstummen über. Bei Tim bestand sie darin, dass er ein paarmal die flache Hand vor der Stirn kreisen ließ. "Wir müssen bescheuert sein, uns darauf eingelassen zu haben", schien er damit wohl ausdrücken zu wollen. Ich nickte zustimmend. Diskotheken waren wirklich nichts mehr für ältere Herren wie uns.

Sabine schrie mir etwas ins Ohr.

"Hä?", machte ich, ein Wort, das in Hessen soviel ausdrückt wie: "Was hast du gerade gesagt?" Anderswo vielleicht auch.

Sabine deutete auf sich, dann auf mich und ließ den Zeigefinger kreisen. Ich kapierte. Sie wollte mit mir tanzen. Also drückten wir Tim unsere Gläser in die Hand und zwängten uns zur Tanzfläche durch, um vorzuführen, was sie uns zu Hause beigebracht hatte.

Sie hätte es uns nicht beibringen müssen. Man brauchte sich lediglich hinzustellen, den Rest besorgten die Menschenmassen um einen herum. Ich bekam Stöße in den Rücken, Tritte ans Schienbein, mal stand einer auf meinen Füßen, mal ich einem auf seinen - ein völlig neues Tanzgefühl.

Sabine schien das ganz in Ordnung zu finden. Sie war offensichtlich in ihrem Element. Ich nicht. Mein freundliches Lächeln, das ich mir ins Gesicht zwang, muss ziemlich gequält ausgesehen haben.

Ich weiß nicht, wie lange wir miteinander getanzt haben, hatte jedes Zeitgefühl verloren. Eine Nummer klang wie die andere, war immer nach demselben Strickmuster aufgenommen. Unten dröhnten die *bumm*

bumm bumm bummbumm-Bässe, obenrum hörte man etwas, das wohl nur ein Computer produzieren konnte, und zwischendurch - aber ganz selten - vernahm man auch eine Melodie. Hin und wieder kam sie einem sogar bekannt vor, weil Techno-Produzenten wohl keine eigenen Einfälle hatten und aus längst vergangenen Werken neue schaffen, die dann aktuelle Hits werden. Immer natürlich mit dem *bumm bumm bumm bummbumm bumm bumm bumm* untenrum.

Ich hörte *Somewhere over the rainbow*, ein wunderschönes Lied aus längst vergangener Zeit, *Tränen lügen nicht* und - als momentaner Hit - *Eine Insel mit zwei Bergen* von der Augsburger Puppenkiste. Das grölten alle mit. Und weil es so schön war, legte es der Diskjockey gleich noch einmal auf. Ich war restlos *begeistert*.

"Dürfte ich mich dann endlich mal wieder setzen?", brüllte ich Sabine an, obwohl wir ja eigentlich keinen Sitzplatz hatten.

"Warum?", plärrte sie zurück. "Wie ich Snoopy kenne..." - das war der Diskjockey, wie ich später erfuhr - "...kommt gleich eine langsame Nummer. Dann könne wir schmusen."

"Ich möchte aber nicht schmusen", stellte ich klar. "Und mit dir schon mal gar nicht."

"Feigling!", schmollte sie, ließ mich stehen und verschwand irgendwo im Gewühl.

Ich atmete auf und begab mich zurück zu Tim. Der hatte es inzwischen geschafft, sich bis zur Theke vorzuwühlen, hatte sogar einen Barhocker ergattert und hielt verzweifelt einen zweiten für mich frei. Ganz nüchtern war er offensichtlich nicht mehr. Wer sich langweilt, säuft halt mehr. Tim musste sich sehr gelangweilt haben.

"Wo hast du die... ähh... die Dings gelassen?", lallte er mich an. Er meinte wohl seine Tochter. Offenbar fiel ihm ihre Name momentan nicht ein.

"Keine Ahnung", bekannte ich. "Ich wollte nicht so, wie sie wollte - und schon war sie verschwunden."

"Was wollte sie denn dann?", erkundigte er sich.

"Knutschen wollte sie!"

"Mit dir?" Tim lachte albern. "Knutschen?"

Er kannte seine Tochter wirklich nicht, hielt sie offenbar immer noch für ein kleines, unbedarftes Wesen. Väter haben manchmal Scheuklappen auf den Augen, weil sie eifersüchtig sind; eifersüchtig auf den Mann, der ihnen das über alles geliebte Töchterlein irgendwann wegnimmt. Dabei hatte er doch auch irgendwann einem Vater das über alles geliebte Töchterlein weggenommen und sie zu seiner Frau gemacht. Das vergessen sie meistens, die jetzigen Väter.

"Gott sei Dank ist Julia noch nicht im heiratsfähigen Alter!", dachte ich. "Vielleicht werde ich es auch vergessen, wenn sie mal so weit ist. Wahrscheinlich sogar."

"Wir sind dumme 'schl... 'schl... 'schlöcher", nuschelte Tim und bestellte nach. "Plost, Tobias!" Jetzt sprach er sogar chinesisch.

Wir tranken uns zu, orderten den nächsten und warteten darauf, dass Sabine endlich bereit war, mit uns nach Hause zu fahren. Doch die hatte Zeit.

"Und jetzt die neueste Nummer eins!", plärrte der Diskjockey. "Ein Schlager, der vor vielen Jahren schon einmal die Charts gestürmt hat. Jetzt allerdings in neuem Gewande. *Starlight*! Let's go!"

Natürlich ging es wieder mit *bumm bumm bumm bummbumm bumm bumm* los, und obenrum fabrizierte der Computer undefinierbare Geräusche, aber zwischendurch war unverkennbar unser Lied zu hören; unser erstes Lied, das Tim und ich zusammen geschrieben hatten. *Starlight*!

Ich stieß Tim in die Seite, der trüb in seine Cola mit Schuss starrte. Er hatte mehr als genug. Auf seine Anordnung hin war aus dem Cola mit Schuss inzwischen Schuss mit wenig Cola geworden.

"Hör doch mal!", schrie ich ihm ins Ohr. "Kommt dir das nicht bekannt vor?"

Tim nahm sich zusammen und lauschte.

"*Stralight*!", nuschelte er endlich. "Es ist unser altes *Stralight*! Lieber Himmel, was haben sie denn aus dem gemacht!"

"Hauptsache, es verkauft sich gut", befand ich. "Denn an uns als Autoren werden sie - wie auch immer - nicht vorbeikommen. Trotz Techno."

"Ekelhaft", meinte Tim und verzog angewidert das Gesicht. "Selbst mein Text kommt mir plötzlich irgendwie blöd vor. Ist der wirklich von mir?"

"Ist er", bestätigte ich. "Nur reißen sie ihn jetzt auseinander, wiederholen ihn ständig und bringen ihn in einen völlig anderen Zusammenhang."

"Zu stottern scheinen die Sänger auch."

"Das macht der Computer," erklärte ich ihm. "Ärgere dich nicht. Hauptsache, wir sind wieder mal in. Ich könnte eine Auffrischung meiner Finanzen ganz gut gebrauchen. Zumal wir mit unserem Musical ja noch keinen Schritt weitergekommen sind."

"Ich stehe auch kurz vor dem Brankott", bekannte Tim, legte den Kopf schief und lauschte der Musik. "Na ja, so schlecht klingt es eigentlich gar nicht. Man muss sich halt nur daran gewöhnen. Mensch, Tobias, was sind wir für moderne Autoren. Hätte ich gar nicht von uns gedacht."

Er schlug mir seine Pranke ins Kreuz, lachte und bestellte eine Flasche Whisky vom besten. Wenn wir die Nummer eins waren, konnten wir uns das leisten. Ein dreifach Hoch dem Techno-Gedudel! Sollten sie ruhig noch mehr von unseren früheren Hits verwenden. Alle, meinetwegen. Hauptsache, die Kohle rollte an.

Starlight, unser überraschender Techno-Hit, war zu Ende. Statt die nächste Nummer anzusagen, plärrte der Diskjockey plötzlich, dass die Autoren des derzeitigen Nummer-eins-Hits anwesend wären. "Zeigt euch ruhig mal, Jungs!", schrie er.

Ich erschrak und wäre am liebsten im Erdboden versunken. Tim bekam die neue Situation gar nicht mit, nuckelte an seinem Glas und sang *Starlight* in einer besoffenen Version. Wer mochte ausgeheckt haben, dass wir uns vorstellen sollten? Dafür kam eigentlich nur Sabine in Frage.

"Nur nicht so schüchtern", rief der Diskjockey. "Schmeißt euch mal 'rüber zu mir, damit ich euch der staunenden Massen präsentieren kann. Schließlich sehen die nicht jeden Tag Leute, die Hits produzieren. Zumal euer Wunderwerk mittlerweile weltweit in den Charts steht. Selbst in den Staaten ist es von Null auf Platz acht geklettert. Mit steigender Tendenz. Mensch, Jungs, wir sind stolz auf euch. Gebt euch zu erkennen, damit wir euch feiern können."

Ich war völlig von den Socken. Wir hatten einen Welthit, und keiner hatte uns davon informiert. Selbst unser Verleger nicht. Vielleicht dachte er, wir hätten es den Pressemitteilungen entnommen. Aber wer studiert schon Pressemitteilungen, wenn er keinen Song, der für die Hitliste in Frage käme, ins Rennen geschickt hat? Wir jedenfalls nicht.

"Hallelujah, Tim, wir haben tatsächlich wieder mal

einen Hit!", hauchte ich ihm mit Tränen in den Augen ins Ohr. "Wir haben einen Hit!"

"Wurde aber auch Zeit", brummte Tim, als wäre das die selbstverständlichste Sache der Welt. "Ich wusste schon gar nicht mehr, wie man dieses Wort schreibt." Er wirkte plötzlich wieder nüchterner, schien mehr mitbekommen zu haben, als ich vermutete. "Na, dann wollen wir doch mal unser Image ein bisschen aufpolieren und uns dem verehrten Publikum zeigen."

Er packte mich am Arm und zog mich zum Diskjockey. "Da wären wir", verkündete er. "Mein Name ist Klüpp... Krüpp... Küppers, und diese Vogelscheuche da ist Tobias Wunderlich, der die Noten für *Starlight* erfunden hat."

Der Diskjockey schüttelte uns erfreut sämtliche Hände, sagte "geil, Jungs, geil" und riss unsere Arme hoch, wie man das bei Preisboxern macht, wenn sie gewonnen haben.

"Das sind sie!", schrie er mit sich überschlagender Stimme. "Das sind die Jungs, die *Starlight* verbrochen haben! Küsst sie, knutscht sie, liebt sie!"

Beifall brandete auf, Pfiffe, Getrampel. Ein Hexenkessel. Man feierte uns für etwas, für das wir eigentlich gar nichts konnten. Gut, wir hatten dieses Lied vor Jahren geschrieben. Dass es jetzt dem Geschmack der heutigen Jugend entsprach, verdankten wir einem Computer-Produzenten, der es in die aktuelle Fassung gebracht hatte. Mit *viel bumm bumm bumm bumm-bumm bumm bumm* untenrum und kaum wiederzuerkennen.

Die jungen Leute umringten uns und verlangten Autogramme. Wir schrieben auf alles mögliche: Auf Bierdeckel, Unterarme, Toilettenpapier und was weiß ich sonst noch. Tim musste vierzehn Tage später feststellen, dass er eine Bestellung für fünf Zentner Briketts unterschrieben hatte. Dabei heizte er mit Erdgas.

Der Diskjockey legte unseren Hit gleich noch einmal auf. Das Publikum raste. Alles strahlte uns an. Wir waren die absolut Größten, fühlten uns gebauchpinselt. Einen Hit zu haben, tat gut. Auch Tim standen jetzt die Tränen in den Augen. Vielleicht waren es aber auch nur Schweißperlen.

Einen Hit zu haben, bedeutete plötzlich aber auch Arbeit für uns. Etliche weibliche Wesen, die uns vorher nicht beachtet hatten, wollten auf einmal mit uns tanzen. Luft waren wir für sie gewesen, alte Opas, die sich zufällig in diese Diskothek verirrt hatten. Jetzt waren wir gefragt. Nun zahlte sich Sabines Schnelltanzkurs in meiner Wohnstube doch noch aus. Und immer wieder *Starlight*! *Starlight* bis zum Erbrechen. Den Leuten schien es zu gefallen.

"Na, wie habe ich das gemacht?", fragte Sabine, als ich nach Luft japsend endlich wieder mal an der Theke stand und mir einen Drink gönnte. Ab sofort natürlich kostenlos, weil wir ja Stars waren.

Tim tanzte immer noch. Er entwickelte ungeahnte Fähigkeiten. Ich wusste nicht mehr, ob mein rechtes Bein mein linkes oder umgekehrt war. Die Füße brannten, die Bandscheiben beschwerten sich und Seitenstechen hatte ich auch. Und Tim tanzte. Ich konnte mich nicht erinnern, ihn jemals mit Claudia so ausdauernd tanzen gesehen zu haben. Auch in jüngeren Jahren nicht.

"Weißt du jetzt, warum ich euch unbedingt in diese Kneipe schleppen wollte?", fuhr Sabine fort. "Es sollte eine Überraschung sein. Mir war klar, dass ihr keine Ahnung von eurem Hit hattet. Ist mir die Überraschung gelungen?"

Ich nickte, nahm sie in die Arme und küsste sie; küsste sie in meinem Überschwang an Gefühlen länger und intensiver, als mir das als verheiratetem und absolut treuem Mann zugestanden hätte.

"Na, na, na!", machte es hinter mir. "Warum beißt du meine Tochter?"

Es war Tim, der verschwitzt zurückgekommen war und sich nach etwas Trinkbarem umsah.

"Ent.. entschuldige", stotterte ich verlegen. "Es war nur aus Freude wegen unserem Hit und so."

"Entschuldigung angenommen", zeigte Tim sich großzügig und küsste seine Tochter ebenfalls. "Küssen ist erlaubt. Außerdem heißt es 'wegen *unseres Hits*'".

Es wurde jetzt doch noch ein recht vergnügter Abend. Ich tanzte oft mit Sabine, und sie genoss es sichtlich, weil die anderen Mädchen sie mit eifersüchtigen Blicken zu erdolchen suchten.

So gefragt wie heute war ich mir schon lange nicht mehr vorgekommen. Was so ein Hit doch ausmachte! Jahrelang war nichts passiert, und jetzt hätte man die halbe Welt aufs Kreuz legen können. Zumindest die halbe Diskothek. Wir wollen ja nicht übertreiben.

"Sie halten mich für deine Freundin", flüsterte mir Sabine glücklich ins Ohr, während wir eine langsame, nicht ganz so schrille Nummer miteinander zelebrierten. Wange an Wange, weil sich das für eine langsame Nummer so gehörte. Und Bauch an Bauch. *Only You* von den *Platters* war selbst nach so vielen Jahren immer noch ein Anmacher; auch für einen Dreißigjährigen plus X mit einem siebzehnjährigen Mädchen.

"Aber das bist du doch auch", erwiderte ich. "Du bist meine süße, kleine Freundin." Ich küsste sie wieder. "Danke für diese tolle Überraschung, Kleines, danke!"

"So warst du noch nie zu mir", murmelte sie beseligt

und schmiegte sich noch ein wenig fester an mich. "Soll ich heute Nacht mal wieder Schmerzen am Oberschenkel bekommen?"

Ich löste mich aus ihrer Umklammerung, nahm sie bei den Schultern und schaute ihr ernst in die Augen. "Lass es", sagte ich. "Sei mir bitte nicht böse. Erstens bin ich verheiratet, und zweitens habe ich deinem Vater versprochen, dass ich... hmmmm. Nicht, dass du mich nicht reizen würdest. Es ehrt mich sogar, dass du... mit mir... und trotz meines Greisenalters... Aber es hat doch keinen Sinn."

"Du wirst es noch wollen", prophezeite sie. "Aber vielleicht will *ich* dann nicht mehr."

Ich wurde einer Antwort enthoben. Die Musik brach abrupt ab. Grün uniformierte Männer tauchten vor dem Arbeitsplatz des Diskjockeys auf. Bullen - und davon gleich eine ganze Herde! Einer hielt einen hechelnden Schäferhund an der Leine.

"Mein Gott!", rief Sabine tödlich erschrocken, nahm mich bei der Hand und versuchte, mich in Richtung Ausgang zu ziehen. "Razzia! Wir müssen verschwinden!"

"Aber warum denn?", erkundigte ich mich kopfschüttelnd. "Wir haben uns doch nichts zuschulden kommen lassen. Wir haben gesoffen - gut. Also nehmen wir nachher ein Taxi, um heimzufahren."

"Ich habe Stoff in der Tasche", klärte mich Sabine auf. "Ein bisschen Ecstasy, Speed und auch ein paar Gramm Koks."

"Was hast du?", rief ich entsetzt. "Bist du denn von allen guten Geistern verlassen?"

"Was ist denn schon dabei?", versetzte sie. "Um Techno-Musik richtig erleben zu können, braucht man das. Außerdem ist es ja auch nicht schädlich, denn es macht nicht süchtig. Das ist wissenschaftlich erwiesen."

Ich war in dieser Beziehung anderer Meinung. Aber was nützten in diesem Augenblick irgendwelche Diskussionen? Wir mussten das Zeug schleunigst verschwinden lassen.

"Lass es auf den Boden fallen", schlug ich vor. "Vielleicht haben wir ja Glück."

Wir hatten keins. Wie auf ein Stichwort hin kam der Polizist mit dem Schäferhund auf uns zu. Der blöde Köter schnüffelte, gab Laut, und der Beamte bückte sich.

"Gehört das Ihnen?", fragte er mich und hielt mir das Päckchen mit den Aufputschmitteln unter die Nase.

Ich schüttelte den Kopf. "Nie gesehen, Herr General", behauptete ich.

"Scheißbullen!", lallte Tim, der hinzugetreten war. "Superscheißbullen!"

Das Gesicht des Beamten lief hochrot an. "Mitkommen!", befahl er und deutete auf Tim, Sabine und mich. "Sie sind vorläufig festgenommen."

"Aber warum denn?", erkundigte ich mich, um einen freundlichen, verbindlichen Ton bemüht. "Was haben wir denn verbrochen?"

"Wir haben Drogen in Ihrem Besitz gefunden", erklärte der Polizist.

"Haben Sie nicht", widersprach ich energisch. "Das Zeug hat auf dem Boden gelegen. Das können Sie uns nicht in die Schuhe schieben! Wissen Sie eigentlich, wer ich bin?"

"Das ist völlig unerheblich", meinte der Beamte. "Selbst wenn Sie der Bundespräsident persönlich wären. Sie befanden sich in der Nähe von verbotenen Rauschstoffen, also muss ich davon ausgehen, dass Sie mit selbigen unmittelbar in Beziehung stehen. Ob Sie unschuldig sind, wird sich erweisen. Ich fordere Sie hiermit auf, mir zur Feststellung Ihrer Personalien unverzüglich zur Wache zu folgen."

"Du kannst mich mal am Arsch lecken", zitierte Tim den guten alten Johann Wolfgang von Goethe, rülpste und zeigte dem Beamten den Vogel. "Und wenn du willst, auch zweimal."

Der Polizist wollte Tims Aufforderung weder einmal noch zweimal folgen, sondern beorderte seine Kollegen herbei und ließ uns abführen. Unsere neu gewonnenen Fans in der Disko muckten auf und beschwerten sich lautstark. Es nutzte nichts. Wir wurden in die grüne Minna verfrachtet.

Hier gerieten wir sogleich in beste Gesellschaft. In der hintersten Ecke hockten zwei Stadtstreicher, die besoffen waren und schnarchten. Dann gab es noch drei Bordsteinschwalben und einen ebenholzfarbenen Jüngling, den sie beim Dealen erwischt hatten; sozusagen ein Kollege von uns. Aber nur sozusagen.

Die Mädchen von der etwas leichteren Sorte rückten bereitwillig zur Seite, als wir unsanft in das Polizeifahrzeug geschubst wurden. Wir nahmen zwischen ihnen Platz. Tim grinste blöde, sagte "Gute Nacht", schloss die Augen und fing zu schnarchen an. Sabine klammerte sich verängstigt an mich und begann zu weinen. Die Tür wurde verriegelt, und ab ging es.

"Haste mal 'ne Kippe?", sprach mich eine der Strichbienen an. "Darfst mich auch mal an die Oberschenkel fassen dafür."

Ich überreichte ihr eine Packung Zigaretten. Sie verteilte sie großzügig an ihre Kolleginnen. Ich bekam auch eine und spendierte auch noch das Feuer. An den Oberschenkel fasste ich ihr nicht. Danach war mir wirklich nicht zumute. Und so besonders hübsch war sie auch nicht. Ich hätte kein Geld für sie ausgegeben, wenn ich für bezahlte Liebe Geld hätte ausgeben wollen.

"Was habt'n ihr ausgefressen?", erkundigte sie sich.

"Nichts", erwiderte ich wahrheitsgemäß. "Gar nichts."

Sie lachte girrend. "Das behaupten sie alle", meinte sie. "Aber die weisen dir 'was nach, verlass dich drauf. Ich kenn' mich da aus. Irgend etwas weisen sie dir immer nach; und wenn du vor hundert Jahren ein Knöllchen nicht bezahlt hast; wegen falschem Parken und so. Finden tun die Scheißkerle immer 'was."

"Mir hammse mal dranjekriegt, weil ick mir in die falschen Jejend hab' verführen lassen", berichtete eine andere. "Sperrbezirk nennense das. Dabei war es der stellvertretende Polizeipräsident jewesen, der in meine Koje jelejen hatte. Aber der hatte sich natürlich rechtzeitig verdrückt. Und für mir jetan hat er auch nix, der Saukerl!"

Ich wusste nicht, was unsere jetzige Situation mit ihrer Geschichte zu tun hatte, ahnte es nicht einmal. Und als die dritte etwas Ähnliches erzählte, hörte ich schon gar nicht mehr zu. Was interessierten mich die Erlebnisse von Nutten? Ich hatte mit meinen eigenen genug zu tun; mehr als genug.

Das Auto hielt, die Tür wurde aufgerissen. "Aussteigen!", befahl eine herrische Stimme. Wir kletterten einer nach dem anderen aus der grünen Minna. Tim erst, nachdem ich ihn energisch wachgerüttelt hatte. Und dann musste ich ihn auch noch unter die Arme packen und führen, weil er kaum noch allein stehen konnte.

"Sind wir endlich zu Hause?", fragte er benommen.

"Ach, was freue ich mich schon auf mein Heiabettchen." Er begann, wieder *Starlight* in der besoffenen Version zu singen. "Wir haben einen Hit! Hallelujah!"

Der Trottel hatte offenbar nicht erfasst, in welcher prekären Situation wir uns befanden. Er war einfach zu blau dazu. Ich hätte ihn am liebsten mit bloßen Händen erwürgt dafür.

"Ich möchte sofort den Oberbullen... äh... entschuldigen Sie, den Herrn, der hier etwas zu sagen hat, sprechen", wandte ich mich an den Beamten, der uns in die Polizeiwache führte. "Wir sind nämlich völlig zu Unrecht verhaftet worden."

"Das wird sich alles herausstellen", entgegnete der Polizist. "Wenn wir tatsächlich unrecht hatten, werden wir uns entschuldigen. Wenn nicht..." Er ließ offen, was dann geschehen würde.

Wir wurden von den Frauen getrennt und in eine Zelle gesperrt. Sabine warf mir einen verzweifelten Blick zu, als sie weggeführt wurde. Ich hatte kein Mitleid mit ihr. Schließlich hatte sie uns das alles eingebrockt. Vielleicht war es eine Lehre für sie und sie ließ künftig die Hände von Drogen; auch wenn sie nicht süchtig machten, wie sie behauptete.

Tim und die beiden Stadtstreicher berührte das alles nicht. Sie sanken auf die Pritschen und schnarchten weiter. Vielleicht hätte ich auch mehr saufen sollen? Ich setzte mich auf einen wackeligen Stuhl, stützte den Kopf in die Hände und fing zu denken an.

"Pam", fuhr es mir durch den Sinn. "Eigentlich bist du an allem schuld. Wärst du nicht irgendwohin in die Weltgeschichte entfleucht, wäre das alles nicht passiert. Ich hasse dich dafür. Mir so etwas anzutun. Wahrscheinlich lasse ich mich von dir scheiden. Du bist so grausam, so verantwortungslos, so... so süß."

Das mit dem Scheiden strich ich wieder aus meinen Gedanken. Ich war ja noch immer so verliebt in sie. Verliebter denn je. Erst wenn man nicht mehr hat, was man sonst hat, merkt man, was einem fehlt. Und mein Kätzchen fehlte mir; sie fehlte mir an allen Ecken und Enden. Ich hätte heulen mögen.

♥

Nach etwa einer Stunde rasselte der Schlüssel an unserer Zellentür. Ein Beamter, hemdsärmelig und sichtlich übermüdet, trat ein und forderte mich auf, ihm zu folgen.
"Wird aber auch Zeit", bemerkte ich. "Ich werde mich an höherer Stelle über Sie beschweren."
"Maul halten", knurrte der Polizist und führte mich in die Wachstube, wo ein anderer, ziemlich korpulenter Beamter an einer mittelalterlichen Schreibmaschine hockte und uns unfreundlich entgegensah. Computer kannte man hier offenbar noch nicht. Die moderne Zeit war mangels Masse - sprich mangels genehmigter Gelder aus Wiesbaden - noch nicht in diese Polizeistation eingezogen. Hoffentlich hatten sie wenigstens die Prügelstrafe inzwischen abgeschafft. Ich war mir da nicht so sicher.
"Haben Sie Ihren Ausweis dabei?", fragte mich der Dicke an der Schreibmaschine müde. Es war schließlich weit nach Mitternacht. Ich hätte, wenn ich Polizist gewesen wäre, um diese Zeit auch nicht mehr arbeiten mögen. Obwohl: Als Komponist tat ich das öfters. Da ging manchmal schon die Sonne auf, bis ich mich von meinem Flügel löste. Aber das war sicher etwas anderes. Ich war der geborene Nachtmensch, der Dicke offensichtlich nicht.

Ich überreichte dem Beamten meinen Personalausweis, ließ mich unaufgefordert auf einem Stuhl nieder und wartete ab.

"Sie heißen also Tobias Wunderlich?", konstatierte der Dicke, tippte die Daten mühsam mit zwei Fingern in seine Schreibmaschine und sah mich über seine Brille hinweg durchdringend an.

"Jawohl", antwortete ich höflich. "Wenn es so in meinem Pass steht, wird es wohl stimmen."

"Werden Sie bloß nicht frech", drohte der Dicke und gähnte wie ein altes Walross. "Wir können auch anders." Er gähnte erneut. "Ganz anders."

Das war mir klar. Trotzdem wurde mir die ganze Sache langsam zu blöd. Ich war schließlich nicht daran Schuld, dass er Nachtdienst hatte. Ich war nicht einmal daran Schuld, dass ich hier war.

"Wissen Sie eigentlich, wen Sie vor sich haben?", fuhr ich den Dicken an.

"Natürlich", antwortete er ungerührt und winkte mit meinem Ausweis. "Sie heißen Tobias Wunderlich. Na und?"

"Haben Sie noch nie etwas von mir gehört?", versuchte ich, ihm auf die Sprünge zu helfen. "Tobias Wunderlich? Nie gehört?"

Der Dicke schüttelte den Kopf. So ein Heini! Dabei hatte man mir vor einiger Zeit für besondere Verdienste den Kulturpreis unserer kleinen Stadt überreicht. In allen Zeitungen hatte es gestanden. Sogar mit einem Foto von mir und dem Bürgermeister. Nun ja, es war wirklich lange her, musste ich mir ehrlich eingestehen.

"Aber ich bin doch *DER* Tobias Wunderlich", versuchte ich es trotzdem noch einmal. "Der Komponist des Erfolgsmusicals *Die Königin von Saba*."

"Kenne ich nicht", versetzte der Kulturbanause unbeeindruckt. "Was geht es mich an, was Sie mit der Königin von Saba haben? Das fällt nicht in meinen Zuständigkeitsbereich. Saba scheint offensichtlich Ausland zu sein."

"Ich bin ein Duzfreund vom Bürgermeister", lockte ich. "Na?"

"Sie waren im Besitz von Rauschmitteln", brummte der Dicke. "Nur das zählt. Egal, ob Sie der Duzfreund vom Bürgermeister sind oder auch nicht."

"Ich hatte keine Rauschmittel bei mir", beteuerte ich.

"Hier steht es aber." Er deutete auf seine Unterlagen.

"Das ist gelogen." Ich wurde langsam nervös. "Dürfte ich bitte meinen Anwalt anrufen? Er wird die Sachlage aufklären."

"Mir braucht keiner etwas zu erklären", versetzte der Dicke. "Außerdem habe ich nicht zu entscheiden, ob Sie freikommen oder nicht. Das ist Sache des Haftrichters. Und den erreichen wir erst morgen früh wieder. Wenn überhaupt; weil nämlich Sonntag ist."

"Dürfte ich trotzdem meinen Anwalt anrufen?", wurde ich laut. "Das ist mein gutes Recht."

"Bitte", sagte der Dicke widerwillig und schob mir den Telefonapparat zu. "Aber auf Ihre Kosten. Der Staat hat nichts zu verschenken."

"Selbstverständlich nicht."

Ich wählte die Nummer meines guten Freundes Dr. Kurt Michel, der mich für gewöhnlich in Rechtsangelegenheiten vertrat. Er war ein cleveres Kerlchen und hatte schon so manchen Prozess für mich gewonnen. Er würde mich auch jetzt hier herausholen, da war ich mir ganz sicher.

Es dauerte eine Weile, bis er sich meldete. Ich befürchtete schon, er würde gar nicht abnehmen. Aber dann hatte ich ihn an der Strippe.

"Was willst *du* denn mitten in der Nacht?" fauchte er mich ungnädig an. "Weißt du eigentlich, wie spät es ist? Auch ein Rechtsanwalt hat das Recht auf ein bisschen Privatleben."

"Später", erwiderte ich ungeduldig. "Später kannst du wieder solange privat leben, wie du möchtest. Jetzt musst du mir helfen."

Ich schilderte ihm kurz unsere unangenehme Situation. Der Schuft begann zu lachen. "Geschieht euch recht", meinte er schadenfroh. "Warum geht ihr in eurem Alter auch noch in einen solchen Bumsschuppen? Mich bekämen keine hundert Pferde dahin."

"Es ist nun mal passiert", brummte ich. "Wirst du etwas für uns tun können?"

"Ich will es zumindest versuchen", versprach Dr. Michel. "Zum Glück habe ich einen guten Draht zum Haftrichter. Vielleicht lässt er mit sich reden und lässt euch nicht bis morgen früh schmoren. Verdient hättet ihr es. Du hörst von mir. So oder so." Er legte auf.

"Ich möchte zurück in die Zelle", forderte ich den Dicken auf. "Mein Rechtsanwalt kümmert sich um die Angelegenheit. Bis dahin sage ich kein Wort mehr."

Der Dicke brummte sich etwas Unverständliches in den Bart, veranlasste dann aber doch, dass ich in die Zelle zurückgeführt wurde. Tim und die beiden Stadtstreicher schnarchten immer noch selig um die Wette. In der Zelle stank es wie in einer alten Kneipe, die lange nicht gelüftet worden war. Ich setzte mich angewidert auf einen Stuhl und wartete.

Es dauerte eine weitere Stunde, bis Dr. Michel mit dem Haftrichter erschien und unsere Entlassung bewirkte. Tim war nicht zu bewegen, mit nach Hause zu kommen. Er wähnte sich längst dort und glaubte, in seinem Bett zu liegen.

"Dann soll er halt bleiben", beschloss ich. "Wer nicht will, der hat schon."

"Du kannst aber auch nicht mehr fahren", befand Dr. Michel. "Du bist nämlich kaum weniger besoffen als Tim. Euch müssen sie doch mit der Muffe gepufft haben."

Er fuhr Sabine und mich höchstpersönlich nach Hause, nahm meinen verbindlichsten Dank entgegen, der mich sicher wieder ein Vermögen kosten würde, und entfleuchte.

"Ich hoffe, das war dir eine Lehre", sagte ich, als wir in meinem Wohnzimmer saßen und uns auf den Schreck hin noch einen genehmigten. "Ich möchte dir am liebsten eine scheuern. Was hast du dir nur dabei gedacht?"

"Tut mir leid", murmelte Sabine zerknirscht und senkte den Kopf. "Wie kann ich das jemals wieder gutmachen?"

"Nicht, wie du vielleicht denkst", versuchte ich schnell, ihr den gewissen Wind aus den Segeln zu nehmen.

"Aber die Gelegenheit wäre günstig", lockte sie. "Papa sitzt im Knast, deine Kinder schlafen, keiner würde uns stören. Schick mich bitte nicht wieder fort! Bitte, Tobias!"

Sie beleckte mit ihrem spitzen Züngelchen ihre Oberlippe und schaute mich aus verhangenen Augen verführerisch an. Es war verdammt schwer, standhaft zu bleiben; verdammt schwer! Ich blieb es. Aber wie lange noch? Sabine war ein unverschämt hübsches Mädchen. Und sie legte es darauf an, mich herumzukriegen. Mit allen zur Verfügung stehenden Waffen einer Frau. Und man war schließlich auch nur ein armer, schwacher, verlassener Mann!

Es dauerte lange, bis ich in dieser ereignisreichen Nacht einschlafen konnte. Obwohl ich ziemlich angetrunken war. Es war fast Morgen, bis ich endlich ins Reich der Träume hinüberglitt. Und was träumte ich Idiot?

Von einer nackten Sabine, die Schmerzen am inneren Oberschenkel hatte!

"Männer!", hätte meine liebe Schwiegermutter verächtlich konstatiert, wenn sie von meinen unschamhaften Traum gewusst hätte. "Der Liebe Gott muss einen rabenschwarzen Tag gehabt haben, als er sie schuf! Oder der Lehm, aus dem er sie formte, hat nicht viel getaugt. Vielleicht haben sie deshalb auch heute noch öfters eine Luftblase statt Hirn in ihrem Schädel? Und das Hirn in der Hose!"

Genauso hätte meine Schwiegermutter vermutlich reagiert und dabei wie ein altes Schlachtross geschnaubt. Vielleicht sogar Feuer gesprüht. Zum Glück wusste sie aber nichts davon. Und das war sicher besser so.

6.

Tim kehrte heim, als wir am nächsten Morgen frühstückten. Er wirkte ziemlich zerknittert, hatte einen Kater in der Größe eines ausgewachsenen Elefantenbullen und fühlte sich entsprechend. Seine Laune befand sich auf dem absoluten Tiefstpunkt, vielleicht noch ein paar Striche darunter, wenn das überhaupt geht.

"Na, du Knastbruder", begrüßte ich ihn spöttisch. "Hast du gut geschlafen?"

Tim würdigte mich keiner Antwort, setzte sich mit finsterer Miene zu uns an den Tisch und schüttete erst einmal drei Tassen schwarzen, ungesüßten Kaffee in sich hinein.

"Was ist ein Knastbruder?", erkundigte sich Julia interessiert.

"Das ist ein Zuchthäusler", klärte ich meine Tochter auf. "Ein ganz böser Mensch. Man verkehrt besser nicht mit ihm."

"Aber wir verkehren doch mit Tim", meinte meine Tochter erstaunt.

"Ausnahmsweise", erwiderte ich. "Weil bei ihm Aussicht auf Besserung besteht."

Tim warf mir einen bitterbösen Blick zu und genehmigte sich eine weitere Tasse Kaffee. Appetit schien er keinen zu haben. Dabei dufteten die von mir höchstpersönlich aufgebackenen Brötchen köstlich, und die Wurst-Käse-Platte lachte einen förmlich an.

"Magst du nichts essen?", fragte ich ihn scheinheilig.

"Nein, ich mag nichts essen!" Tim schlug mit der flachen Hand auf den Tisch, dass die Tassen und Teller tanzten.

Jan machte es ihm umgehend nach, traf sein weich gekochtes Frühstücksei, das sich diese Behandlung nicht gefallen ließ und in die Gegend spritzte. Auch Julia und Sabine, die neben ihm saßen, bekamen ihren Teil ab. Beide hatten plötzlich gelbe Sommersprossen, schrieen "Iiiih, du Ferkel!" und bemühten sich um Servietten, um sich zu reinigen.

"Dürfte ich um Aufklärung bitten, wie ich überhaupt in den Knast geraten bin?", grollte Tim. Er schien sich an nichts zu erinnern. Also erzählte ich ihm, was geschehen war. Dass die Drogen, die uns das eingebrockt hatten, von Sabine stammten, verschwieg ich. Sie atmete sichtlich erleichtert auf, hatte wohl schon mit dem Schlimmsten gerechnet. Ihr dankbarer Blick versprach erneut Bände; Werke wie *Funny Hill, Lady Chatterley* oder andere Bücher aus dem Verlagsprogramm eines Eroktik-Verlages.

"Und warum habt ihr mich nicht mit nach Hause genommen?", wollte Tim erbost wissen.

"Weil du es partout nicht wolltest", berichtete ich. "Sollten wir dich zwingen?"

Tim schüttelte missmutig den Kopf. "Ich hoffe, ihr habt euch anständig benommen", knurrte er und schaute Sabine und mich misstrauisch an. "Oder habt ihr meine Abwesenheit ausgenutzt?"

"Du kannst beruhigt sein", versetzte ich gekränkt. "Ich habe dir etwas versprochen, und was ich verspreche, halte ich auch."

"Jawohl", warf Sabine ein und tippte mit dem Zeigefinger an die Stirn. "So dämlich ist er tatsächlich."

"Halte du bloß den Schnabel!", fuhr Tim seine

Tochter an. "Oder hast du's wirklich so nötig?"

"Was hat sie denn nötig?", wollte Julia wissen.

"Gar nichts habe ich nötig", fauchte Sabine. "Und mit dem da..." - sie deutete mit dem Kinn abfällig auf mich - "...schon mal gar nicht."

"Schluss mit diesem Thema!", rief ich aufgebracht.

"Schrei mich nicht an!", beschwerte sich Sabine.

"Ich schreie ja gar nicht!", schrie ich. "Außerdem kann ich schreien, solange ich will! Schließlich ist das *mein* Haus! Und ihr geht mir allesamt auf den Keks!"

"Wir können ja gehen!", konterte Tim gereizt.

"Dann geht doch!", plärrte ich. "Geht, geht, geht!"

"Worauf du dich verlassen kannst!" Tim sprang auf. "Komm, Sabine, wir verschwinden! Wir wollen uns Leuten, denen wir auf den Keks gehen, nicht aufdrängen!"

"Genau", pflichtete Sabine ihm bei. "Das haben wir wirklich nicht nötig!"

Schon waren beide aus dem Zimmer. Der Krach war da. Und das nach gerade mal fünf Tagen. Dazu aus einem völlig lächerlichen Grund. Praktisch wegen gar nichts. Und wer war letztlich daran Schuld?

Natürlich unsere Frauen, die uns schnöde im Stich gelassen hatten. Unsere Nerven verkrafteten es offensichtlich nicht, ohne sie leben zu müssen. Wir waren gereizt, ließen uns auf Dummheiten ein, die uns, wären wir beweibt gewesen, nie in den Sinn gekommen wären, und stritten uns jetzt auch noch wie kleine Kinder.

Und sie, die bewussten Weiber, reisten in der Welt herum und ließen den Lieben Gott einen guten Mann sein. Sie hielten es nicht einmal für nötig, uns wieder mal mit einem Anruf oder wenigstens mit einer Ansichtskarte zu beglücken. Wir wussten ja nicht einmal, ob sie überhaupt noch lebten, geschweige denn, wo sie sich gerade aufhielten.

Mein Zorn auf Tim legte sich so schnell, wie er gekommen war. Dafür war ich jetzt wieder einmal stinksauer auf unsere Frauen. Und hier wiederum besonders auf meine, das Biest. Vielleicht reichte ich doch noch die Scheidung ein!?!

"Ziehen Sabine und Tim jetzt aus?", fragte Julia weinerlich. Auch Jan jaunerte leise vor sich hin.

„Das weiß ich nicht", antwortete ich. „Aber ich spreche noch einmal mit ihnen. Schließlich wird alles nicht so heiß gegessen, wie es gekocht wird."

„Sonst würde man sich dauernd den Mund verbrennen", meinte Julia altklug.

„Sehr richtig", pflichtete ich ihr bei. „Geht jetzt ein bisschen hinaus in den Garten und spielt. Den Frühstückstisch räumen wir später ab."

Ich begab mich zu Tim. Der war am Packen. Er verstaute seine wenigen Sachen in etwas, das früher wohl mal ein Koffer gewesen war und zog dabei ein Gesicht, als stünde er gerade Modell für ein Plakat zu einem Horrorfilm.

„Jetzt mach doch keinen Quatsch", sagte ich und legte ihm die Hand auf die Schulter. „Es war nicht so gemeint. Wir sind alle ein bisschen überreizt. Ist ja auch kein Wunder."

Tim schwieg und packte weiter. Hose, Hemd, Whiskyflasche. Jacke, Whiskyflasche, Socken. Ein heilloses Durcheinander. Er würde den Koffer niemals schließen können.

„Tim, wir sind doch keine kleinen Kinder mehr", versuchte ich, ihn umzustimmen. „Sei doch vernünftig."

„Ich *bin* vernünftig", brummte er. Zumindest redete

er wieder mit mir. Schon ein kleiner Fortschritt. „Deshalb möchte ich jetzt ja auch gehen. Das hat weniger mit dir, als mit meiner Tochter zu tun. Sie ist scharf auf dich, das habe ich mittlerweile erkannt, und ich möchte nicht, dass mein bester Freund - ausgerechnet der! - mich irgendwann zum Opa macht."

„Tim, ich vergreife mich doch nicht an einem Kind!"

„Kind?" Tim lachte sarkastisch und setzte sich neben seinem Koffer auf das Bett, nahm eine Whiskyflasche, köpfte sie und trank einen Schluck. „Sie ist siebzehn, also bald volljährig. Sagen lässt sie sich schon lange nichts mehr von mir. Und sie ist mannstoll wie ihre Mutter. Glaubst du, das weiß ich nicht?"

Das war hart. Also war es Tim doch nicht entgangen, dass seine Frau ihn betrog. Er tat mir auf einmal leid. Eigentlich hatte er mir schon immer leid getan.

„Tim, ich verspreche dir..."

„Du brauchst mir nichts zu versprechen", fiel er mir ins Wort. „Wenn es passieren sollte, dann passiert es halt. Ich kann eh nichts daran ändern. Hol sie in dein Bett, treib es mit ihr - mir doch egal. Ich bin sowieso nur Nebensache für sie."

„Für mich bist du keine Nebensache", beteuerte ich. „Ich bin dein Freund und werde es immer bleiben. Scheiß auf die Weiber."

Er nahm noch einen tiefen Schluck aus der Flasche, schaute mich prüfend an und begann plötzlich zu lachen. „Ja, Tobias", sagte er und reichte mir, nachdem er die Whiskyflasche auf den Nachttisch gestellt hatte, beide Hände. „Wir sind Freunde. Daran wird sich nie etwas ändern. Besorg es ihr halt, wenn du möchtest. Mir ist das mittlerweile völlig egal."

„Kein Bedarf", erklärte ich. „Ich bin meiner Pam treu."

„Ach was?" Tim schaute mich staunend an. „Heißt das, dass du noch nie fremdgegangen bist?"

Ich nickte. „Nie. Ich hatte niemals das Bedürfnis danach, war mit meiner Frau immer überaus zufrieden."

„Aber jetzt ist sie nicht da", gab Tim zu bedenken. „Tropische Nächte, heiße Musik - glaubst du, unsere beiden Schnecken bleiben *uns* treu? Für meine lege ich diesbezüglich jedenfalls nicht die Hand ins Feuer."

Er traf genau meinen wunden Punkt. Ich hoffte zwar, aber ich wusste nicht. Blieb Pam mir treu? Himmelherrgottsakrament, war ich eifersüchtig! Ich war eifersüchtig auf Männer, die ich nicht einmal kannte; auf die ich vielleicht gar nicht eifersüchtig sein musste, weil es sie gar nicht gab.

„Warum bist du plötzlich so schweigsam?", erkundigte sich Tim. „Du traust deiner also auch nicht?"

„Was ich nicht weiß, macht mich nicht heiß", gab ich zur Antwort. Eine Floskel, die Tausende schon gebraucht hatten. Kaum einer hatte es wirklich so gemeint. Auch ich nicht. Es machte mich ganz schön heiß, was ich nicht wusste.

Es klingelte an der Haustür.

„Nanu?", sagte Tim. „Schon wieder Besuch?"

„Lydia!", murmelte ich. „Das wird Lydia sein."

Sie war es tatsächlich. Meine Kinder hingen schon an ihr und begrüßten sie jubelnd, als Tim und ich hinzutraten.

„Mutter schickt mich", erklärte sie mit einem Blick, der mich Schlimmes ahnen ließ. „Ich soll euch ein wenig unter die Arme greifen und euch die Hausfrau ersetzen, die ins Nirwana entschwunden ist."

„Es wäre nicht nötig gewesen", erwiderte ich schwach. „Wir kommen ganz gut selbst zurecht."

„Kommt ihr nicht", befand Lydia. „Ich kenne dich und ich kenne Tim recht gut. Ohne eine Frau im Haus - und das geht jetzt nicht gegen dich, Sabine - kommt ihr niemals aus. Deshalb bin ich da. Ich denke, wir werden uns gut verstehen."

Lydia sah verdammt gut aus; eine perfekte Kopie meiner besseren Hälfte. Sie trug die gleiche Frisur, hatte dasselbe Gesicht und die gleiche Figur und kleidete sich sogar ähnlich wie Pam; Zwillingsschwestern eben. Man konnte sie kaum auseinanderhalten. Selbst mir fiel es schwer. Dabei glaubte ich, mein mir angetrautes Weib doch bestens zu kennen. Als ich Lydia sah, brach dieser Glaube in sich zusammen.

Lydia war geschieden. Warum, war mir nicht bekannt und es interessierte mich auch nicht. Man munkelte, dass ihr Mann mit seiner Sekretärin ein Verhältnis begonnen hatte. Bei dieser Frau! Ein Idiot! Jedenfalls hatte er ordentlich bluten müssen, als sie sich trennten. Es ging ihr nicht schlecht.

Kinder hatten sie keine. Er hatte keine gewollt. Seine Karriere war ihm wichtiger gewesen als irgendwelche Bälger. Warum sich also mit Ablegern belasten? Lydia war anderer Ansicht. Vielleicht war auch das der Grund für ihre Scheidung gewesen? Es ging mich nichts an.

„Würdest du mir bitte meine Koffer aus dem Auto holen?", bat sie mich mit einem hinreißenden Lächeln. „Oder soll ich sie selber schleppen?"

Das musste sie natürlich nicht. Man war schließlich Kavalier. Auch Tim war einer. Er half mir. Sie schien ihre halbe Einrichtung mitgebracht zu haben. Vielleicht sogar ihre ganze. Tim und ich hatten ganz ordentlich zu tun. Wir hätten für Lydia ein Speditionsunternehmen gründen können. Es hätte sich rentiert.

„Ich freue mich ja so, dass du da bist", hörte ich meine Tochter sagen. Lydia war ihre Patentante und verwöhnte Julia nach Strich und Faden. Sicher hatte sie ihr wieder etwas Hübsches mitgebracht. Das tat sie immer, wenn sie uns besuchte. Lydia war sehr kinderlieb, holte bei unseren nach, was ihr mit eigenen versagt blieb. Deshalb hing auch Jan an ihr. Tante Lydia war für meine Ableger die Größte! Eine Tante wie aus dem Bilderbuch.

Ich mochte sie natürlich auch. Es gab kaum etwas, das gegen sie sprach. Es gab sogar einiges, das für sie sprach. Und genau das konnte gefährlich für mich werden. Sie sah meiner Holden einfach zu ähnlich, glich ihr wie ein Ei dem anderen. Man war schließlich noch kein alter Tattergreis und hatte gewisse Bedürfnisse, die einem von der eigenen Frau momentan nicht erfüllt werden konnten. Ich würde all meine Energie aufbringen müssen, um nicht schwach zu werden. Hatte ich soviel Energie? Wollte ich sie überhaupt haben?

Auch Tim strahlte wie ein Honigkuchenpferd. Er würde keine Energie benötigen, um standhaft zu bleiben. Er wollte es gar nicht. Wie du mir, so ich dir, war seine Devise. Lydia hätte nur mit dem kleinen Finger winken müssen, und er wäre ihr verfallen. Ich beneidete ihn fast für seine von Gewissensnöten unbelastete Denkweise.

„Zeigst du mir bitte mein Zimmer?", forderte Lydia mich auf, als wir ihren letzten Koffer eben dort verstaut hatten. „Ich möchte mich, bevor wir zu weiteren Taten schreiten, ein wenig frisch machen."

„Natrür... natürlich", sagte ich mit trockener Kehle. „Komm bitte mit."

Ich fühlte Sabines tödlichen Blick förmlich im Nacken, als ich meine Schwägerin dorthin führte, wohin sie zu gelangen verlangte. Kaum waren wir dort, schlang sie ihre Arme um mich, schloss mit einem Schnicken ihres Fußes die Tür und küsste mich. Ich machte mich steif wie ein Brett.

„Ach, Tobias", schnurrte sie, presste sich an mich und ließ mich spüren, mit welchen gesegneten Formen sie der Liebe Gott ausgestattet hatte. Mir wurde abwechselnd heiß und kalt. Wenn ich ehrlich bin, eher heiß als kalt. Auch mein kleiner Tobias hob neugierig das Köpfchen „Wie lange habe ich mir schon gewünscht, endlich einmal allein mit dir unter einem Dach zu wohnen. Nun ist mein Traum wahr geworden."

Sie küsste mich intensiver, begann schwerer zu atmen.

„Wir sind nicht allein", stammelte ich und versuchte, mich von ihr zu lösen. „Das ganze Haus ist praktisch voll: Die Kinder, Tim, Sabine..."

„Die stören uns nicht." Wieder einer dieser Küsse, die einem Mann die Knie weich werden ließen. Andere Körperteile nicht. Im Gegenteil. „Wir werden jede Nacht..."

„Das werden wir auf keinen Fall", ächzte ich, noch immer bemüht, mich aus ihrer zärtlichen Umklammerung zu befreien. Es gelang mir nicht. Kaum zu glauben, welche Kräfte heiße Weibsbilder entwickeln können. „Denk doch auch mal an deine Schwester!"

„Hat sie an dich gedacht?" Jetzt endlich ließ sie mich los und setzte sich auf das Bett. „Sie hat dich schnöde im Stich gelassen. Dafür sollten wir sie bestrafen."

„Wie denn?"

„Bist du wirklich so naiv, oder tust du nur so?"

„Ich bin so naiv", bekannte ich. „Außerdem betrüge ich meine Frau nicht."

„Abwarten", sagte sie und lächelte maliziös.

Zum Glück klopfte es an der Tür. Tim trat ein. Ich hätte ihn küssen mögen.

„Kann ich irgend etwas für euch tun?", fragte er.

„Ja", knurrte Lydia. „Verschwinden."

„Du hast übrigens Lippenstift auf deinen Wangen", bemerkte Tim und grinste anzüglich. „Die Dinger sind anscheinend doch nicht kussecht."

„Es war lediglich ein Begrüßungskuss unter Verschwägerten", erklärte ich schwach.

„Ach ja?" Tim grinste noch etwas unverschämter. „Deshalb siehst du im ganzen Gesicht aus, als hättest du die Röteln? Einen solchen Begrüßungskuss würde ich mir auch wünschen."

„Warum nicht?" Lydia küsste ihn flüchtig auf die Wange. „Zufrieden?"

„Na, ich weiß nicht", sagte Tim mit einem schiefen Lächeln.

Ich packte ihn am Arm und zog ihn aus Lydias Zimmer. Draußen schüttelte ich ihm die Hand. „Danke", seufzte ich aufatmend. „Du hast mich gerettet."

„Es war mir ein Vergnügen, du Idiot", versetzte Tim. „Warum ackerst du nicht, du Bauer, wenn vor dir ein Acker liegt, der beackert werden möchte?"

„Weil ich kein Bauer bin", entgegnete ich müde. „Deshalb."

Wir begaben uns zurück ins Wohnzimmer. Sabine sah uns giftig entgegen. „Das hat aber lange gedauert", empfing sie uns ungnädig. „Du hast übrigens Lippenstift auf deinem Hemd, Tobias."

Wo hatte ich denn noch überall Lippenstift?

„Sie hat ihm einen verschwägerten Begrüßungskuss verabreicht", erklärte Tim grinsend. „Mir übrigens auch."

„Ihr seid zwei geile alte Böcke!" Sabine ballte wütend ihre Fäuste. „Aber eines sage ich euch: Was du mit ihr hast, Paps, interessiert mich nicht. Von Tobias soll sie gefälligst die Finger lassen. Er ist schließlich ein verheirateter Mann!"

„Das ist er", bestätigte Tim. „Vielleicht solltest auch mal du daran denken."

„Das ist ganz allein meine Sache!", rief Sabine aufgebracht.

„Ich meine, das wäre vor allen Dingen *meine* Sache", gab ich zu bedenken. „Ich will weder etwas von dir noch von ihr. Hoffentlich geht dir das bald in deinen hübschen Schädel. Ich will meine Ruhe haben und nichts als meine Ruhe!" Ich schaute sie spöttisch an. „Wolltest du nicht gerade ausziehen?"

Sabine schüttelte unwillig den Kopf. „Wenn ich sie einmal in deinem Zimmer erwische, kratze ich ihr die Augen aus", prophezeite sie gereizt. „Oder tue noch ganz andere Dinge mit ihr."

Was, ließ sie offen.

Meine Kinder stürmten ins Zimmer. „Wo ist Lydia?", fragte Julia außer Atem. „Sie wollte doch mit uns spielen."

„Ich kann doch auch mit euch spielen", bemerkte Sabine eifersüchtig.

„O fein", freute sich meine Tochter. „Dann spielen wir eben zu viert."

Dazu kam es nicht. Lydia kehrte zurück und zelebrierte dies als eine Art Showauftritt. Sie hatte geduscht, sich umgezogen und neues Make-up aufgelegt.

Sie trug eine hautenge helle Jeanshose und eine bunte Bluse, die ihre ausgeprägten Formen unterstrich. Mit einem Satz: Sie sah hinreißend aus.

Sabine schaute sie böse an. Offensichtlich fühlte sie, dass sie gegen dieses Prachtweib keine Chance haben würde. Sie war eben nur ein Mädchen. In wenigen Jahren würde sie vermutlich besser aussehen als Lydia. Aber zwischen heute und morgen lagen eben noch ein paar Jahre.

„Spielst du jetzt mit uns?", erkundigte sich meine Tochter.

Lydia sah auf die Uhr. „Später, Schätzchen", sagte sie. „Jetzt, glaube ich, wäre es an der Zeit, etwas essen zu gehen. Was haltet ihr davon?"

Wir hielten alle sehr viel davon und machten uns auf den Weg.

♥

Weil wir den *Goldenen Anker* nach unserem letzten Auftritt dort besser meiden wollten, suchten wir diesmal die *Goldene Tr*aube auf. Sie genoss den Ruf, ein Restaurant der gehobeneren Sorte zu sein, ein Lokal mit einem ganz besonderen Flair also. Die Preise waren entsprechend. Für ein Nichts auf einem großen Teller bezahlte man mehr, als woanders für mehr auf einem kleinen Teller. Das Ambiente war es, für das man löhnen musste. Ob man davon allerdings satt wurde, stand auf einem anderen Blatt.

Wir studierten den Ausschnitt der Speisekarte, der draußen in einem Schaukasten hing, sahen uns an und zuckten die Schultern. Dann traten wir ein. Ein in einen schwarzen Frack gezwängter Kellner nahm uns in Empfang, erkundigte sich vornehm nach unseren

Wünschen und geleitete uns zu einem freien Tisch. Es gab mehr als genug davon.

„Der sieht wie ein Pinguin aus", raunte mir Julia kichernd zu.

„Wirst du wohl still sein!", machte ich und legte den Finger auf den Mund.

„Das da Pingien!", krähte Jan und deutete auf den Ober, der darob distinguiert lächelte und meinte, Bemerkungen aus einem Kindermund wären halt immer etwas Herzerfrischendes. Seine Miene drückte allerdings anderes aus. Wir fielen also schon wieder auf! Dabei legten Pam und ich so großen Wert auf eine gute Erziehung unserer Kinder. Vielleicht machten wir irgend etwas falsch?

Wir nahmen Platz, und der Pinguin - pardon - der Ober überreichte uns die in Leder gebundenen Speisekarten. Als Tim und ich uns ein ordinäres Pils bestellten, verzog er angewidert das Gesicht. Hier trank man Wein zum Essen, das Viertel nicht unter neun Mark. Proletarier! Pfui Deibel! Und so etwas in unserem Lokal! Man müsste sich seine Gäste aussuchen dürfen! Leider erlaubte das die wirtschaftliche Lage heutzutage nicht mehr. Man musste froh sein, wenn überhaupt noch Gäste kamen.

Tim und ich blieben bei dem Pils. Selbst das kostete sechs Mark. In meiner Stammkneipe bezahlte ich die Hälfte dafür. Dort gab es allerdings auch nur Kleinigkeiten wie Rindswürste, Handkäs mit Musik oder Frikadellen zu essen. Außerdem öffnete sie erst um siebzehn Uhr.

Das Essen war *vorzüglich*, fast kalt und - wie bereits erwähnt - sehr teuer. Zwischen drei Kroketten, sieben Bohnen, die mit einem hauchdünnen Speckmantel umhüllt waren, einer halben lauwarmen Tomate und etwas Petersilie fand ich ein halbrohes Stückchen Fleisch, das sich auf der Karte großspurig Filetsteak genannt hatte. Zum Glück hatte ich vorher eine ausgezeichnete Leberknödelsuppe gegessen; eine knappe Handvoll Brühe mit einem Leberknödel in der Größe eines Taubeneis darin. Ich wäre sonst nicht satt geworden. Ganz ehrlich: Ich wurde es auch so nicht!

Während wir aßen, behielt ich Jan im Auge. Der Pinguin war ihm unsympathisch, das war nicht zu übersehen. Wir Erwachsenen mochten ihn übrigens auch nicht sonderlich. So etwas Affektiertes wie diesen Kerl hatte ich schon lange nicht mehr erlebt. Er tat, als müssten wir dankbar sein, dass er uns bediente. Viel Trinkgeld durfte er wohl kaum erwarten.

Jan führte etwas im Schilde, warnte mich mein siebenter Sinn. Er war, trotz seiner knapp drei Jahre, ein kleiner Teufel. Und jetzt hatte er es auf den Kellner abgesehen. Irgend etwas würde passieren, sagte mir mein Unterbewusstsein. Ich musste höllisch aufpassen, sonst mussten wir dieses Lokal künftig vielleicht auch meiden. Ein allzu großer Verlust wäre das allerdings nicht für uns gewesen. Ich mag Restaurants, in denen man satt wird. Dieses gehörte nicht dazu. Aber es war eines der wenigen, die unsere kleine Stadt noch zu bieten hatte. Konnte man wissen, wann wir es wieder in Anspruch nehmen mussten? Noch hatten wir Lydias von der Schwiegermutter hochgepriesenen Kochkünste nicht kennengelernt!

Zum Nachtisch gab es Mohrenköpfe. Jan schaute den Kellner, der uns die Dinger mit einem vornehmen Lächeln servierte, an und murmelte etwas, das keiner verstand.

„Was meintest du?", erkundigte sich der Pinguin und beugte sich zu dem Kleinen nieder.

Jan nuschelte sich noch etwas in den noch nicht vorhandenen Bart.

„Ich verstehe dich leider nicht!" Der Kellner beugte sich noch etwas tiefer zu Jan. Er hätte es besser nicht tun sollen. Jan griff nämlich blitzschnell nach einem der Mohrenköpfe und klatschte ihn dem verdutzten Mann mitten ins Gesicht. Es war wie in einem alten Klamaukfilm aus den zwanziger Jahren.

„Jan!", schrie ich entsetzt und schlug ihm auf die Hand. Es war leider zu spät. Der Ober hatte den Mohrenkopf bereits im Gesicht hängen. Ich konnte nur mühsam ein Lachen unterdrücken. Auch neben mir gluckste es bereits. Julia lachte laut.

„Guten Appetit!", rief sie fröhlich.

Der Kellner lief feuerrot an. Für einen Moment sah es aus, als wolle er Jan eine kleben. Dann drehte er sich wütend auf dem Absatz herum und flitzte davon. Und plötzlich lachte das ganze Lokal.

„Bravo!", rief ein älterer, feiner Herr und wischte sich die Tränen aus den Augenwinkeln. „Das hast du prima gemacht, mein Junge! Dieser Mensch war wirklich unerträglich. Er hatte es verdient. Dafür darfst du dir ein Eis auf meine Kosten bestellen."

Der ältere, feine Herr war einer unserer Stadträte. Ich wurde richtig stolz auf meinen Ableger. Zeigen durfte ich ihm das natürlich nicht. Man war schließlich für seine Erziehung verantwortlich. Damit einverstanden zu sein, unsympathische Kellner mit Mohrenköpfen zu beklatschen, gehörte sicher nicht dazu. Auch wenn ein Herr Stadtrat anderer Meinung war.

„Was hast du dir nur dabei gedacht?", rügte ich Jan und versuchte, ein möglichst strenges Gesicht aufzusetzen. Es gelang mir nur mühsam. „So etwas tut man doch nicht."

„Warum?", fragte Jan unschuldig. „Pingien doof!"

„Trotzdem", sagte ich streng. „Ich möchte das nicht noch einmal erleben, sonst versohle ich dir den Arsch!"

„Aber Papa!", rief Julia entrüstet. „So etwas sagt man doch nicht!"

Wir bezahlten ganz schnell und verließen noch schneller das vornehme Lokal. Den Mohrenkopf-Ober bekamen wir nicht mehr zu Gesicht. Ob wir hier noch einmal herkommen durften? Ich bezweifelte es stark.

7.

Sonntag, blauer Himmel und Sonnenschein, dazu eine große, gutgelaunte Familie um einen versammelt - was kann es Schöneres geben? Denn eine große Familie waren wir ja wohl:

Zwei gestandene Väter mit ihren prachtvollen Kindern und eine Art Ersatzmutter, die sich zumindest als solche fühlte. Fehlten nur die Ehefrauen, um das Bild der glücklichen, heilen Welt zu komplettieren.

Aber diese verdammten Ehefrauen waren ja Gott weiß wo! Zum Teufel mit ihnen! Oder lieber doch nicht - dem Satan zuliebe; denn die, mit denen wir verheiratet waren, würden es fertigbringen, sogar die Hölle auf den Kopf zu stellen. Zuzutrauen waren es ihnen. Dann müsste der arme Luzifer auswandern und beim Lieben Gott um politisches Asyl bitten. Das konnte man weder ihm noch dem Lieben Gott zumuten; denn so besonders zugetan waren sich der Herr aller Welten und sein ehemaliger Erzengel nicht. Also war es besser, Pam und Claudia dort zu belassen, wo sie sich momentan aufhielten. Und wenn es in einer Gletscherspalte der Antarktis war!

Lydia hatte sich beim Nachhauseweg von unserem glorreichen Auftritt in der *Goldenen Traube* bei mir eingehängt. Sofort hing Sabine an meiner anderen Seite. Dadurch sah Tim sich veranlasst, seinerseits nach Lydias Arm zu greifen. Die beiden Kleinen trotteten ein paar Meter vor uns her. Wirklich - ein friedliches Familienidyll.

"Ich hätte mich totlachen können", sagte die Ersatzmutter Lydia und kicherte vergnügt. "Es sah zum Schreien aus, der Mohrenkopf in der arroganten Visage des Kellners. Ich hätte ihm am liebsten einen zweiten hineingedrückt, konnte mich gerade noch beherrschen."

"Jan hat sich unmöglich benommen", ließ ich verlauten und tat verärgert. "Zumal es jetzt bereits zwei Lokale gibt, in denen wir uns nicht mehr blicken lassen dürfen. Ich sehe uns schon am Hungertuch nagen."

"Du wirst nicht verhungern", versprach Lydia und drückte zärtlich meinen Arm. "Für was gibt es mich? Und nicht nur für das!" Sie drückte erneut. Sabine drückte auch. Ich bekam ein flaues Gefühl in der Magengegend. Hunger war es nicht.

"Kannst du überhaupt kochen?", erkundigte ich mich.

"Wie kannst du daran zweifeln?" Lydia tat beleidigt. "Meine Kochkünste sind weltberühmt. Hast du noch nie etwas von meinem Rheinischen Sauerbraten mit handgerollten Kartoffelklößen gehört?"

"Hmmmm", machte Tim und leckte sich begeistert die Lippen. "Das klingt phantastisch! Besonders nach einer tagelangen Eierkur und verwürztem Gulasch mit geschmacklosen Nudeln. Wie wäre es, wenn du diese himmlische Speise morgen auf den Tisch bringen würdest, Mädel?"

"Warum nicht?"

"Du hast nur die Fresserei im Kopf", tadelte ich Tim kopfschüttelnd. "Kannst du an nichts anderes denken?"

"Doch!", grinste Tim und schaute Lydia verliebt an. "Da gibt es schon noch etwas! In beidem bin ich ein Feinschmecker!"

"Ein Idiot bist du", fand ich. "Ich hätte dich im Knast lassen sollen."

"Im Knast?" Lydia zeigte sich erstaunt. "Was habt ihr denn jetzt schon wieder ausgefressen?"

Tim und ich berichteten abwechselnd von unserem nächtlichen Abenteuer. Sabine hielt wohlweislich den Mund. Lydia wollte sich ausschütten vor Lachen, wurde dann aber ganz schnell wieder ernst. "Hoffentlich hat das kein Nachspiel!"

"Ach was", beruhigte ich sie. "Ich habe einen guten Anwalt. Der wird uns schon herauspauken. Zumal man uns das mit den Drogen wohl kaum in die Schuhe schieben kann." Ich verschwieg auch diesmal, dass man es durchaus hätte können. "Das Zeug lag auf dem Boden, und wir standen zufällig in der Nähe. Wer will uns daraus einen Strick drehen?"

"Na, du, ich weiß nicht." Lydia blieb skeptisch. "Nur gut, dass Mutter mich zu euch geschickt hat. Jetzt kann ich wenigstens aufpassen, dass so etwas nicht noch einmal vorkommt. Manchmal benehmt ihr euch wirklich wie unerzogene kleine Rotzlöffel!"

"Er!" Tim deutete anklagend auf mich. "Er hat praktisch noch die Eierschalen hinter den Ohren. Ich dagegen..." Er plusterte sich auf wie ein verliebter Gockel. Ich wartete jeden Moment darauf, dass er mit den Flügeln zu schlagen und zu krähen anfing. "Ich bin ein ganzer Mann! Vielleicht solltest du das endlich registrieren, Lydia!"

"Sie wird sich hüten!"

Mein Gott, ich war ja eifersüchtig, hätte Tim am liebsten einen kräftigen Tritt in seine Kehrseite versetzt.

"Trottel", schalt ich mich. "Lydia kann tun und lassen, was sie möchte. Sie geht dich nichts an. Überhaupt nichts! Du müsstest froh sein, wenn du sie an Tim abtreten könntest."

Seltsamerweise war ich nicht froh. Zumal sie auch keinerlei Interesse an ihm bekundete. Stattdessen kam sie auf ein ganz anderes Thema zu sprechen.

"Was unternehmen wir heute Nachmittag?", fragte sie. "Das Wetter ist viel zu prachtvoll, um sich zu Hause vor die Glotze zu setzen. Was haltet ihr von einem kleinen Ausflug?"

"Toll", schwärmte Tim. "Fahren wir hinaus ins Grüne, an den Busen der Natur! Tanken wir unsere rauchgeschwängerten Lungen voll mit Ozon, auf dass unser Blut in haltlose Wallung geraten möge; auf dass unsere Herzen lüstern zu schlagen beginnen und sich näher kommen im Odem sinnlicher Leidenschaft. Lasst uns dem Tirilieren der Vögelein lauschen, das friedliche Spiel der Hasen und Rehe beobachten und unsere Lippen am Tau der blühenden Botanik netzen."

"Jetzt ist er total übergeschnappt." Ich tippte bedeutungsvoll mit dem Zeigefinger an die Stirn. "Am Tau der Botanik will er seine Lippen netzen!" Ich lachte höhnisch. "In der ersten Kneipe, die am Weg liegt, vergisst er den Tau der Botanik und netzt seine Lippen nur noch an Eimern voll Bier und Whisky. Lern mich einer meinen Freund Tim kennen."

"Armleuchter", knurrte der. "Warum kannst du mir nicht einfach ein paar Illusionen lassen? Viele hat man ja eh nicht mehr."

"Wir könnten nach Dingsdorf fahren", schlug Sabine vor. "Dort findet eine Techno-Party statt. Alles, was in der Szene Rang und Namen hat, ist vertreten." Sie nannte ein paar Namen, die mir nichts sagten. Wahrscheinlich alle nach dem gleichen Muster gestrickt: *Bumm bumm bumm bummbumm bum bumm*

bumm!

"Ich verspüre keinerlei Lust, noch einmal als Drogendealer verhaftet zu werden", wehrte ich mich gegen Sabines Ansinnen.

Tim war meiner Meinung. Lydia auch. Julia und Jan äußerten sich nicht dazu, weil keiner sie fragte.

"Wir sollten an die Kleinen denken", meinte Lydia.

"Techno-Party find ich gut", meldete meine Tochter sich nun doch zu Wort und begann zu singen: "*Eine Insel mit zwei Bergen und ein tiefes, tiefes Tal...*"

"Hier tommt die Maus!", krähte Jan dazwischen und pfiff danach irgendeine undefinierbare Melodie. "Hier tommt die Maus."

"Na also!" Sabine war sehr zufrieden. "Was gibt es da noch zu überlegen? Die Kleinen stehen auf Techno! Vielleicht spielen sie sogar wieder euer *Starlight?*"

"Und wenn sie unsere sämtlichen Titel in Form von Techno spielen", knurrte ich, "ich möchte nicht dorthin."

"Ich auch nicht", pflichtete Tim mir bei. "Ich will an den Busen der Natur!"

"Busen der Natur?" Ich grinste hämisch. "An welchen Busen du wirklich möchtest, ist doch klar. Und wahrscheinlich möchtest du auch noch in das tiefe, tiefe Tal."

"Was haltet ihr davon, wenn wir in den Zoo fahren?", schlug Lydia vor. "Ich war schon seit ewigen Zeiten nicht mehr dort gewesen."

"Prima", freute sich Tim. "Dann können wir Tobias gleich bei den Affen abgeben. Vielleicht zahlen sie anständig. Schließlich gehört er zu der seltenen Rasse der homo non intelligensis."

"Armleuchter", sagte ich schlicht.

"Armheuchter", krähte Jan vergnügt. "Tim Armheuchter! Alle Armheuchter!"

"Jetzt langt's aber!", fuhr ich ihn an. "So etwas sagt man nicht. Selbst zu Tim nicht. Auch wenn's stimmt."

"Papa auch sagt."

Er hatte recht. Ich nahm mir vor, nie mehr schlimme Worte zu gebrauchen. Zumindest nicht in Gegenwart meiner Kinder.

"Also, was ist jetzt?", fragte Lydia. "Fahren wir in den Zoo?"

"Selbstverständlich!", rief Tim. "Ich sehne mich danach, endlich wieder mal ein Kamel zu sehen."

"Schau in den Spiegel", riet ich ihm. "Dann siehst du eines. Das größte überhaupt."

Natürlich musste Jan erst sein Mittagsschläfchen halten, bevor wir losfuhren. Nachdem er sämtliche Nullis in den Händen und im Mund hatte, gab er tatsächlich für eine Stunde Ruhe; eine Stunde, in der auch wir nichts anderes taten, als im Sessel oder auf der Couch herumzuhängen und vor uns hinzudösen.

Ich hatte mich wohlweislich gehütet, für den allgemeinen Mittagsschlaf mein Schlafzimmer aufzusuchen. So hatte es Lydia vorgeschlagen und mich dabei vielversprechend angeblickt. Ich war lieber im Wohnzimmer bei den anderen geblieben. Obwohl...!

"Dann eben nicht", hatte Lydia gefaucht.

"Oder vielleicht doch?", hatte Tim hoffnungsvoll gelockt. "Auch ich habe ein eigenes Schlafzimmer."

Lydia hatte ihn keiner Antwort gewürdigt.

Gegen vierzehn Uhr fuhren wir los. Es war zwar etwas eng in meinem Auto - dreieinhalb Erwachsene und zwei Kinder -, doch für die kurze Strecke bis nach

Frankfurt würde es wohl gehen. Bei unserem Lebenswandel war nicht zu erwarten, dass wir im Himmel jemals soviel Platz erwarten durften. Und dort musste man länger ausharren. Bis in alle Ewigkeit. Falls man überhaupt in den Himmel kam. Aber in der Hölle trifft man eh mehr Bekannte, habe ich mir sagen lassen.

Kurz vor unserem Ziel - wir hatten gerade die Kaiserleibrücke passiert, - begann es in unserem Wagen zu stinken. Tim schaute mich vorwurfsvoll an. Ich schüttelte den Kopf, denn ich hatte damit nichts zu tun, ahnte aber, wer der Urheber der unangenehmen Gerüche war.

"Hast du in die Hose gemacht, Jan?", fragte ich meinen Ableger.

"Nein", behauptete er.

"Doch", widersprach Julia, die neben ihm saß und jetzt an der bewussten Stelle schnupperte. "Natürlich hat er die Hosen voll!"

"Auch das noch", stöhnte ich. Ich hatte ihn vor unserer Abfahrt vorsichtshalber noch einmal ausgemistet. Keine halbe Stunde war das her. Und jetzt das!

"Hast du Windeln mitgenommen?", fragte ich die Ersatzmutter.

"Wieso ich?", gab Lydia erstaunt zurück. "Ich dachte, ich wäre nur für's Kochen zuständig - und so. Woher sollte ich wissen, dass ein fast dreijähriger Bub immer noch in die Windeln scheißt? Ich war mit achtzehn Monaten trocken."

Eine schöne Ersatzmutter war das! Schloss von sich auf andere. Dabei hätte sie das Windelpaket, das Jan hinter sich herschleppte, doch bemerken müssen! Na ja, sie hatte halt nie Kinder gehabt, und die heutigen Windeln beulten die Hose auch nicht mehr ganz so sehr aus wie früher. Trotzdem! Meiner tollen Ollen wäre das nie passiert! Sie sorgte immer für alle Fälle vor, führte bei jedem Ausflug Windeln, Puder, Creme und Kondome mit. Obwohl wir letztere nie benutzten, weil wir ja treu waren. Vielleicht brauchte sie die Dinger jetzt? Ich wurde wieder einmal stinksauer.

"Was machen wir jetzt?", erkundigte sich Tim. "Wir können Jan in diesem Zustand unmöglich stundenlang im Zoo herumlaufen lassen. Er wird ja wund."

"Also fahren wir nach Hause zurück", traf ich den einzig richtigen Entschluss, den es meiner Meinung nach gab.

"Quatsch", widersprach Tim. "Wir werden doch irgendwo ein paar Windeln auftreiben können."

"Wie denn?", gab ich zurück. "Alle Läden haben zu. Uns bleibt gar nichts anderes übrig, als heimzufahren."

"Ich besorge Windeln", versprach Tim großmäulig. "Nichts ist unmöglich."

"Toyota!", krähte Jan. Er schaute eindeutig zuviel in die Glotze. Trocken war er noch nicht, aber dämliche Werbesprüche kannte er. "Das muss sich ändern", beschloss ich.

"Wir fahren heim", verkündete ich. "Wo willst du denn an einem Sonntag Windeln herbekommen, Tim?"

"Irgendwoher", stellte er in den Raum.

"Das ist doch reines Wunschdenken", befand ich.

"Lass es ihn wenigstens versuchen", mischte sich Lydia ein. "Es wäre wirklich schade, unseren Ausflug wegen so ein paar dämlichen Windeln abbrechen zu müssen."

Auf die glorreiche Idee, die nächste Apotheke, die Sonntagsdienst hatte, anzusteuern, kam keiner. Dort hätten wir vermutlich mühelos bekommen, was wir so dringend brauchten. Allerdings wäre uns dann auch die folgende Geschichte entgangen. Und das wäre doch schade gewesen. Denke ich heute. Damals war sie mir ziemlich peinlich.

Wir hatten inzwischen den zoologischen Garten erreicht und suchten einen Parkplatz. Wie nicht anders zu erwarten, war an diesem wunderschönen Sonnentag die Hölle los. Sämtliche Eltern, Großeltern, Tanten und Onkel mit Kindern, die in Frankfurt und Umgebung wohnten, mussten den Entschluss gefasst haben, heute den Zoo zu besuchen. Wir stellten uns ins Parkverbot, nahmen ein Knöllchen in Kauf. Vielleicht hatten wir ja Glück, und es kamen keine Bullen vorbei. Andere schienen ähnlich zu denken. Jedenfalls standen fast mehr Autos im Parkverbot als in der erlaubten Zone.

"Haben Sie zufällig eine Windel?", fragte Tim an der Kasse, als wir endlich nach halbstündigem Warten in einer langen Schlange an die Reihe kamen.

"Wie bitte?" Der ältere Mann im Kassenhäuschen runzelte die Stirn. "Wolle Se mich verarsche? Für solche Späßjer hab ich heut kaa Zeit. Sie sehe ja selber, was los ist."

"Es hätte ja sein können, dass Sie für alle Fälle ein paar Pampers bereitliegen haben", meinte Tim. "Sozusagen als Kundendienst!"

"Duht mer leid", erwiderte der Kassierer. "Ich hab leider kaa Windeln hier. Sie hätte halt rechtzeitig uffs Dibbsche gehe müsse!"

"Aber die Windeln sind doch nicht für mich", stellte Tim beleidigt klar und deutete auf Jan. "Für den kleinen Stinker da wären sie."

"Ich hab awwer kaa", erklärte der Mann entschieden. "Wolle Se jetzt enoi odder wolle Se net enoi? Sie halte mer ja den ganze Verkehr uff."

Wir traten zunächst einmal zurück, um uns zu beraten. Jan stand breitbeinig da und schaute nach unten. Aus seinen Hosenbeinen lief etwas Braunes heraus. Offensichtlich hatte ich etwas falsch gemacht, als ich ihn vorhin trockenlegte. Oder die Pampers hielten nicht, was sie versprachen.

"Wir fahren heim", wiederholte ich noch einmal.

"Aber warum denn?" Tim sah sich um und deutete schließlich auf ein Mehrfamilienhaus in der Nähe des Zoos. "Es wäre ein Wunder, wenn es dort keine windelbedürftigen Kleinkinder gäbe. Komm mit, alter Knabe, schauen wir uns dort mal um!"

♥

Wir marschierten zu dem Mehrfamilienhaus und standen schließlich vor einer Reihe von Klingelknöpfen. Von Abraham bis Üznünü hießen die Leute. Ein Gorbatschow, ein Ramirez, ein Bosniac, ein Christoferos und ein Kawasaki lagen dazwischen. Ein internationales Haus. Ein paar Deutsche gab es sogar auch. Die hießen Kowalsky, Brdschinsky oder von Drieben. Man erkannte ihre Nationalität an den Vornamen. Welcher Pole, Tscheche oder was weiß ich hieß Otto, Karl oder Ferdinand vornherum? Müllers waren auch vertreten, Schmitts ebenfalls.

"Und jetzt?", erkundigte ich mich.

"Wir klingeln", antwortete Tim.

"Du spinnst", befand ich. "Du kannst diese Leute doch nicht in ihrer Sonntagsruhe stören!"

"Wir brauchen Windeln", erklärte Tim. "Das ist ein Notfall! Du wirst sehen, dass die Leute sehr hilfsbereit sind, wenn wir ihnen unsere hoffnungslose Lage schildern."

"Vielleicht verstehen sie uns gar nicht, weil sie kein

Deutsch sprechen?"

Bevor ich es verhindern konnte, hatte Tim einen der Klingelknöpfe betätigt. Der Türsummer brummte, wir drückten auf und traten in das Treppenhaus. Ich fühlte mich unwohl. Tim offenbar nicht. Der hatte anscheinend Nerven wie Drahtseile. Ich beneidete ihn darum, hätte am liebsten den Rückzug angetreten.

Im Parterre wurde eine Tür einen Spalt breit geöffnet. Eine zahnlose Oma schaute heraus und blickte uns neugierig an. Sie trug einen Morgenmantel Baujahr neunzehnhundertundzweiunddreißig, hatte nur noch wenige Haare auf dem Kopf und schielte wie jener Löwe in einer bekannten Fernsehserie. Wenn die eine Windel hatte, wollte ich Müller heißen. Oder Brdschinsky.

"Entschuldigen Sie bitte die Störung", sagte Tim und verbeugte sich höflich. "Gibt es in Ihrem Haushalt zufällig ein Baby?"

"Hä?", machte die Oma und hielt die rechte Hand an ihr Ohr. "Sie müssen etwas lauter reden. Ich höre schlecht." Sie roch auch schlecht. Aber das nur am Rande.

"Ich fragte, ob Sie zufällig ein Baby haben!", brüllte Tim. Es schallte durch das ganze Treppenhaus, kam sogar als eine Art Echo zurück. Ich hätte vor Scham im Erdboden versinken mögen.

"Ich bin eine alleinstehende Witwe", erklärte die Oma. "Mein Mann ist seit zehn Jahren tot. Mein Baby ist mittlerweile fünfzig und arbeitet bei der Stadt."

"Also haben Sie vermutlich keine Windel für uns?", plärrte Tim.

"Nein, Windeln braucht Theobald eigentlich nicht mehr", antwortete die Oma. "Er ist seit seinem zweiten Lebensjahr trocken."

"Vielen Dank", kreischte Tim. "Entschuldigen Sie bitte die Störung."

"Wieso brauchen Sie eine Windel?", wollte die Oma wissen.

"Weil wir die Hosen voll haben!", schrie Tim. "Deshalb!"

"Das ist peinlich", meinte die Oma. "Leute in Ihrem Alter! Na, ich weiß nicht!"

Die Oma schloss kopfschüttelnd die Tür.

"Tim, das hat doch keinen Sinn", wandte ich mich an meinen Freund. "Lass uns lieber nach Hause fahren!"

"Ich kriege eine Windel!", prophezeite er störrisch. "Was würde Lydia von mir denken, wenn ich ohne zurückkäme? Mein guter Ruf wäre im Eimer. Das möchte ich keinesfalls riskieren."

Bevor ich es verhindern konnte, drückte Tim den nächsten Klingelknopf. Ein stämmiger Mann mit breitem Stiernacken und Armen wie Elefantenbeine öffnete. Er trug eine Jogginghose und ein T-Shirt, auf dem *Leckt mich alle am Arsch - und der Rest der Welt noch ärscher* aufgedruckt war. Auf seinem rechten Arm war ein Hakenkreuz eintätowiert, auf seinem linken Hammer und Sichel. Er konnte sich offenbar nicht entscheiden, für wen er war.

"Guten Tag", begrüßte Tim ihn freundlich. "Haben Sie zufällig ein Baby?"

Der Bulle schaute uns erschrocken an, warf einen hastigen Blick über sein Panzerkreuz in den Flur hinter sich und legte beschwörend den Finger auf seine Lippen.

"Psssst!", machte er und sah sich noch einmal besorgt um. "Mei Fraa hört die Flöh huste! Sie derf des uff kein Fall erfahrn." Seine Stimme sank auf ein Minimum herunter. "Sie sin sicher der Vadder?"

"Nein." Tim deutete auf mich. "Er ist der Vater."

Der Bulle beäugte mich skeptisch. "Werklich? Sie misse awwer frieh aagefange hawwe!"

"Keinesfalls", versicherte ich. "Ich habe sogar noch eine ältere Tochter."

"Un die heeßt Julia?"

Ich nickte.

"Ich hab's geahnt." Der Bulle schaute erneut nervös in seine Wohnung zurück. "Ich hätt mich bei unserm Betriebsausfluch beherrsche misse." Er zuckte schuldbewusst die Schultern. "Awwer mir hatte halt all e bissie zuviel getrunke. Mondschein, laue Nacht, en Himmel wie Samt mit Millione Sterne durchwebt und zärtlich Mussigg..." Ich hätte dem Kerl gar nicht soviel Poesie zugetraut. "Da isses halt bassiert."

"Ach", staunte ich. "Mit meiner Julia?"

"So isses", bestätigte der Bulle. "Ich hätt aach längst für des Bobbelsche bezahlt, wenn mei Fraa mich net so knapp halte däht. Fuffzisch Makk Daschegeld krisch ich im Monat. Wie soll ich davon noch die Alimente bleche? Awwer ich versprech Ihne in die Hand: Ich werd mir erschendein Näwejob suche, um e paar Makk dazuzuverdiene. Un wenn ich als Stripper zu de Frankfort Dream Boys geh."

"Sie wären bestimmt der geeignete Mann für die Dream Boys", meinte Tim ohne die Miene zu verziehen. "Ein Kerl wie Sie. Aber momentan benötigen wir lediglich eine Windel."

"E Winnel?" Der Bulle zuckte ratlos die Schultern. "Woher soll ich dann jetzt e Winnel nemme? Geht's Ihne dann so dreggisch, dass Se sich kaa leiste könne?" Er zückte seine Geldbörse, suchte eine Weile darin herum und drückte mir schließlich fünf Mark in die Hand. "Mehr hab ich momentan net. Gehn Se un kaafe Se meim Sohn e Winnel. Des annere reeschele mir später. Ehrenwort."

"Hugo, was gibt es denn?", kam eine keifende Stimme aus dem Hintergrund.

"Jesses, mei Fraa!", zeigte sich der Bulle tödlich erschrocken. "Gehn se bitte! Es werd alles gereeschelt! Ehrenwort! Ich werd für mein Sohn sorsche! Ich bin schließlich kaan Lump! Ich net! Die Julia krischt, was ihr zusteht. Nur - mei Fraa derf nie ebbes devon erfahrn."

"Von mir nicht", versprach ich großmütig.

Der heimliche Vater nickte dankbar und schloss die Tür. "Es war nix", hörten wir ihnen sagen. "Bloß e Sammlung für minderbemiddelte Kinner."

"Können die einen nicht mal am Sonntag in Ruhe lassen!", keifte das Weib. "Du hast doch hoffentlich nichts gegeben?"

"Von was dann?", brummte er. "Ich bin doch selber minderbemiddelt."

Tim und ich schauten uns an. Plötzlich mussten wir lachen. Wir wieherten, bis uns die Tränen die Wangen hinunterliefen. Tim nahm mir das Fünfmarkstück aus der Hand und warf es in die Luft. Er fing es geschickt wieder auf und ließ es in seiner Brusttasche verschwinden.

"Das versaufen wir gnadenlos", verkündete er. "Auf das Wohl deiner Tochter Julia und ihres strammen Jungen."

"Mal bloß nicht den Teufel an die Wand!", warnte ich ihn. "So etwas geht oft schneller als man glaubt. Und jetzt lass uns abhauen. Ich habe die Schnauze voll von schwerhörigen Omis und heimlichen Vätern."

"Warum denn?", widersprach Tim. "Es war doch bis jetzt sehr unterhaltsam. Der Nächste bitte."

Er klingelte an der dritten Tür, aber dort war keiner zu Hause. Vielleicht hatten die sogar ein Baby und waren mit ihm spazieren gegangen? Wir sollten es nie erfahren.

Ein Stockwerk höher öffnete uns ein grell geschminktes Mädchen in einem durchsichtigen Nichts von einem Morgenmantel. Das war neben hochhackigen Pumps alles, was sie anhatte. Tim machte Stielaugen. Aber auch ich musste schlucken. Die junge Dame - eine echte Blondine, wie zu erkennen war - hatte allerhand Holz vor der Hütte. Und überhaupt und so...! Da konnte es einem schon etwas trocken im Hals werden. Und heiß in der Hose mangels Ehefrau!

"Hallöchen", gurrte sie und lächelte uns freundlich an. "Ihr hattet angerufen, nicht wahr? Meine Freundin wartet bereits. Das wird bestimmt ein toller Nachmittag."

Sie fasste nach Tims Hand und zog ihn in die Wohnung. Notgedrungen folgte ich und geriet, nachdem wir die kleine Diele passiert hatten, in ein Zimmer, dessen Haupteinrichtung aus einem riesigen, runden Wasserbett bestand. Die Rollläden waren heruntergelassen, mit roten Glühbirnen bestückte Lampen tauchten den Raum in ein diffuses Licht. An den Wänden hingen unanständige Poster. Eine kleine Stereoanlage dudelte schnulzige Schlager.

"Da seid ihr ja endlich", empfing uns ein zweites Mädchen, das in einem Sessel hockte und sich mit einer Illustrierten beschäftigt hatte, die sie jetzt beiseite legte. Sie war mit einem knappen BH, einem winzigen Slip und schwarzen Netzstrümpfen bekleidet und erhob sich nun, um uns mit einem Küsschen auf die Wangen zu begrüßen. "Macht es euch bequem, Jungs. Ich bin die Vera. Was möchtet ihr trinken?"

"Ei... ei... eigentlich wollten wir nur...", stotterte Tim, verschluckte sich an seiner eigenen Spucke und begann wie ein asthmatischer Seehund zu husten.

"Natürlich wolltet ihr", unterbrach ihn das Mädchen, das uns geöffnet hatte, und kicherte amüsiert. "Sonst wärt ihr wohl nicht zu uns gekommen."

"Eine... eine Windel", stammelte Tim. "Eigentlich wollten wir nur eine Windel!"

"Ach ja?" Die Blondine lachte herzlich. "Hast du dir jetzt schon in die Hosen gemacht? Nur keine Angst! Wir beißen nicht! Ihr macht das wohl zum ersten Mal, was?"

"Ja", erwiderte ich und dachte an die Windel. "In dieser Verlegenheit waren wir noch nie. Wissen Sie, unsere Frauen sind verreist, und mit Lydia und Sabine klappt es noch nicht so recht."

"Waaas?", staunte Vera. "Eure Frauen sind verreist, und schon habt ihr euch Freundinnen zugelegt? Was seid ihr denn für böse Buben!" Sie drohte uns schelmisch mit dem Finger.

"Sie verstehen das falsch", versuchte ich verlegen zu erklären. "Bei Lydia handelt es sich um meine Schwägerin und bei Sabine um seine..." - ich deutete auf Tim - "...Tochter."

"Na, dann bleibt es wenigstens in der Verwandtschaft", meinte die Blondine. "Aber kommen wir nun zum Geschäftlichen: Was gedachtet ihr für diesen heißen Nachmittag denn anzulegen?"

Tim zog das Fünfmarkstück des durch einen Betriebsausflug zum Vater gewordenen Bullen aus der Tasche und hielt es den beiden Dämchen hin.

"Soll das ein Witz sein?", fauchte die Blondine. "Dafür ziehe ich nicht einmal meinen Morgenmantel aus!"

"Musst du auch nicht", grinste Tim, der sich offensichtlich wieder gefangen hatte und zu alter Gelassenheit zurückgekehrt war. "Hauptsache, du gibst mir eine Windel dafür. Mehr will ich gar nicht."

"Du, die meinen das tatsächlich ernst", schien Vera die Situation endlich zu begreifen. "Die wollen wirklich nur eine Windel."

"Was dachtet ihr denn?", sagte Tim. "Sein prächtiger Ableger steht unten vor dem Zoo und kann nicht weiter, weil ihm sein großes Malheur aus beiden Hosenbeinen herausläuft. Weil wir keine Ersatzwindeln mitgenommen haben, sind wir beiden Helden auf der Suche nach ebensolchen. So einfach ist das."

Die Mädchen schauten sich an und begannen zu lachen. Sie reagierten weder sauer noch fühlten sie sich von uns veräppelt. Im Gegenteil. Sie hatten vollstes Verständnis für unsere im wahrsten Sinne des Wortes beschissene Lage und überlegten, wie sie uns helfen konnten. Richtig nette Mädchen waren das. Anscheinend betrieben sie ihr Gewerbe noch nicht allzu lange.

"Tja, wartet mal", dachte die Blonde laut nach. "Wenn ich mich recht erinnere, gibt es im vierten Stock eine Familie mit Kleinkind. Wie alt ist eurer denn?" Ich sagte es ihr. "Das könnte hinhauen; denn ihr müsst ja auch die richtige Windelgröße haben, sonst nützt sie euch nichts."

"Sie kennen sich aber gut aus", wunderte ich mich.

"Ich habe selbst ein kleines Mädchen", erklärte sie und lächelte traurig. "Das lebt allerdings bei seinen Großeltern. Deshalb kann ich persönlich leider nicht mit Windeln dienen."

"Wissen Sie zufällig, wie diese Familie im vierten Stock heißt?", erkundigte ich mich.

"Meier, Müller, Lehmann oder so", antwortete die

Blonde. "Jedenfalls ist es ein typisch deutscher Name. Ansonsten wohnen im vierten Stock nur Ausländer."

Wir bedankten uns herzlich und wandten uns zur Tür.

"Falls ihr uns mal besuchen wollt, ohne nach Windeln zu suchen - hier ist unsere Telefonnummer." Die nette Blonde überreichte mir eine rosarote Visitenkarte. "Ich bin übrigens die Jenny, meine Freundin kennt ihr ja schon. Wir würden uns sehr freuen."

"Wir werden auf das Angebot gern zurückkommen", versprach Tim und meinte es vermutlich auch so. "Macht's gut, ihr Süßen, und denkt immer daran: Gebt AIDS keine Chance."

"Darauf kannst du dich verlassen", sagte die Blonde. "Ohne Gummi geht die Jenny nie ins Bett."

Wir verabschiedeten uns endgültig und begaben uns hinauf in den vierten Stock. Die Leute hießen Schmitt und waren, nachdem wir unser Sprüchlein heruntergeleiert hatten, sehr hilfsbereit. Endlich hatten wir eine Windel und für alle Fälle auch noch eine zweite. Überglücklich kehrten wir zu den anderen zurück.

"Ich wollte schon eine Vermisstenanzeige aufgeben", empfing uns Lydia ungnädig. "Wo habt ihr euch denn so lange herumgetrieben?"

Ich berichtete, während Jan ausgemistet und umgerüstet wurde, von unserem kleinen Abenteuer im Mehrfamilienhaus und erzielte einige Lacher damit. Die rosarote Visitenkarte verschwieg ich vorsichtshalber. Unsere Damen musste, nicht alles wissen. Außerdem stand ja auch noch gar nicht fest, ob wir sie jemals nutzen würden.

♥

Der Frankfurter Zoo gehörte zu dem älteren in Deutschland und war eigentlich nicht mehr ganz zeitgemäß. Elefanten gab es hier beispielsweise schon lange nicht mehr. Das Gehege war nach den neuesten wissenschaftlichen Erkenntnissen zu klein. Als ich noch ein Kind gewesen war, war es groß genug gewesen. Da hatte es immer ein paar der grauen Riesen in Frankfurt gegeben. Gönnen wir Tantor und seiner Familie, dass sie heute nicht mehr auf engstem Raum leben mussten. Es gab wirklich genügend andere Tiere zu besichtigen.

Die Kinder hatten einen Riesenspaß, aber auch wir Erwachsene unterhielten uns prächtig. Jan wollte unbedingt die Löwen streicheln. Er wurde richtig zornig, als ich es ihm nicht gestattete. Für ihn waren das *Miezetatzen*; etwas größere zwar, aber das störte ihn nicht.

Bei den Menschenaffen war der Andrang am größten. Mit Mühe und Not konnten wir uns bis zum Gitter vorwühlen. Ein riesiger Gorilla baute sich vor Tim auf und beobachtete ihn fasziniert.

"Du, der scheint dich zu kennen", griente ich. "Vielleicht ist er dein direkter Vorfahre?"

"Toller Witz", knurrte Tim unlustig. "Zumal ich einen ähnlichen kurz vor unserer Abfahrt gemacht habe. Viel Neues fällt dir auch nicht mehr ein."

"Aber dir", stänkerte ich. "Deshalb haben wir ja auch schon so fleißig an unserem neuen Musical gearbeitet."

"Ha, ha, ha", machte Tim unlustig.

"Ist das ein Männchen oder ein Weibchen?", wollte Sabine wissen.

"Wer? Tim?"

"Nein, der Affe natürlich."

"Der ist ein Männchen", behauptete ich.

"Ein Weibchen", widersprach Tim.

"Und er ist doch ein Männchen", blieb ich bei meiner Version. "Schließlich haben Affen die gleichen anatomischen Merkmale wie Menschen."

Das wollte Tim etwas genauer sehen. Er beugte sich nach vorn, obwohl davor gewarnt wurde, dem Käfig zu nahe zu kommen, nahm die bewusste Stelle des Affen in Augenschein - und schon war es passiert. Der Gorilla griff blitzschnell durch die Gitter und riss Tim die Brille von der Nase. Er setzte sie selbst auf und sprang auf die am höchsten hängende Schaukel, wo er sich häuslich niederließ und stolz umherblickte.

"Meine Brille!", jammerte Tim entsetzt. "Dieser blöde Affe hat mir meine Brille geklaut!"

"Geschieht dir ganz recht", lachte ich, und die um uns herumstanden, lachten ebenfalls. "Warum gehst du auch so nah ran, du vorwitziger Kerl?"

"Aber meine Brille! Ich brauche meine Brille! Ohne sie bin ich nur ein halber Mensch!"

"He, du blöder Affe!", plärrte Julia den Gorilla an. "Gib Tim sofort seine Brille zurück! Na, wird's bald!"

"Böder Affe!", kam Jans Echo. "Tim Bille rück!"

Den Affen interessierte das überhaupt nicht. Als ihm andere das kostbare Stück abjagen wollten, scheuchte er sie mit ein paar deftigen Schlägen davon.

"Die kriegst du im Leben nicht mehr zurück", vermutete Lydia.

"Ich brauche sie aber", lamentierte Tim. "Ich habe nur diese eine."

"Weil du geizig bist", befand ich. "Geiziger als ein Schotte."

"Warum gehen wir nicht einfach zum Wärter und bittest ihn, dir die Brille zurückzuholen?", schlug Sabine vor.

"Eine tolle Idee", lobte ich das Mädchen. "Sie könnte von mir sein."

Also suchten wir nach dem Affenpfleger, fanden ihn bei den Schimpansen und erzählten ihm von Tims Missgeschick.

"Das war bestimmt Otto", lachte der Wärter. "Der hat nichts als Dummheiten im Kopf. Ich werde mal mit ihm reden."

"Versteht er dich denn?", fragte Julia erstaunt.

"Manchmal schon", erwiderte der Affenpfleger. "Es ist wie bei den Menschen: Wenn die dich nicht verstehen wollen, stellen sie sich manchmal auch taub. Bei Otto ist es nicht anders. Mal hört er, mal hört er nicht. Garantieren kann ich jedenfalls für nichts. Vielleicht schmeißt er mir, statt mir die Brille zu geben, auch seinen Kot ins Gesicht. Rechnen muss man bei ihm mit allem."

Wir begaben uns zurück zu den Gorillas, der Wärter öffnete den Käfig und kletterte hinein. "Otto, komm mal runter!", rief er dem bebrillten Affen zu. "Du kriegst auch eine Banane."

Otto rührte sich nicht, schien zu grinsen und rückte sich die Brille zurecht. Irgendwie erinnerte er mich an meinen früheren Mathelehrer. Oder an Tim.

"Otto, jetzt mach bitte keine Fisimatenten", forderte der Herr aller Affen den König derselben auf. "Rück die Brille heraus!"

Otto schüttelte unwillig den Kopf, schwang sich auf eine andere Schaukel und begann, am Gestell der Brille zu knabbern.

"Otto, wenn ich dich holen muss, funkt's!"

Otto schaute den Wärter beinahe mitleidig an. "Versuch's doch mal", schien er damit ausdrücken zu wollen. "Wenn's funken soll, du armseliger Wurm, musst du mich erst einmal kriegen!"

Der Wärter versuchte es jetzt mit einer Banane, die er lockend nach oben hielt. Otto sprang an ein dickes Tau und begann zu schaukeln. Ein gewaltiger Sprung, ein blitzschneller Griff nach der Banane, und schon hatte er sie. Er schwang sich mit ihr zurück auf die Schaukel und schälte die Frucht, um sie dann genüsslich zu verspeisen. Die Schalen warf er dem Wärter an den Kopf.

Der Auflauf vor dem Affenkäfig war inzwischen noch größer geworden. Man begann, Wetten abzuschließen, ob Otto die Brille herausrücken würde oder nicht. Ich beteiligte mich an einer mit fünf zu eins dagegen.

"Es hat keinen Sinn", erklärte der Wärter endlich. "Er gibt sie nicht her."

"Aber ich brauche sie doch", jammerte Tim. "Ohne meine Brille sehe ich so gut wie nichts."

"Dann sagen Sie ihm das mal am besten selbst", schlug der Affenpfleger vor. "Vielleicht hat er Mitleid mit ihnen. Möglich ist alles. Ich muss jetzt jedenfalls die Schimpansen füttern. Tut mir wirklich leid. Gehen Sie nächstes Mal nicht so nah an den Käfig heran. Er hätte Ihnen auch die Nase abreißen können. Oder noch etwas Wertvolleres."

Der Wärter tippte an seine Mütze und entfernte sich.

"Nun bitte ihn schon schön", feixte ich. "Bitte ihn, dass er dir deine Brille zurückgibt. Ha, ha, ha!"

Tim versuchte es tatsächlich. Er trat an den Käfig und redete auf das mächtige Tier ein, das interessiert die Ohren spitzte. Tim erzählte ihm, wie beschissen es ihm ohne Brille ginge und wie nötig er sie brauchte, um arbeiten zu können. Die Leute ringsum lachten und tippten sich an die Stirn. Tim sprach ungerührt weiter, als wäre er ein Politiker, der sein Volk davon überzeugen musste, die Erhöhung der Einkommensteuer auf hundert Prozent wäre unbedingt nötig.

Ob Sie es glauben oder nicht: Otto sprang plötzlich von seiner Schaukel herunter, trat vor Tim, nahm die Brille von der Nase und reichte sie ihm. "Entschuldigung" sagte er allerdings nicht.

"Na bitte", strahlte Tim glücklich und setzte die Brille wieder auf seine eigene Nase. "Ich bin ihm offenbar sympathisch!"

"Also doch Verwandtschaft", spöttelte ich. "Du solltest ihm morgen eine Kiste Bananen schicken."

"Mach ich doch glatt!"

Und wirklich: Am nächsten Morgen sandte er eine Kiste Bananen an Otto. Mit lieben Grüßen von seinem Freund Tim. Ich hatte ihm geraten, *Onkel Tim* zu schreiben, aber das wollte er dann doch nicht. Und Otto schrieb auch nie zurück, um sich zu bedanken.

Als wir weitergehen wollten, fehlte Jan. Wir hatten ihn wegen des Affentheaters völlig vergessen. Jetzt war er fort, spurlos verschwunden.

"Warum hast du nicht auf ihn aufgepasst?", schrie ich Lydia an.

"Bin ich sein Vater oder du?", gab sie ebenso laut zurück.

"Daran ist nur die Sache mit Tims Brille schuld", verkündete ich.

"Natürlich", wehrte sich Tim. "Jetzt bin ich's wieder! Dabei hatte ich Sabine ausdrücklich ans Herz gelegt, nach dem Jungen zu sehen."

"Immer auf die Kleinen", verteidigte sich Sabine. "Ich hatte gedacht, Julia kümmert sich um ihn. Bei ihr war er zuletzt."

Julia hatte keinen, auf den sie die Schuld abwälzen konnte. Nicht einmal einen Hund oder Goldhamster. Sie begann zu weinen, schmiegte sich an Lydia, die beschützend den Arm um sie legte.

"Das würde euch so passen", raunzte die Ersatzmutter uns an. "Die Schuld auf die Kleine abzuwälzen. Seid ihr von allen guten Geistern verlassen? Wenn einer verantwortlich ist für seine Kinder, dann ist das der Vater." Sie stieß mir ihren Zeigefinger in den Bauch. "Der da nämlich!"

Ich fühlte mich wie einer, den sie gerade zum Tode verurteilt hatten. "Okay", räumte ich ein und hob die Hände. "Ich gestehe alles. Aber davon kommt Jan nicht zurück. Wir müssen ihn suchen."

Wir teilten das Zoogelände anhand des am Eingang erworbenen Wegweisers strategisch unter uns auf und marschierten los: Tim nach Norden, Lydia mit Julia nach Süden, Sabine nach Westen und ich nach Osten. Er war wie die berühmte Suche nach der verlorenen Stecknadel in einem Heuhaufen. Hunderte von Menschen schlenderten durch den Tiergarten, -zig kleine Buben sahen Jan ähnlich. Mehrmals glaubte ich, ihn endlich gefunden zu haben und nahm überglücklich einen völlig fremden Jungen auf den Arm. Der sich natürlich mit Händen und Füßen dagegen wehrte und wie am Spieß nach seinen Eltern plärrte. Ich wurde beschimpft, mit bitterbösen Blicken eingedeckt und einmal sogar beschuldigt ein Kinderschänder zu sein. Erst, als ich meine verzweifelte Situation in die Waagschale warf, wurde davon abgesehen, die Polizei zu verständigen.

"Jan!", brüllte ich immer wieder. "Jan, wo steckst du?"

Dieser verdammte Bengel! Nichts als Ärger hatte man mit ihm! Diesmal würde es gewaltig rauschen in der Papiermühle, schwor ich mir! Alles konnte ich mir schließlich nicht von ihm bieten lassen! Sonst würde er mir künftig nur noch auf dem Kopf herumtanzen, mit elf zu rauchen beginnen, mit zwölf zu saufen anfangen und mit dreizehn nicht mehr aufzuhalten sein, sämtliche weiblichen Wesen unserer Stadt zu vögeln.

Vor dem Löwenfreigehege hatten sich unzählige aufgeregte Menschen versammelt. Sie diskutierten heftig miteinander, riefen Dinge wie unverantwortliche Eltern, haben nur das eigene Vergnügen im Kopf und deuteten auf etwas, das ich wegen des Andrangs momentan noch nicht erkennen konnte.

"Was ist hier los?", erkundigte ich mich bei einem der Herumstehenden.

"Schrecklich!", rief der Mann. "Ein kleiner Junge sitzt bei den Löwen! Keiner weiß, wie er dort hineingekommen ist!"

Mir war, als würde mir einer einen Schlag mit dem Holzhammer versetzen. "Jan!", stammelte ich entsetzt. "Das kann nur mein Sohn Jan sein! Lassen Sie mich um Himmels willen durch!"

Man machte mir bereitwillig Platz. Und schon wurde ich mit neuerlichen Beschuldigungen überschüttet: "Vernachlässigung der Aufsichtspflicht! Schöner Vater! Man müsste *ihn* zu den Löwen sperren! Eltern gibt es, die gibt es gar nicht!

Mir ging das alles zum einen Ohr hinein und zum anderen wieder heraus. Ich wollte nur noch bei Jan sein, stand endlich vor der kleinen Mauer, die die Besucher von dem Freigehege trennte.

Jan hockte mitten in der künstlich errichteten Felsenlandschaft. Neben ihm kauerten zwei ausgewachsene Löwen, die er zärtlich streichelte. Den mächtigen Tieren schien es zu gefallen. Sie schnurrten behaglich und rührten sich nicht. Noch nicht?

"Jan!", schrie ich mit sich überschlagender Stimme. "Jan, hör sofort damit auf!"

Er winkte mir vergnügt. "Hallo, Papi! Jan bei Miezetatzen! Danz lieb!"

Mir rutschte das Herz in den untersten Winkel meiner Hose; dabei fühlte ich es oben immer noch zum Zerspringen klopfen. Ein Maschinengewehr konnte kaum schneller schießen, als meine Pumpe momentan hämmerte.

"Jan!", flehte ich ihn an. "Beweg dich nicht! Bleib ganz ruhig sitzen, hörst du? Papi holt dich gleich da raus!

Papi musste ihn zum Glück nicht rausholen. Man hatte inzwischen einen Wärter verständigt, der in das Freigehege trat, beruhigend auf die Tiere einsprach und vorsichtig näher schlich. Rundherum wurde es totenstill. Selbst der Wind schien den Atem anzuhalten. Ich fühlte mich einer Ohnmacht nahe. Mein Gott, wenn dem Kleinen etwas passierte! Ich würde meines Lebens nie mehr froh werden!

Endlich - Sekunden waren zu Jahre geworden! - hatte der Wärter Jan erreicht und nahm ihn auf den Arm. Einer der Löwen erhob sich und... gähnte träge. Dann tappte er zu der Klappe, die ins Innere des Geheges führte und verschwand. Der zweite Löwe blinzelte nur einmal verschlafen und schnarchte weiter. Ein befreites Aufatmen ging durch die Menge. Manche seufzten auch irgendwie enttäuscht, würden sie ihrem entsetzten Home-Video-Publikum nun doch nicht

Aufnahmen eines einen kleinen Jungen zerreißenden Raubtieres zeigen können. Oder zumindest eine Fotografie davon.

"Wem gehört der da?", wollte der Wörter wissen, als er mit dem Kleinen aus dem Löwengehege trat.

"Mir!", rief ich, eilte zu den beiden und riss dem Wärter meinen Jungen förmlich aus den Armen. "O, Jan! Meine lieber, kleiner, süßer Jan!"

Nichts war mehr mit dem *Rauschen in der Papiermühle* oder sonstigen brutalen Strafen, die ich mir, während ich ihn suchte, für ihn ausgedacht hatte. Ich war nur noch froh und unsagbar erleichtert, ihn unbeschadet zurückzuhaben.

"Ich frage mich ernsthaft, wie er da hineingelangen konnte?", überlegte der Wärter kopfschüttelnd. "Alles ist idiotensicher abgesichert. Es wird mir ewig ein Rätsel bleiben."

Ich konnte dieses Rätsel natürlich auch nicht lösen, drückte ihm einen Hundertmarkschein in die Hand und bedankte mich überschwänglich bei ihm.

"Keine Ursache", meinte er. "Passen Sie das nächste Mal einfach besser auf Ihren Sohn auf." Tippte an seine Mütze mit der Aufschrift *Zoo Frankfurt* und entschwand.

Für heute hatte ich die Nase von Ausflug, Zoo und ähnlichem gestrichen voll. Ich trommelte alles zusammen, was momentan zu uns gehörte und ließ Jan dabei nicht mehr aus den Augen.

Man wurde ziemlich blass um die Nase, als ich berichtete, wo ich meinen Sohn gefunden hatte. Entsprechend verlief die Heimfahrt. Viel gesprochen wurde nicht. Der Schreck saß allen in den Gliedern; allen außer Jan. Der hampelte herum, als wäre nichts geschehen. Und die Hosen voll hatte er auch schon wieder. Was sicherlich nicht auf sein Abenteuer mit den Löwen zurückzuführen war, sondern nur auf seine gesunde Verdauung.

O selig, o selig ein Kind noch zu sein!

8.

Nach dem Abendessen brachten wir die beiden Kleinen ins Bett und spielten anschließend *Mensch ärgere Dich nicht*. Ich verlor dreimal und ärgerte mich fürchterlich. Gegen elf Uhr begaben wir uns ebenfalls zur Ruhe. Ein ereignisreicher Sonntag neigte sich seinem Ende zu. Dachte ich.

Als es im Haus ruhig geworden war und die Klospülung zum vorerst letzten Mal gerauscht hatte, öffnete sich leise die Tür zu meinem Schlafzimmer. Sabine huschte herein und schloss hinter sich ab. Sie trug wieder dieses Nichts von einem Negligé, und sonst nur nackte Haut. Wie gehabt. Ich seufzte genervt und zog meine Bettdecke bis zum Kinn hinauf.

"Hast du wieder Schmerzen?", erkundigte ich mich anzüglich, nachdem sie sich zu mir auf das Bett gesetzt hatte. "Oder was sonst treibt dich zu dieser nächtlichen Stunde in meine keusche Strohwitwerbude?"

"Das weißt du ganz genau", wisperte sie und rückte noch ein wenig näher heran. Sie strahlte einen betörenden Duft nach Veilchen aus. Vielleicht waren es auch wilde Orchideen. Der Himmel auf Erden lag zum Greifen nahe. Ich griff nicht zu, obwohl die Versuchung groß war und hielt stattdessen vorsichtshalber die Bettdecke mit beiden Händen fest.

"Lydia ist scharf auf dich", begann sie ohne lange Vorrede. "Sie verschlingt dich förmlich mit ihren Blicken."

"Na und?", gab ich verdrossen zurück. "Andere

Leute sind viel aufdringlicher und gönnen einem nicht einmal die wohlverdiente Nachtruhe!"

"Du meinst mich, nicht wahr?"

"Du merkst aber auch alles und könntest glatt Merkur heißen!"

"Ich konnte nicht anders, als zu dir zu kommen", seufzte sie mit einem schmerzlichen Lächeln. "Bevor du dich Lydia zuwendest, sollst du noch einmal erfahren, wie sehr ich dich liebe."

"Ich möchte mich weder dir noch Lydia zuwenden", beteuerte ich. "Auch keiner anderen. Habe ich mich klar genug ausgedrückt? Und jetzt lass mich bitte schlafen!"

"Ich lass mich nicht wieder wegschicken", fauchte sie. "Heute Nacht bleibe ich bei dir."

"Dann verlasse *ich* das Zimmer", kündigte ich an, "und schlafe meinetwegen in der Badewanne."

"Wenn du das tust, schreie ich um Hilfe und behaupte, du hättest mich vergewaltigen wollen!", drohte sie mir.

"In meinem eigenen Zimmer?", lachte ich. "Du würdest erklären müssen, wie du hierher gekommen bist."

"Dafür würde ich schon eine passende Erklärung finden!"

Was jetzt geschah, ließ mir den Atem stocken. Sabine schlüpfte aus ihrem Nichts von einem Negligé und ließ es achtlos neben das Bett fallen. Meine Güte, hatte dieses Mädchen einen wundervollen Körper! Sie hatte ihren Mund leicht geöffnet und beleckte mit spitzem Züngelchen ihre blühenden Lippen. Ihre feuchten Augen schienen im Glanz des durch die offenen Fenster fallenden Mondlichtes Funken zu versprühen.

"Wie eine Katze", dachte ich unwillkürlich, spürte, wie ein leichtes Zittern meinen nackten Körper durchlief und zog die Bettdecke fester um mich. Nicht, weil ich fror!

Und jetzt begann sie auch noch zu tanzen. Sie summte leise eine Melodie vor sich hin und wiegte sich in den Hüften wie vormals Salome bei ihrem Schleiertanz vor ihrem Stiefvater, der den armen Johannes später den Kopf kostete. Bei Sabine war der letzte Schleier allerdings längst gefallen. Ich wusste nicht, ob ich hinsehen oder wegschauen sollte. Mein kleiner Tobias schrie nach Erlösung!

Die Entscheidung wurde mir abgenommen. Es klopfte nämlich, und dann vernahm ich Lydias Stimme. "Schläfst du schon, Tobias? Darf ich hereinkommen?"

"Einen... einen Augenblick, bitte", stotterte ich erschrocken und war mir der peinlichen Situation voll bewusst. "Ich muss mir erst etwas überziehen!"

"Bloß keine Umstände", hörte ich Lydia leise lachen. "Viel an habe ich auch nicht."

"Du musst verschwinden", fuhr ich Sabine mit unterdrückter Stimme an. "Sie darf dich auf keinen Fall in meinem Zimmer erwischen. Das gäbe gewaltigen Ärger mit deinem Vater. Und mit ihr. Und mit meinen Schwiegereltern. Und letztlich dann wohl auch mit Pam."

"Aber es ist doch gar nichts passiert! Leider!"

"Trotzdem! Hau ab, Mädel, und zwar auf der Stelle."

"Und wohin?"

Ich sah mich gehetzt um. "In den Kleiderschrank", schlug ich vor.

"Das ist entwürdigend, Tobias!"

"Es ist ja nicht für lange", beschwor ich sie. "Ich wimmele sie schnell ab. Mach los, sonst geschieht ein

Unglück."

Sabine war verständig genug, den Ernst unserer Lage zu begreifen. Also schlüpfte sie in den Schrank. Ich schleuderte ihr Nichts von einem Negligé hinterher und schloss sorgfältig die Tür. Dann zog ich meinen Morgenmantel über und öffnete Lydia, die rasch ins Zimmer huschte.

"Wegen mir hättest du nichts anziehen müssen", meinte sie und lächelte mich aus verhangenen Augen verführerisch an. "Jetzt musst du es bloß wieder ausziehen."

"Fällt mir im Traum nicht ein", brummte ich, hatte genug von verhangenen Augen, verführerischen Blicken und heißen Weibern. Schlafen wollte ich, nur schlafen! Und das allein!

"Dies ist kein Traum", erklärte Lydia, "dies ist die Realität!

Sie fackelte nicht lange, ließ ihren Morgenmantel auf den Boden gleiten und zeigte sich mir in atemberaubender Nacktheit. Bevor ich mich dazu äußern konnte, hing sie mir am Hals und bedeckte meinen Mund mit heißen Küssen. Nun konnte ich gar nichts mehr dazu sagen und vernünftig denken konnte ich erst recht nicht mehr! Nicht einmal mehr an Sabine, die im Schrank steckte und darauf wartete, dass ich dieses lüsterne Weibchen aus meinem Zimmer hinausexperimentierte.

Das lüsterne Weibchen ging mit der Erfahrung einer altgedienten Kurtisane sogleich ans Werk, drängelte mich zurück zu meinem Bett und stieß mich dort mit einem sanften Schubs auf den Rücken. Ich hatte keine Chance, mich dagegen zu wehren. Vielleicht wollte ich das zu diesem Zeitpunkt auch gar nicht mehr?

"Lydia, bitte nicht", unternahm ich den letzten

schwachen Versuch, sie von ihrem unschamhaften Vorhaben abzubringen. Sie ließ sich nicht abschütteln, hing wie eine Klette an bzw. auf mir. "Denk an deine Schwester! Wir dürfen ihr das nicht antun."

"Sie ist doch selbst daran schuld", erwiderte sie und atmete bereits etwas heftiger. "Warum lässt sie dich allein? Küss mich endlich, Tobias, küss mich!"

Soll ich lange um den heißen Brei herumreden? Fällt mir nicht ein! Welcher einigermaßen normal veranlagte Mann wäre in dieser Situation standhaft geblieben? Wer das Gegenteil behauptet, lügt! Ich blieb es jedenfalls nicht, muss ich ehrlich zugeben. Ich nahm mit, was mir so freigiebig angeboten wurde. Trotz Sabine im Schrank. Und schlechtem Gewissen.

In einem anständigen Film blendet man nun ab und zeigt Schwäne, die sich friedlich auf einem Teich tummeln, einen explodierenden Vulkan oder einen Sonnenuntergang auf Rhodos. Ich tue es ebenfalls. Abblenden, meine ich. Stellen Sie sich also bitte Schwäne vor, die sich friedlich auf einem Teich tummeln oder einen explodierenden Vulkan...

"Das machen wir jetzt jeden Abend", versprach mir Lydia, als die letzte Sonne hinter Rhodos untergegangen war. "Es war himmlisch, Tobias. Gute Nacht."

Sie kuschelte sich an mich und schloss mit einem zufriedenen Seufzer die Augen.

"Das geht nicht!", rief ich erschrocken und dachte jetzt endlich wieder an die im Schrank hockende arme Sabine. Ich konnte mit vorstellen, wie frustrierend es für sie gewesen sein musste, dies alles miterleben zu müssen! Vermutlich war sie stinksauer auf mich und bereit, mir mitleidlos die Augen auszukratzen, wenn ich sie aus ihrem Gefängnis entließ. Also rüttelte ich Lydia sanft an den Schultern. "Du kannst nicht bei mir schlafen. Es geht wirklich nicht."

Sie antwortete nicht mehr, schlief längst den Schlaf der mehr oder weniger Gerechten.

Das fehlte gerade noch! Sie musste verschwinden, ob sie nun wollte oder nicht. Deshalb sprang ich aus dem Bett, nahm sie auf die Arme und schleppte sie aus meinem Zimmer. Im Gang kam uns Tim entgegen, der ausgerechnet jetzt noch einmal auf die Toilette musste. Warum musste er auch soviel saufen? Ich hätte ihn umbringen mögen, denn natürlich waren Lydia und ich immer noch nackt. Wie peinlich!

"Sieh an, sieh an", spöttelte er. "Ich dachte, du gehst nicht fremd? Du bist wahrhaft ein Mann von Charakter! Ich bewundere dich! Ehrlich!"

"Morgen machen wir es wieder", murmelte Lydia im Schlaf. "Du warst ja sooo gut!"

"Tatsächlich?" Tims Grinsen wurde sarkastisch. "Hätte ich dir altem Knacker gar nicht zugetraut."

"Ach, leck mich doch..."

Ich drückte mich samt meiner süßen Last an Tim vorbei und trug Lydia in ihr Zimmer. Dort ließ ich sie ziemlich lieblos auf das Bett plumpsen. Sie grunzte nur, gab noch ein paar andere unverständliche Laute von sich und schlief weiter.

Zum Glück war Tim in der Toilette verschwunden, als ich wieder in den Gang trat. Ich schlüpfte in mein Zimmer, schloss die Tür hinter mir und öffnete den Kleiderschrank. Sabine schaute mir mit verheulten Augen entgegen; ein Häufchen Elend in Person. Sie tat mir richtig leid.

"Ich habe alles gehört", jammerte sie und kletterte aus dem Schrank. "Wie konntest du mir das antun, Tobias? 'Ich fertige sie schnell ab', hast du mir versprochen, und dann das! Jeder eurer Seufzer, jedes

Stöhnen hat mich einen Tag meines Lebens gekostet!"

Armes Kind, sie würde wohl nicht mehr lange zu leben haben, so sehr hatte Lydia geseufzt und gestöhnt. Eigentlich hätte ich mit meiner Leistung zufrieden sein dürfen. Warum war ich es nicht?

Sabine warf sich heulend an meine Brust. Ich schloss sie tröstend und ohne jeglichen Hintergedanken in meine Arme und streichelte ihr sanft über die Haare. Das betrachtete sie offenbar als Aufforderung zum Tanz und legte los. Ich hörte auf zu streicheln, sie nicht. Ihren ganzen Frust und Seelenschmerz legte sie hinein und wohl auch ein bisschen Wut über das gerade Erlebte.

Ich muss schon wieder abblenden und empfehle Ihnen, sich diesmal Heidschnucken, die zwischen rosarot blühendem Heidekraut grasen, vorzustellen. Oder die Niagarafälle von der kanadischen Seite aus sowie einen Knabenchor, der das *Hallelujah* von Händel schmettert...

Eine Stunde später verließ mich Sabine mit einem seligen Lächeln und versprach mir, dass wir das von nun an jeden Abend machen würden. Und wehe, wenn ich noch einmal mit Lydia...! Dann würde sie alles auffliegen lassen!

Ich beschloss, von jetzt an jeden Abend meine Zimmertür zu verschließen, mit einem Vorhängeschloss zusätzlich zu sichern und mit alten Möbeln vom Speicher zu verbarrikadieren. Ausgelaugt wie ein alter Schwamm fiel ich in mein Bett und träumte davon, allein auf einer einsamen Insel zu sein.

Nie mehr, schwor ich mir, nie mehr!

Für einen Meineid gibt es, glaube ich, gar nicht so viel. Besonders dann nicht, wenn er in einer Notlage geleistet wurde. Und was, bitte schön, war denn meine beknackte Situation?

♥

Am anderen Morgen kamen Sabine und Julia mit einer Stunde Verspätung in die Schule. Ich hatte nicht aus den Federn herausgefunden. Die anderen, warum auch immer, ebenfalls nicht.

Um zehn Uhr frühstückte ich mit Tim, Lydia und Jan. Wir waren alle recht schweigsam. Ich wagte nicht, Tim oder Lydia in die Augen zu schauen und war verlegen wie ein Primaner nach seinem ersten Kuss. Und schämte mich entsetzlich!

Als ich gerade mein drittes Brötchen mit wenig Appetit in den Mund schieben wollte, läutete das Telefon. Ich murmelte eine Entschuldigung und begab mich zum Apparat. Bevor ich abnahm, atmete ich noch einmal tief durch. Wenn es meine tolle Olle sein sollte, musste ich mich höllisch zusammenreißen. Sie merkte sofort, wenn etwas nicht stimmte, hörte in dieser Beziehung die Flöhe husten. Zum Glück war sie es nicht, sondern unser Verleger. Er bestand darauf, uns unbedingt noch an diesem Vormittag sprechen zu wollen. Verdrossen sagte ich zu.

Etwa eine halbe Stunde später machten Tim und ich uns auf den Weg nach Frankfurt, wo unser Verleger seinen Firmensitz hatte. Was er von uns wollte, konnte ich mir denken: Er erwartete vermutlich, endlich etwas von unserem großmäulig angekündigten Musical zu hören. Und wir hatten noch keine Zeile geschrieben!

"Lydia sah heute morgen ziemlich mitgenommen aus", wandte sich Tim nach einer Weile an mich und grinste anzüglich. "Du übrigens auch. Hauptsache, es hat Spaß gemacht."

Er lachte gekünstelt. Es klang ziemlich eifersüchtig. Ich verzog gequält das Gesicht.

"Tim, wenn du wüsstest, wie zuwider mir das alles ist", sagte ich desolat. "Am liebsten möchte ich alles stehen- und liegenlassen und ebenfalls verreisen; irgendwohin, wo mich keiner kennt und wo ich Ruhe habe vor allen sexbesessenen Weibern."

"Das meinst du doch nicht wirklich ernst - oder?", fragte Tim.

"Doch. Sehr ernst!"

"Aber warum denn?", wunderte sich Tim. "Ist es wegen Pam? Sie ist doch selbst schuld daran! Warum gondelt sie in der Weltgeschichte herum und lässt ihren voll im Saft stehenden Mann allein? Ich habe kein Mitleid mit ihr." Er steckte sich eine Zigarette an und blies den Rauch ärgerlich an die Wagendecke. "Für keinen Pfennig Mitleid habe ich mit ihr."

"Es ist nicht nur wegen Pam", sagte ich. "Es ist auch wegen dir."

"Wegen mir?" Tim blickte verständnislos zu mir rüber. "Was habe ich damit zu tun? Gut, mir würde Lydia gefallen, und ich würde keinen Moment zögern, falls sie... Aber sie hat sich nun mal für dich entschieden. Da kann man nichts machen." Er zuckte entsagungsvoll die Schultern. "Ich kann ja notfalls unsere beiden Freundinnen von gestern anrufen, wenn mir der Sanft aus den Ohren rauslaufen sollte. Wahrscheinlich tu ich es sogar irgendwann. Die schwarze Vera wäre genau mein Fall."

Ich zündete mir ebenfalls eine Zigarette an und rauchte nervös. "Tim", sagte ich endlich leise. "Ich muss dir noch etwas gestehen."

"Ich höre?"

"Heute Nacht war nicht nur Lydia bei mir!" Ich

fühlte mich wie ein Schwein, wäre am liebsten im Erdboden versunken. "Sabine..." Ich konnte nicht weitersprechen.

"Sie auch?" Er wirkte nicht einmal sonderlich überrascht. "Habt ihr etwa zu dritt...?" Jetzt klang er doch etwas besorgt.

"Wo denkst du hin?", beruhigte ich ihn und erzählte ihm, was mir vergangene Nacht widerfahren war. "Ich hätte mich zusammennehmen müssen!"

"Du hattest keine Chance", befand Tim. "Ich wäre wahrscheinlich auch schwach geworden. Wenn mir einer ein saftiges Steak auf den Teller legt und ich habe gerade Hunger, greife ich zu. Das ist menschlich. Mach dir bloß keine Gedanken darüber."

"Ich fühle mich aber miserabel", bekannte ich.

Tim lachte. "Sei nicht albern! Was passiert ist, ist passiert! Sabine ist kein Kind mehr. Soll ich ihr einen Keuschheitsgürtel anlegen? Fällt mir nicht ein. Wenn du es nicht bist, ist es irgendein anderer."

"Tim, sie war keine Jungfrau mehr", glaubte ich zu meiner Rechtfertigung sagen zu müssen. "Ich habe ihr also nichts genommen, wofür ihr späterer Mann mich hassen müsste."

"Sind wir bei den Türken?", entgegnete Tim. "Sie fangen heutzutage früh an, die jungen Dinger. Aber was soll's? In spätestens einem halben Jahr ist ihr Interesse an dir eh wieder erloschen."

"Und was mache ich in diesem halben Jahr?"

"Tu, was du kannst", riet mir Tim grinsend.

"Fällt mir nicht ein!", rief ich entschlossen. "Bis vor ein paar Tagen hatte ich *eine*, die ich kaum schaffte, und jetzt habe ich plötzlich *zwei*. Ich verkrafte das nicht."

"Armer Kerl", spottete Tim. "Da muss ich mir ja direkt etwas einfallen lassen. Was hältst du davon, wenn ich zu dir in dein Schlafzimmer umziehe? Vielleicht hast du dann deine Ruhe vor ihnen. Und vor mir brauchst du dich nicht zu fürchten: Ich bin nicht andersrum."

"Eine klasse Idee", freute ich mich. "Tim, du bist ein wahrer Freund! Das ist die Lösung aller Probleme!"

"Sie werden natürlich ziemlich sauer auf uns sein", befürchtete Tim.

"Sollen sie doch", sagte ich. "Wir werden es überleben!"

"Hoffentlich", meinte Tim. "Wir wollen schließlich essen."

"Na und?", gab ich zurück. "Wir haben Lydias Kochkünste noch nicht getestet. Vielleicht ist es gar nicht so weit her damit. Notfalls ernähren wir uns halt wieder von Eiern."

"Brrrr!", schüttelte sich Tim. "Vielleicht sollte ich doch nicht in dein Schlafzimmer umziehen?"

"Untersteh dich", warnte ich ihn. "Versprochen ist versprochen!"

♥

Wir hatten unterdessen den Musikverlag erreicht und parkten unser Auto im Hof hinter dem großen, modernen Gebäude. Mit dem Lift fuhren wir in den ersten Stock hinauf und meldeten uns im Sekretariat. Wenig später kam uns unser Verleger mit ausgestreckten Armen entgegen, schloss uns mit einem gütigen Lächeln in selbige und küsste uns feucht auf die Wangen. Ich mochte das zwar nicht, aber es gehörte nun mal zu seinem üblichen Begrüßungszeremoniell. Zumindest dann, wenn er etwas Neues von uns erwartete oder wir gerade mal wieder einen Hit hatten. Waren wir weniger erfolgreich, ließ er es bei einem schlappen Händedruck bewenden.

Dr. Werner Struller war ein Kleiderschrank von einem Mann, noch einen Kopf größer als der ewig lange Tim. Dafür aber dreimal so breit wie dieser. Sein Gesicht war markant geschnitten, und sein energisch nach vorn geschobenes Kinn verriet den gewieften, mit allen Wassern gewaschenen Geschäftsmann.

Seine modisch geschnittenen eisgrauen Haare unterstrichen den braunen Teint seiner gesunden Gesichtsfarbe. Dr. Struller war begeisterter Sonnenanbeter und konnte es sich erlauben, seinen Verlag mehrmals im Jahr Verlag sein zu lassen, um sich in irgendeinem Prominententreffpunkt zu erholen. Tim und ich hatten keinen unerheblichen Anteil daran, dass er sich das leisten konnte.

Dr. Struller glaubte, sein Gesicht mit einem Oberlippen- und Kinnbart verschönern zu müssen. Er wirkte dadurch irgendwie väterlich; eine reine Äußerlichkeit, denn wir wussten, wie eiskalt und unnachgiebig er verhandeln konnte. Um jede Note, um jedes Wort, um jedes Prozent konnte er feilschen. Wenn einen seine stahlblauen Augen, die jetzt so gütig blinzelten, wie spitze Pfeile durchbohrten, wurde man unsicher und war bereit, beim einen oder anderen nachzugeben. Um sich anschließend, wenn er nicht mehr bohrte, am liebsten selbst in den Hintern zu beißen, weil man es getan hatte.

Der steinreiche Verleger war immer nach der neuesten Herrenmode, die extra für seinen gewichtigen Körper zugeschnitten und angefertigt wurde, gekleidet. Mit den Ringen, die seine Finger schmückten, mit der Uhr und dem goldenen Armband, das er trug, und mit der Krawattennadel hätte ich, alles in Bargeld umgemünzt, keinerlei Sorgen mehr gehabt. Verleger hätte man werden müssen, nicht armer Autor, der mit ein paar lausigen Prozenten abgefunden wurde. Man darf ja nicht klagen. Kleinlich war unser werter Herr Verleger eigentlich nie gewesen.

Dr. Struller war meines Wissens fünfundfünfzig Jahre alt, wirkte aber wesentlich jünger. Trotz seiner breiten Figur konnte man ihn keinesfalls als fett bezeichnen. Jeder Muskel war durchtrainiert. Ich hätte ihm, falls wir Streit gehabt hätten, nicht im Dunkeln begegnen mögen.

"Da sind sie ja endlich, meine beiden erfolgreichsten Autoren", begrüßte er uns jovial und geleitete uns in sein an einen Thronsaal erinnerndes Büro, wo er uns in den schweren Ledersesseln einer gemütlichen Sitzgruppe versinken ließ. Er steckte jedem eine schwarze Havanna in den Schnabel und reichte uns eigenhändig Feuer.

Meine Güte, war dieser Mann nett zu uns! Da lag irgend etwas in der Luft, spürte ich instinktiv. Nachdem er uns auch noch mit Cognac vom Feinsten versorgt hatte, war ich mir dessen sicher. Es hieß, wachsam zu sein und zu bleiben, sich nicht durch schmeichlerische Sprüche einlullen zu lassen. So, wie das seine Art war. In aller Freundschaft, versteht sich.

"Auf unseren gemeinsamen Hit", lächelte er, hob sein Glas und prostete uns zu. "Die erste Million haben wir fast! Gold ist uns schon sicher, Platin winkt! Das hätten Sie unserem alten *Starlight* wohl auch nicht mehr zugetraut, was? Na ja, die Techno-Welle, die Deutschland momentan überschwemmt, macht es halt möglich. Eine völlig neue Nummer ist aus *Starlight* geworden, ein richtiger Gassenhauer." Er brummte uns ein paar Takte unserer auf Techno getrimmten Nummer vor, traf damit aber nicht einmal annähernd die Tonfolge unseres ursprünglichen Titels. "Perfekte Arbeit, finden Sie nicht auch?"

Wir nickten zustimmend. Struller würde wieder mal für sechs Wochen nach Florida fliegen können. Oder zum Tauchen auf die Malediven. Aber auch für uns würden ein paar Mark übrig bleiben; ein paar schöne Mark. Lohnte sich da überhaupt noch der zeitliche Aufwand, eine neues Musical zu schreiben? Und genau darauf kam er jetzt zu sprechen.

"Was macht Ihr neues Musical?", erkundigte er sich. "Schöne Fortschritte gemacht inzwischen? Ich bin ja so gespannt."

Tim und ich schauten uns ratlos an.

"Na, mal raus mit der Sprache", forderte uns Dr. Struller auf. "Nur nicht so geheimnisvoll. Als Ihr Verleger habe ich das Recht, vom Fortschritt Ihrer Arbeit unterrichtet zu werden."

"Doch, es macht schöne Fortschritte, das neue Musical", schwindelte Tim ohne rot zu werden. Wir hatten bis jetzt nicht einmal eine Idee dafür. "Es wird ein Jahrhundertwerk werden, wird alles bisher Dagewesene in den Schatten stellen."

"Das ist wunderbar", freute sich unser Verleger und rieb zufrieden seine ringgeschmückten Hände. "Ich habe bereits mehrere große Bühnen in Deutschland und im deutschsprachigen Ausland dafür interessieren können. Wir haben sogar schon eine feste Zusage." Er nannte den Namen einer Bühne, die für ihre erstklassigen Musicalinszenierungen bekannt war. "Die Premiere ist für Silvester vorgesehen. Die Werbekampagne soll in den nächsten Tagen anlaufen."

Silvester? Das war in einem guten halben Jahr! Ich

wurde leicht nervös. Tim offensichtlich auch. Er rutschte mit unbehaglicher Miene auf seinem Sessel herum.

"Ein halbes Jahr ist ein bisschen knapp", wagte ich zu bemerken. "Verdammt knapp!"

"Sie schaffen das schon", meinte Dr. Struller zuversichtlich. "Meine besten Autoren schaffen das spielend! Ich kenne Sie doch!" Er kannte uns offenbar besser als wir uns selbst. "Sie *müssen* es einfach schaffen", fuhr er in etwas schärferem Ton fort. "Sie haben gar keine andere Wahl! Ich habe keine Lust, eine Konventionalstrafe zahlen zu müssen. Die müsste ich Ihnen nämlich von Ihren anderen Einnahmen abziehen, was mir äußerst unangenehm wäre."

"Wir haben Ihnen nie eine bindende Zusage für das Musical gegeben", warf ich schüchtern ein. "Zumindest keine schriftliche."

"Sie haben es mir mündlich zugesagt!" Sein Ton nahm an Schärfe zu. "Das genügt." Seine Stimme wurde wieder verbindlicher, fast freundlich. "Aber Herr Küppers hat mir ja gerade berichtet, das es schöne Fortschritte macht, Ihr neues Musical. Welchen Titel wird es haben? Was ist der Inhalt? Ein modernes Thema? Ein klassisches? Wie Sie sich denken können, brauchen wir das für die Werbekampagne. Wir können schließlich nicht für etwas werben, von dem wir nicht wissen, was es ist. Das leuchtet Ihnen sicher ein?"

Jetzt hatte er uns ganz schön in die Enge getrieben, diese alte Fuchs! Woher Titel und Inhalt eines Musicals nehmen, über das wir bis heute nicht einmal diskutiert hatten? Wir mussten uns praktisch etwas aus dem Ärmel schütteln, wenn wir bei Struller nicht in sofortige Ungnade fallen wollten. Dafür war Tim zuständig. Er war schließlich der Schriftsteller und somit

mit der größeren Phantasie gesegnet. Hoffentlich ließ sie ihn jetzt nicht im Stich!

"Wir dachten an Kleopatra", nuschelte Tim, obwohl wir bisher keinen Gedanken an sie verschwendet hatten.

"Ein alter Hut", befand unser Verleger wenig begeistert. "Damit kann man keinen Hund mehr hinter dem Ofen hervorlocken, geschweige denn ein Publikum ins Theater. Ich weiß nicht, wie viele Filme es allein schon zu diesem Thema gibt."

"Wir dachten an eine moderne Kleopatra", log Tim verzweifelt. "Eine Kleopatra, die wir in mehreren Zeitepochen auf die Bühne stellen, und die es plötzlich neben Cäsar auch noch mit Napoleon, Hitler, Faruk und dem derzeitigen Präsidenten Ägyptens zu tun bekommt."

"Hitler ist schlecht", dachte unser Verleger laut nach. "Er gehört einfach nicht in ein Musical. Wir wollen die braunen Umtriebe, die momentan überall wieder zu erkennen sind, nicht herausfordern. Das kann ich mir nicht erlauben. Wie Sie vielleicht wissen, bin ich eingetragenes Mitglied der CDU."

Er war auch schon eingetragenes Mitglied der SPD gewesen, als Willy Brandt oder Helmut Schmitt am Ruder gewesen waren. Wahrscheinlich würde er auch eingetragenes Mitglied der PDS werden, falls die eines Tages die Macht über Deutschland ergreifen würde. Oder Mitglied der Grünen. Immer so, wie es gerade gebraucht wurde.

Mitglied der NSDAP war er nicht gewesen. Als Baby war man das nicht geworden. Sein Vater schon. Der hatte es immerhin zum Gauleiter gebracht, aber später vehement bestritten, etwas von den Machenschaften seiner Partei gewusst zu haben. Konzentrationslager? Nie gehört! Judenverfolgung? Doch, da war mal was! Weil sie den Reichstag in Brand gesteckt hatten. Aber sonst? Keine Ahnung!

"Hitler hat in Ihrem neuen Musical nichts zu suchen", betonte das eingetragene CDU-Mitglied noch einmal nachdrücklich. "Wir wollen uns nicht unnötig an diesem heißen Eisen die Finger verbrennen."

"Also gut", stimmte Tim zu. "Lassen wir unseren großen Diktator halt unter den Tisch fallen. Er hatte eh nur eine kleine Nebenrolle."

Meines Wissens hatte er in unserem neuen Stück nicht mal die. Auch Cäsar, Napoleon oder König Faruk nicht. Selbst Kleopatra war in unserem Musical nicht vertreten, weil es das eigentlich noch gar nicht gab. Nicht eine Zeile oder Note.

"Das Stück müsste in der heutigen Zeit spielen", begann Struller, sich an Tims abstrusen Gedanken zu erwärmen.

„Aber das ist ja gerade der Witz an der Sache", pflichtete Tim unserem Verleger bei. „Die Hauptakteure werden durch einen geheimnisvollen Blitz aus dem Weltall in die heutige Zeit versetzt und müssen sich plötzlich mit den Errungenschaften der modernen Technik wie Computer und den Machenschaften der heutigen Politik auseinandersetzen. Ist diese Idee nicht geradezu grandios?"

Sie war blödsinnig. Mir war nicht klar, wie Tim aus diesem unausgegorenen Phantasieprodukt ein erfolgreiches Musical machen wollte. Trotzdem bewunderte ich ihn, wie er sich diese Geschichte praktisch aus den Fingern sog. Und noch mehr wunderte ich mich, als Struller darauf hereinfiel.

„Die Hunnen!", jubelte unser Verleger begeistert. „Wir dürfen die Hunnen unter ihrem Anführer Attila nicht vergessen!"

„Daran habe ich selbstverständlich auch schon gedacht", räumte Tim ein. „Die Hunnen könnten das moderne Russland verkörpern: Die früheren Sowjets stellen zwar immer noch eine Weltmacht dar, hinken aber - besonders wirtschaftlich - hinter allem etwas her. Bis auf die Mafia: Die trabt vorneweg."

„Bitte nicht zu politisch werden", mahnte Dr. Struller. „Wir wollen keinen angreifen und niemandem weh tun. Das war schon immer meine Devise. Wie Sie wissen, bin ich eingetragenes Mitglied..."

„...der CDU", sagten Tim und ich wie aus einem Munde. Dr. Struller nickte zufrieden und goss uns einen weiteren Cognac vom Feinsten ein. Diesmal sogar einen doppelten. Offensichtlich gefiel ihm, was Tim ihm vorflunkerte.

„Ein bisschen Sex könnte natürlich nichts schaden", meinte unser Verleger, nachdem wir uns zugeprostet und getrunken hatten.

„Bei Kleopatra ist Sex fast ein Muss", tönte Tim.

„Aber bitte nicht zuviel", warnte Dr. Struller sogleich wieder. „Wir müssen unbedingt jugendfrei bleiben, sonst kommt unser Stück nicht ins Fernsehen."

„Vielleicht gerade deshalb", warf ich ein. „Man ist heute nicht mehr ganz so prüde wie früher."

„Wir wollen es trotzdem nicht übertreiben", warnte Dr. Struller und bedachte mich mit einem vorwurfsvollen Blick. „Ich halte nicht viel von öffentlich zur Schau gestelltem Sex auf Bühne und Bildschirm. Schließlich bin ich..."

„...eingetragenes Mitglied der CDU", sagten Tim und ich.

„Sie nehmen mir die Worte aus dem Mund." Dr.

Struller nickte nachdenklich. „König Ludwig II. von Bayern wäre natürlich auch noch ein Thema."

„An den hatte ich allerdings noch nicht gedacht", gab Tim zu. „Ein prächtiger Einfall! Wir könnten eine Szene auf Schloss Neuschwanstein spielen lassen. Stellen Sie sich vor: Kleopatra liegt im Prunkbett des Königs, Napoleon beugt sich über sie, um sie zu küssen. Da tritt der hehre Dietrich von Bern auf und erdolcht ihn im Namen König Attilas. Ludwig II. lässt ihn verhaften und steckt ihn ins Burgverlies, wo ihn bereits Nofretete erwartet, die ihn zur Liebe verführt. Ihr gemeinsames Kind wird Franz Beckenbauer. Ist das nicht toll?"

Es war hirnrissig. Ich hätte am liebsten laut gelacht. Dr. Struller hatte ganz andere Sorgen. „Die Idee ist geradezu genial", meinte er. „Allerdings würden wir einen Haufen Hauptdarsteller benötigen. Ein teurer Spaß, den sich nicht jedes Theater leisten kann."

„Der sich spätestens in einem halben Jahr amortisieren dürfte", prophezeite Tim. „Einen Aufwand wie diesen belohnen die Zuschauer. Besonders dann, wenn wir Franz Beckenbauer überreden könnten, sich selbst zu spielen. Singen muss er ja nicht unbedingt. Ich kenne seine erste Platte." Er sang *Gute Freunde kann keiner trennen* kurz an. Es hätte bei seinen gesanglichen Fähigkeiten auch jedes andere Lied sein können. "Jedenfalls werden die Zuschauer in Scharen herbeiströmen. Jeden Abend ausverkauft - und das auf Jahre. Ich sehe diesbezüglich keine Probleme."

Dr. Struller nickte zustimmend. „Einen Großteil des Erfolges wird natürlich die Musik ausmachen", meinte er. „Sie müsste eine Mischung aus *Fair Lady, Cats* und Beethovens *Fidelio* sein."

„Ein wenig bayerische Volksmusik könnte nichts

schaden", mischte ich mich ein, um endlich auch mal etwas Produktives zu diesem gebündelten Unsinn beizutragen. „Besonders bei der Szene auf Schloss Neuschwanstein."

„Sie haben es erfasst", bewunderte mich Dr. Struller. „Ich wusste, dass ich mich auf meine besten Autoren verlassen kann."

Wir bekamen einen weiteren Cognac vom Feinsten zugebilligt.

„Ich habe noch eine grandiose Idee", sagte Dr. Struller, nachdem wir getrunken hatten. Noch eine? Mir wurde speiübel? Wollte er Kleopatra jetzt auch noch Adam und Eva, Jesus oder Captain James T. Kirk von der Enterprise zugesellen? Rechnen musste man bei ihm mit allem.

Sein Einfall war viel schrecklicher!

„Das deutsche Volk soll von Anbeginn an der Entstehung Ihres Musicals beteiligt werden", erklärte er. „Die Leutchen müssen förmlich danach lechzen, es endlich auf der Bühne zu sehen."

„Sehr gut", pflichtete Tim, der Armleuchter, ihm bei.

„Nicht wahr?" Wieder rieb sich Struller die ringgeschmückten Hände. „Deshalb werden wir ein Fernsehteam bei Ihnen einquartieren, das Ihnen bei Ihrer Arbeit über die Schulter schaut und wöchentlich davon berichtet!"

„Das darf doch nicht wahr sein!", rief ich entsetzt.

„O doch!" Struller begeisterte sich immer mehr an seinem Einfall, sah die einzelnen Szenen förmlich schon vor seinem geistigen Auge. „Tim Küppers an seinem Schreibtisch, grübelnd, Ideen versprühend. Tobias Wunderlich am Flügel, Melodien suchend. Dann endlich die lang ersehnte Lösung der Probleme. Lachende Gesichter. Tim Küppers lehnt am Klavier und singt seinen Text zu der überwältigenden Melodie seines Freundes."

„Ich kann aber nicht singen", gab Tim zu bedenken. „Es würde ein Fiasko werden!"

„Dann singt eben der Wunderlich", ließ Struller nicht locker. „Oder können Sie etwa auch nicht? Singen, meine ich."

„Doch, ein bisschen schon", sagte ich. „Am besten in der Badewanne. Aber da lasse ich mich nicht filmen."

„Warum nicht?"

„Weil... weil...

„Weil sein Schniedelwutz zu klein ist", half Tim mir gehässig weiter.

„Den müssen wir ja nicht unbedingt mit ins Bild bringen", meinte Dr. Struller nachsichtig. „Sie singen Ihr neues Werk also in der Badewanne, Tim Küppers verdreht fasziniert die Augen, hebt sie heraus und fällt Ihnen um den Hals. Sie klopfen sich gegenseitig auf die Schultern und machen das Victoryzeichen. Die Zuschauer werden hin und her gerissen sein."

„Ich kann nicht arbeiten, wenn mir einer dabei zuschaut", wehrte ich mich gegen Strullers blödsinnigen Einfall.

„Sie werden es lernen müssen", blieb Dr. Struller unnachgiebig. „So schwer kann das doch nicht sein." Er kam auf etwas ganz anderes zu sprechen. „Die Fernsehleute finden doch Platz in Ihrem Haus - oder?"

Ich nickte zerstreut. Es würde eng werden; sehr eng! Ich konnte momentan nur noch ein Zimmer anbieten, vielleicht noch die Kellerbar, in die man zwei oder drei Liegen stellen konnte. Mehr war nicht drin. Ich betrieb schließlich kein Hotel, nicht einmal eine kleine Pension.

„Na also", zeigte sich Dr. Struller zufrieden. „Ich werde mich nachher gleich mit mehreren Fernsehsendern in Verbindung setzen. Wer am meisten bietet, erhält den Zuschlag. Natürlich gegen entsprechende Beteiligung für Sie; sagen wir zwanzig Prozent?"

„Unter achtzig läuft nichts", erwiderte ich in der Hoffnung, ihn damit abschrecken zu können. „Schließlich ist es *mein* Haus, kostet *meine* Geduld und wahrscheinlich auch die Verpflegung."

„Fünfzig Prozent", bot Struller an. „Vergessen Sie nicht, dass es *meine* Idee war!"

„Siebzig", sagte ich, und Struller war - so ein Mist! - einverstanden.

Wir erhoben uns. Unser Verleger zog uns wieder an seine breite Brust und küsste uns auf beide Wangen. Tränen standen in seinen Augen. Er war ganz der große Gönner, Mäzen, Schutzengel --- Heiland! Ein echter Freund!

„Noch eines", ergriff er noch einmal das Wort. „Wie wird der Titel Ihres Musicals sein? Ich brauche das für die spätestens morgen beginnende Werbekampagne."

„*Kleopatra 2000*", schlug Tim vor.

„*Kleopatra 2000*!" Dr. Struller ließ jede Silbe wie ein Stück Buttercremetorte auf der Zunge zergehen. „Ein sensationeller Titel! *Kleopatra 2000*! Das isses doch!"

Er begleitete uns zum Aufzug und reichte uns dort noch einmal seine ringgeschmückten Hände. „Ich entlasse Sie in der Hoffnung, dass Sie die Welt um ein weiteres begnadetes Werk bereichern werden! Besteigen Sie den Pegasus, lassen Sie sich von der Muse küssen! Walhalla erwartet Sie!"

Er drückte persönlich den Knopf, der den Lift heraufbrachte. Wir fuhren nach unten und kletterten kurz darauf in meinen Wagen.

„Idiot!", fuhr ich Tim an, während ich den Sicherheitsgurt anlegte und den Motor startete.

„Wieso Idiot?", wollte Tim grinsend wissen, steckte sich eine Zigarette an und blies fröhlich den Rauch zu mir hinüber. „Was gefällt dir denn jetzt schon wieder nicht?"

„Alles." Ich lachte verdrossen. „Wie willst du aus diesem ausgemachten Blödsinn ein Musical konstruieren?"

„Weiß ich doch nicht", gab Tim zu. „Es wird mir schon etwas einfallen. Wir haben ja noch ein gutes halbes Jahr Zeit."

„Du weißt genau wie ich, dass wir das niemals schaffen werden" unkte ich verärgert und fuhr den Wagen aus dem Hof. Nur weg von hier, weit weg! Bevor Dr. Struller merkte, welchen Quatsch ihm Tim da auf die Nase gebunden hatte und uns zurückbeorderte, um uns die Leviten zu lesen.

„*Kleopatra 2000* finde ich gar nicht mal so schlecht", meinte Tim. „Vielleicht sollten wir ihn beibehalten."

„Toll", lästerte ich. „Den Titel haben wir immerhin schon! Jetzt brauchen wir nur noch das restliche Stück!"

„Morgen fangen wir an", versprach Tim.

„Warum nicht heute?"

„Heute ist mir nicht danach!"

Morgen würde ihm vermutlich auch wieder nicht danach sein. Und wenn doch, machten uns unsere Angehörigen vielleicht wieder einen Strich durch die Rechnung. In unserer Situation musste man mit allem rechnen. Sogar damit, dass vielleicht einmal nichts passierte. Aber das war eher unwahrscheinlich.

9.

"Unsere Damen könnten ruhig wieder einmal etwas von sich hören lassen", sagte ich irgendwann. "Ob sie noch in New York sind?"

"Das ist mir, wenn ich ehrlich bin, ziemlich wurscht", entgegnete Tim. "Meinetwegen können sie auf dem Nordpol hocken und dort die Pinguine verführen."

"Die gibt es nur am Südpol!"

"Mir doch egal!" Tim schnaubte verärgert. "Wenn's nach mir ginge, brauchten sie sich gar nicht mehr zu melden. Das alles geht mir mittlerweile so ziemlich am Arsch vorbei."

"Eigentlich hast du recht!"

"Ich habe meistens recht", beweihräucherte Tim sich selbst. "Warum soll ich mir Gedanken um unsere Weiber machen, wenn es hier genügend andere Probleme gibt? Außerdem habe ich Hunger. Hoffentlich hat Lydia etwas Ordentliches gekocht."

"Verfressenes Stück!"

"Na und?", versetzte Tim. "Essen und Trinken sind die einzigen Freuden am Leben, die mir verblieben sind. Gönn mir wenigstens das, wenn du mich schon nicht bei Lydia zum Zuge kommen lässt."

"Dafür kann *ich* doch nichts, wenn sie dich nicht bei sich landen lässt. Vielleicht musst du etwas intensiver um sie werben?"

"Aussichtslos", resignierte Tim. "Sie steht nun mal, warum auch immer, mehr auf dir."

Lydia hatte leider nichts gekocht. Wir hatten nämlich überraschend Besuch bekommen. Der hockte im Wohnzimmer auf der Couch, hatte eine Flasche meines besten Weines vor sich stehen und flirtete ungeniert mit den beiden geschlechtsreifen Damen. Die noch nicht geschlechtsreife Dame namens Julia und ihr Bruder Jan hockten auf seinen Knien und schmusten mit ihm. Er strahlte über das ganze Gesicht und war offensichtlich mit sich und der Welt zufrieden.

"Hallo, Tobias, hallo Tim!", rief er, als wir in das Wohnzimmer traten und winkte uns gönnerhaft zu. Bei dem Besucher handelte es sich um meinen Vater, meinen Erzeuger, meinen früheren Ernährer und Förderer also.

"Wie kommst du denn hierher?", fragte ich erstaunt.

Mein Erzeuger, früherer Ernährer und Förderer nahm die beiden Kinder von seinen Knien und setzte sie neben sich. Dann erhob er sich und schüttelte uns sämtliche Hände.

"Deine Mutter hat mich verlassen", berichtete er, als wäre dies die schönste Sache der Welt für ihn. "Sie ist zu ihrer Mutter zurückgekehrt. Mit Sack und Pack! Was blieb mir anderes übrig, als bei dir, meinem einzigen Sohn, Zuflucht zu suchen? Aber setzt euch doch."

Wir ließen uns in den verbleibenden Sitzmöbeln nieder und warteten auf weitere Erklärungen meines Vaters.

Vater war achtundfünfzig und Frührentner. Er war Steinmetz von Beruf gewesen und hatte sich eine Staublunge geholt; also arbeitsunfähig. Seit er arbeitsunfähig war, ging es ihm blendend. Er blühte förmlich auf und hatte nur noch Unsinn im Sinn. Ein richtiger Lausbub, aber durchaus liebenswert. Um seine karge Rente aufzubessern, spielte er tagsüber Portier in einem bekannten Hotel. Wegen seiner leutseligen Art bekam er dort mehr Trinkgeld als Gehalt. Vater und Mutter ging es jedenfalls nicht schlecht. Zweimal im Jahr in Urlaub zu fahren - meistens war es Mallorca, die Rentnerinsel - kann sich nicht jeder leisten. Sie konnten es.

Vater hieß Friederich, aber alle nannten ihn Fritz. Wir waren uns ziemlich ähnlich - und das nicht nur äußerlich. Er war praktisch die ältere Ausgabe von mir, in Ehren ergraut, etwas fülliger, leichter Bauchansatz. Man konnte unschwer erkennen, von wem ich abstammte. Das ließ sich nicht verleugnen. Und das wollte ich auch gar nicht. Vater und ich verstanden uns prächtig, waren immer wie zwei Freunde gewesen, trotz manchmal gegensätzlicher Meinungen. Aber wo gab es die nicht?

Meine Eltern hatten sich nach langen entbehrungsreichen Jahren ein kleines Häuschen im Grünen gebaut. Sie lehnten es kategorisch ab, von mir Geld anzunehmen; sozusagen als Entschädigung für früher für mich erbrachte Leistungen. Das ließ ihr Stolz nicht zu. Sie wollten ihr Häuschen selbst finanzieren, auch wenn ihr Sohn - manchmal zumindest - in Geld schwamm. Das wollten sie nicht ausnutzen. Zumal sie ja dagegen gewesen waren, dass ich diesen Beruf ergriff; Mutter mehr, Vater weniger.

Sie wohnten im Nachbarort, und einmal im Monat besuchten wir uns. Mal waren wir bei ihnen, mal sie bei uns. Öfter wollten sie uns nicht auf die Nerven fallen. Im Gegensatz zu meinen lieben Schwiegereltern. Denen waren unsere Nerven egal. Auch Schwiegermutter mehr und Schwiegervater weniger.

Ich hatte immer den Eindruck gehabt, dass meine Eltern eine recht harmonische Ehe führten; eine typisch deutsche Standardehe eben mit den üblichen kleinen Krisen, die eine jahrelange Verbindung so mit sich brachte. Sie hatten sich gezankt und gestritten, hatten tagelang kein Wort miteinander geredet und sich dann doch irgendwann wieder vertragen. Sie hatten die Nächte in verschiedenen Zimmern verbracht, aber verlassen hatten sie sich nie. Bis heute nicht zumindest. Und jetzt war es passiert. Warum?

"Keine Ahnung", antwortete mein Vater auf eine diesbezügliche Frage, goss sich Wein nach und ließ ihn genüsslich auf der Zunge zergehen. "Sie wird schon wiederkommen. Schließlich ist sie ans Brot gewöhnt. Aber bis dahin werde ich mein Strohwitwerdasein genießen, darauf kannst du dich verlassen. Du solltest es auch tun, Sohnemann!"

Anscheinend wusste er mittlerweile über alles Bescheid. Von mir nicht. Ich hatte mich bis jetzt nicht bei meinen Eltern beklagt, dass meine Holde eine Weltreise angetreten hatte. Warum auch? Sie hätten es eh irgendwann erfahren. Und etwas daran ändern hätten sie auch nicht können.

"Lydia war so freundlich, mir ein Zimmer zuzuweisen" berichtete mein Vater.

Das letzte meiner beschlafbaren Räume! Wenn die Fernsehlaute kamen, wurde es kritisch. Vielleicht konnte ich sie doch in ein Hotel ausquartieren! Was hatten diese Leute eigentlich in meinem Haus zu suchen?

"Du hast uns immer noch nicht erzählt, warum Mutter dich verlassen hat", wandte ich mich an meinen Vater. "Hat es Streit gegeben?"

Vater lachte. "Und wie! Das reinste Tropengewitter! Wusstest du, dass dein Vater ein notorischer alter Säufer ist?

Ich schüttelte verwirrt den Kopf.

"Es ist aber so", fuhr mein alter Herr fort. "Jedenfalls hat sie mich so genannt, bevor sie wutschnaubend aus dem Haus rannte. Ein notorischer alter Säufer wäre ich, sagte sie, und ein geiler Hurenbock wäre ich auch."

"Was ist ein Hurenbock?", erkundigte sich Julia interessiert.

"So etwas wie dein Papi", klärte Tim meine Tochter mit einem sarkastischen Lächeln auf. "Einer, der seine Finger nicht von fremden Damen lassen kann."

"So etwas tut mein Papi?", staunte Julia.

"Natürlich nicht", behauptete ich und wurde - ich gebe es zu - sogar ein bisschen rot wegen dieser Lüge. "Tim redet dummes Zeug."

Die beiden betroffenen Damen kicherten verstohlen. Tim grinste anzüglich.

"Wie dem auch sei", knurrte ich verärgert. "Wie kommt Mutter dazu, dich mit diesem unflätigen Ausdruck zu beschimpfen?"

"Ganz einfach." Vater schmunzelte vergnügt. "Kegelbruder Huber wurde sechzig und hat uns zu einer kleinen feuchtfröhlichen Feier eingeladen. Irgendwann, als wir so blau wie Veilchen waren, hat er uns dazu überredet, einen Stripteaseladen zu besuchen. Was dann geschah, weiß ich nicht mehr so genau. Jedenfalls fand deine Mutter heute Morgen, als ich nach Haus kam, einen winzigen Schlüpfer, der unmöglich von ihr stammen konnte, in meiner Brusttasche. Ich hatte ihn mir als eine Art Seidentuch hineingesteckt. Lustig, nicht wahr? Das fand deine Mutter allerdings nicht. Sie wurde historisch und kramte in meiner Vergangenheit herum. Sämtliche Verfehlungen der letzten Jahre warf sie mir gebündelt an den Kopf. Ich wusste gar nicht, dass ich ein solcher Wüstling bin. Nachdem sie vergangenheitsmäßig kurz vor meiner Embryozeit angelangt war, packte sie ihre Siebensachen zusammen und entfleuchte. Ich habe mich erst einmal gründlich ausgeschlafen, und jetzt bin ich hier. Das war im Grunde alles."

"Seien Sie uns willkommen!", erklärte Tim feierlich. "Wir nehmen Sie hiermit in den Kreis der von ihren Weibern schnöde verlassenen Ehemänner auf. Trotzdem hätte ich jetzt Hunger."

Aller Augen richteten sich erwartungsvoll auf Lydia. Sie zuckte verlegen die Schultern. "Ihr müsst entschuldigen", sagte sie. "Aber durch den überraschenden Besuch unseres lieben Fritz habe ich total vergessen, etwas zu kochen. Tut mir leid."

"Und was essen wir jetzt?", erkundigte sich Tim.

"Eier", kam der Massenchor. Was auch sonst? Wenig später brutzelten die köstlichen Hühnerembryos in der Pfanne. Sabine hatte sie aufgeschlagen, Lydia angerührt und in die Pfanne gegeben, ich hatte gute Ratschläge dazu beigetragen, und Tim stritt sich seitdem mit meinem Vater über die Vor- und Nachteile eines erzwungenen Junggesellendaseins. Julia und Jan deckten den Tisch und zerschlugen nur einen einzigen Teller dabei. So etwas nennt man Arbeitsaufteilung.

Eier schienen in unserem Haus irgendeine spiritistische Verbindung zum Telefon zu haben. Es läutete nämlich, und wieder waren es unsere beiden Weltenbummlerinnen, die sich meldeten. Was für eine Überraschung!

"Hallo, Liebling, lebst du noch?", zwitscherte meine bessere Hälfte vergnügt und schien nicht mit dem Hauch eines schlechten Gewissens belastet zu sein. "Wie geht es euch? Kommt ihr gut zurecht?"

"Bestens", erwiderte ich mit mühsam unterdrücktem Zorn. "Wo seid ihr denn momentan?"

"Wir sind in Rio. Eine zauberhafte Stadt! Schade, dass gerade kein Karneval ist. Samba ist trotzdem überall. Und dann die Copacabana! Einfach umwerfend! Ich habe mir einen süßen Bikini gekauft. Du müsstest ihn sehen. Er verdeckt gerade das Notwendigste, steht mir aber vorzüglich. So etwas gibt es halt nur in Brasilien. Die Männer vernaschen einen förmlich mit Blicken, wenn man am Strand herumstolziert. Es tut so gut."

Das alles baute mich unheimlich auf. "Hauptsache, euch gefällt es", knurrte ich säuerlich.

"Du bist doch nicht etwa sauer?", säuselte sie.

"Woher denn! Warum sollte ich denn sauer sein?"

"Es klang so! Wie kommt ihr mit eurem Musical voran?"

"Überhaupt nicht. Für solche Nebensächlichkeiten hatten wir bis jetzt einfach noch keine Zeit."

"Tatsächlich? Ihr kommt also doch nicht zurecht ohne uns!"

"Jetzt schon", sagte ich. "Deine Mutter hat uns Lydia als Haushaltshilfe verordnet."

"Ach ja?" Jetzt blieb es auf der anderen Seite für Sekunden still. Lydia bei mir - das hatte offenbar ihren Nerv getroffen. Warum auch immer. Jedenfalls klang *sie* jetzt säuerlich, als sie fortfuhr: "Na prima! Mein Zwilling ist ein patentes Mädchen."

"Äußerst patent!"

"Warum sagst du das in diesem merkwürdigen Ton? Stimmt etwas nicht?"

"Es stimmt alles", versicherte ich. "Lydia ist uns wirklich eine ausgezeichnete Hilfe; in jeder Beziehung."

"Das... das freut mich." Man konnte dem Klang ihrer Stimme entnehmen, dass sie sich nicht freute. Gar nicht! Schwang da etwa ein Hauch von Eifersucht mit? Ich genoss es. "Grüße sie herzlich von mir. Auch die anderen."

"Zu denen gehört mittlerweile auch mein Vater", berichtete ich.

"Dein Vater?"

"Er hat Krach mit Mutter. Sie ist zu Hause ausgezogen und er bei mir ein."

Meine mir Angetraute kicherte. "Sie wird zurückkommen", prophezeite sie. "Genau wie ich."

"Lasst euch ruhig Zeit!"

"Ach ja?" Pam wurde misstrauisch. "Gibt es da etwas, das ich vielleicht wissen müsste?"

"Es ist alles in bester Ordnung", beteuerte ich. "Ich habe alles, was ich brauche."

"Alles?" Ich sah förmlich, wie sie die Augenbrauen hob.

"Fast alles." Ich musste unwillkürlich grinsen. Es tat so ungemein gut, sie im Ungewissen zu lassen. So wie sie mich. Die Retourkutsche kam leider umgehend:

"Wir haben übrigens zwei nette Reisebegleiter kennengelernt. Amerikaner, die ebenfalls rund um die Welt reisen. Sie sind sehr amüsant und sehen toll aus."

Jetzt war es wieder an mir, zu schweigen und eifersüchtig zu sein.

"Bist du noch da, Liebling?", fragte Rio an.

"Natürlich.

"Warum sagst du nichts?"

"Soll ich jubilieren, weil ihr zwei Reisebegleiter gefunden habt? Ich wünsche viel Vergnügen!"

"Sei nicht albern, Liebling. Da ist nichts."

"Tatsächlich?" Ich wurde richtig fuchtig. "Man kennt

das doch: Heiße Nächte unter südlichem Himmel, roter Wein, feurige Musik - und schon ist es passiert!"

Pam lachte. "Du scheinst damit Erfahrung zu haben. Ich nicht. Jedenfalls war ich dir bis jetzt treu. Ehrenwort."

"Bis jetzt?" Meine Laune sank auf den Gefrierpunkt. "Na, wie toll!"

"Wir sind doch aufgeklärte Menschen", zwitscherte meine Holde. "Weiß ich, ob du mir treu bleibst? Jetzt, wo Lydia bei dir wohnt? Ich kenne meine Schwester, kenne sie nur allzu gut. Auch Sabine ist scharf auf dich."

"Ach, die!"

"Ja, die", sagte Pam. "Sie ist immerhin schon siebzehn, und wie eine Vogelscheuche sieht sie auch nicht gerade aus. Wenn einer um die Keuschheit seines Partners fürchten müsste, bin ich es doch. Du bist schließlich nur ein Mann. Ich dagegen..." Sie ließ offen, was sie war. Ein Vollblutweib. Das wiederum wusste ich. "Jedenfalls habe ich nicht vor, dich zu betrügen und komme ganz bestimmt zu dir zurück. Allein der Kinder wegen."

"Das beruhigt mich ungemein. Vielleicht will ich dich ja gar nicht mehr zurückhaben?"

"Wirklich nicht? Träumst du nicht manchmal von mir?"

"Das ist es ja gerade!" Ich schnaubte verärgert. "Man träumt, bekommt Appetit, und dann liegst du nicht neben einem. Und jetzt auch noch diese Reisebegleiter...!"

"Mit denen ist nichts", beteuerte Pam noch einmal. "Du, jetzt muss ich aber Schluss machen, sonst wird es zu teuer."

"Das spielt keine Rolle", ließ ich verlauten. "Jetzt

nicht mehr. Wir haben nämlich einen Hit. *Starlight.*"
"Dieser alte Schinken?"
Ich erzählte ihr, dass man aus unserem alten Schinken Paprikagulasch gemacht hatte. Mit Chili und viel *bumm bumm bumm bummbumm bumm bumm bumm.*
"Das freut mich", meinte meine Holde und gähnte. "Trotzdem möchte ich unser Gespräch beenden. Bei uns ist es späte Nacht. Ich bin hundemüde und möchte in mein Bett."
"Allein?"
"Was denkst du denn? Also, grüße alle recht herzlich von mir..."
"Das hast du mir schon einmal aufgetragen", erinnerte ich sie.
"Dann tu ich's eben noch einmal. Und gib den Kindern ein Bussi von ihrer Mami. Ich habe euch alle sehr lieb."
"Ich dich auch. Und..." Ich biss mir auf die Lippen, schwieg.
"Ja?", forschte sie nach. "Was wolltest du eben noch sagen?"
"Ist schon gut."
"Ich ahne, was du sagen wolltest." Pam kicherte. "Ich soll dir treu bleiben, wolltest du sagen. Bleibe ich. Ehrenwort. Ich bleibe dir so treu wie du mir. Bis dann mal wieder. Tschüß!"
Sie legte, bevor ich noch etwas dazu bemerken konnte, auf. Also tat ich es auch und begab mich zu den anderen zurück. Die saßen bereits am Tisch und ließen sich die Rühreier schmecken. Ich hatte auf einmal keinen Hunger mehr. Selbst wenn Sauerbraten mit Klößen, meine Lieblingsspeise, auf dem Tisch gestanden hätte, hätte ich keinen Bissen hinuntergebracht.

"Reisebegleiter", dachte ich verstimmt und malte mir in Gedanken aus, was diese Dreckskerle eventuell mit meiner Pam treiben könnten. Was ich selbst getan hatte, vergaß ich völlig. Wer denkt schon an so etwas? Jetzt ging es nur um mein bestes Stück. Sollte ich ihr nachreisen und klar machen, wohin sie gehörte?

"Leck mich am Arsch", fluchte ich laut und unvermittelt.

"Aber Papi", rügte mich Julia. "So etwas sagt man doch nicht!"

"Manchmal schon", erwiderte ich. "Warum, um alles in der Welt, hat Gott bloß die Weiber erschaffen müssen?"

"Weil ihr uns braucht", lächelte Lydia und warf mir einen verheißungsvollen Blick zu.

"Ich brauche keine", behauptete Tim.

"Ich auch nicht." Mein Vater machte zumindest einen Abstrich. "Wenigstens die nicht, die ich geheiratet habe."

"Was habt ihr nur gegen uns?", fragte Sabine.

"Nichts", antwortete ich. "Geht doch alle zum Teufel, ihr Unschuldsengel!"

Als Tim am Nachmittag seine Sachen zu mir ins Schlafzimmer brachte und sich dort häuslich einrichtete, zogen die beiden Damen lange Gesichter.

"Schuft!", raunte mir Lydia zu, als ich mal für einen Augenblick mit ihr allein war. "Was hat Tim in deinem Schlafzimmer verloren? Es ist *mein* Revier!"

"Ist es nicht", widersprach ich. "Ich bin nämlich kein zum Abschuss freigegebener Rehbock!"

"Du bist ein Feigling!", fauchte Lydia.

Ich zuckte die Schultern. "Es ist hauptsächlich wegen unseres Musicals", behauptete ich. "Nachts kommen uns oft die besten Einfälle!"

"Eine bessere Ausrede fällt dir nicht ein?", grollte Lydia.

"Struller hat uns einen Termin gesetzt", erklärte ich. "Wenn wir den nicht einhalten, kommen wir in Teufels Küche. Also müssen wir arbeiten. Notfalls Tag und Nacht."

"Schreibt tagsüber", regte Lydia an. "Nachts gehörst du mir!"

"Irrtum", widersprach ich. "Nachts gehöre ich mir und keinem sonst! Das mit vergangener Nacht tut mir leid."

"Das kann dir auch leid tun", zischte Lydia. "Denn *sooo* umwerfend warst du ja nun auch wieder nicht."

Ich hatte gedacht, ich wäre es gewesen. Trotz Sabine im Schrank, die jetzt ins Zimmer trat. Dafür rauschte Lydia beleidigt davon.

"Du bist ein Schuft!", funkelte mich Sabine mit blitzenden Augen an. "Warum packst du meinen alten Herrn in dein Zimmer? Das geschieht doch mit Absicht, weil du nichts mehr von mir wissen willst! Aber heute Nacht war ich dir gut genug."

"Ich bitte dich, höflichst zu bedenken, wer in der vergangenen Nacht wen praktisch vergewaltigt hat!"

"Tobias, ich brauche dich", begann sie zu jammern. "Jede Nacht! Ich brauche dich wie die Luft zum Atmen..."

"...und die Rühreier zum Essen", fiel ich ihr ins Wort und lachte. "Mach dich doch nicht lächerlich!"

"Lach nicht", warnte sie mich. "Es ist mir ernst! Todernst! Wenn du nicht freiwillig zu mir kommen willst, werde ich dich dazu zwingen! Dann verrate ich nämlich alles meinem Vater!"

"Der weiß es längst!"

"Du... du hast ihm...?" Sabine war echt erschüttert, als ich nickte, und fing zu weinen an. "Das war gemein! Warum tust du so etwas?"

"Sozusagen zu meinem eigenen Schutz!"

"Meine Liebe hast du verraten", warf sie mir vor und dann auch noch, als sie aus meinem Schlafzimmer stürmte, die Tür ins Schloss. Die Deckenlampe klirrte, in der Ecke neben dem Schrank bröckelte der Putz, der eh schon brüchig gewesen war.

Unmittelbar danach trat mein Vater ins Zimmer. "Was hat sie?", erkundigte er sich. "Warum heult sie wie ein Schlosshund?"

"Ich habe ihre Liebe verraten!", erklärte ich.

"Du bist aber auch ein Schuft!" Vater grinste.

"Dasselbe hat sie mir eben auch gesagt!" Ich zuckte die Schultern. "Kinderkram!"

"Na na na", machte mein Vater. "Ein Kind ist sie wohl gerade nicht mehr! An ihr ist alles dran, das einen Mann verrückt machen könnte." Er schnalzte genüsslich mit der Zunge. "Ein Rasseweibchen!"

"Vater, in deinem Alter!"

"Das macht der zweite Frühling", meinte er. "Na ja, vielleicht ist es auch schon der dritte! Da steigen noch einmal, vielleicht zum letzten Mal, die Säfte. Ich könnte mir durchaus vorstellen..."

"Vater, sie ist gerade mal siebzehn!", fiel ich ihm ins Wort. "Und du annähernd scheintot!"

"Vielen Dank für die Blumen!" Vater lachte, war offensichtlich nicht beleidigt. "Auch mit achtundfünfzig hat man schon noch gewisse Träume. Besonders, wenn man Strohwitwer ist!"

"Vater, aber doch nicht mit Sabine!"

"Die meine ich ja auch nicht!"

"Lydia vielleicht?"

Er grinste. "Von der Bettkante weisen würde ich sie jedenfalls nicht!"

"Wenn das Mutter wüsste!"

"Sie weiß es aber nicht", tönte Vater. "Warum musste sie mir auch fortlaufen? Jetzt muss sie mit allem rechnen! Wer weiß, ob ich diese Chance jemals noch einmal haben werde, todkrank, wie ich bin."

"Todkrank?" Ich schaute ihn erstaunt an. "Du wirkst eher kerngesund; besonders mit diesen unschamhaften Gedanken, die du hegst!"

"Pssst!", flüsterte meine Vater und legte den Finger auf den Mund. "Lass das bloß nicht die Rentenanstalt hören, sonst bin ich geliefert."

Wir lachten, klopften uns gegenseitig den Staub aus den Klamotten und verstanden uns wieder einmal prächtig. Vater war eben ein Prachtkerl. Ob Mutter ihn mit Schappi ernährte?

♥

Der Rest des Tages verlief ohne nennenswerte Zwischenfälle. Die beiden Damen schmollten, die Kinder spielten im Garten und die Herren hockten zusammen und ließen sich meinen Wein schmecken. Ein richtig gemütlicher Nachmittag. Die Ruhe vor dem Sturm?

Gegen Abend tauchten die Damen aus der Versenkung auf und kümmerten sich um das Essen. Kalte Platten bereiteten sie vor und würdigten mich keines Blickes dabei. Das störte mich kaum. Im Gegenteil. Vielleicht hatte ich jetzt wirklich meine Ruhe vor ihnen? Ich schickte ein Stoßgebet gen Himmel, dass dem so war.

Das Abendessen verlief entsprechend. Lydia und Sabine sprachen nur das Allernotwendigste mit uns. Wir anderen dagegen unterhielten uns unbefangen und ließen uns unsere Brote mit Wurst, Käse und anderen Köstlichkeiten schmecken. Himmlisch, diese Ruhe und dieser Frieden! Wenn es doch immer so bliebe!

"Kommst du mit ins Kino?", wandte sich Lydia später an Sabine. "Hier ist es mir einfach zu ungemütlich!"

"Ätzend ist es hier", befand Sabine und erklärte sich bereit, sich zusammen mit ihrer Erzrivalin den neuesten Film von Sean Connery anzusehen. Eine halbe Stunde später rauschten die beiden aufgedonnert und gestylt von Kopf bis Fuß aus dem Haus. Beleidigte Leberwürste in Person. Sie sagten uns nicht einmal *Auf Wiedersehen*, als sie gingen.

Dafür durfte ich die Kinder ins Bett bringen. „Liest du uns noch eine Gutenachtgeschichte vor?", bat Julia.

„Selbstverständlich."

Ich griff nach einem Märchenbuch und setzte mich an Jans Bett. Meine Tochter hockte sich daneben.

„Willst du uns etwa aus diesem Buch vorlesen?", erkundigte sie sich. „Das ist doch für Kinder!"

„Na und?", entgegnete ich. „Was seid ihr denn?"

„Märchen sind stinklangweilig", meinte Julia. „Unten hast du viel interessantere Bücher stehen. Soll ich eins holen?"

Sie wartete meine Entscheidung erst gar nicht ab und entschwand nach unten.

Vater und Tim kamen ins Zimmer.

„Papa vorlest", verkündete Jan strahlend. „Aber nist

Märchen! Tinkehamweilich!"

„Dürfen wir zuhören?", fragte mein Vater.

„Muss das wirklich sein?"

„Es muss!"

Sie hockten sich neben mich auf den Boden. Julia kehrte mit einem in schwarzes Leder gebundenen Wälzer zurück und drückte ihn mir in die Hand.

„Da stehen hübsche Geschichten drin", erklärte sie. „Etwas, das man tatsächlich für's Leben braucht."

Es war das Kamasutra!

„Das ist aber nichts für Kinder", weigerte ich mich, aus diesem indischen Lehrbuch der Erotik vorzulesen. „Bleiben wir lieber bei Hänsel und Gretel oder dem Rotkäppchen."

„Tinkehamweilich", rief Jan. „Lieber das Buch!"

„Liest Mutti euch etwa daraus vor?"

„Nein", gestand Julia. „Wir uns selbst, wenn ihr abends fortgeht und uns allein lasst."

Na, das waren ja schöne Geschichten, die ich da zu hören bekam. Ich beschloss, meine Bücher auf deren für Kinder geeignete Inhalte zu überprüfen und die nicht geeigneten zu verschließen.

„Auf, Papi, endlich hies", forderte mich Jan auf.

„Ja, bitte, Papi", schloss sich Tim ihm an. „Wir sind schon ganz gespannt."

Des lieben Friedens willen schlug ich das Kamasutra auf und begann zu lesen.

„Das hatten wir schon", sagte Julia. „Es geht weiter auf Seite fünfundneunzig."

Also schlug ich Seite fünfundneunzig auf und gab wieder, was dort aufgeschrieben war. Vater und Tim verzogen bedenklich ihre Gesichter, als ich von all den Feinheiten des indischen Liebeslebens berichtete. Jan und Julia hörten interessiert zu. Ich hoffte, dass sie nicht allzu viel von dem verstanden, was ich las.

„Glaubst du wirklich, dass dieses Buch als abendliche Lektüre für deine Kinder geeignet ist?", zweifelte mein Vater.

„Bestimmt nicht", räumte ich ein. „Aber sie wollten es doch nicht anders!"

„Wie wäre es mit dem Buch, das ich für Kinder geschrieben und euch geschenkt habe?", warf Tim ein. „Habt ihr es überhaupt schon gelesen?"

Kinder und Narren sagen die Wahrheit, heißt es. An diesen Spruch hielt sich Julia. Gnadenlos. Sie erklärte, dass Tims Buch ein Schmarren wäre und für keinen Pfennig interessant. Das Kamasutra dagegen...

Tim erhob sich und zog beleidigt davon.

„Weiter, Papi", murmelte Jan, der kaum noch die Augen offenhalten konnte. Indische Liebeslehren schienen eine einschläfernde Wirkung auf meinen Sohn zu haben. Auf Julia übrigens ebenfalls. Sie döste auch nur noch so vor sich hin. Nach der Stellung Mann unten, Frau irgendwo, schlummerten beide selig. Ich trug mein Mädel in ihr Zimmer und legte sie in ihr Bett.

„Morgen geht es weiter", wisperte sie und versank endgültig im Reich der Träume. Vater und ich schlichen auf Zehenspitzen aus ihrem Zimmer und löschten das Licht.

„Könntest du mir das Buch bitte mal leihen?", fragte mein Erzeuger und nahm es mir aus der Hand. „Da stehen offenbar ein paar Anregungen drin, von denen ich bisher nichts gehört habe."

„Vater, du bist ein Lüstling!"

„Und wenn schon?" Vater lachte. „Man muss sich weiterbilden! Selbst in meinem biblischen Alter."

10.

Tim war immer noch beleidigt, als wir zu ihm ins Wohnzimmer traten. „Selbst deine Kinder sind gegen mich", beklagte er sich. „Warum bin ich überhaupt mit euch befreundet?"

„Nimm es nicht so tragisch", tröstete ich ihn. „Sie wissen eben noch nicht, was wahre Kunst ist."

„Wahre Kunst wurde gestern Abend in diesem Stripteaseschuppen geboten", erzählte Vater. „Ich hätte große Lust, dort anzuknüpfen, wo ich gestern aufgehört habe."

„Ich dachte, du kannst dich an nichts erinnern?"

„Sooo blau war ich nun auch wieder nicht", schmunzelte er. „Wenigstens anfangs nicht. An dies und jenes kann ich mich schon noch erinnern." Er schnalzte genüsslich mit der Zunge. „Ein paar tolle Püppchen gab es dort; und gar nicht mal so teuer. Was haltet ihr von einem kleinen Kneipenbummel durch das Frankfurter Bahnhofsviertel?"

„Nichts", lehnte ich sein Ansinnen kategorisch ab. „Ich gebe doch keinen Haufen Geld aus, um eine nackte Frau zu sehen! So nötig habe ich es nun auch wieder nicht."

„Nein, das hat er wirklich nicht", bestätigte Tim gehässig. „Er hat nämlich, was er braucht. Wir dagegen nicht. Deshalb finde ich die Idee, einen Kneipenbummel zu unternehmen, gar nicht so schlecht. Lasst uns doch mal richtig auf die Pauke hauen, Jungs! Man gönnt sich doch sonst nichts!"

„Na schön", lenkte ich ein. „Bummeln wir halt durch ein paar Kneipen, wenn euch danach zumute ist. Aber muss es denn unbedingt im Frankfurter Bahnhofsviertel sein? Ein falsches Wort, und du wachst mit einem Messer im Rücken auf; falls überhaupt. Lasst uns lieber hier im Ort oder in der näheren Umgebung bleiben. Da gibt es auch ein paar nette Lokale."

„Das ist tinkehamweilich", ahmte Vater meinen Sohn nach. „Frankfurt dagegen ist das Leben! Hier spürst du den Odem der Großstadt, den Ruch der Sünde! Danach dürstet es mich; nicht nach irgendeiner Bauernkneipe, in der es nach Rippchen mit Kraut oder Handkäs mit Musik müffelt."

„Ganz Ihrer Meinung", schloss Tim sich den Worten meines Vaters an. „Genug von Rühreiern mit Speck! Gönnen wir uns mal wieder Kaviar!"

„Austern! Rehrücken! Langustenschwänze!" Die Augen meines Vaters glänzten begeistert. „Nicht jeden Tag Erbsensuppe!"

Ich wusste, dass sie nicht vom Essen sprachen, auch wenn sie all diese Köstlichkeiten in die Waagschale warfen. Sie waren scharf wie Rasiermesser und wollten sich an ganz anderen Delikatessen gütlich tun.

„Wenn du nicht mitkommen willst, fahren wir eben allein", meinte Tim. „Keiner zwingt dich, uns zu begleiten."

„Keiner", erklärte sich Vater mit Tim solidarisch.

„Ihr glaubt doch nicht, dass ich euch allein fahren lasse", sagte ich. „Ihr habt beide schon ganz schön einen in der Krone. Es wäre unverantwortlich von mir, euch noch ans Steuer zu lassen."

„Also musst du uns fahren", ordnete mein Vater an. „Sonst enterbe ich dich."

Mir war zwar nicht ganz klar, um welche Erbschaft er mich bringen wollte, ließ mich endlich aber doch beschwatzen, sie nach Frankfurt zu kutschieren.

Wir parkten in der Tiefgarage unter dem Hauptbahnhof und wandten uns, vorbei an etlichen Kiffern und Fixern, in Richtung der Straßen mit den Flussnamen. Grelle, zuckende Leuchtreklamen, die den Himmel auf Erden verhießen, empfingen uns. Mehr oder weniger dunkle Gestalten, vorwiegend Männer, huschten an uns vorbei. Ein ebenholzfarbener Jüngling bot uns Haschisch an. Mehrere bullige, nicht besonders intelligent wirkende Türsteher offerierten uns die aufregenden Dienste ihrer im Inneren der verschiedenen Etablissements tätigen Damen.

Ich begann, den von meinem Vater verheißenen Odem der Großstadt und den Ruch der Sünde zu spüren. Und sehnte mich heim auf meine Couch; denn beides - Odem und Ruch - verursachten lediglich einen ziemlich faden Geschmack in meinem Mund.

„Hier ist es", verkündete Vater endlich, als wir in der Moselstraße vor einer dieser Rotlichtbars standen. „Hier waren wir gestern Abend. Glaube ich zumindest."

In den Schaufenstern waren Bilder von halbnackten Mädchen in verführerischen Posen - oder was sie dafür hielten - ausgestellt. Ein an Frankensteins Kreatur erinnernder Typ, den sie in eine farbenprächtige Phantasieuniform gesteckt, aber dadurch kaum hübscher gemacht hatten, forderte uns mit versoffener Reibeisenstimme auf, uns die sensationellste Stripteaseshow Frankfurts anzusehen. Zu zivilen Preisen, versteht sich.

„Unsere Damen sind selbstverständlich zu allen Schandtaten bereit", versprach er uns augenzwinkernd. „Wenn Sie verstehen, was ich meine."

Wir verstanden, was er meinte. Tim und Vater nickten begeistert. Wie kleine Jungs kurz vor der Weihnachtsbescherung kamen sie mir vor. Ich wartete darauf, dass das Christkind klingelte. Und tatsächlich: Irgendwo in der Ferne verkündete eine Glocke die zweiundzwanzigste Stunde des Tages. *Stille Nacht* sang aber keiner.

„Also, dann nichts wie rein in die gute Stube!", rief Tim vergnügt und zog uns in den Stripteaseladen.

„Viel Vergnügen, die Herren", wünschte uns Frankensteins Kreatur. „Wenn Sie verstehen, was ich meine."

Es war ein relativ vornehmer Schuppen, den wir betraten; zumindest gab er sich den Anschein, es zu sein. Man hockte in bequemen Sesselchen an diskret von unten beleuchteten Glastischen. Die Wände waren mit schweren, dunkelroten Samtbehängen verkleidet. Der Fußboden war mit einem flauschigen Teppich belegt. Rechts gab es eine lange Theke, an der ein paar leichtgeschürzte Mädchen saßen und gelangweilt die Erotikshow beobachteten, die auf einer winzigen Bühne im Hintergrund dargeboten wurde. Wem das nicht genügte, konnte sich an Pornofilmen ergötzen, die in verschiedenen, alle paar Meter im Raum aufgestellten Fernsehern gezeigt wurden. Schweinereien zum Erbrechen. Wäre ich doch zu Hause geblieben!

Ein dienstbeflissener Kellner in Smoking und mit Fliege nahm uns in Empfang und geleitete uns zu einem Tisch in der Nähe der Bühne. Er überreichte uns mit einem verbindlichen Lächeln die Getränkekarte und zog sich diskret zurück.

Man hatte wirklich *zivile* Preise in diesem Laden! Ein Herrengedeck - Bier mit Schnaps - war unter fünfundzwanzig Mark nicht zu bekommen. Die billigste Flasche Whisky kostete zweihundert Mark - und das war nur Fusel der schlimmsten Sorte. Sekt oder

Champagner war fast unbezahlbar für einen normalen Geldbeutel. Ich konnte nur den Kopf schütteln über soviel Unverfrorenheit.

„Heute wackelt die Heide!", verkündete Tim und orderte eine Flasche Whisky der besseren Art. Sie kostete annähernd vierhundert Mark. Mir lief ein kalter Schauer den Rücken hinunter. Im Großhandel bekam man das Gesöff für etwa ein Zehntel des hiesigen Preises! Tim musste bekloppt sein!

„Macht doch nichts", lachte er, als ich ihn darauf hinwies. „Wir haben schließlich einen Hit. Und wir leben doch auch nur einmal! Wer weiß, wie lange noch. Denk bloß an das Ozonloch, AIDS, den Rinderwahnsinn und die Schweinepest. Nicht zu vergessen das Gift in den Zahnfüllungen, der Smog an nebeligen Tagen oder die Krebsgefahr beim Verzehr halber Hähnchen. Ein Jumbojet könnte dir auf den Kopf fallen, das Atomkraftwerk in Biblis könnte explodieren oder die kleinen grünen Männchen aus dem Andromedanebel könnten die Erde erobern und alles Leben vernichten. Was bedeuten da schon diese paar Mark?"

Ich war zwar anderer Meinung, hielt aber wohlweislich meinen Schnabel; denn wer bedellt, bedahlt auch! Sollte er sein Geld, das wir bis jetzt noch gar nicht hatten, halt zum Fenster hinauswerfen. Oder in den Rachen irgendwelcher raffgieriger Barbesitzer.

"Hallöchen", machte es hinter mir, und als ich mich umdrehte, erkannte ich drei Dämchen, die sich zu uns gesellt hatten und gar nicht mal so übel aussahen. Jedenfalls nicht bei dieser Beleuchtung, die man kaum als solche bezeichnen konnte.

"Dürfen wir euch ein wenig Gesellschaft leisten?", erkundigte sich eine große Schwarzhaarige mit überdimensionalen Brüsten, die an reife Wassermelonen erinnerten.

Mein Vater machte sich, wie ich wusste, normalerweise nichts aus diesen süßen, klebrigen Früchten, aber diese Riesenapparate schienen ihn unheimlich zu faszinieren. Die Augen quollen dem alten Schwerenöter fast aus dem Kopf, als er sie mit offenem Mund anstarrte und den Blick offenbar nicht mehr davon wenden konnte. Hoffentlich traf ihn nicht der Schlag!

"Wir haben nur auf euch gewartet", behauptete Tim und schob den Mädels drei Stühle zurecht. "Was möchten die Damen trinken?"

Die Damen bestellten sich irgendeinen Cocktail mit einem phantasievollen Namen, der wahrscheinlich kaum Alkohol enthielt, aber ein Schweinegeld kostete.

"Ich heiße Lulu", stellte sich die Schwarzhaarige vor, die sich inzwischen neben meinen Vater gesetzt und ihm die Hand auf den Oberschenkel gelegt hatte. Was diesem unzweifelhaft sehr gefiel. Er grinste wie ein selbstzufriedener Pascha! Wie gut, dass Mutter ihn nicht sehen konnte! Vermutlich hätte sie auf der Stelle die Scheidung eingereicht.

"Ich bin die Susanne", sagte die Brünette, die sich neben mir niedergelassen hatte. Sie war klein, zierlich und erinnerte mich an irgendeine bekannte Schauspielerin, deren Namen mir nicht einfallen wollte. Meinen Oberschenkel ließ ich nicht von ihr betatschen. Als sie damit anfangen wollte, schob ich ihre Hand sanft beiseite. Ich war nicht hierher gekommen, um für viel Geld irgendwelche Intimitäten auszutauschen. Das hätte ich zu Hause bei meinen zwei Grazien billiger haben können. Nun ja, mittlerweile vielleicht nicht mehr. Trotzdem!

"I bin die Franzi!", lispelte die dritte. Dem Dialekt nach kam sie aus Bayern oder Österreich. Sie war blond, drall und sehr naiv. Tim hatte nichts gegen ihre Hand auf seinem Oberschenkel.

"Kommt ihr öfters hierher?", wollte Lulu wissen.

"Nicht sehr oft", antwortete Tim. "Wir sind nämlich ein Skatclub aus Hongkong und nur auf der Durchreise anlässlich unseres alljährlichen Betriebsausfluges."

"Do schau her", wunderte sich die Franzi. "Aus Hongkong kommt's ihr? Ihr schaut's aber gar net wie Kinesen aus!"

"Es wohnen nicht nur Chinesen in Hongkong", klärte Tim das unbedarfte Mädchen auf. "Wir drei sind Wissenschaftler, stammen natürlich aus Deutschland und halten uns derzeit in Hongkong auf, um dem Geheimnis der geschlitzten Augen der gelben Rasse auf die Spur kommen."

"Hör doch auf", lachte Susanne. "Verarschen kann ich mich selber!"

"Tun wir doch gar nicht", beteuerte Tim und legte die Hand auf die Stelle, unter der er sein Herz vermutete. Ich hätte dort eher den Blinddarm gesucht.

Auf der kleinen Bühne vor uns lief unterdessen eine Live-Show, die sich gewaschen hatte, ab. In dieser Beziehung hatte Frankensteins Kreatur draußen nicht zuviel versprochen. Es war erstaunlich, was ein Mann mit einer Frau - und umgekehrt - anstellen konnte! Und das vor so vielen Leuten! *Ich* hätte das nicht gekonnt, gestand ich mir freimütig ein. Vor soviel Publikum hätte mein kleiner Tobias sicher gestreikt.

"Das kannste bei mir auch haben", flüsterte Lulu meinem Vater ins Ohr. Er schluckte und schaute mich unschlüssig an. Offenbar hatte er doch noch so etwas wie ein Gewissen. Ich zuckte die Schultern. Diese Sache musste er selbst entscheiden. Alt genug war er schließlich. Es fiel mir gar nicht ein, ihm zu- oder abzuraten. Womöglich machte er es mir irgendwann zum Vorwurf, wenn ich es tat. So oder so.

Tim benötigte meinen Rat offensichtlich nicht. Angeregt durch die ziemlich gewagte Bühnenshow, schien er mit Franzi einig geworden zu sein. Die beiden erhoben sich und verschwanden hinter einer Tür mit der Aufschrift *Privat*. Wie privat es dort werden würde, konnte man sich unschwer vorstellen.

Vater war offenbar immer noch unschlüssig. "Du brauchst auf mich keine Rücksicht zu nehmen", sagte ich. "Ich komme schon klar. Und verpetzen werde ich dich natürlich auch nicht."

Vater nickte dankbar und begann, mit dem Mädel zu verhandeln. Was sie sagten, verstand ich nicht, weil die Unterredung im Flüsterton geführt wurde. Das Ergebnis bekam ich dagegen mit. Es führte dazu, dass sie ebenfalls hinter der privaten Tür verschwanden; sie vorneweg, er hinterher mit einem Gesicht, als ginge es zu seiner eigenen Hinrichtung. Ja, ja - das schlechte Gewissen! Kam mir irgendwie bekannt vor.

Unterdessen hatten die beiden Akteure auf der Bühne ihre Vorstellung beendet. Sie verbeugten sich, kassierten mäßigen Applaus und zogen sich zurück.

"Wie ist es mit uns?", erkundigte sich Susanne und deutete auf die bewusste Tür.

"Danke, kein Bedarf", erwiderte ich. "Aber lass dich durch mich nicht von deinen Geschäften abhalten. Schau dich ruhig anderweitig um."

"Du solltest es dir überlegen", lockte sie. "Ich bin nämlich nicht schlecht und weiß ein paar Tricks, bei denen du mir den Ohren schlackern würdest."

"Glaube ich dir", räumte ich ein. "Ich mag trotzdem nicht."

"Stehst du etwa nicht auf Frauen?"

Ich lachte. "Und wie! Aber ich vertrete nun mal den Standpunkt, dass ich nur esse, wenn ich Hunger habe. Momentan habe ich leider keinen Appetit."

"Der kommt beim Essen."

"Mit Sicherheit nicht", erklärte ich.

"Na ja, dann eben nicht", bedauerte sie und erhob sich. "Du hättest es nicht bereut."

"Ich glaube es dir."

Susanne zuckte die Schultern, streichelte mir flüchtig über das Haar und begab sich zurück zur Theke. Einige Zeit später sah ich sie mit einem anderen Mann hinter der privaten Tür verschwinden.

Auf der Bühne begann die nächste Live-Show. Eine füllige Blondine ließ zum Klang von Beethovens Fünfter ihre Hüllen fallen. Sie tat es sichtlich lustlos und schien dabei zu überlegen, ob sie ihrem Alten am nächsten Tag Gulasch mit Nudeln oder Reibekuchen mit Apfelmus kochen sollte. Es war nichts Aufregendes; selbst dann nicht, als die letzte Hülle gefallen war und man für einen winzigen Moment ihre Muschi sehen konnte.

Tim kehrte zurück und ließ sich seufzend neben mir in seinen Sessel fallen. Er goss sich einen doppelstöckigen Whisky ein und leerte das Glas in einem Zug. Besonders glücklich oder zufrieden wirkte er nicht.

"Na, wie war's?", erkundigte ich mich.

Tim winkte ab. "Frag mich nicht! Ich hätte mir für das Geld lieber noch eine Flasche Whisky genehmigen sollen! Ich könnte mir selbst in den Hintern beißen, dass ich mich auf so etwas eingelassen habe!"

"Versuch es erst gar nicht", riet ich ihm.

"Was?", fragte er verständnislos.

"Dir selbst in den Hintern zu beißen; du kommst nicht dran!"

"Ha, ha, ha!", machte Tim unlustig. "Wo steckt eigentlich dein alter Herr?"

"Er ist kurz nach dir mit Lulu entfleucht."

"Alle Achtung", staunte Tim. "Der hat aber eine Ausdauer. Oder ist er vielleicht eingeschlafen?"

Darauf wusste ich natürlich auch keine Antwort. Also warteten wir. Eine weitere halbe Stunde verging, eine ganze - und von Vater nach wie vor keine Spur. Ich begann mir Sorgen zu machen. Hoffentlich hatte er sich nicht zuviel zugemutet! Er war schließlich nicht mehr der Jüngste! Ich sah schon die Schlagzeilen der Regenbogenpresse vor mir:

"VATER DES BEKANNTEN KOMPONISTEN TOBIAS WUNDERLICH STARB IN FRANKFURTER EDELBORDELL"

"HERZSCHLAG IM DREIVIERTELTAKT"

Mir lief's eiskalt den Buckel hinunter.

"Tobias, das ist nicht normal", sagte Tim, nachdem die nächste Viertelstunde verstrichen war, ohne dass Vater zurückkehrte. "Willst du nicht mal nach ihm schauen? Vielleicht braucht er deine Hilfe!"

Also machte ich mich auf die Suche nach meinem Erzeuger. Ich trat durch die private Tür, gelangte in ein Treppenhaus und von hier aus hinauf in den ersten Stock. Dort gab es einen langen Gang mit Türen auf beiden Seiten. Hinter welcher befand sich Vater?

Ich legte mein Ohr an die erste Tür und lauschte. Nichts. Hinter der zweiten vernahm man das Quietschen eines Bettes und leises Stöhnen. Ich kam mir wie ein Spanner vor, atmete tief durch und klopfte.

"Vater!", rief ich mit unterdrückter Stimme. "Bist du da drin?"

Das Quietschen und Stöhnen hörte auf, eine männliche Stimme fluchte. Es war nicht die Stimme meines Vaters. Dann öffnete eine Frau im Morgenmantel und sah mich mit gefurchter Stirn an. "Kannste nicht warten, bis ich fertig bin?", raunzte sie mich an. "Außerdem sind doch auch noch genügend andere unten."

"Entschuldigen Sie bitte tausendfach", sagte ich verlegen. "Ich suche meinen Vater."

"Bin ich ein Fundbüro?", zeterte die Frau. "Hier wurde jedenfalls niemand abgegeben, der dein Vater sein könnte." Sie drehte sich ins Zimmer um. "Oder bist du etwa mit deinem Sohn hier, Theobald?"

"Ich habe keinen Sohn", kam die männliche Stimme zurück. "Nur eine Tochter. Aber die ist erst neun. Und in 'nen Puff mitnehmen würde ich sie auch dann nicht, wenn sie älter wäre."

"Siehste", sagte die Frau. "Hier isser nicht."

"Er ist seit fast zwei Stunden mit Lulu verschwunden" erklärte ich.

"Mit Lulu? Die findste da hinten, letzte Tür rechts. Und jetzt hau ab! Ich hab Kundschaft."

Hinter der letzten Tür rechts war es erschreckend ruhig! Ob er vielleicht doch einem Herzschlag erlegen war? Oder zwischen ihren Riesenbrüsten erstickt?

Ich fühlte mich von Sekunde zu Sekunde elender! "Ich kann Mutter nie mehr unbekümmert unter die Augen treten", dachte ich verzweifelt; "denn natürlich wird sie mir für den Rest ihres Lebens vorwerfen, dass ich es nicht verhindert habe! Warum habe ich es auch nicht verhindert, in Dreiteufelsnamen?"

"Gewonnen!", vernahm ich jetzt die triumphierende Stimme meines Vaters. Also lebte er noch! Mir fiel ein Felsbrocken in der Größe der Zugspitze von meinem Herzen. "Dann mal wieder her mit dem Zaster, meine

Süße!"

Ich klopfte und trat, nachdem Lulu *Herein* gerufen hatte, ins Zimmer. Was ich sah, ließ mich an meinem Verstand zweifeln und noch mehr am Geisteszustand der beiden.

Vater und Lulu hockten spärlich bis kaum bekleidet an einem kleinen Tisch und hatten - die aufgedeckten Karten verrieten es - Rommé gespielt! Verrückt! Total verrückt!

"Ach, du bist es", sagte mein Vater, blickte auf die Uhr und erschrak sichtlich. "Meine Güte, so spät ist es schon!"

"Ja, so spät ist es schon!", blaffte ich ihn an. "Tim und ich vergehen unten vor Sorge um dich, und du sitzt hier seelenruhig herum und spielst Karten! Bist du denn von allen guten Geistern verlassen?

"*Ich* muss es sein, weil ich mich darauf eingelassen habe", jammerte Lulu. "Um meinen ganzen Verdienst hat er mich gebracht, der alte Halunke! Und wer weiß, um wie viele Kunden, die mir in dieser Zeit entgangen sind."

"Wieso das denn?", wunderte ich mich und verstand nur Bahnhof.

"Das war so", erklärte mein Vater und grinste. "Nachdem wir hier oben waren, kamen wir bei einem Gläschen Champagner ins Gespräch. So erfuhr ich, dass Lulu leidenschaftlich gern Rommé spielt. Das brachte mich auf die Idee, mit ihr um die von ihr geforderte Kohle zu zocken. Gewann ich, durfte ich umsonst, gewann sie, kostete es mich das Doppelte. Bis jetzt habe ich zweimal gewonnen und gerade eben ein drittes Mal. Aber jetzt mag ich nicht mehr. Weder zocken noch poppen."

"Zieh dich an", unterbrach ich ihn. "In spätestens

zehn Minuten erwarte ich dich unten. Solltest du dich verspäten, kannst du heim laufen oder ein Taxi nehmen."

Ohne seine Antwort abzuwarten, wandte ich mich um und ging aus dem Zimmer. Im Lokal kam mir Tim neugierig entgegen. Ich erzählte ihm mit wenigen Worten, was Vater sich geleistet hatte. Tim pfiff anerkennend durch die Zähne.

"Auf diese Idee muss man erst mal kommen", meinte er lachend. "So ein alter Gauner! Zockt mit einem Nüttchen um deren Gage!"

"Ja", erwiderte ich und musste ebenfalls lachen. "Und gewinnt auch noch dreimal."

"Meinst du, er hat wirklich dreimal...?"

"Zweimal", stellte ich richtig. "Das dritte Mal habe ich ihm vermiest."

"Hat der eine Kondition", staunte Tim. "Und das in dem Alter und mit Staublunge!"

Es dauerte keine zehn Minuten, bis Vater wieder bei uns war. Als er zu uns trat, erhob sich Tim und schüttelte ihm die Hände. "Herzlichen Glückwunsch", sagte er bewundernd. "Sie sind ein Mann nach meinem Herzen. Wenn Sie wollen, dürfen Sie mich ab sofort duzen!"

"Das hätten wir schon längst tun sollen", meinte mein Vater. "Ich bin der Fritz!"

"Und ich der Tim!"

"Ich heiße Detlev", stellte sich der Kellner, der gerade an unseren Tisch gekommen war, überflüssigerweise vor. "Möchten Sie noch etwas trinken?"

"Nein", entschied ich, bevor die beiden anderen widersprechen konnten. "Bringen Sie bitte unsere Rechnung."

Sie belief sich mit den Cocktails der drei Dämchen

auf knappe DM sechshundert! Eine stolze Summe! Ärmere Familien lebten davon einen ganzen Monat; ohne Miete und sonstige Nebenkosten natürlich. Wir verprassten das an einem einzigen Abend! Aber wir hatten ja auch einen Hit!

"Dürfte ich bitte kassieren", sagte der Kellner, als keiner von uns Anstalten traf, seine Geldbörse zu zücken. "Wir akzeptieren selbstverständlich auch die gängigen Kreditkarten."

"Ich habe meine zu Hause vergessen", erklärte Tim scheinheilig. "Und soviel Bargeld habe ich auch nicht mehr dabei. Würdest du die Summe bitte vorstrecken, Tobias? Wir rechnen dann später ab."

Typisch Tim! Ich konnte das Geld, geizig wie er war, abschreiben. Und von meinem Vater war auch nichts zu erwarten. Der betrachtete sich vermutlich als mein Gast. Dabei hatte er diese ganze Soße angerührt. Als es jetzt ans Zahlen ging, tat er, als ginge ihn das alles nichts an. Dabei hatte er gerade dreimal beim Rommé gewonnen!

Ich drückte dem Kellner meine Kreditkarte in die Hand, quittierte und verließ mit den beiden Helden das Lokal.

"Ich hoffe, die Herren waren zufrieden?", empfing uns Frankensteins Kreatur, die immer noch vor der Tür ihren Dienst versah. "Beehren Sie uns bitte bald wieder. Einen schönen Abend noch, die Herren. Wenn Sie verstehen, was ich meine."

Und schon wandte er sich anderen Passanten zu, um ihnen die sensationellste Striptease-Show Frankfurts anzupreisen. Wir verstanden, was er meinte, und gingen weiter.

♥

"Was machen wir jetzt mit dem angebrochenen Abend?", erkundigte sich Tim, als wir von der Mosel- in die Kaiserstraße einbogen.

"Ja, was machen wir jetzt?", fragte auch mein Vater.

"Habt ihr denn immer noch nicht die Schnauze voll?", wunderte ich mich.

"Wieso?", grinste Vater. "Jetzt fangen wir erst richtig an!"

"Einverstanden", sagte ich. "Aber ich betone ausdrücklich, dass *ich* in diesen Abend keinen Pfennig mehr investieren werde. Wenn ihr unbedingt noch einen draufmachen wollt, dann löhnt gefälligst auch dafür. Von mir habt ihr nichts mehr zu erwarten. Sechshundert Mark sind meiner Meinung nach genug. Jetzt seid ihr dran!"

"Wo ist die nächste Stehbierhalle?", rief Tim, der alte Geizkragen, und sah sich um. "Dort drüben ist übrigens eine Frittenbude!"

"Das könnte dir so passen!", lachte ich. "Unter dem *Frankfurter Hof* tu ich's nicht!"

Das war natürlich Quatsch. Im *Frankfurter Hof*, dem Nobelhotel schlechthin, hätten sie uns wahrscheinlich gar nicht reingelassen. Wir trugen keine Krawatten. Falls er um diese Zeit - es war kurz nach Mitternacht - überhaupt noch geöffnet hatte.

Dafür landeten wir irgendwann beim *Ball der einsamen Herzen*, einem auf seriös getrimmten Laden, in dem Damenwahl Pflicht war. Und keiner der anwesenden Herren durfte sich drücken, sonst wurde er höflich, aber entschieden gebeten, zu bezahlen und das Lokal zu verlassen. So streng waren hier die Bräuche.

Einen Vorteil hatte diese Kneipe: Sie war wesentlich heller beleuchtet als das vorherige Etablissement, in dem man kaum die Hand vor den Augen hatte erkennen können. Die alleinstehenden Damen, die im *Ball der einsamen Herzen* auf Jagd gingen, mussten ihre Opfer schließlich begutachten und taxieren können. Und es gab hier jede Menge dieser alleinstehenden Damen. Und was für welche! Männer waren dagegen Mangelware.

Wir nahmen an einem freien Tisch Platz und orderten bei einem vornehmen Ober unsere Getränke. Tim und Vater blieben bei Whisky mit Soda und Eis, ich bestellte mir, weil ich noch fahren musste, einen sauergespritzten Apfelwein, der hier soviel kostete, wie anderswo ein Viertel besten Weines. Vielleicht lag es daran, dass Trinkwasser auf der Erde knapp zu werden drohte?

In der Mitte des großen, wie ein Ballsaal der dreißiger Jahre eingerichteten Raumes spielte ein müdes Quartett, bestehend aus Geige, Klavier, Kontrabass und Schlagzeug, Weisen aus vergangener Zeit. Die alleinstehenden Damen tanzten mit verklärtem Blick mit den wenigen männlichen Wesen, die nicht ganz so verklärt aus der Wäsche guckten. Was vermutlich daran lag, dass sie sich wegen der unbedingt vorgeschriebenen Damenwahl mit weiblichen Fregatten und Schlachtschiffen abgeben mussten, die sie sonst niemals zum Tanz aufgefordert hätten. Geschah ihnen doch recht! Keiner hatte sie gezwungen, hierher zu kommen!

Eine Dame in den Ausmaßen einer mittelgroßen Dampfwalze rollte mit einem strahlenden Lächeln auf uns zu, streckte uns ihre fetten, ringgeschmückten Hände entgegen und stellte sich als Geschäftsführerin des Schuppens vor.

"Es ist mir eine große Ehre, Sie in meinem Hause begrüßen zu dürfen", schnarrte sie mit der Stimme einer alten Nebelkrähe. "Fühlen Sie sich wie daheim und lassen Sie sich von der gemütlichen Atmosphäre meines Lokales verzaubern."

"Die Ehre ist ganz auf unserer Seite", versetzte mein Erzeuger, verbeugte sich vor der mittelgroßen Dampfwalze und küsste ihr wie ein Kavalier alter Schule die Hand. Was ihr sichtlich imponierte.

Er hätte es nicht tun sollen!

"Darf ich Sie vielleicht um dieses Tänzchen bitten, mein Herr?", fragte sie nämlich meinen Vater. Ich konnte ein schadenfrohes Grinsen kaum unterdrücken. Nach der hübschen, um Jahre jüngeren Lulu jetzt dieser wandelnde Fleischberg! Irgendwie gönnte ich ihm das.

Vater war wirklich nicht schmächtig, stellte als Mann schon etwas dar. Gegen diese Frau wirkte er wie ein Schulanfänger an der Hand seiner Mutter. Mit einem hilflosen Lächeln folgte er ihr auf die Tanzfläche. Dort riss sie ihn in ihre Arme und schleuderte ihn zu den Klängen eines Foxtrotts hin und her. Halb zog sie ihn, halb sank er hin. Er war wirklich nicht zu beneiden!

"Darf ich bitten, mein Herr?", forderte mich eine nur zu gut vertraute Stimme von hinten auf. Erschrocken fuhr ich herum und blickte in das hämisch grinsende Gesicht meiner Mutter!

"Gell, da guckste!", gurrte sie boshaft. "Habe ich euch erwischt!"

"Mu... Mu... Mutter, was machst du denn hier?", stotterte ich peinlich berührt. Auch Tim glich einem begossenen Pudel. Verlegen bis zum geht nicht mehr begrüßten wir sie. Mutter fragte nicht lange und setzte sich zu uns an den Tisch.

Hübsch sah sie aus, das musste der Neid ihr lassen.

Trotz ihrer fünfundfünfzig Jahre. Sie musste als Mädchen eine Schönheit gewesen sein. Kein Wunder, dass Vater auf sie geflogen war. Sie war auch heute noch eine attraktive Frau, hatte kaum eine Falte im Gesicht und besaß eine Figur, von der manche jüngere Frau nur träumen konnte. Ihre Haare, früher mal dunkel, hatte sie sich niemals färben lassen. Das silbrige Grau, verbunden mit einer gepflegten Frisur, stand ihr ganz vortrefflich zu Gesicht.

"Ich bin eine Oma", pflegte sie zu sagen. "Warum soll ich etwas vortäuschen, was nicht ist?"

Sie spielte damit auf meine geliebte Schwiegermutter an, die alles tat, um jünger zu wirken, aber trotzdem immer älter aussah. Mutter konnte den Drachen ebenso wenig leiden wie ich. Aber wer konnte die geliebte Schwiegermutter überhaupt leiden? Vielleicht das Finanzamt, weil ihr Mann dort arbeitete und sie immer pünktlich ihre Steuern bezahlte. Im Gegensatz zu mir. Ich wartete immer die Ankündung der Zwangsvollstreckung ab, bis ich löhnte.

Einmal hatte sogar schon der Kuckuckskleber vor meiner Haustür gestanden, weil ich vergessen hatte, vierzig Mark Säumniszuschlag zu bezahlen. Dafür ließen sie extra einen Mann aus Offenbach zu mir fahren! Kein Wunder, dass unser Staat kurz vor dem Ruin steht! Tims letzte beiden Bücher, die im Laden circa achtundsiebzig Mark kosteten, akzeptierte er übrigens nicht als Zahlung. Er verlangte Bargeld. Ich gab ihm einen Fünfundsiebzigmarkschein, den ich mir irgendwo eingefangen hatte. Er gab mir einen Dreiundzwanzigmarkschein zurück, weil meine Schuld sich plus seiner Gebühren mittlerweile auf zweiundfünfzig Mark belief. Aber das nur am Rande.

"Gell, das hättet ihr nicht erwartet?", triumphierte

meine Mutter. "Mich hier zu treffen. Aber was sollte ich allein zu Hause herumsitzen. Zumal ich mich ohnehin von diesem Fremdgänger scheiden lassen werde."

"Du willst dich tatsächlich scheiden lassen?" Ich schaute sie erschrocken an. "Nach all den Jahren?"

Mutter nickte. "Er hat mich betrogen, der Halunke. Vielleicht hat er dir davon erzählt. Ich bin nicht bereit, mir das von ihm bieten zu lassen!"

"Vater ist treu wie Gold", beteuerte ich wenig überzeugend und verdrängte Lulu aus meiner Erinnerung.

Mutter lachte. "Treu wie Blattgold! Ich verzeihe ihm das nie! Was hat er dir denn vorgeflunkert, dieser Altcasablanca?"

"Wenn schon, dann heißt es Casanova", berichtigte sie Tim.

"Auch recht", befand Mutter. "Also? Was hat er erzählt?"

Ich gab sinngemäß wieder, was Vater von seinem gestrigen Abenteuer berichtet hatte.

"Ja, so ähnlich war es tatsächlich", räumte Mutter ein. "Aber nur so ähnlich. Er hatte den Schlüpfer nämlich nicht in seine Brusttasche gesteckt, er trug ihn. In die Brusttasche hätte ihm ein anderer dieses Ding zaubern können. Besoffen, wie sie waren. Aber so?" Sie schüttelte heftig den Kopf. "Er muss also nackt gewesen sein, und wer weiß, wo seine eigene Unterhose geblieben ist?" Sie kicherte. "Komisch sah er ja schon aus mit diesem Spitzenhöschen." Sie wurde wieder ernst. "Das entschuldigt allerdings nichts. Jedenfalls bin ich fertig mit ihm."

"Überleg dir das doch noch einmal", bat ich sie. "Wegen eines einzigen Fehltritts beendet man doch keine Ehe, die immer glücklich gewesen ist."

"So glücklich war sie nun auch wieder nicht", sagte Mutter und kam unvermittelt auf ein ganz anderes Thema zu sprechen. "Hast du mal wieder etwas von deiner Frau gehört?"

"Wieso?"

"Tu nicht so unschuldig", warnte mich meine Mutter. "Ich weiß alles. Deine liebe Schwiegermutter hat mich nämlich angerufen und sich fürchterlich darüber beschwert, dass mein Herr Sohn ihre Tochter wieder mal aus dem Haus getrieben hätte. Was war nun wirklich?"

Wie gesagt, ich hatte mich nicht bei meinen Eltern beklagt, dass meine Frau mich verlassen hatte. Weil ich geahnt hatte, dass sie es auch so erfahren würden. Was ja nun auch tatsächlich der Fall war.

Ich erklärte Mutter die Sachlage, bestätigte, dass es ihren Enkelkindern gut ging und dass wir dank Lydia wahrscheinlich auch nicht verhungern würden.

"Lydia ist ein braves Mädchen", meinte meine Mutter. "Vielleicht hättest du *sie* heiraten sollen."

"Ja", sagte ich. "Aber nur vielleicht."

Jetzt war auch der Tanz zu Ende. Der Fleischberg schleppte Vater an unseren Tisch zurück. Als er Mutter erkannte, erschrak er sichtlich und ließ sich erschlagen auf seinen Stuhl sinken. Die Dicke bedankte sich überschwänglich und entfernte sich. Vater war fix und fertig. Wahrscheinlich lag es mehr an dem von ihm abverlangten Tanz als an der Tatsache, Mutter hier zu treffen.

"Hallo", begrüßte er seine Holde zaghaft. "Wie geht es dir?"

Mutter sah durch ihn hindurch, als wäre er eine frisch geputzte Fensterscheibe, griff unaufgefordert nach Tims Glas und genehmigte sich einen Schluck.

"Hallo, Liebling", versuchte es Vater noch einmal. "Bist du mir immer noch böse?"

"Wer ist dieser lästige Kerl?", fragte mich meine Mutter boshaft. "Kennst du ihn, oder soll ich die Geschäftsführerin rufen lassen, um ihn zu entfernen?"

"Sie sollten ihm verzeihen", schlug Tim vor. "Er bereut seinen Fehltritt, der vielleicht nicht einmal einer war, zutiefst. Fritz ist mit den Nerven völlig am Ende."

"Ist er das?", spöttelte Mutter. "Diesen Eindruck hatte ich eigentlich nicht. Er machte einen recht munteren Eindruck, als ihr hier hereinkamt. Und gesoffen hat er auch schon wieder!"

"Nur aus Kummer", nuschelte Vater. "Wirklich nur aus Kummer!"

"Das kann ich bestätigen", schwindelte Tim. "Fritz war untröstlich, weil Sie ihn verlassen haben. Er hatte sich sogar schon auf die Bahngleise gelegt, um seinem Leben ein Ende zu bereiten, aber leider nicht bedacht, dass diese Strecke längst stillgelegt worden war.

"Das sieht ihm ähnlich", meinte Mutter, die weder Tim noch ihrem Mann auch nur ein Wort glaubte. "Der würde sich, dämlich wie er ist, sogar mit einem Gummiband zu erhängen versuchen. Und wie untröstlich er ist, erkennt man daran, dass er sich heute Abend mit euch in Frankfurt herumtreibt. Versucht doch nicht, mir eine Wutz auf die Backen zu malen."

"Sie sehen das völlig falsch", entgegnete Tim. "Wir mussten Fritz mit Engelszungen überreden, uns nach Frankfurt zu begleiten, damit er auf andere Gedanken kommt.. Mit Händen und Füßen hat er sich dagegen gesträubt!"

"Ach ja?" Mutter war nicht zu überzeugen. "Und

warum hat er sich dann drei Wochen Urlaub in seinem Hotel genommen? Um zu trauern? Hört mir doch auf! Dieser Seifensieder war froh, als ich fort war! Vielleicht hat er sogar die Türschwelle gestreichelt, als ich ging."

"Türschwellen gibt es bei uns nicht mehr", erinnerte Vater seine Frau an bestehende Tatsachen.

"Ist doch egal", fauchte sie. "Jedenfalls glaube ich euch Schlawinern kein Wort. Der und mir nachtrauern! Ganz andere Dinge hat der im Kopf! Auf die Pauke hauen möchte er, dieser Altcasablanca!"

"Casanova", berichtigte sie Tim erneut.

Mutter war nicht zu bremsen. "Vielleicht habt ihr es sogar schon getan? Weiß ich, wo ihr euch vorher herumgetrieben habt?"

"Aber Mutter", wandte ich ein. "Wo denkst du hin! Wir waren lediglich im... ähemm... Kino!"

Das war nicht einmal gelogen. Pornofilme hatten wir tatsächlich gesehen. Allerdings nicht im Kino.

"Und als wir uns anschließend noch ein wenig die Füße vertreten wollten," spann Tim, der Dichter, den Lügenfaden weiter, "sind wir hier gelandet. Reiner Zufall."

"Von euch lügt einer so schlecht wie der andere", befand Mutter und erhob sich. "Ich bin nicht bereit, mir das länger anzuhören. Ich wünsche den Herren noch viel Vergnügen!"

"Mutter!", sagte ich bittend. "Sei doch vernünftig! Denk daran, wie lange ihr schon verheiratet seid!"

"Viel zu lang!", zischte sie. "Entschieden zu lange!"

Sie musterte uns mit einem vernichtenden Blick und rauschte davon. Wenig später hatte sie bezahlt und war aus dem Lokal verschwunden. Meinte sie es wirklich ernst, oder wollte sie Vater nur ein bisschen zappeln lassen? Ich war mir nicht sicher.

"Das war's dann wohl", knurrte Vater. "Sie hat mir den ganzen Abend verdorben. Lasst uns verschwinden. Ich mag nicht mehr."

Tim und ich hatten viel Verständnis für den armen, geplagten Ehemann, obwohl er das eigentlich nicht verdient hatte. Wir bezahlten unsere Zeche und machten uns auf den Heimweg.

Lydia und Sabine saßen im Wohnzimmer und spielten Rommé. Ausgerechnet Rommé! Unser Erscheinen nahmen sie nicht zur Kenntnis, behandelten uns, als wären wir Luft. Missmutig zogen wir uns in unsere Zimmer zurück und legten uns schlafen. Eine halbe Stunde später hörte ich, wie unsere Damen sich ebenfalls ins Bett begaben.

11.

Es dauerte drei Tage, bis sich die Damen dazu herabließen, überhaupt wieder mit uns zu reden. Sie verziehen es uns einfach nicht, dass ich Tim zu mir ins Zimmer genommen hatte. Als persönliche Beleidigung empfanden sie das offenbar. Dabei war dies einer der weisesten Entschlüsse meines Lebens gewesen. Ich hatte nämlich meine Ruhe vor erotischen Frontalangriffen.

Lydia besorgte, obwohl sie stinksauer war, trotzdem den Haushalt - und sie tat es perfekt. Das Haus sah immer aufgeräumt aus, wir hatten unsere geregelten Mahlzeiten und die schmeckten auch noch vorzüglich. Doch, in dieser Beziehung gab es für uns nichts zu meckern.

Mein Vater beschäftigte die Kinder und betätigte sich im Garten als Unkrautvernichter. Keine Quecke, kein Löwenzahn, keine Brennnessel wagte es mehr, den Kopf aus der Erde zu strecken. Im nächsten Moment wurde sie samt Wurzel herausgerissen und landete auf dem Komposthaufen. Selbst die Ameisen machten einen großen Bogen um Vater, wenn sie ihn erblickten. Er hatte schon ganze Völkerstämme von ihnen gnadenlos ausgerottet.

Von meiner Mutter hatten wir seit jenem denkwürdigen Abend in Frankfurt nichts mehr gehört. Aber auch mein Vater schaltete jetzt auf stur und weigerte sich beharrlich, sie anzurufen und noch einmal um gutes Wetter zu bitten. Ich würde mal mit meiner Oma, also der Mutter meiner Mutter, sprechen müssen.

Vielleicht gelang es ihr, die beiden Streithammel (oder heißt es -hämmel?) zu versöhnen. Wobei der eine Streithammel ja eine Hämmelin war. Dummes Schaf wollte ich meine liebe Mami nicht nennen.

Sabine - man höre und staune - half Lydia so gut sie konnte im Haushalt. Wenn sie aus der Schule kam, erledigte sie ihre Hausaufgaben, unterstützte Julia bei ihren und packte anschließend zu. Und lernte von Lydia! Immerhin konnte sie jetzt schon einen trinkbaren Kaffee kochen!

Tim und ich begaben uns jeden Morgen nach dem Frühstück in mein Arbeitszimmer und versuchten ernsthaft, mit unserem neuen Musical voranzukommen. Es war wie verhext: Uns fiel einfach nichts ein! Gar nichts! Außer dem Titel *Kleopatra 2000* stand bis jetzt nichts auf dem Papier.

Dabei sollte in vierzehn Tagen das Fernsehteam bei uns einziehen, um dem staunenden Publikum von unserer Arbeit zu berichten. Die würden sich etwas einfallen lassen müssen; denn unter den gegebenen Umständen gab es nichts zu filmen für sie. Es war zum Verzweifeln! Dr. Struller würde Gulasch aus uns machen. Oder Hackepeter.

Auch heute saßen Tim und ich wieder zusammen und kauten nachdenklich auf unseren Bleistiften herum. Im Gehirn herrschte gähnende Leere. Waren wir am Ende mit unserem Latein? Waren wir ausgeschrieben? Oder begann Herr Alzheimer zu grüßen? Es sah fast so aus.

"Sag doch auch mal 'was" forderte Tim mich missmutig auf. "Von dir kommt überhaupt nichts!"

"Bin *ich* der Schriftsteller oder bist du es?", erwiderte ich gereizt. "Ich warte auf deine göttlichen Eingebungen, damit ich sie vertonen kann."

Schweigen! Seufzen! Wieder Schweigen!

Das würde wahrhaft ein tolles Musical werden! Ein Musical ohne Text und Musik! So etwas hatte es noch nie gegeben! Das war etwas völlig Neues, Einmaliges, noch nie Dagewesenes! Dr. Struller hatte es doch so gewollt!

"Wenn wir wenigstens den Eröffnungssong hätten", stöhnte ich. "Damit wir Struller etwas vorweisen könnten!"

"Das ist es doch gerade". meinte Tim verdrossen. "Wenn ich erst mal einen Anfang habe, kommt der Rest wie von selbst. Aber wie fangen wir an? Wie?"

Das wusste ich auch nicht.

"Vielleicht sollten wir von Kleopatra weg", schlug ich vor. "Zumal das Ganze eh nur ein ausgemachter Blödsinn war."

"Der Titel *Kleopatra 2000* ist gut", behauptete Tim störrisch. Wie konnte ich es wagen, etwas gegen seine Idee zu sagen? "Der Titel ist sogar sehr gut!"

Schweigen! Seufzen! Wieder Schweigen!

"Vielleicht sollten wir erst einmal einen trinken", meinte ich.

"Das ist ein ausgezeichneter Gedanke!"

Er war mir an diesem Morgen schon öfters gekommen. Die Whiskyflasche war halbleer. Im Gegensatz zu unserem Gehirn. Das war ganz leer.

"Prost, Tim!"

"Prost, Tobias!"

Wir tranken und leckten uns die Lippen.

"Das war gut!"

"Phantastisch! Es baut unheimlich auf!"

Unsere Gehirnzellen schien es eher abzubauen.

"Ich hab's!", rief ich unvermittelt.

"Na also!" Tim schaute mich erfreut an. "Schieß los, mein Junge!"

"Nichts!" Ich sackte förmlich in mich zusammen. "Scheiße!"

Schweigen! Trinken! Wieder Schweigen!

"Spiel doch einfach mal eine Melodie auf dem Klavier", bat Tim. "Vielleicht fällt mir dann etwas ein."

Also setzte ich mich an den Flügel und begann zu improvisieren. Tim ließ vorsichtshalber das Tonbandgerät mitlaufen. Falls etwas Brauchbares unter meinen Melodien zu finden war, ging es uns wenigstens nicht verloren. So mancher Hit war auf diese Weise schon entstanden.

"Mensch, Tobias, das war klasse!", zeigte Tim sich plötzlich begeistert. "Das wäre die passende Eröffnungsmusik! Lass es uns noch einmal anhören."

Ich spulte das Tonband zurück und schaltete um auf Wiedergabe. Es war tatsächlich eine sagenhafte Melodie, die wir zu hören bekamen. Wir hatten auch schon viel Geld damit verdient und verdienten es gerade wieder. Es war *Starlight*! Enttäuscht schaltete ich ab.

"Jetzt beklaut er sich schon selbst", nuschelte Tim sich in den nicht vorhandenen Bart.

"Das tust du ja nicht einmal", warf ich ihm vor. "Du tust gar nichts!"

Er tat doch etwas: Er goss uns noch einen ein.

"Prost, Tobias!"

"Prost, Tim!"

Unsere aufreibende Arbeit wurde durch Lydia unterbrochen. Sie brachte die Post.

Meine Schwägerin sah heute Morgen wieder zum Anbeißen aus. Mein Herzschlag beschleunigte sich. Er hatte sich, wie ich zu meiner Schande gestehen muss, in den vergangenen Tagen immer beschleunigt, wenn sie in meine Nähe kam. Die mir selbst auferlegte Enthaltsamkeit schien mir nicht zu bekommen.

Insgeheim verfluchte ich den Tag, an dem Tim zu mir ins Zimmer gezogen war. Offiziell redete ich mir ein, dass das wohl das Beste gewesen war. Sonst hätte Sabine womöglich auch wieder ihren Teil verlangt. Und bei ihr wollte ich wirklich stark bleiben.

"Na, wie kommt ihr voran?", wollte meine liebreizende Schwägerin wissen.

Tim winkte ab. "Nichts", knurrte er verdrossen und schleuderte seinen Bleistift in die Ecke. Nachher würde er wieder auf dem Boden herumkriechen und ihn suchen. "Absolut nichts!"

Lydia schüttelte mitleidig den Kopf. "Anscheinend fehlen euch doch eure Frauen", stellte sie fest. "Ohne sie habt ihr keine anscheinend Einfälle."

"Mir fehlt nur eine Frau!", brummte Tim und schmachtete Lydia wie ein hungriger Hund, dem ein anderer den Knochen geklaut hatte, an. "Aber diese eine will ja nichts von mir wissen!"

"Armer Tim", bedauerte ihn Lydia und streichelte ihm über seine Glatze. Er verdrehte verklärt die Augen. "Tut mir wirklich leid! Aber dich liebe ich nun mal nicht!"

"Muss es denn gleich Liebe sein?", fragte Tim kummervoll. "Nur ein einziges Mal in deinem Bett - und unser Musical würde mir nur so aus der Feder fließen!"

"Vielleicht solltest du dich im Interesse unserer Arbeit wirklich einmal opfern", regte ich an.

"Wenn's an meinem Bett liegt", lächelte sie. "Ich stell's ihm gern mal zur Verfügung. Allerdings müsste ich dann bei dir schlafen, geliebter Schwager!"

"So war das nicht gemeint", beschwerte sich Tim. "Du musst schon im Bett drin bleiben, sonst hat es keinen Sinn!"

"Ich werde es mir überlegen", versprach Lydia lachend. Sie überreichte mir die Post, die sie noch immer in den Händen hielt. "Am besten, du schaust gleich mal nach, ob etwas Wichtiges dabei ist. Vielleicht eine Lösegeldforderung für eure Frauen oder so."

"Keinen Pfennig würde ich für die bezahlen", schimpfte Tim. "Nicht mal in Falschgeld."

Ich sah die Post durch. Die Rechnung der Telecom war dabei, eine Mahnung für ein nicht bezahltes Strafmandat wegen Parken im Parkverbot, ein Sonderangebot von Beate Uhse und ein langer Brief von Tante Adelheid.

Von ihr hatte ich schon eine halbe Ewigkeit nichts mehr gehört. Sie war die jüngere Schwester meiner Oma mütterlicherseits, steinreich, verwitwet und kinderlos; die berühmte Erbtante also. Leider hielten auch noch andere die Hände auf: Nichten und Neffen, Großnichten und Großneffen wie ich. Alle wollten etwas abstauben, wenn sie die Augen einmal schließen sollte. Ich natürlich auch.

"*Lieber Tobias*", schrieb sie in Sütterlinschrift, die ein moderner Mensch kaum noch entziffern konnte. "*Nach langen Jahren möchte ich mich wieder einmal bei Dir melden. Ich hoffe, es geht Dir und Deiner Familie gut, was ich von mir leider nicht behaupten kann. Das Alter macht mir halt sehr zu schaffen. Ich fühle, dass meine Tage gezählt sind und sich ihrem Ende zuneigen.*

Aus diesem Grunde möchte ich mein Testament machen. Der Würdigste und Anständigste meiner großen Familie soll mein Vermögen erben. Wie Du weißt, bin ich eine etwas eigene Frau mit altmodischen Ansichten. Ich habe nicht die Absicht, sie in meinem Alter noch einmal zu ändern.

Deshalb habe ich beschlossen, alle meine für die Erbschaft in Frage kommenden Angehörigen der Reihe nach aufzusuchen und mich für ein paar Tage bei ihnen aufzuhalten. Ich möchte beobachten, wie sie leben, wie sie arbeiten, wie sie sich als Familie verstehen. Die meiner Ansicht nach glücklichste Familie soll mein Erbe antreten.

Und nun zu Dir, lieber Tobias:

Du bist in meinem Besucherplan in der Woche vom 15. - 22. dieses Monats vorgesehen. Ich hoffe, ich bin Dir und Deiner lieben Familie willkommen. Mein Zug erreicht Eure Stadt um 15.12 Uhr. Ich würde mich freuen, Dich auf dem Bahnhof vorzufinden.

Mit freundlichen Grüßen
Deine Tante Adelheid."

Mir war, als hätte mich ein Pferd getreten. Erschüttert ließ ich den Brief sinken. Das hatte nun gerade noch gefehlt! Tante Adelheid auf der Suche nach der glücklichsten Familie ihrer Verwandtschaft! Und ich war ab dem Fünfzehnten dieses Monats vorgesehen! Das war übermorgen!

Übermorgen!!!

Nicht, dass ich unbedingt auf ihr Geld scharf gewesen wäre. Wir hatten schließlich einen Hit und schrieben an einem Musical, dass hoffentlich auch eine Menge einbringen würde. Aber bei Tante Adelheids Hinterlassenschaft handelte es sich immerhin um mindestens fünf bis sechs Millionen in bar, Wertpapieren und Immobilien - wenn nicht sogar mehr! Wer würde da nicht schwach werden? Und wer wusste schon, ob unser Musical überhaupt ein Volltreffer wurde? Bei unserer produktiven Arbeitsweise derzeit war das kaum anzunehmen.

"Schlechte Nachrichten, Tobias?", fragte Lydia erschrocken. "Du ziehst eine Gesicht wie eine Kuh bei Gewitter!"

Nun hatte ich zwar noch nie eine Kuh bei Gewitter beobachtet und wusste deshalb auch nicht, was für ein Gesicht sie dabei zog, aber es musste schrecklich aussehen. Ich reichte Lydia den verhängnisvollen Brief und forderte sie auf, ihn laut vorzulesen.

"Wer ist Tante Adelheid?", erkundigte sich Tim, nachdem sie geendet hatte. Ich klärte ihn über die alte Dame und deren gewaltige Vermögensverhältnisse auf. Tim pfiff beeindruckt durch die Zähne.

"Das ist natürlich ein Hammer", meinte er. "Wo kriegen wir jetzt eine glückliche Familie für dich her?"

"Du sagst es", knurrte ich. "Die Erbschaft kann ich vergessen! Fünf Millionen und wahrscheinlich noch mehr gehen flöten, weil meine mir Angetraute unbedingt in der Welt herumgondeln muss! Es ist zum Mäusemelken!"

Ich goss mir verärgert einen Whisky ein und stürzte ihn hinunter. Tim folgte meinem Beispiel, obwohl ihn die Erbschaft eigentlich nichts anging und er gar nicht verärgert sein musste.

"Fünf Million und mehr", seufzte er und verdrehte die Augen. "Ich wünschte, ich hätte auch so eine Erbtante!"

"Was nützt sie mir denn?", heulte ich verbittert. "Das Geld ist futsch, bevor ich es habe!"

Diese traurige Tatsache war glatt einen weiteren Whisky wert. Selbst Lydia ließ sich diesmal einen geben. Allerdings nur einen ganz klitzekleinen. Fünf Millionen und mehr - futsch! Es war, als hätte ich einen Sechser plus Superzahl im Lotto und vergessen, den Schein abzugeben.

"Kennt die Erbtante deine Göttergattin?", erkundigte

sich Tim nach einer Weile.

Ich nickte. "Sie war bei unserer Hochzeit anwesend und beehrte uns jeweils anlässlich der Taufe unserer Kinder mit ihrem Besuch."

"Also sind fast drei Jahre vergangen, seit sie euch zuletzt besucht hat?", rechnete Tim nach. "Das müsste eigentlich reichen."

Lydia und ich schauten ihn verständnislos an.

"Das müsste doch zu deichseln sein!", rief Tim und schlug mit der flachen Hand auf den Schreibtisch, so dass die Whiskyflasche und die Gläser zu tanzen begannen. "Und es müsste sogar funktionieren!"

"Verstehst du, was er meint?", wandte ich mich an Lydia.

Sie zuckte die Schultern. "Er redet zwar deutsch, aber es klingt wie chinesisch", sagte sie. "Vielleicht geruht er irgendwann, uns aufzuklären."

"Stellt euch doch nicht blöder als ihr seid", tadelte uns Tim mit blitzenden Augen. Vielleicht war es auch das Licht der Lampen, das sich in seinen Brillengläsern spiegelte. "Zählt einfach eins und eins zusammen!"

"Das gibt zwei", sagte ich. "Na und?"

"Wir haben doch Lydia!", triumphierte Tim. "Kapiert ihr immer noch nicht?"

"Was habe ich mit dieser Erbtante zu tun?", wollte Lydia wissen. "Ich bin nicht einmal mit ihr verwandt, kenne sie kaum."

Es musste ein grandioser Einfall sein, den Tim hatte. Man konnte es daran erkennen, dass er aufgesprungen war und wie ein eingesperrter Wolf im Käfig, pardon, im Zimmer hin und her rannte. Das tat er immer, wenn seine grauen Gehirnzellen etwas Produktives zustande gebracht hatten. Und wenn er dann noch mit den

Händen herumfuchtelte, als wolle er sämtliche Mücken im Zimmer fangen, musste es geradezu ein göttlicher Gedanke sein, der ihm eingegeben worden war.

"Wem sieht Lydia ähnlich?", stellte er in den Raum und sich daneben.

"Natürlich ihrem Zwilling - Pam also", erwiderte ich.

"Na also - endlich!" Tim wirkte überaus zufrieden. "Dämmert's bei euch immer noch nicht?"

Ich sah Lydia an, sie mich. Beide schüttelten wir die Köpfe.

"Meine Güte, seid ihr schwer von Begriff", klagte Tim uns an. "Lydia sieht *aus* wie Pam, also wird sie Pam *sein*, wenn Tantchen aufkreuzt. Habt ihr jetzt endlich kapiert?"

"Du meinst..." Ich konnte nicht weitersprechen, weil Tims Einfall einfach zu absurd war. Und doch war er genial. Lydia als Pam! Das wäre vielleicht der rettende Strohhalm, nach dem ich in meiner Not greifen konnte.

"Lydia spielt während des Besuches deiner Tante deine Frau", erklärte Tim, damit wir es auch wirklich verstanden, noch einmal. "Tante Adelheid hat Pam drei Jahre nicht mehr gesehen. In dieser Zeit vergisst man vieles."

"Und die Kinder?", wandte ich ein. "Mit Julia könnte man ja reden. Sie ist sehr vernünftig. Aber Jan? Wie wollen wir dem Kleinen klarmachen, dass er zu Lydia plötzlich Mami sagen muss? Das tut er nie und nimmer!"

"Ich werde ihn dressieren", versprach Tim großspurig. "Ich erzähle ihm einfach, wir hätten uns ein tolles Spiel ausgedacht, in dem Lydia die Rolle der Mami spielt. Vielleicht wird er es, obwohl er dein Sohn ist, sogar kapieren. Versuchen können wir es doch zumindest."

Ich nagte nervös an meiner Unterlippe. Einerseits gefiel mir Tims Plan recht gut, andererseits bezweifelte ich, ob uns Tante Adelheid unseren Schwindel abkaufte. Sie war nicht auf den Kopf gefallen, und verkalkt war sie schon mal gar nicht. Wenn sie merkte, dass wir sie belogen und betrogen, war alles aus. Dann verdampften die fünf Millionen wie Trockeneis in der Sonne. Ffffft - fort!

Und doch war Tims Vorschlag die einzige Chance, um von Tante Adelheid überhaupt in die engere Auswahl ihrer künftigen Erben genommen zu werden. Eine glückliche Familie konnte ich schließlich nicht bieten. Also musste ich mir eine, wenn auch falsche, zurechtzimmern, falls ich nicht von vornherein auf die Millionen verzichten wollte. Sollten wir es wirklich riskieren?

"Einverstanden", seufzte ich. "Lydia wird vorübergehend Pam!"

"Ach ja?" Die Betroffene wollte offensichtlich auch gefragt werden. Das hatten wir ganz vergessen. "Und ihr glaubt, ich mache dieses gewagte Spielchen mit?"

"Du wirst deinen geliebten Schwager doch nicht hängen lassen!", rief Tim pathetisch und breitete seine Arme wie ein indischer Wanderprediger aus. "In der Stunde der Not müssen Freunde zusammenhalten. Und du bist doch seine Freundin - oder etwa nicht?"

Lydia bestätigte, dass sie meine Freundin wäre. Allerdings müsse sie, und dazu käme Tims Umzug in mein Zimmer, diesbezüglich einige Abstriche machen. Trotzdem wäre sie unter Umständen bereit, mir zu helfen. Diese Umstände würden mich lächerliche zehn Prozent der Erbschaft kosten, verkündete sie.

"Das wären über fünfhunderttausend Mark", stöhnte

ich. "Eine halbe Million!"

"Na und?" Lydia zuckte die Schultern. "Ohne meine Mithilfe würdest du gar nichts bekommen. Eine Hand wäscht die andere."

"Das ist glatte Erpressung!", rief ich.

"Mag sein", räumte Lydia ungerührt ein. "Geschäft ist Geschäft! Umsonst ist nur der Tod - und der kostet das Leben. Zehn Prozent von der Erbschaft - und das schriftlich - oder es tut sich nichts. Zumal wir ja nicht wissen, ob wir überhaupt jemals erben werden."

"Meinetwegen", knurrte ich säuerlich. "Zehn Prozent!"

"So etwas nennt man wahre Liebe", stichelte Tim. "Erst machst du Tobias die Hölle heiß und drängst dich ihm förmlich auf! Und jetzt verlangst du plötzlich Geld dafür! Das ist Prostitution, meine Liebe!"

"Nenne es, wie du willst", lächelte Lydia boshaft. "Noch hat er die Erbschaft ja nicht. Also tu ich es momentan umsonst. Und das bringt so einiges mit sich, mein lieber Tim. Ab sofort ziehst du wieder aus Tobias' Schlafzimmer aus."

"Kommt nicht in Frage", protestierte ich. "Tante Adelheid trifft erst übermorgen bei uns ein!"

"Wir müssen üben", erklärte Lydia. "Deine Kinder müssen sich daran gewöhnen, Mami zu mir zu sagen. Dazu gehört, dass wir in einem Zimmer schlafen."

"Was hat das eine mit dem anderen zu tun?", erkundigte ich mich.

"Weiß ich nicht", gab sie offen zu. "Ich möchte es halt so."

"Abgelehnt", sagte ich.

Lydia lächelte sarkastisch. "Dann vergiss die fünf Millionen oder mehr! Entweder - oder!"

"Erpresserin", brummte Tim.

"Entweder - oder", wiederholte sie.

Was tut man nicht alles für fünf Millionen oder mehr! "Also gut", erklärte ich mich einverstanden und muss zu meiner Schande gestehen, dass ich mich darüber freute. "Tim zieht wieder aus meinem Schlafzimmer aus." Ich hob den Finger. "Aber das hat noch gar nichts zu bedeuten!"

"Natürlich nicht." Tim grinste verdrossen. "Hätte ich bloß mein Maul gehalten und euch dumm und ohne die fünf Millionen sterben lassen!"

Mir kam etwas ganz anderes in den Sinn. "Da ist ja auch noch mein Vater! Wie erklären wir ihm die Situation?"

"Dein Vater ist ein aufgeschlossener Mensch", befand Tim. "Der wird verstehen, um was es hier geht und akzeptieren, dass Lydia vorübergehend deine Frau spielen muss."

"Und wie begründen wir Tante Adelheid gegenüber seine Anwesenheit?", fragte ich. "Wenn wir die Wahrheit gestehen, gibt es Minuspunkte für Vater und Mutter; denn sie zählen schließlich auch zu den Erbberechtigten."

"Na und?" Tim hob die Hände. "Es kann dir doch nur recht sein, wenn sie Minuspunkte kassieren. Um so höher steigen deine eigenen Chancen, die Millionen zu kassieren."

"Das möchte ich nicht", widersprach ich. "Schließlich sind sie meine Eltern und nicht irgendwer. Lasst uns also lieber überlegen, weshalb Vater plötzlich bei uns wohnt und nicht zu Hause bei seiner Frau."

"Tja, wieso?" Tim kratzte sich nachdenklich das Kinn, fand dann offenbar die Lösung. "Deine Mutter hat die Maul- und Klausenseuche!"

"*Was* hat sie?"

"Die Maul- und Klauenseuche", wiederholte Tim. "Meinetwegen auch Mumps. Um sich nicht anzustecken, ist er zu dir gezogen. Weil Mumps in seinem Alter nämlich impotent machen kann. In unserem Alter übrigens auch."

"Darüber wird Tante Adelheid lachen", befürchtete ich. "Weil sie ihn seit Jahren schon für impotent hält. Die beiden stehen nämlich wie Hund und Katze zueinander. Er und sie in einem Haus - das wird sowieso Mord und Totschlag geben!"

"Mein Gott, er soll sich halt zusammennehmen!", rief Lydia. "Wer hat ihn denn aufgenommen, als er in Not war? Wir! Er müsste uns dankbar sein." Sie redete bereits wie die Chefin persönlich. "Wenn ihm Tante Adelheids Besuch nicht in den Kram passt, muss er sich eben eine andere Bleibe suchen. Oder er soll zu seiner Frau zurückkehren, was eh das beste wäre."

"Du vergisst, dass sie *ihn* verlassen hat", gab ich zu bedenken. "Demnach kann er nicht zu ihr zurückkehren, weil sie gar nicht zu Hause ist."

"Na und?", erwiderte Lydia. "Ändert das etwas an den Tatsachen?"

"Das nicht", räumte ich ein. "Trotzdem haben wir immer noch keine plausible Ausrede für Vaters Anwesenheit gefunden. Maul- und Klauenseuche oder Mumps ist Blödsinn."

"Dann ist eben deine Oma erkrankt", schlug Tim vor. "Und deine Mutter muss sie pflegen."

"Das könnte funktionieren", dachte ich laut nach. "Obwohl... Als Schwester meiner Oma hätte sie ja eigentlich von deren Erkrankung erfahren müssen."

"Sooo schwer erkrankt ist die liebe Omi ja nicht, dass man die Verwandtschaft verständigen müsste", meinte Tim. "Oder rufen die sich bei jedem Schnupfen gegenseitig an?"

"Weiß ich nicht", sagte ich. "Riskieren wir´s halt. Ich atmete tief durch. "Aber es gibt noch ein zweites Problem: Sabine! Sie rastet aus, wenn sie erfährt, dass du, Lydia, wieder in mein Schlafzimmer einziehst!"

"Warum sollte sie ausrasten?", stellte Lydia sich ahnungslos. "Wir tun das doch schließlich nicht aus Jux und Tollerei, sondern nur, um eventuell fünf Millionen und mehr kassieren zu können. Das muss sie doch verstehen!"

"Wird sie nicht", unkte ich. "Sie bildet sich nämlich ein, unsterblich in mich verliebt zu sein. Sollte dir das etwa entgangen sein?"

"Natürlich nicht", gab Lydia lächelnd zu. "Aber das darf man nicht so ernst nehmen."

Und wie ernst ich das nahm! Ich brauchte nur an jene Nacht zu denken, als das Mädchen in meinem Schrank gehockt hatte! Sie hatte mich anschließend erbarmungslos erpresst. Vermutlich würde sie es wieder tun. Lieber Himmel, in welchen Teufelskreis war ich da geraten? Ich verstrickte mich immer tiefer in ein Meer von Lügen, weiblichen Intrigen und männlichen Dummheiten. Wie sollte ich da jemals wieder herausfinden?

Und Tante Adelheid ante portas!

"Sabine wird es überleben", versprach Tim. "Dafür sorge ich!" Ob er sich mit diesem Versprechen nicht etwas übernahm?

An Schreiben und Komponieren war jetzt natürlich nicht mehr zu denken. Tante Adelheid hatte uns einen dicken Strich durch die Rechnung gemacht. Zumindest für heute und morgen. Da hieß es, sich an die Vorbereitungen für ihren Empfang zu machen. Das Haus musste in einem perfekten Zustand sein. Kein

Stäubchen durfte irgendwo zu sehen sein, keine Spinnwebe, und mochte sie noch so kunstvoll gewebt sein, durfte sich von der Hängelampe im Esszimmer zu der Stehlampe im Wohnzimmer ziehen und kein noch so kleiner Fleck in der Toilette darauf hinweisen, dass hier irgendwann irgendwer seine Notdurft verrichtet hatte. Man musste durch die Fenster hindurchblicken können, ohne draußen Nebel zu vermuten, in den Teppichen durften keine Tannennadeln vom letzten Weihnachtsbaum mehr zu finden sein und in der Ecke hinter der Couch keine leeren Whiskyflaschen. Ein Haufen Arbeit stand uns bevor.

Während Lydia sich um das Mittagessen kümmerte und Tim sich Jan angelte, um ihn von dem geplanten Spiel zu unterrichten, knöpfte ich mir meinen alten Herrn vor.

Mein Vater kniete vor einem Rosenbeet und führte einen heldenhaften Kampf gegen das dort wuchernde Unkraut. Wenn er mit seinen Händen in die Nähe von Stacheln geriet, fluchte er wie ein Rohrspatz und prophezeite, dass er die herrlich duftenden und üppig in allen Farben blühenden Gewächse herausreißen und statt ihrer Stiefmütterchen pflanzen würde. Oder Azaleen. Oder - bei besonders großen Stacheln - Pissblumen, was letztendlich Löwenzahn gewesen wäre.

Als ich zu ihm in den Garten trat, hatte er sich gerade wieder einen besonders großen Stachel in den Zeigefinger gejagt. Er setzte sich in das Gras neben den Rosen, zog ihn heraus und lutschte an seinem Finger.

"Scheißrosen!", schimpfte er, als er mich bemerkte. "Dauernd sticht man sich!"

"Du könntest dir ja Gartenhandschuhe anziehen", empfahl ich ihm.

"Könnte ich", pflichtete er mir bei. "Aber dann habe ich kein Gefühl mehr in den Fingern und reiße womöglich Nutzpflanzen statt Unkraut heraus. Das ist nämlich so..."

Er hielt mir einen längeren Vortrag über die Arbeitsweise von Laiengärtnern und solchen, die es werden wollten, machte mir klar, dass ich meinen Garten völlig falsch angelegt hätte, und schlug mir vor, alles mit Beton zu überziehen und grün zu streichen. "Dann brauchtest du nicht mal mehr deinen Rasen zu mähen", meinte er augenzwinkernd. "Nur hin und wieder feucht aufzuwischen."

"Ich muss mit dir reden, Vater", sagte ich, ohne auf seinen unsinnigen und wohl auch nicht ernst gemeinten Vorschlag einzugehen. "Wir kriegen Probleme."

"Betreffen sie deine Mutter und mich?"

Ich schüttelte den Kopf. "Nur indirekt. Tante Adelheid kommt übermorgen für ein paar Tage zu uns."

"Adelheid?" Vater schaute mich an, als hätte ich ihm verkündet, meinen nächsten Urlaub allein und unbekleidet am Nordpol verbringen zu wollen. "Was will die denn hier?"

"Was hast du nur gegen sie?"

"Gar nichts." Vater grinste sarkastisch. "Aber wenn man sie und deine Mutter in einen Sack steckt und draufschlägt, trifft man immer die Richtige. Sie ist eine Gewitterhexe! Ein Kotzbrocken erster Güte! Ein Feuer speiender Drachen, wie er im Buche steht! Ihr Mann hat seinerzeit die einzig richtige Entscheidung getroffen und sich nach fünfzehn Jahren Ehe zu seinem Herrgott geflüchtet. Nur schade, dass er sein Vermögen nicht mitnehmen konnte! Verdient hat sie es nicht! Sein

Vermögen, meine ich!"

"Genau darum handelt es sich", sagte ich. "Um ihr Vermögen."

"Ach ja?" Vater grinste wieder. "Will sie mich zum Universalerben einsetzen, weil ich immer so liebensgewürzig zu ihr bin?"

"Möglich ist alles", entgegnete ich. "Aber jetzt geht es zunächst einmal um mich." Ich erzählte meinem Vater vom Brief seiner Lieblingsfeindin und deren Absicht, die glücklichste Familie innerhalb ihrer zahlreichen Verwandten herauszufinden.

"Das sieht dieser alten Krawallschachtel ähnlich!", rief Vater erbost. "Die tickt doch nicht richtig! Bei ihr hat irgendwer die Uhr auf gestern gestellt und vergessen, sie neu einzurichten! Aber der werde ich etwas erzählen, darauf kannst du dich verlassen! Sie wird froh sein, wenn sie wieder im Zug sitzt und zu ihrem nächsten Döskopf von Verwandten abdampfen kann!"

"Das wirst du schön bleiben lassen", ermahnte ich meinen Vater. "Ich möchte ihre Milliönchen nämlich ganz gern haben!"

"Die paar Milliönchen", brummte Vater, als wäre es gar nichts. Er hatte eben keinerlei Beziehung zu Geld. "Wir sind bis jetzt ganz gut ohne ihren Zaster zurechtgekommen und werden auch künftig nicht verhungern. Ruf sie an und sag ihr, sie soll bleiben, wo der Pfeffer wächst! Tante Adelheid!" Er schüttelte sich angewidert. "Weißt du, was sie deiner Mutter und mir seinerzeit zur Hochzeit geschenkt hat?"

"Du wirst es mir gleich sagen."

"Ein potthässliches Kaffeeservice, das Tante Hiltrud uns zur Verlobung überlassen hatte und wir deiner Tante Angela zu deren Hochzeit weiterreichten. Irgendwann muss es bei Cousine Elfriede gelandet sein und über die bei Tante Adelheid, die es wiederum uns zum Hochzeitsgeschenk machte. Wir spendeten es schließlich für die Tombola des Obst- und Gartenbauvereins. Und gewannen es prompt wieder. Beim nächsten Polterabend unterbrach ich den Kreislauf und zertrümmerte es."

Ich lachte, setzte mich neben meinem Vater ins Gras und legte meinen Arm um seine Schultern. "Vergiss das alles", bat ich ihn. "Sei irgendwie nett zu ihr, auch wenn's schwer fällt. Überleg doch mal: Auch Mutter und du zählt zu den in Frage kommenden Erben."

Vater winkte lachend ab. "Ich habe keinerlei Chance, etwas von diesem Drachen zu erben, will es auch gar nicht. Soll sie doch an ihrem Geld ersticken!" Er rieb sich vergnügt die Hände. "Also kann ich ihr auch, wenn sie hier aufkreuzt, in den Hintern treten. Theoretisch zumindest; denn praktisch wäre mir meine Fußspitze zu schade dafür!"

"Lass es bitte bleiben", forderte ich Vater auf. "Ich bin zwar nicht gerade arm, aber fünf Millionen..." Ich ließ mir die Zahl wie Schlagsahne auf der Zunge zergehen. "Wenn du sie verärgerst, zerreiße ich dich freihändig in der Luft!"

"Na schön!" Mein Vater nickte schweren Herzens. "Ich werde mich bemühen, sie nicht allzu sehr zu verdrießen! In deinem Interesse und im Interesse von fünf Millionen, obwohl du sie vielleicht niemals erben wirst. Ich traue diesem Satansbraten nämlich zu, dass er ewig lebt; weil der Teufel nämlich Angst davor hat, sie zu sich in die Hölle zu holen. In den Himmel kommt sie sowieso nicht."

"Ich danke dir für dein Verständnis, Vater."

"Nichts zu danken", sagte er. "Für dich und deine Familie tu ich doch fast alles. Apropos Familie: Wo kriegst du deine heile Welt her, auf die diese alte Sumpfdotterblume so großen Wert zu legen scheint und die die Grundvoraussetzung für die Erbschaft sein soll? Von wegen glückliche Familie ist bei dir ja momentan Essig, nicht wahr?"

Ich weihte Vater in unseren Plan ein, erzählte ihm auch, wie wir Tante seine Anwesenheit erklären wollten, erntete Zustimmung und ein vergnügtes Lachen.

"Ihr seid ausgekochte Gauner!", meinte er. "Alle Achtung! Aber ihr könnt euch auf mich verlassen. Ich verrate kein Wort. Jetzt macht es mir sogar richtig Spaß, dass die alte Fregatte unseren Hafen anläuft. Ich werde es genießen, euch dabei behilflich zu sein, sie an der Nase herumzuführen! Eine Genugtuung nie gekannten Ausmaßes wird es für mich sein."

"Ich wusste, dass du uns nicht im Stich lassen wirst, Vater!"

"Wenn es gegen diesen Drachen geht sowieso nicht", erwiderte er. "Und für dich hat das Ganze ja auch seine angenehme Seite, nicht wahr?" Er blinzelte mir vergnügt zu. "Bekommst einen hübschen Käfer ins Bett! Ich würde gern mit dir tauschen, mein Junge!"

"Du siehst das völlig falsch, lieber Vater", belehrte ich ihn. "Das alles ist nur für die Optik! Es wird sich nichts abspielen zwischen Lydia und mir!"

"Mach das deiner Großmutter weis", lachte er. "Mir nicht! Zumal es unnormal wäre, wenn du diese Situation nicht ausnützen würdest! Wogegen sie vermutlich auch gar nichts hat. Deine Schwägerin hat Pfeffer im Hintern, mein Lieber! Und nicht nur dort!"

"Wo bleibt die Moral, Vater?"

"Die hat deine Frau mit auf ihre unsinnige Weltreise

genommen", meinte mein alter Herr, "und selbst womöglich auch längst vergessen. Machen wir uns doch nichts vor. Wir alle sind schließlich nur Menschen mit Schwächen, Sehnsüchten und Leidenschaften."

Vater und ich halfen uns gegenseitig auf die Beine. Während er sich wieder den Rosen zuwandte, begab ich mich zurück ins Haus.

12.

Tim saß im Wohnzimmer und schaukelte Jan auf seinen Knien. "Und jetzt noch einmal von vorn", sagte mein bester Freund zu meinem jüngsten Ableger. "Wie geht unser neues Spiel? Wie nennst du Tante Lydia ab sofort?"

"Lyda Mama!", krähte der Kleine begeistert. "Lyda Mama!"

"Ohne Lydia, Jan", ermahnte Tim meinen Sohn. "Nur Mama! Hast du das kapiert?"

Jan nickte eifrig. "Lyda nur Mama."

"Besonders intellent ist dein Sohn nicht", meinte Tim zu mir. "Es ist schwerer, als ich dachte."

"Du darfst ihn auch nicht überfordern. Schließlich ist er erst zwei Jahre alt."

"Er wird bald drei", stellte Tim klar. "Andere Kinder haben in diesem Alter bereits einen viel größeren Wortschatz und geistig mehr auf dem Kasten. Aber wo soll er's denn auch herhaben, der Kleine? Bei diesem Vater!"

Lydia kam ins Zimmer und setzte sich zu uns. Tim deutete auf sie und fragte: "Wer ist das, Jan?"

Der Bub sprang von Tims Knien und schmiegte sich an meine Schwägerin, die ihn liebevoll an sich drückte.

"Na, Jan, wer ist sie?",wiederholte Tim.

"Lyda!", strahlte Jan. "Lyda Mama!"

"Nur Mama, du Trottel!", brüllte Tim meinen Sohn an. Jans Gesichtchen verzog sich weinerlich.

"Mit Brüllen erreichst du gar nichts", tadelte Lydia

den Wüterich, nahm den Bub auf den Schoß und streichelte ihm sanft über die Haare. "Hör mal zu, Jan. Tim hat dir doch erzählt, dass wir ein tolles neues Spiel spielen, nicht wahr?" Jan nickte. "Und in diesem Spiel bin ich die Mama. Also musst du auch Mama zu mir sagen. Sag es mal!"

"Mama!", rief mein Sohn glücklich. "Lyda pielt Mama."

"Genauso ist es", bestätigte meine Schwägerin. "Du bist halt doch schon ein großer Bub!"

"Tim auch Mama pielt", sagte der große Bub.

"Nein, das ist falsch" erklärte ich meinem Sohn. "Tim ist Tim! Und der Papi bleibt der Papi! Nur Lydia ist die Mama!" Ich wies auf meine Schwägerin. "Wer ist das?"

"Lyda!"

"Habe ich es nicht gesagt?", ächzte Tim und raufte sich verzweifelt seine dünnen Haare. "Er muss statt Hirn einen Romadur im Schädel haben!"

"Ich erlaube dir nicht, so von meinem Sohn zu sprechen", protestierte ich.

"Ist doch wahr", grummelte Tim. "Warum kapiert der Knabe nicht die einfachsten Sachen?"

"Weil Lydia eben nicht seine Mama ist", verteidigte ich meinen Sohn. "Deshalb!"

"Lyda nist Mama", sagte Jan weise. "Lyda is Lyda!"

"Aber nicht in unserem neuen tollen Spiel", versuchte Lydia es jetzt noch einmal auf die gewaltfreie Tour. "In dem bin ich die Mama! Wer ist Lydia?"

"Du!" Jan stupste ihr seinen kleinen Zeigefinger in den Busen. "Du Lyda!"

"Nein, ich bin die Mama!" Auch Lydia schien langsam die Geduld zu verlieren. "Maaamaaa! Verstehst du?"

"Mama fott", sagte Jan traurig. "Mama reist! Weit fott!"

"Du hast ja recht", pflichtete Lydia ihm bei. "Deshalb spielen wir ja auch, dass ich die Mama bin. Also, noch einmal: Wer bin ich in unserem neuen tollen Spiel?"

"Mama!"

"Na endlich!" Lydia gab Jan einen Kuss. "Und das sagst du ab sofort immer zu mir: Mama!"

"Mama", wiederholte Jan artig.

"Kann mir jemand erklären, was ihr da für merkwürdige Spielchen treibt?", erkundigte sich Sabine, die von uns allen unbemerkt ins Zimmer getreten war und uns offenbar schon eine Weile zugehört haben musste. "Wieso soll Jan zu Lydia Mama sagen? Hat Tobias sich, ohne dass ich es mitbekommen habe, scheiden lassen und statt dessen seine Schwägerin geheiratet?"

"Bine auch Mama?", fragte Jan.

"Nein", antwortete ich schnell. "Sabine heißt nach wie vor Sabine! Nur Lydia ist die Mama!"

"Wieso das denn?", wollte Sabine wissen. Wir klärten sie über den uns praktisch aufgezwungenen Sachverhalt auf.

"Soso", murmelte das Mädchen enttäuscht. "Lydia darf also deine Frau spielen! Ich hätte diese Rolle auch ganz gern übernommen und bei dir geschlafen!"

"Erstens geht es uns nicht darum, miteinander zu schlafen", wies ich ihren Verdacht weit von mir und erntete von allen Seiten spöttische Blicke dafür. "Zweitens bist du viel zu jung, als dass man dich für meine Ehefrau ausgeben könnte. Und drittens siehst du Pam nicht ähnlich; nicht einmal von hinten."

Sabine nickte nachdenklich. In ihrem hübschen Gesicht arbeitete es. Ich hätte einen Hunderter springen lassen, ihre Gedanken lesen zu können.

"Tobias, ich möchte dich sprechen", sagte sie unvermittelt. "Unter vier Augen."

Wir verließen das Zimmer und begaben uns in die Küche. Wieder einmal begann ich Böses zu ahnen und sollte mich nicht getäuscht haben.

"Du kannst dir vorstellen, wie entsetzt ich bin", begann sie, als wir allein waren. "Du willst Lydia als deine Frau ausgeben und räumst ihr das Recht ein, in deinem Zimmer zu schlafen. Ich sehe ein, dass das in Bezug auf das eventuell zu erwartende Erbe notwendig ist. Was ich nicht akzeptieren kann ist, dass ich zu allem ohne eine Gegenleistung schweigen soll."

"Willst du etwa auch an der Erbschaft beteiligt werden?"

"Wieso auch?"

"Nur so", sagte ich schnell. "Also?"

"Wo denkst du hin?", versetzte sie beleidigt. "Dieses Geld, das du außerdem noch gar nicht hast, interessiert mich nicht die Bohne! *Dich* will ich haben; nur dich! Deshalb verlange ich von dir, dass du abends, bevor du zu Lydia in die Koje steigst, zuerst zu mir kommst. Sonst werde ich dieser Tante Adelheid alles erzählen!"

Sie meinte es ernst, das sah man ihr an. Mir lief ein kalter Schauer nach dem anderen den Rücken hinunter. Die Schlinge, die ich mir selbst gelegt hatte, zog sich immer fester um meinen Hals. Ich saß in der Falle und wusste keinen Ausweg. Sollte ich auf die Erbschaft pfeifen? Fiel mir gar nicht ein! Dann bekam sie vielleicht mein Vetter Herbert, dieser Schleimer, den ich so abgöttisch liebte! Himmel, Arm und Wolkenbruch! Wo war der Rettungsanker, nach dem ich greifen konnte?

"Dein Erpressungsversuch hat einen Haken", versuchte ich, mir diesen Rettungsanker selbst zu schmieden. "Er lässt sich nämlich nicht durchführen! Tante Adelheid ist nicht doof! Sie würde bestimmt merken, wenn ich nachts von einem Zimmer in das andere schleiche!"

"Du hast doch Phantasie!" Sabine blieb hartnäckig. "Lass dir etwas einfallen."

"Ich könnte dir etwas Schönes kaufen", lockte ich verzweifelt. "Wie wäre es mit einem hübschen Wägelchen zu deinem achtzehnten? Oder mit einem neuen Computer? Vielleicht eine Stereoanlage? Eine Reise in die Südsee? Ein eigenes Pferd?"

"Dafür ist mein Vater zuständig", lehnte sie rundweg ab. "Versuche nicht, dich herauszuwinden, mein Lieber! Entweder du gehst auf meine Bedingung ein oder ich petze! Du kannst es dir ja überlegen."

"Man kann Liebe nicht erpressen", gab ich zu bedenken.

"*Ich* schon", meinte sie ungerührt. "Weil ich dich anders nicht bekomme. Deshalb kämpfe ich um dich, und sei es auf diese gemeine Art und Weise!"

"Immerhin siehst du ein, dass deine Methode, einen Mann zu dir ins Bett zu holen, nicht gerade bewundernswert ist", sagte ich finster. "Sie ist verabscheuungswürdig! Viele Pluspunkte sammelst du damit nicht bei mir! Im Gegenteil! Verachten werde ich dich dafür, falls du das wirklich durchziehst."

"Aber ich liebe dich doch so sehr", begann sie zu jammern und hatte die Augen plötzlich voller Tränen. "Ich habe gar keine andere Wahl, als dich zu zwingen! Glaubst du, das macht mir Spaß?"

"Warum tust du es dann?"

"Das sagte ich doch gerade", wisperte sie. "Weil ich

dich so sehr liebe!"

"Ich werde darüber nachdenken", versprach ich.

"Denke nicht zu lange nach", warnte sie mich. Ihre Tränen waren mit einem Mal versiegt. Sie war wieder ganz die alte. "Und komme nicht auf die Idee, mich bei meinem Vater anzuschwärzen! Es würde dir nichts nützen! Dann wären die fünf Millionen oder mehr auf jeden Fall für dich verloren! Und fünf Millionen sind schließlich kein Pappenstiel!"

Genau das war der Punkt! Deshalb war ich auch schon halb entschlossen, ihrem Erpressungsversuch nachzugeben. Eine Fünf mit sechs Nullen dahinter lockte halt ungemein und löschte jeden Begriff von Anstand in mir. Ich wurde langsam zum Schwein, das wusste ich selbst. Aber hatte Pam mir am Telefon nicht gewisse Freiheiten zugestanden? Oder wenigstens so ähnlich. Man musste unsere vertrauliche Zwiesprache nur so auslegen, wie man es gerade brauchte; dann kam sogar so eine Art Zugeständnis dabei heraus, das sie mir gemacht hatte. Und wieder einmal bewahrheitete sich die alte Binsenweisheit, dass Geld den Charakter verdirbt. Ich war das beste Beispiel dafür.

Den Kopf voller finsterer Gedanken folgte ich Sabine zurück ins Wohnzimmer.

Julia war inzwischen auch aus der Schule heimgekommen und hockte bei den anderen. "Stell dir vor, Papi", empfing sie mich mit wichtiger Miene. "Ich sage ab sofort Mami zu Lydia!"

"Weißt du auch warum?", fragte ich.

Julia nickte. "Wegen die Erbschaft! Und wegen Tante Adelheid! Wer ist das überhaupt?"

Sie konnte sich natürlich nicht mehr an die alte Dame erinnern. Drei Jahre sind auch für ein kleines Mädchen eine lange Zeit. Also klärte ich meine Tochter über unsere Verwandtschaftsverhältnis zu Tante Adelheid auf und schloss mit den Worten:

"Du darfst ihr nichts verraten, hörst du? Kein Wort davon, dass Lydia nicht die Mami ist!"

"Na klar doch", winkte Julia ab. „Ich weiß über alles Bescheid! Auch darüber, dass Lydia jetzt bei dir schläft. Schließlich spielt sie jetzt die Mami, also muss sie das tun. Sonst würde Tante Adelheid merken, dass sie nicht die richtige Mami ist. Machst du auch ein Baby mit ihr?"

Ich war wie vom Donner gerührt. "Wie kommst du denn darauf?", fragte ich leicht erschüttert.

"Wenn Männer und Frauen zusammen schlafen, gibt es Babys", sagte meine Tochter. "So hat es mir Mami - ich meine die richtige - erklärt. Und du schläfst doch jetzt mit Lydia."

Lydia kicherte. "Vom Schlafen allein gibt es keine Babys, Liebes."

"Natürlich nicht!" Julia hielt uns einen kleinen Vortrag über das Thema, wie Frauen für gewöhnlich zu Babys kamen. Ich hatte das mit acht noch nicht gewusst. Ich hatte treu und fest an den Klapperstorch geglaubt, obwohl ich außer im Zoo nie einen gesehen hatte. Die Antwort auf meine Frage, wie diese drei oder vier Zoostörche es schafften, all die kleinen Kinder auf die Welt zu bringen, wurde von meinen Eltern immer auf später verschoben. Julia dagegen wusste, dass man keinen Zucker vors Fenster legen musste, um den Storch anzulocken. Sie kannte sich erstaunlich gut aus.

"Werdet ihr's machen?", wollte sie von Lydia und mir wissen. "Geschlechtsverkehr, meine ich?"

Ich lief puterrot an. "Natürlich nicht", behauptete ich kühn. "So etwas tut man nur, wenn man miteinander verheiratet ist."

Lydia, Tim und Sabine wieherten amüsiert. Ich erdolchte sie mit wütenden Blicken. Daraufhin wieherten sie noch mehr.

"Jan hat es jetzt übrigens begriffen", versuchte meine Schwägerin dankenswerterweise von diesem für mich so unangenehmen Thema abzulenken. "Jan, wer bin ich?"

"Lyda", verrkündete Jan.

"Toll", spöttelte ich.

"Eben doch Romadur", meinte Tim und tippte mit dem Zeigefinger an die Stirn.

"Er hat's die ganze Zeit über so schön gesagt", versicherte Lydia. "Tim kann es bestätigen." Und noch ein Versuch! "Jan, wer bin ich?"

"Mama", sagte er brav. "Lyda Mama!"

Warum wurde ich das Gefühl nicht los, dass er uns die ganze Zeit über verarscht hatte? Dass er längst verstanden hatte, was zu tun war? Täuschte ich mich oder lag tatsächlich das hämische Grinsen auf seinem Gesicht, mit dem Pam mich bedachte, wenn sie mich veräppelte? Ich war mir wirklich nicht sicher. Vielleicht wollte er am Ende auch noch einen Anteil an dem eventuell zu erwartenden Erbe?

"Wie sieht es eigentlich mit etwas Essbarem aus?", erkundigte sich Tim. "Mir knurrt der Magen! Wenn ich nicht gleich etwas zwischen die Zähne bekomme, verschlinge ich den Kleinen. Dann braucht er wenigstens nicht mehr Mama zu sagen."

Kurze Zeit später saßen wir im Esszimmer am Tisch und ließen uns einen köstlichen Schweinebraten mit Knödeln schmecken. Zum Glück kam keiner auf die

Idee, mich zu fragen, was Sabine von mir gewollt hatte. Das hätte mich ganz schön in Verlegenheit gebracht.

♥

Am Abend kam es zur nächsten Auseinandersetzung zwischen Sabine und mir. Sie basierte auf der Tatsache, dass wir Tims Klamotten in Lydias Zimmer gebracht hatten und deren Kleidung in meines. Als wir später bei einer Partie Rommé zusammensaßen, kam Sabine darauf zu sprechen.

"Wieso zieht sie schon heute um?", erkundigte sie sich verärgert. "Ich denke, die Tante kommt erst am Samstag an?"

"Es geschieht deshalb, damit sich alle im Haus an diesen Zustand gewöhnen, liebes Kind", erklärte Tim. "Außerdem geht es dich einen feuchten Keks an."

"Und ob es mich etwas angeht", empörte sich das Mädchen. "Was sind denn das für Zustände in diesem Haus? Man muss sich ja schämen. euch zu kennen! Was sollen denn die Leute von einem denken?"

"Die Leute erfahren es ja nicht", meinte Lydia.

"Mein Gott, wenn Pam das wüsste!" Sabine seufzte theatralisch. "Wie sie hier belogen und betrogen wird! Und das von ihrer eigenen Schwester! Es ist unglaublich!"

"Meine Schwester weiß, dass sie mir vertrauen kann", bemerkte Lydia spitz.

Sabine musterte sie skeptisch. "Ich würde meine Hand dafür nicht ins Feuer legen, wenn ich sie wäre!"

"Sabine, halte den Schnabel!", rief ich verärgert. "Spiel lieber weiter! Du bist dran!"

"Gleich", sagte sie und wandte sich mir zu. "Nachdem Lydia heute schon bei dir eingezogen ist, gilt unsere Abmachung natürlich auch ab sofort." Sie schaute mich mit einem honigsüßen Lächeln an. "Das dürfte dir doch klar sein, liebster Tobias, nicht wahr?"

"Welche Abmachung habt ihr denn getroffen?", wollte Tim wissen.

Ich hätte Sabine erwürgen mögen. Warum musste sie unbedingt vor allen davon anfangen? Sie war eben doch noch ein dummes, einfältiges Kind. Ich schüttelte unmerklich den Kopf. Nein, das war sie sicher nicht! Eine ausgekochte, kühl berechnende Schlange war sie! Mannstoll wie die Frau Mama!

"Unsere Abmachung betrifft nur Tobias und mich und sonst keinen", antwortete die kühl berechnende Schlange auf die Frage ihres Vaters. Und zu mir sagte sie: "Also, mein Lieber, denke daran, sonst...!!!"

"Weißt du was?", plärrte ich sie an. "Du bist das unmöglichste Weibsstück, das ich kenne! Man sollte dich über's Knie legen und dir den Arsch versohlen!"

"Warum tust du es nicht?", spornte sie mich an, erhob sich und streckte mir ihre süße Kehrseite aufreizend entgegen. "Los doch, Mann! Schlag zu, wenn du dich traust!"

"Rutsch mir doch den Buckel hinunter!", schrie ich, knallte meine Karten auf den Tisch und rauschte davon.

Ich landete in meinem Arbeitszimmer, verschloss die Tür hinter mir und setzte mich an den Flügel. Ohne zu wissen, was ich tat, schaltete ich das Tonbandgerät ein und begann, auf den armen, unschuldigen Flügel einzuhämmern.

Tatata taaa - tatata taaa! Wilde, wütende Improvisationen! Melodien, die ganze Welten zum Einsturz bringen konnten! Meinen ganzen Zorn legte ich hinein! Und noch einmal! Gib ihm Saueres! Forte! Fortissimo! Auf ihn mit Gebrüll!

Tatata taaa - tatata taaa!!!

Verdammtes Weibervolk! Der Liebe Gott musste einen rabenschwarzen Tag gehabt haben, als Er sie erschuf! Und das auch noch ausgerechnet aus der Rippe eines Mannes! *Lasset Uns dem Menschen eine Gefährtin machen, auf dass er nicht allein sei!* Hätte Er die Finger davongelassen, der Herr aller Dinge! Er hätte der Welt - der Männerwelt - einen Haufen Ärger erspart!

Tatata taaa - tatata taaa!!!

Melodienfetzen reihten sich wie Perlen zu einer kompletten Nummer aneinander. Und dasselbe jetzt noch einmal in Es-Moll! Jawoll! Bumm! Peng! Baaf! Weiber! Pah!!!

Ich unterbrach mich für einen Augenblick, wischte mir den Schweiß von der Stirn und schaute mich nach etwas Trinkbarem um. Ah, die halbvolle Whiskyflasche stand noch auf dem Schreibtisch. Ich setzte sie an, nahm einen tiefen Schluck, rülpste und stellte sie zurück. Und schon ging es weiter:

Ratatataaa - ratatataaa!!!

Immer feste auf die Weiber! Auf alle ohne Ausnahme! Ob sie nun Pam, Lydia, Sabine oder sonstwie hießen! Sie taugten alle nichts, entpuppten sich letztlich immer als Klotz am Bein eines Mannes! Jawohl! Wenn man sich mit ihnen abgab, war das stets der Anfang von einem bitteren Ende!

Diese Erkenntnis stimmte mich wehmütig! Aus meinem dröhnenden Furioso wurde ein sanftes, gefühlvolles Andante cantabile. Ich hörte Geigen schluchzen, Harfen singen, Klarinetten weinen und über allem ein vielstimmiger gemischter Chor.

Gemischter Chor?

Zu einem gemischten Chor gehörten aber Weiber! Meine sentimentale Stimmung verwandelte sich augenblicklich wieder in unbeschreibliche Wut! Also lieber wieder Allegro! Fortissimo! Ja, das tat gut! Das beruhigte das Gemüt!

Und zwischendurch immer wieder ein Schluck aus der Whiskyflasche. Und noch einer... und noch einer...!

Es pochte heftig an die Tür. Ich erstarrte. Wenn das jetzt eine von den Weibern war...!!! Ich ballte unwillkürlich die Fäuste, rührte mich nicht. Es klopfte erneut.

"Tobias, mach auf!" Es war Tim! Mein bester Freund Tim! Der durfte eintreten! Weiber nicht! Ihm aber öffnete ich die Tür.

"Mensch, was machst du denn für einen Lärm?", meinte er kopfschüttelnd, nachdem ich die Tür hinter ihm wieder sorgfältig verschlossen hatte. Er rümpfte die Nase. "Und besoffen bist du auch!"

"Jawoll!", gab ich zu. "Ich bin besoffen! Und ich werde noch viel besoffener werden heute Abend, darauf kannst du dich verlassen! Mir steht es nämlich bis hier." Ich zeigte ihm, bis wo es mir stand. Es war etwa in Nasenhöhe. "Dieses verdammte Weibervolk!"

"Beruhige dich doch, Tobias", ermahnte mich Tim sanft.

"Ich will mich aber nicht beruhigen!", schrie ich außer mir. "Ich will brüllen, toben, plärren, kreischen! Und ich will saufen bis ich umfalle! Damit mir diese blöden Schnecken endlich meine Ruhe und meinen Frieden lassen!"

"Wer hat dich denn so sehr geärgert?", fragte Tim

väterlich. "Sabine?"

"Alle Weiber sind blöd", stellte ich fest und trank. "Alle ohne Ausnahme! Ich lasse mich scheiden und gehe in ein Kloster! Jawoll! Genau das mache ich!"

"In Ordnung", lachte Tim und versetzte mir einen gutmütigen Klaps auf die Schultern. "Tu, was du nicht lassen kannst! Aber vorher hören wir uns erst noch gemeinsam an, was du in deinem Zorn fabriziert hast."

Er begab sich zum Tonbandgerät, das die ganze Zeit über mitgelaufen war, spulte zurück und schaltete auf Wiedergabe. Es begann mit Beethovens Schicksalssymphonie. *Tatata taaa - tatata taaa*! Aber was dann kam, war von mir. Unverkennbar. Und es war gut. Es war sogar sehr gut! Ich wurde plötzlich nüchtern, stellte die Whiskyflasche beiseite und lauschte aufmerksam.

Auch Tim hörte fasziniert zu. Er wirkte völlig geistesabwesend, nickte hin und wieder und trommelte mit den Fingern den Takt mit. Ein verklärtes Lächeln lag auf seinem Gesicht. Beim langsamen Teil glitzerten sogar Tränen in seinen Augen. Dann aber wieder Fortissimo!

Zwischendurch hörte man mich schimpfen, fluchen, trinken, aufstoßen und wieder schimpfen. Dann klopfte es an die Tür. "Tobias, mach auf!"

Tim schaltete ab. "Das war's dann wohl. Mensch, Junge, lass dich umarmen! Du hast die Eröffnungsmusik zu unserem Musical komponiert! Sagenhaft! Ich bin begeistert!"

Ich war es auch, war plötzlich wieder mit der Welt versöhnt. Selbst meine Wut auf die Weiber war verraucht. Ich war bereit, sie wieder als gleichwertige Menschen zu akzeptieren.

"Jetzt bist du dran", sagte ich strahlend wie ein frisch

gewienertes Auto zu Tim. "Lass dir einen ebenso guten Text einfallen. Ich habe das meine getan!"

"Man müsste dich viel öfters ärgern", grinste Tim. "Dann hast du wenigstens brauchbare Ideen. So, und jetzt lass mich das alles bitte noch einmal anhören."

Wir spulten das Band auf Anfang zurück und ließen es laufen. Und noch einmal... und noch einmal...!

"Herrlich", schwärmte Tim. "Einfach wunderbar!" Und plötzlich floss ihm der Text nur so aus der Feder. Zeile reihte sich an Zeile. Der Knoten schien endlich geplatzt zu sein. Als er den letzten Reim gefunden hatte, schaute er mich fragend an. "Gefällt es dir?"

"Sehr gut! Das Beste, das wir seit Jahren verbrochen haben!"

"Das denke ich auch!"

Wir schüttelten uns die Hände, umarmten uns. Dann setzte ich mich an den Flügel, Tim stellte sich neben mich, rückte seine Brille zurecht, und gemeinsam sangen wir die Eröffnungsnummer unseres neuen Musicals.

"Ist es das?", fragte Tim, als wir fertig waren.

"Das ist es!", rief ich, und schon lagen wir uns wieder in den Armen.

"Eigentlich müssten wir den verdammten Weibern dankbar sein", meinte Tim, nachdem wir unser neuestes Werk noch ein paarmal gesungen hatten. "Ohne den Ärger, den sie dir bereitet haben, wärst du nie auf die Idee gekommen, dich heute Abend noch einmal ans Klavier zu setzen."

"Ich werde dankbar sein", versprach ich.

Tim runzelte die Stirn. "Übernimm dich nicht, mein Junge", ermahnte er mich.

Es klopfte, und als ich öffnete, trat Lydia in mein Arbeitszimmer.

"Ihr wollt heute wohl gar nicht ins Bett gehen?", sagte sie. "Habt ihr eigentlich schon mal auf die Uhr gesehen?"

Das hatten wir natürlich nicht. Wir waren so sehr in unsere Arbeit vertieft gewesen, dass wir alles rings um uns her vergessen hatten.

"Na, hast du dich wieder beruhigt?", wandte sich Lydia an mich.

"Und ob!" Ich fasste sie mit beiden Händen in der Taille und tanzte mit ihr im Zimmer herum. "Wir haben es geschafft!", jubelte ich dabei. "Wir haben es tatsächlich geschafft!"

"Tobias, mir wird schwindelig", lachte Lydia und befreite sich aus meinem Zugriff. "Wir sind doch nicht bei den Catchern."

Nun musste sie sich unser neues Werk anhören und zeigte sich ebenfalls begeistert. "Das wird ein Hit", lobte sie uns. "Gratuliere!"

"Darauf sollten wir unbedingt noch einen trinken", schlug Tim vor. "Auch wenn es schon ziemlich spät" ist."

Ich spendierte zwei Flaschen meines besten Champagners, holte sie aus dem Weinkeller und folgte meinen Freunden, die ins Wohnzimmer vorausgegangen waren. Dort versöhnte ich mich mit Sabine und stieß mit ihr und den anderen auf den Erfolg unseres neuen Musicals an. Gegen zwei Uhr begaben wir uns in unsere Betten.

"Vergiss unsere Abmachung nicht", raunte mir Sabine zu, als ich ihr mit einem Küsschen auf beide Wangen eine gute Nacht wünschte.

"Jetzt noch?", gab ich leise zurück.

Sie nickte. "Jetzt noch."

"Na schön", seufzte ich. "Aber erwarte nicht zuviel

von mir: Es ist spät, ich bin nicht mehr ganz nüchtern, und ich bin über dreißig."

"Dafür bin ich erst siebzehn", kicherte sie. "Das kriegen wir schon hin."

♥

Als ich vom Bad in mein Schlafzimmer trat, lag Lydia bereits im Bett und streckte mir verlangend die Arme entgegen. Unter dem dünnen Laken, mit dem sie sich bedeckt hatte, zeichneten sich die Konturen ihres nackten Körpers ab.

"Komm", flüsterte sie. "Komm ganz schnell zu mir, sonst verbrenne ich!"

Wie gern wäre ich zu ihr in die Heia gekrabbelt, sehnte mich von ganzem Herzen danach. Doch zunächst galt es, noch andere Verpflichtungen zu erfüllen.

"Tut mir leid", bedauerte ich. "Du musst mich noch für eine Weile entschuldigen. Mir ist gerade eine grandiose Idee gekommen. Wenn ich sie nicht notiere, habe ich sie bis morgen früh vergessen."

"Muss das denn wirklich sein?", maulte sie.

"Es muss!", bekräftigte ich. "Sonst geht mir vielleicht sehr viel Geld verloren." Wie wahr, wie wahr! "Versuche zu schlafen. Morgen ist schließlich auch noch ein Tag."

Ich nickte ihr freundlich zu und schlüpfte aus dem Zimmer. Dann schlich ich mich, ohne das Licht im Gang anzumachen, zu Sabine. Auch sie lag empfangsbereit auf dem Bett und blickte mir mit verhangenen Augen entgegen.

"Komm", flüsterte sie. "Komm ganz schnell zu mir, sonst verbrenne ich!"

Was, sie auch? Langsam kam ich mir wie ein Feuerwehrmann vor. Ich schlüpfte seufzend aus meinem Morgenmantel, legte mich zu ihr und begann zu löschen.

Nachdem das Feuer erfolgreich bekämpft war, verabschiedete ich mich mit einem langen Kuss von diesem Brandherd und schlich mich zum nächsten. Der war entgegen meiner stillen Hoffnung leider noch nicht erloschen und stand in hellen Flammen. Ich tat mein Bestes. *Tatü tata - die Feuerwehr ist da!* Es artete langsam in Arbeit aus. Wie lange ich das wohl durchhalten würde?.

"O, mein Mann", wisperte Lydia nach vollendeter Brandbekämpfung glücklich und kuschelte sich fest an mich. "Mein über alles geliebter Mann! Das bist du doch jetzt, nicht wahr?"

"Theoretisch ja, aber nur solange, wie Tante Adelheid zu Besuch ist", machte ich ihr klar.

"Sei doch nicht so unromantisch", beschwerte sie sich. "Lass mir doch meinen Traum, mit dir verheiratet zu sein! Danach habe ich mich schon immer gesehnt."

"Hör auf", lachte ich. "Als wir uns damals kennenlernten, hattest du kaum einen Blick für mich übrig und warst ständig mit anderen beschäftigt."

"Das ist nicht wahr", widersprach sie. "Ich kann mich noch genau an den Tag erinnern, als Pam dich zum ersten Mal mit nach Hause brachte und unseren Eltern vorstellte. Ich war hin und her gerissen von dir, durfte dir das natürlich nicht zeigen, weil du ja meiner Schwester gehörtest!"

Verdammt, musste sie mich ausgerechnet jetzt an meine Göttergattin erinnern? Das schlechte Gewissen begann sich zu regen.

"Es ist ungeheuerlich, was du treibst", beschimpfte es mich. *"Eilst von einer Blüte zur anderen - du, ein verheirateter Mann! Schämen solltest du dich! Pfui Teufel! Wo sind nur deine Prinzipien geblieben, auf die du immer so stolz warst?*

"Ich tue es unter anderem doch auch für Pam", versuchte ich mein Gewissen zu beruhigen. "Für unseren gemeinsamen Wohlstand und nicht des Vergnügens wegen. Für fünf Millionen Mark tue ich es oder vielleicht sogar für mehr!"

"Du bist ein Judas, lieber Tobias!", warf mir mein Gewissen vor. *"Verkaufst deine Seele für ein paar lumpige Milliönchen! Pam würde dich niemals betrügen; nicht für alles Geld der Welt!"*

"Wenn du dich da nur nicht irrst, liebes Gewissen", gab ich zurück. "Hast du etwa diese Reisebegleiter vergessen? Glaubst du, sie spielt jeden Abend *Mensch-ärgere-Dich-ni*cht mit denen? Im Leben nicht! Dazu ist sie viel zu heißblütig!"

"Über was denkst du nach?", unterbrach Lydia die Zwiesprache mit meinem Gewissen.

"Über dich und mich und Pam und wie hirnrissig das alles ist", entgegnete ich unlustig.

"Du warst vorhin bei Sabine, nicht wahr?", fragte sie unvermittelt.

"Wie kommst du denn darauf?"

Lydia stützte sich auf ihre Arme, beugte sich über mich und sah mir ernst ins Gesicht. "Du musst mich nicht belügen", sagte sie. "Ich vertrage die Wahrheit."

"Was sollte ich denn tun?", klagte ich verstimmt. "Sie erpresst mich, das kleine Luder, droht mir, Tante Adelheid alles zu verraten!"

Lydia nahm die Geschichte zum Glück nicht tragisch. Eifersucht schien sie nicht zu kennen. Im Gegenteil. Sie lachte belustigt. "Armer, geplagter Mann", bedauerte sie mich. "Jetzt hast du also schon zwei Ersatzfrauen am Hals!"

"Lach nicht!", fuhr ich sie an. "Ihr seid eine so ausgekocht wie die andere und kostet mich noch meine letzten Nerven! Von meinen körperlichen Kräften ganz zu schweigen."

"Tja, Tobias", feixte Lydia. "Wer fünf Millionen erben will, muss schon etwas tun dafür. Und ganz so unangenehm wird es für dich doch auch nicht sein - oder?"

"Es ist anstrengend", knurrte ich. "Verdammt anstrengend!"

"Dann wollen wir jetzt schlafen, mein armer Liebling", schlug Lydia vor. "Und morgen koche ich dir ein kräftigendes Süppchen mit viel Sellerie, Hummerschwänzen und einer Prise Ginseng. Nicht, dass du mir vom Fleisch fällst!"

"Und ich mische euch irgendwann Zyankali unter das Essen", drohte ich.

"Warum denn?", schmeichelte Lydia und begann, mich an gefährlichen Stellen zu streicheln. "War ich denn so schlecht?"

"Im Gegenteil", japste ich. „Und das andere Flittchen war es auch nicht! Deshalb brauche ich ja das Zyankali, sonst überlebe ich nicht! Wirst du wohl aufhören!"

Aber sie hörte nicht auf. Irgendwann wollte ich das auch gar nicht mehr. Und mein kleiner Tobias wollte das erstaunlicherweise auch nicht. Ich vergaß Raum, Zeit, Pam, Sabine, meine Kinder und auch mich. Danach schlief ich wie ein Bär. Es war nicht leicht, ein Feuerwehrmann zu sein!

13.

Bis Samstagmittag hatten wir das Haus auf Hochglanz gebracht. Kein Staubkörnchen lag mehr auf den Möbeln, keine Spinnwebe zog sich von der Hängelampe im Esszimmer zu der Stehlampe im Wohnzimmer, die Teppiche wirkten wie neu, die Fenster waren geputzt, das Bad war steril wie der Operationssaal einer Uniklinik. Fleißig wie die Bienen waren wir gewesen, und alle hatten dabei mitgeholfen. Das Ergebnis konnte sich sehen lassen.

Tante Adelheids Zimmer hatten wir besonders liebevoll gestaltet. Das Bett war frisch bezogen und duftete trotz Sommer dank dem entsprechenden Putzmittel nach Frühling. Auf dem kleinen Tisch vor dem Bett stand ein bunter Blumenstrauß, den Julia und Jan auf der nahen Wiese gepflückt hatten. Die Brennnesseln und den Löwenzahn hatte ich vorsichtshalber daraus entfernt. Nicht, dass dies von ihr eventuell missverstanden wurde.

Tim und ich standen seit dem frühen Morgen auf der Leiter und schmückten die Eingangstür mit Girlanden und einem selbst gemalten Schild, auf dem *Herzlich willkommen* zu lesen war. Vater wollte unbedingt *du alter Drachen* darunter pinseln, aber ich konnte ihn in mühevoller Kleinarbeit davon überzeugen, dass dies nicht gerade sinnvoll gewesen wäre. Zähneknirschend fügte er sich und trollte sich in den Garten.

Als das Haus sauber war und die Girlanden nebst Schild hingen, nahmen Lydia und ich uns die beiden Kleinen vor und steckten sie in die Badewanne, um auch sie auf Hochglanz zu bringen. Unter viel Protestgeschrei seitens meines Sohnes gelang es uns irgendwann und irgendwie, sie zu säubern. Fragte sich nur, ob Jan bis zur Ankunft der Tante immer noch wie aus dem Ei gepellt aussehen würde.

„Sollen wir nicht noch die Feuerwehrkapelle engagieren, damit sie deiner Tante auf dem Bahnsteig ein Begrüßungsständchen spielt?", fragte Tim ernsthaft. „Vielleicht: *Gold und Silber lieb ich sehr...?* Das würde doch irgendwie passen. Oder *Seid umschlungen, Millionen..!* Das wäre auch nicht schlecht!"

Ich tippte mit dem Zeigefinger an die Stirn. Einfälle hatte dieser Kerl manchmal! Hätte ich ihn gewähren lassen, hätte er vielleicht auch noch den Chor der Bayreuther Festspiele und die Berliner Philharmoniker geholt.

„Du willst doch wohl nicht in diesem schäbigen Jeansanzug zum Bahnhof fahren?", kanzelte Lydia mich ab, als ich mich geduscht und umgezogen hatte. „Also wirklich, Tobias!"

„Sie hat völlig recht", hieb Tim, obwohl er nichts anderes trug, in dieselbe Kerbe. „Du musst einen Frack anziehen und einen Zylinder aufsetzen! Das gehört sich so für ein Empfangskomitee."

„Jetzt übertreibt mal nicht!", rief ich entsetzt. „Einen Frack trägt man zum Empfang gekrönter Häupter!"

„Und bei seiner Erbtante", befand Tim. „Für fünf Millionen muss man sich schon etwas anstrengen!"

Sie brachten mich immerhin dazu, dass ich meinen besten Sonntagsanzug anzog. Ich hatte ihn zuletzt bei Jans Taufe getragen. Er klemmte etwas unter den Armen und in der Taille, aber wenn ich den Bauch einzog und die Brust nicht zu weit herausstreckte, ließ es sich aushalten.

Nachdem sie mich auch noch zu einer Krawatte - ich hasse diese Dinger! - verdonnert hatten, verließ ich kurz vor drei das Haus und fuhr zum Bahnhof. Ich nahm einen großen Rosenstrauß mit, den Vater mir nach langem Zureden im Garten zusammengestellt hatte.

„Auch noch den Garten wegen dieser alten Schachtel verunstalten", hatte er gemeckert. „Mir blutet das Herz!"

Er hatte, als er die Blumen abschnitt, sorgfältig darauf geachtet, dass er solche erwischte, die kurz vor dem Verblühen standen und bald die Köpfe hängen lassen würden. Ich hatte nichts dazu gesagt und ihm wenigstens diesen Spaß gelassen.

Tante Adelheids Zug lief pünktlich ein. Das erste, das ich von ihr sah, war ein riesiger Blümchenhut in den Ausmaßen eines mittleren Schrebergartens. Er war sehr bunt, vielfältig bestückt und äußerst geschmacklos. Die Leute drehten sich nach Tantchen um, lachten und schüttelten ihre Köpfe. Was Tante Adelheid wiederum nichts auszumachen schien. Sie genoss es sichtlich, im Mittelpunkt des allgemeinen Interesses zu stehen.

Tante Adelheid selbst war lang und ziemlich dünn. Figürlich hätte sie gut zu Tim gepasst. Von Busen konnte bei ihr keine Rede sein. Die Folgen eines aggressiven Mückenstichs waren größer. Sie hatte ein strenges, nicht einmal unhübsches Gesicht, graue, zu einem Dutt geflochtene Haare und kleine, listige Augen, denen nichts zu entgehen schien. Sie ging kerzengerade, als hätte sie einen Stock verschluckt, und lächelte jeden, der ihr begegneten, unverbindlich an.

Ihr altertümliches Kleid, das vorzüglich zu ihrem überdimensionalen Hut passte, hing an ihr wie ein

Sack. Es war ebenfalls sehr bunt und bar jeden modernen Modetrends. An ihrem knochigen Arm baumelte eine riesige schwarze Handtasche, die aus einem längst vergangenen Jahrhundert stammen musste. Nein, wie eine mehrfache Millionärin sah Tantchen wirklich nicht aus.

In ihrem Gefolge trabte ein Dienstmann, der auf seinem Wägelchen vier Koffer, einige Hutschachteln und mehrere Reisetaschen geladen hatte. Tante Adelheid reiste offensichtlich mit großem Gepäck.

Als sie mich erkannte, überzog sich ihr Gesicht mit einem breiten Lächeln. Sie eilte mir entgegen und schloss mich in ihre etwas zu lang geratenen Arme. Im gleichen Moment fing in ihrer Handtasche etwas zu bellen an. Ich fuhr erschrocken zurück.

„Napoleon, wirst du wohl ruhig sein!", rief Tante Adelheid vorwurfsvoll. „Das ist doch bloß Tobias, einer meiner Lieblingsgroßneffen!"

Jetzt erkannte ich auch den kleinen Bello, der mich mit großen Augen wütend anfunkelte und seine winzigen Zähnchen bleckte. Er gehörte, wenn ich mich nicht irre, zur Kampfhundrasse der Yorkshireterrier und glich einer Kreuzung zwischen einer Ratte und einem Staubwedel. Seine langen Kopfhaare hatte Tante mit einem rosa Bändchen zusammengebunden. Wirklich süß, das Kerlchen!

„Napoleon ist Fremden gegenüber immer etwas misstrauisch", erklärte Tante Adelheid. „Er will sein Frauchen halt verteidigen, der Gute!" Sie streichelte ihm über's Köpfchen. „Er ist zwar klein, besitzt aber den Mut eines Löwen!"

Ich überreichte Tante die Rosen. Die ersten Blätter fielen bereits ab. „Herzlich willkommen", sagte ich. „Wir alle freuen uns so sehr über deinen Besuch!"

„Lüge mich nicht an, du Erbschleicher", knarrte mich Tante Adelheid an. „In Wahrheit habt ihr den Tag verflucht, an dem ich ankommen würde!"

„Ich weiß wirklich nicht..."

„Schweig!", unterbrach mich die alte Dame. „Mir ist klar, dass ich euch so lieb wie Leibweh bin. Behaupte nicht das Gegenteil, sonst notiere ich gleich ein paar Minuspunkte für dich. Und jetzt lass dich mal anschauen."

Sie drehte mich im Kreis herum und begutachtete mich wie ein Bauer, der ein neues Pferd kaufen will. Fehlte nur, dass sie mir den Mund öffnete, um mein Gebiss zu prüfen. Zum Glück tat sie es nicht. Auch das hätte mir sicher Minuspunkte eingebracht, weil ich Feigling längst mal wieder meinen Zahnarzt hätte aufsuchen müssen, damit er die Ruinenlandschaft in meiner Mundhöhle reparierte.

„Na ja", knurrte sie. „Du siehst eigentlich noch ganz passabel aus. Ein bisschen fett bist du geworden. Deine Frau scheint eine gute Köchin zu sein. Oder säufst du zuviel?"

„In Maßen, liebe Tante, nur in Maßen!"

Tantchen beäugte mich misstrauisch. „Nun gut. Dann bring mich jetzt zu deinem Wagen."

Wir marschierten los. Bei meinem Auto angekommen, half ich dem Dienstmann, Tantes zahlreiches Gepäck zu verstauen und drückte ihm ein angemessenes Trinkgeld in die Hand. Er bedankte sich und verschwand, den nächsten Kunden aufzugabeln.

„Fünfzig Pfennig hätten auch gereicht", moserte sie. „Bist du immer so spendabel? Kein Wunder, wenn du auf keinen grünen Zweig kommst."

Tante Adelheid ließ sich auf dem Beifahrersitz nieder und stellte die Tasche voll Hund auf ihren Schoß. Als ich mich neben sie setzte, fing Napoleon wieder zu knurren an. Anscheinend konnte er mich nicht leiden. Hoffentlich hatte dies keine nachteiligen Auswirkungen bei Tantchen.

„Dir scheint es ja trotzdem ganz gut zu gehen", meinte sie. „Ein toller Schlitten, den du da fährst. Bist wohl nicht sonderlich auf meine Erbschaft angewiesen?"

Ich beeilte mich, ihr zu versichern, dass ich mich keinesfalls wegen der eventuell zu erwartenden Erbschaft über ihren Besuch freute. Und wurde nicht einmal rot dabei.

„Ich wünsche mir, dass du noch viele Jahre lebst", säuselte ich. „Du siehst übrigens nicht aus, als würdest du bald das Zeitliche segnen. Im Gegenteil. Wie das blühende Leben schaust du aus."

„Alter Schmeichler", kicherte sie und wurde sogleich wieder ernst. „Mir geht es alles andere als gut. Das Herz, die Leber, die Galle - die ganzen Innereien eben! Mit knapp achtzig ist man halt nicht mehr die Jüngste. Damit muss man sich abfinden."

„Du siehst wesentlich jünger aus", schleimte ich.

„Du musst mir keinen Brei ums Maul schmieren", ermahnte sie mich. „Damit erreichst du nichts. Ich bin für absolute Ehrlichkeit! Merk dir das!"

Ich merkte es mir. Sie war also für absolute Ehrlichkeit! Na toll! Wenn sie dahinterkam, *wie* ehrlich wir zu ihr waren - Gnade uns Gott!

„Lieber Gott, lass sie es niemals merken", betete ich stumm. Ob mich der große Zampano da oben erhörte? Kaum anzunehmen bei all den Sünden, die ich mir in den vergangenen Tagen aufgeladen hatte!

„Wie geht es zu Hause?", erkundigte sich Tante Adelheid. „Alles gesund und munter?"

Ich nickte. „Als ich vorhin losfuhr, waren sie es noch."

„Wir haben uns ja eine halbe Ewigkeit nicht mehr gesehen", meinte sie.

„Ja, zum letzten Mal bei Jans Taufe", bestätigte ich. „Das ist fast drei Jahre her."

„Viel zu lange", sagte die Tante. „Ich kann mich kaum mehr an deine Frau erinnern. Ich weiß nur noch, dass sie eine blonde Kurzhaarfrisur trug und sehr hübsch war."

„Das ist sie immer noch", erwiderte ich und atmete ob ihrer Worte heimlich auf. Sie ließen meine Hoffnung wachsen, dass unser hinterhältiger Plan nicht von ihr durchschaut wurde und sie Lydia als Pam akzeptierte. Ganz sicher war ich mir aber immer noch nicht. Zum Beispiel wegen meiner Sünden, die ja Strafe verdienten. Ich würde erst wieder zur Ruhe kommen, wenn Tantchen in die umgekehrte Richtung fuhr. Und bis dahin nichts von unserem falschen Spiel gemerkt hatte!

♥

Meine lieben Angehörigen und Freunde hatten sich wie die Orgelpfeifen vor meinem Haus aufgebaut. Selbst Vater stand dabei, blickte aber recht griesgrämig aus der Wäsche.

Als wir aus meinem Wagen stiegen, fingen sie zu singen an. Das hatte sich Tim als zusätzliche Überraschung ausgedacht. Mir stellten sich bei den musikalischen Ergüssen meiner Lieben die Haare zu Berge"

„Heil sei dem Tag an welchem Du bei uns erschienen!", zwitscherten sie mehr laut als richtig, und Va-

ter machte mit seiner brummigen Bassstimme das *Dideldumm - dideldumm - dideldumm*. Das Ganze war zwar ein berühmter Chor aus der Oper *Zar und Zimmermann* von Lortzing, bei ihnen klang es eher wie das Blöken gesunder deutscher Rindeviecher beim herbstlichen Almabtrieb in den Allgäuer Alpen. Nur das Bimmeln der Kuhglocken fehlte.

Tante Adelheid lachte und sah mich erstaunt an. "Was hat das zu bedeuten?", fragte sie. „Möchten sie, dass ich gleich wieder abdampfe?"

„Ruhe!", brüllte ich. „Das ist ja nicht zu ertragen!"

Der *erhebende* Gesang brach abrupt ab. Ich zeigte Tim hinter Tante Adelheids Rücken den Vogel. Er grinste und zuckte die Schultern.

„Gehören die neuerdings alle zu deiner Familie?", wollte die Tante wissen. „Oder habt ihr eine Kommune gegründet?"

Ich erklärte ihr kurz, warum und weshalb Tim und seine Tochter sich bei uns aufhielten. Den wahren Grund nannte ich natürlich nicht, sondern faselte etwas von unserem neuen Musical und dass Tims Frau verreist sei. Natürlich ohne Pam, was ich allerdings nicht ausdrücklich betonte.

„Und was treibt dieser alte Sünder hier?" Sie sprach von meinem Vater. „Hat Mathilde ihn endlich rausgeschmissen? Wurde aber auch die höchste Zeit!"

Ich jubelte ihr das Märchen von Omas plötzlicher Erkrankung, und dass Mutter ihre Pflege übernommen hätte, unter.

„Ach ja?", wunderte sich Tante Adelheid. „Ich wusste gar nicht, dass meine Schwester erkrankt ist. Nun ja, ich habe wegen dieser Testamentsgeschichte, die mich seit geraumer Zeit auf Trab hält, schon eine ganze Weile nicht mehr mit ihr telefonieren können. Es ist doch hoffentlich nichts Ernsthaftes?"

„Nein, nein", beeilte ich mich zu versichern. „Sie hat lediglich... hat lediglich..." Lieber Himmel, was hatte sie bloß? Ich schaute Hilfe suchend nach Tim.

„Hippeditis und Augenrheuma", half er mir, ohne eine Miene zu verziehen, aus der Klemme. Wer hatte je diese Krankheit gehabt? "Das gibt sich bei guter Pflege nach ein paar Tagen."

Tante Adelheid schluckte es ohne jeden weiteren Kommentar.

Nun ging es ans Begrüßen. „Genauso hatte ich dich in Erinnerung", sagte die Tante zu meiner Pseudofrau und bot ihr die Wange zum Kuss. „Du hast dich in diesen knapp drei Jahren kaum verändert, Mädel, bist eher noch hübscher geworden."

„Das macht die Liebe", erwiderte Lydia und lächelte scheinheilig. „Sie erhält einen jung und ist das Salz in der Suppe einer glücklichen Ehe."

„Es freut mich, das zu hören", versetzte die Tante zufrieden. „Glückliche Ehen - und das nach so langer Zeit - sind heutzutage selten."

„In unserer stimmt nach wie vor alles", beteuerte Lydia, das Biest. „Ein Tag ohne Tobias ist für mich wie ein Sommer ohne Sonne, wie ein Winter ohne Schnee, wie ein..."

„...Lokus ohne Deckel", fiel Tim ihr spöttisch ins Wort und erntete einen bitterbösen Blick von ihr. „Tobias und du seid wirklich zu beneiden! Ein Traumpaar wie ihr! Man sollte euch ein Denkmal in der Walhalla zu Regensburg errichten!"

„Das gibt Pluspunkte für euch", verkündete Tante Adelheid. „Eine Menge Pluspunkte!" Nun beugte sie sich zu Jan hinunter. „Und du bist wohl der kleine... na, wie war doch gleich dein Name?"

„Jan", ließ ich sie wissen.

„Ach ja, richtig - Jan! Ihr müsst entschuldigen, aber bei den vielen Namen, mit denen ich in letzter Zeit konfrontiert werde, gerät man schon einmal durcheinander. Grüß dich, Jan!"

Der Knabe reichte ihr artig die Hand und vollführte eine tiefe Verbeugung. Wir hatten es stundenlang geübt. Tante Adelheid war entzückt, versprach weitere Pluspunkte wegen vorbildlicher Kindererziehung und streichelte ihm zärtlich über den Kopf.

Jetzt begrüßte sie auch noch die anderen und landete zuletzt bei Vater, der ihr mit sichtlichem Unbehagen die Vorderpfote drückte und seine sogleich, als hätte er sich verbrannt, wieder zurückzog.

„Du siehst alt aus", konstatierte Tante Adelheid gehässig. „Und ziemlich abgewrackt. Na ja, bei deinem Lebenswandel!"

„Du bist auch nicht gerade schöner geworden", konterte Vater verdrossen.

„Fängst du schon wieder an?"

„Wer hat denn angefangen?", knurrte Vater. „Außerdem ist es die Wahrheit - und auf die legst du doch so großen Wert, nicht wahr?"

Ich machte ihm verzweifelt Zeichen, sich doch gefälligst zusammenzunehmen. Er nickte mir beruhigend zu. Da begann Napoleon in Tantes Tasche zu bellen. Sie nahm ihn heraus und streichelte ihn besäftigend.

„Was haste denn da für eine Ratte?", fragte Vater belustigt. „Oder handelt es sich um einen Rasierpinsel für Riesen?"

Tante Adelheid maß ihn mit einem vernichtenden Blick. „Das ist ein Yorkshireterrier", grollte sie. „Eine sehr teuere Hunderasse, falls du das nicht wissen solltest!"

„Ein Hund soll das sein?", griente Vater. „Willst du eine Dogge, einen Neufundländer oder Schäferhund beleidigen, indem du diesen bellenden Haarbüschel auf eine Stufe mit ihnen stellst?"

Immerhin traf er Anstalten, das Tierchen zu streicheln. Napoleon knurrte und bleckte drohend die Zähne. Was Vater nicht davon abhielt, es weiter zu versuchen. Da biss der Kleine zu.

„Autsch!", schrie Vater, zog erschrocken die Hand zurück und lutschte an dem betroffenen Finger. „Mistvieh, verdammtes!"

„Das hast du fein gemacht", lobte Tantchen ihren Miniköter. „Dafür gibt es Extraschokolädchen!"

„Wenn er das noch einmal tut, werfe ich ihn in die Mülltonne", prophezeite Vater wütend.

„Mit dir unterhalte ich mich doch gar nicht mehr", versetzte Tante Adelheid. „Wenn ich geahnt hätte, dass du dich ebenfalls bei Tobias aufhältst, hätte ich meinen Besuch bei ihm verschoben. Aber nun ist es ja leider zu spät. Ich werde einfach so tun, als wärst du nicht existent."

„Mach das auch diesem Mistkäfer klar", knurrte Vater und deutete abfällig auf Napoleon. Der begann ob dieser neuerlichen Beschimpfung wieder zu bellen und ließ sich kaum beruhigen. Vater zeigte ihm den Vogel, wandte sich um und trabte in den Garten, seinen Ärger an Quecken, Brennnesseln und Schachtelhalmen auszulassen.

Lydia bat die Tante ins Haus und zeigte ihr das Zimmer, in dem sie in den nächsten Tagen ihr müdes Haupt in die Kissen betten konnte. Tim und ich betätigten uns als Kofferträger und stöhnten ob der Lasten, die wir schleppen mussten. Ob die liebe Tante Steine mitführte, wenn sie verreiste? Oder einen Teil ihrer Bibliothek? Wir sollten es nie erfahren.

„Du hättest mich ruhig darauf vorbereiten können, dass ich deinen Vater bei dir antreffe", tadelte mich die Tante in einer Verschnaufpause. „Ich hätte die größte Lust, gleich wieder abzureisen. Es gab in unserer langjährigen Beziehung kaum eine Begegnung, bei der wir uns nicht in die Wolle geraten wären. Dieser alte Ochse findet immer einen Grund, Streit mit mir anzufangen."

„Aber warum nur?", wollte ich wissen.

Tante Adelheid zuckte die Schultern. „Keine Ahnung", klagte sie. „Ich habe ihm jedenfalls nie etwas zuleide getan! Ich bin im Grunde ein friedliebender Mensch! Er dagegen..." Sie winkte ab. „Eines steht fest: Dieser Hohlkopf wird keinen Pfennig von mir erben! Er nicht! Lieber bemühe ich mich, ihn zu überleben!"

Ich zog es vor, ihr darauf keine Antwort zu geben. Sie schien auch keine zu erwarten, sondern schickte uns aus dem Zimmer, weil sie auspacken und sich umziehen wollte. Lydia durfte ihr dabei helfen. Zumindest beim Auspacken.

„Phhhh!", machte ich und ließ mich im Wohnzimmer genervt in einen Sessel fallen. „Die Ouvertüre zum Drama *Tante Adelheids Besuch* hätten wir einigermaßen glimpflich überstanden. Nur mit meinem Vater werde ich ein ernstes Wörtchen reden müssen. Er hätte mir beinahe alles verdorben."

„Glaube ich nicht", meinte Tim. „Die beiden scheinen es zu genießen, miteinander zu streiten. Ich denke, dass wir diesbezüglich noch einigen Spaß haben werden."

„Mir soll's recht sein, solange der Spaß nicht in ernsthaften Ärger ausartet", sagte ich. „Aber nun zu dir: Wie bist du nur auf die blödsinnige Idee mit diesem schrecklichen Lied gekommen?"

„Wieso war dieses Lied schrecklich?", tat Tim unschuldig. „Ein äußerst beliebter Klassiker. Ich fand, dass es sehr gut zum Empfang deiner Tante passte."

„Gegen das Lied selbst ist auch nichts zu sagen", pflichtete ich ihm bei. „Nur gegen die Vortragsweise! Ihr habt es fertig gebracht, zu sechst mindestens zehnstimmig zu singen! Zum Glück hat es Tante mit Humor ertragen! *Ich* dagegen habe jetzt noch Magenschmerzen davon."

„Alter Meckerhannes", brummte Tim scheinbar gekränkt. „Nichts kann man dir recht machen."

Während ich, um Tantchen abzuholen, am Bahnhof gewesen war, hatten Lydia und Sabine den Kaffeetisch festlich eingedeckt und den Ehrenplatz unseres Besuches mit Blumen bekränzt. Auch eine Torte hatte meine Schwägerin gebacken, auf der mit Sahne geschrieben *Herzlich willkommen* zu lesen war. Ein wahres Meisterwerk hausfraulichen Könnens. Ich konnte stolz auf meine *Ehefrau* sein! Die schleimte ja fast noch besser als ich!

Nachdem Tante Adelheid sich ein wenig renoviert hatte, trommelten wir die ganze Sippschaft zusammen und nahmen am festlich gedeckten Tisch Platz. Lydia und Sabine versorgten uns Erwachsene mit Kaffee und die Kinder mit Schokolade. Napoleon erhielt ein Schälchen mit Milch, über das er sich durstig hermachte.

„Du scheinst die perfekte Hausfrau geheiratet zu haben", lobte Tante Adelheid meine Pseudogattin und warf ihr einen anerkennenden Blick zu. „Das gibt wieder Pluspunkte für euch." Sie kramte in ihrer Handtasche und zog schließlich ein kleines Notizbuch hervor, in das unsere Pluspunkte verzeichnet wurden. „Die Punkte für den freundlichen Empfang habe ich schon notiert, auch wenn er - und damit meine ich den gemischten Chor - etwas übertrieben war."

„Habe ich auch schon Pluspunkte?", erkundigte sich mein Vater belustigt. „Oder sind es eher Minuspunkte?"

„Weder - noch", erwiderte Tante Adelheid kühl. „Du bist es nicht wert, dass ich Bleistift und Papier an dich verschwende."

„Ich würde mir auch verbeten haben, von dir wie ein Preisbulle bewertet und prämiert zu werden", sagte Vater.

„Preisbulle?" Tantchen kicherte amüsiert. „Preisochse meinst du wohl!"

„Du hast ja keine Ahnung", meinte Vater. „Aber davon sehr viel."

„Wer ist denn bis jetzt Tabellenführer?", wollte ich wissen.

„Tabellenführer?" Tante Adelheid sah mich verständnislos an.

„In deiner Punktetabelle", erklärte ich.

„Ach so", lachte sie und schaute nach. „Bis jetzt führt dein lieber Cousin Herbert mit Familie."

Ich hatte es fast schon geahnt und auch befürchtet. Herbert war immer vornan, wenn es zu schleimen galt. Man sollte ihm den goldenen Lenker überreichen, diesem elenden Radfahrer! Wäre dies kein anständiges Buch, würde ich sogar Arschkriecher schreiben.

„Ich habe mich bei Herbert sehr wohl gefühlt", erzählte Tante Adelheid. „Fast wie zu Hause."

„Du wirst dich bei uns noch viel zu Hausener fühlen", versprach Lydia und tätschelte der alten Dame liebevoll die Hand. Tante Adelheid war sichtlich gerührt und tätschelte zurück. Ich hätte meine Schwägerin küssen mögen. Sie erwies sich von Stunde zu Stunde würdiger, die Frau des Hauses zu vertreten.

„Lyda, Jan noch Taba will!", rief in diesem Augenblick mein Sprössling. Mir blieb fast das Herz stehen. Auch die übrigen Eingeweihten wurden still und wirkten plötzlich wie bedeppert. Hoffentlich hatte die Tante Jans Versprecher nicht mitbekommen! Leider hatte sie!

„Wieso sagt dein Sohn Lyda zu seiner Mutter?", fragte sie mich. „Ich denke, sie heißt Pam? Und überhaupt: Ich finde diese neumodische Sitte, dass Kinder ihre Eltern mit dem Vornamen ansprechen, gar nicht gut."

„Du hast dich verhört, liebste Tante Adelheid!", versicherte ich verzweifelt. „Jan nennt seine Mutter nicht beim Vornamen, sondern Mama oder Mami. Er nuschelt halt noch etwas. Selbst ich habe manchmal Mühe, ihn richtig zu verstehen."

„Was ich gehört habe, habe ich gehört!", erklärte die Tante.

„Du solltest dir mal die Ohren untersuchen lassen", mischte sich mein Vater ein. „Jan hat klar und deutlich gesagt: Bitte, Jan noch Taba will!"

„Ja, das habe ich auch verstanden", hieb Tim in die gleiche Kerbe. Er deutete auf Lydia. „Jan, wer ist das?"

Wir hielten die Luft an. Der kleine Gauner blickte grinsend von einem zum anderen. „Mama ist", sagte er endlich. Wir atmeten hörbar auf.

Tante Adelheid schüttelte den Kopf. „Sollte ich mich tatsächlich verhört haben? Normalerweise kann ich mich unbedingt auf meine Ohren verlassen."

„Sie sind ja auch groß genug", stichelte Vater.

„Ich sagte, dass ich mich auf meine Ohren verlassen kann", fauchte Tante Adelheid. „Aber was sie nicht hören wollen, hören sie nicht. Und schon gar nicht, wenn es von einem Dummschwätzer wie dir kommt." Sie gähnte verstohlen. „So, Kinder, und jetzt bin ich ein bisschen müde. Wenn ihr nichts dagegen habt, lege ich mich für ein Weilchen auf's Ohr."

Natürlich hatte keiner etwas dagegen. Also klemmte sie sich ihren Napoleon unter den Arm, nickte uns freundlich zu und verließ die Kaffeetafel. Meinen Vater übersah sie geflissentlich.

„Vater, reiß dich doch zusammen", ermahnte ich meinen Erzeuger, nachdem sie verschwunden war. „Wie du vernommen hast, führt Herbert, dieser Schleimer, momentan ihre Punktetabelle an. Ich möchte ihn gerne ablösen, wenn du verstehst, was ich meine. Deshalb bin ich nicht gewillt, mir von dir die Tour vermasseln zu lassen."

„Ich will versuchen, mich zu bessern", versprach Vater. „Aber sie ist nun mal wie ein rotes Tuch für mich."

„Warum nur?", fragte ich.

„Das weiß ich auch nicht mehr so genau", grinste er. „Irgendwann muss es wohl mal begonnen haben. Seitdem ist es fast zur Gewohnheit geworden, dass wir uns streiten, wenn wir uns begegnen. Ich glaube, uns beiden würde etwas fehlen, wenn wir es nicht mehr täten."

„Sagte ich's nicht", warf Tim ein.

„Ihr seid kindisch", meinte ich. „Man sollte euch für eine Weile gemeinsam auf eine einsame Insel verbannen. Vielleicht würde das dazu führen, dass ihr euch endlich vertragt, wenn ihr aufeinander angewiesen wärt."

„Im Leben nicht", lachte Vater. „Weder die Insel noch wir würden es überstehen!"

Danach herrschte bis zum Abendessen Funkstille im Haus. Jeder schlich auf Zehenspitzen herum, um die gute Tante nicht zu wecken. Selbst die Kinder schienen begriffen zu haben, wie wichtig es war, Pluspunkte bei ihr zu sammeln, und verhielten sich erstaunlich ruhig. Ich würde für meinen Clan wohl auch einen goldenen Lenker mit goldener Klingel beantragen müssen! Verdammte Erbschleicher, die wir waren! Nur mein Vater hackte Holz im Garten. Und schrie bei jedem Klotz, den er spaltete: „Adelheid, olé! Adelheid, olé!" Zum Glück schien sie doch nicht mehr ganz so gut zu hören.

14.

"Ich habe übrigens wieder einen Pluspunkt für euch notiert", erzählte Tante Adelheid während des Abendessens. "Wegen des sauberen Zimmers und der wunderschönen Blumen darin."

"Danke, liebste Tante", hauchte ich entzückt. "Wir haben die Bettwäsche auch extra in Eau de Cologne gespült und den Teppichboden per Hand mit der Kleiderbürste gereinigt, damit kein Stäubchen deine empfindliche Nase beleidigt."

Tante Adelheid lachte skeptisch. "Du hast bestimmt keinen Finger gerührt, als es darum ging, mein Zimmer in Ordnung zu bringen", vermutete sie. "Das hat wahrscheinlich alles deine liebe Frau besorgt. Du kannst dich *VON* schreiben, dass sie dich geheiratet hat! Ein so fleißiges, liebreizendes, gewissenhaftes Wesen wie sie hast du eigentlich gar nicht verdient!"

"Ja, seine Frau ist schon ein Prachtstück", grinste Tim. "Und dazu auch noch treu wie Gold!"

"Das hoffe ich doch", meinte die Tante. "Was ist eigentlich mit Ihrer Frau, Herr Küppers? Ist sie auch eine so außergewöhnlich perfekte Hausfrau wie Pam?"

"Ja, wenn sie zu Hause ist, kann man sich eigentlich nicht beklagen", erwiderte Tim. "Leider ist sie momentan nicht zu Hause, weil sie unbedingt eine kleine Weltreise unternehmen musste."

"Ach ja?" Tante Adelheid musterte ihn pikiert. "Tobias deutete so etwas schon an. Eine Weltreise! Zu meiner Zeit wäre das nicht möglich gewesen! Eine verheiratete Frau allein auf einer Weltreise! Uuunmöglich! Haben Sie denn keine Angst?"

"Wovor denn?", gab Tim schulterzuckend zurück. "Erstens reist sie nicht allein, sondern in Begleitung einer guten Freundin, und zweitens ist sie ans Brot gewöhnt. Sie wird schon irgendwann zurückkommen, vermute ich mal."

"Trotzdem", regte sich Tante Adelheid auf. "Es gehört sich einfach nicht, dass man seine Frau unbeschützt den Gefahren dieser Welt aussetzt. Ich würde es Tobias niemals verzeihen, wenn er seine Frau allein in der Welt herumreisen ließe."

Tim litt plötzlich an einem mittelschweren Hustenanfall. Vater klopfte ihm grinsend den Rücken. Tim beruhigte sich wieder, nahm seine Brille ab und rieb seine tränenden Augen.

"Deshalb müssen Sie nicht weinen", sagte Tante Adelheid, die das offensichtlich falsch verstand. "Jetzt ist es eh zu spät." Sie schüttelte vorwurfsvoll den Kopf. "Von den moralischen Bedenken, die ich gegen ein solches Unternehmen hege, einmal ganz abgesehen."

"Mama auch reist", verkündete mein Sohn unvermittelt.

Mir wurde es wieder einmal siedendheiß unter meinem Hemd. Warum konnte der kleine Halunke bloß nicht den Schnabel halten? Ich hätte ihn, auch wenn ich ihn noch so liebte, am liebsten freihändig in der Luft zerrissen. Und Tim, der mich spöttisch angrinste, gleich mit!

"Aber Jan", tadelte ich meinen Ableger heiser. "Was redest du denn für einen Unsinn daher? Mama sitzt doch neben dir." Ich lachte gekünstelt. "Du bist ein kleiner Witzbold!"

"Er macht immer solche Scherze", mischte sich Lydia ein und legte liebevoll den Arm um Jans Schultern. "In dieser Beziehung ist er wie sein Vater. Immer auf Blödsinn eingestellt."

Jan kuschelte sich genüsslich an ihren weichen Busen und blickte sie von unten zwischen den beiden sanften, und doch so erotischen Hügeln treuherzig an.

"Du hast deine Mama wohl sehr lieb, was?", fragte ihn Tante Adelheid und zückte, als er nickte, ihr Punktebüchlein.

"Jan Mama lieb", bestätigte der kleine Lümmel. "Lyda auch lieb!"

"Habt ihr's gehört?", triumphierte Tante Adelheid und hob den Zeigefinger. "Eben hat er wieder klar und deutlich *Lyda* gesagt!"

"Das kann schon sein", versetzte meine Pseudofrau, das wunderbare Wesen, ungerührt. "Mit Lyda meint er meine Zwillingsschwester Lydia. Er mag sie sehr. Du hast Lydia doch bei unserer Hochzeit und den späteren Taufen kennengelernt, Tantchen. Erinnerst du dich nicht mehr an sie?"

"Natürlich erinnere ich mich an sie", behauptete die Tante. "Wie geht es ihr denn? Ist sie auch verheiratet und hat Kinder?"

"Weder - noch", bedauerte Lydia.

"Sie ist diese gute Freundin, die meine Gemahlin auf ihrer Weltreise begleitet", warf Tim schnell ein.

"Du meine Güte!", stöhnte Tante Adelheid erschüttert. "Wie leichtsinnig von dem Mädchen! Allein auf Weltreise! Nein, Tobias, das wäre keine Frau für dich gewesen!"

"Ich bin mit meiner jetzigen auch sehr zufrieden", erwiderte ich und streichelte Lydias Hand. Dafür erhielt ich einen weiteren Pluspunkt wegen außerordentlich glücklichem Familienleben. Von Sabine bekam ich, wie ihr wütender Blick verriet, eine Reihe von

Minuspunkten. Das war mir aber ziemlich egal! Tantchens Pluspunkte waren in Hinsicht auf eventuell zu erwartende fünf Millionen wichtiger.

Vom weiteren Verlauf des Abendessens gibt es nichts Nennenswertes zu berichten. Ich sorgte dafür, dass Jan immer etwas im Schnabel hatte und kauen musste. So konnte er sich wenigstens nicht mehr verplappern.

Julia spielte unser gewagtes Spielchen ohnehin wie ein Profi mit. Sie hatte sich bis jetzt noch mit keiner Silbe verraten. Ich war richtig stolz auf sie und nahm mir vor, ihr etwas Schönes zu kaufen. Vielleicht ein Auto? Nein, dafür war sie noch zu jung. Vielleicht war sie ja auch mit einem neuen Fahrrad zufrieden?

♥

Nach dem Abendessen brachten Lydia und ich - ganz liebende Eltern - die beiden Kleinen in ihre Betten und schlugen drei Kreuze, als sie endlich eingeschlafen waren. Aufatmend kehrten wir ins Wohnzimmer zurück und kamen gerade zur rechten Zeit; denn zwischen meinem Vater und Napoleon war ein heftiger Streit um einen bestimmten Sessel entbrannt.

Mein Vater hatte die Hände in die Hüften gestemmt und zeterte mit dem Minihund, der es sich auf dem bisherigen Stammplatz meines Erzeugers bequem gemacht hatte und zornig zurückknurrte. Tante Adelheid hockte neben Sabine auf der Couch und beobachtete die Szene belustigt. Tim saß in einem anderen Sessel und griente ebenfalls.

"Mach, dass du von meinem Sessel verschwindest, du Mistvieh!", plärrte mein Vater. "Husch, husch, sonst gibt's eins auf die Rübe!"

"Du hast kein Recht, ihn zu vertreiben", meinte die

Tante. "Er war schließlich zuerst da!"

"Es ist aber *mein* Platz!", konstatierte Vater wütend. Als er nach dem kleinen Köter greifen wollte, um ihn vom Sessel zu entfernen, schnappte Napoleon wieder nach ihm. Vater zog schleunigst die Hand zurück.

"Krrrrr!", machte der kleine Korse und zeigte Vater die Zähne. "Krrrrrrrr!!!"

"Wird's bald!", schimpfte Vater. "Hunde gehören nicht auf einen Sessel, sondern auf den Fußboden oder in gewisse Handtaschen!"

"Verteidige nur dein Plätzchen!", forderte die Tante ihren Wauwau auf. "Verteidige es gegen diesen alten, störrischen Esel! Soll er sich doch in die Handtasche setzen, wenn es ihm Spaß macht!"

"Setz dich halt woanders hin, Vater", wollte Lydia für Ruhe und Frieden sorgen. "Wir haben doch wirklich genügend Platz für jeden."

"Das wäre ja noch schöner!" Vater stapfte zornig mit dem Fuß auf. "Das hier ist mein Sessel, und auf dem hat dieser bellende Rasierpinsel nichts verloren! Ich habe in diesem Haus schließlich die älteren Rechte, und die lasse ich mir von diesem Pinscher nicht beschneiden!"

"Er ist ein Yorkshireterrier und kein ordinärer Pinscher", stellte Tante Adelheid klar. "Wann wirst du dir das endlich merken? Oder bist du zu dämlich dazu? Es sieht fast so aus."

"Und wenn er der Bundeskanzler persönlich wäre!", rief Vater. "Das ist *mein* Sessel!"

"Sei doch vernünftig, Vater", mischte ich mich ein.

"Ich *bin* vernünftig", beteuerte mein Vater. "Der da..." - er deutete auf Tantes Hündchen - "...ist es nicht! Und die da..." - er wies auf die Tante - "...ist es auch nicht."

„Tim, würdest du meinem Vater bitte deinen Sessel überlassen?", bat ich meinen Freund. „Er ist von der gleichen Machart wie der andere und müsste seinem Hintern demnach dieselbe Sitzbequemlichkeit bieten wie sein eigentlicher Platz."

„Aber gern doch", erklärte Tim sich sofort bereit, Vater seinen Sessel abzutreten, und erhob sich. „Setz dich, Fritz!"

„Fällt mir im Traum nicht ein", sträubte sich Vater. „Nett von dir, Tim, aber hier geht es um's Prinzip. Ich lass mir von dieser Ratte doch nicht vorschreiben, wohin ich mich zu setzen habe. Wo sind wir denn?" Er wandte sich an die Ratte. „Verschwinde, oder du kommst morgen in die Suppe!"

Napoleon knurrte etwas lauter, wich keinen Zentimeter und nahm statt dessen Angriffsstellung ein.

"Zeig's ihm!", stachelte Tante Adelheid ihren Köter an. „Reiß ihn in Stücke! Zerfleische ihn! Friss ihn auf!"

Dieser Gedanke erschien mir reichlich absurd. Er hätte meinem Vater vermutlich nicht mal den kleinen Finger abbeißen können, geschweige denn ihn zerreißen oder gar auffressen. Trotzdem sagte ich, weil mir das Theater langsam auf den Geist zu gehen begann, streng:

„Vater, mach hier keinen Aufstand! Setz dich in Tims Sessel und damit Feierabend! Man könnte meinen, wir wären im Kindergarten! Genauso benimmst du dich!"

Mein Vater schien endlich zu registrieren, dass ich stinksauer auf ihn war. Er murmelte sich etwas Unverständliches in den Bart, ließ sich aber endlich sichtlich widerwillig in Tims Sessel nieder. Dafür erhielt ich von Tante Adelheid einen dicken Sonderpluspunkt. „Wegen Zähmung eines störrischen alten Stinkstiefels", wie sie hämisch bemerkte.

Nachdem sich mein Vater in Tims Sessel gesetzt hatte, sprang Napoleon von seinem herunter und machte es sich auf Tantchens Schoß bequem. Mir kam es vor, als grinse er meinen Erzeuger spöttisch an, und musste lachen.

„Sauvieh", knurrte Vater noch einmal. Dann griff er nach einer Illustrierten und vertiefte sich darin. Wir waren offenbar für die nächste Zeit für ihn gestorben. Er hatte schließlich auch seinen Stolz.

♥

Ich setzte mich mit Lydia neben Tante Adelheid auf die Couch und legte zärtlich den Arm um meine Pseudofrau. Glückliches Familienleben musste sein, auch wenn Sabine mich mit den Augen tausend qualvolle Tode sterben ließ. Schließlich sprang sie auf.

„Ich glaube, ich störe hier nur", fauchte sie. „Deshalb verschwinde ich jetzt besser und gehe tanzen. Bis später. Tschüß allerseits!"

Und schon war sie aus dem Zimmer. Kurz darauf hörte ich sie das Haus verlassen. Vielleicht hatte ich heute Nacht sogar meine Ruhe vor ihr? „Lieber Gott, mach, dass sie einen Kerl kennenlernt und sich von ihm vernaschen lässt. Bitte, lieber Gott, bitte!"

Tja, aber da waren halt immer noch die Sünden vergangenen Tage und die neuen, die unweigerlich noch folgen würden. Ob der liebe Gotte mir die verzeihen würde? Fraglich, mehr als fraglich,

„Die Kleine ist wohl ein bisschen eifersüchtig auf euch beide?", vermutete die Tante. „Ich kenne das! Als ich in ihrem Alter war, war ich auch in meinen Onkel verliebt und konnte nicht begreifen, warum er wegen mir nicht seine Frau verließ." Sie kicherte. „Glühende Liebesbriefe habe ich ihm geschrieben. Selbstverständlich anonym. Leider hat er meine Schrift erkannt. Bei einer Familienfeier hat er meine Briefe dann laut vorgelesen und sich darüber lustig gemacht. Ich wäre vor Scham am liebsten im Erdboden versunken. Von diesem Moment an hasste ich ihn. Und war geheilt." Sie seufzte. „Man muss eben erst am Leben schnuppern, bevor man vernünftig wird. Das ist heute wahrscheinlich nicht anders als früher."

Meiner Meinung nach hatte Sabine schon recht ordentlich am Leben geschnuppert. Zum Beispiel auch mit mir. Und deshalb war sie jetzt auch verschnupft.

„Eigentlich hat das Mädchen recht", fand Tim. „Auch ich komme mir heute wie ein Eindringling vor. Unter Verwandten gibt es gewiss einiges zu besprechen, das nicht für fremde Ohren bestimmt ist. Ich werde mir deshalb ein wenig die Beine vertreten."

„Sie sind sehr rücksichtsvoll, junger Mann", lobte ihn Tante Adelheid. „Aber Sie stören wirklich nicht. Bleiben Sie ruhig bei uns."

„Lieber nicht", erklärte Tim. „Ich kenne das nämlich aus eigener Erfahrung nur zu gut: Wenn meine Tante Apollonia uns besuchen kommt, möchte sie auch in Ruhe mit uns plaudern und mag es gar nicht, wenn wir dabei gestört werden. Außerdem kann mir ein wenig frische Luft nichts schaden."

Ich ahnte, dass es ihm weniger um frische Luft als um ganz andere, profanere Dinge ging. Zumal es meines Wissens keine Tante Apollonia gab, die ihn hätte besuchen können. Dieser Halunke hatte etwas vor, aber es war vermutlich alles andere, als sich die Beine zu vertreten oder frischen Sauerstoff zu tanken.

„Ich komme mit", sagte mein Vater und legte die Illustrierte beiseite. „Weil ich nämlich auch nicht stören möchte."

„Kein Einwand", versetzte Tante Adelheid. „Du musst nicht einmal mehr zurückkommen."

„Giftnudel!"

„Giftzwerg!"

„Dreckschleuder!"

„Rahmdackel!"

„Aufhören!", rief ich und hielt mir die Ohren zu. „Müsst ihr euch denn schon wieder beschimpfen? Hat das denn nie ein Ende?"

„Doch", erklärte Vater. „Wahrscheinlich mit unserem Tod. Wobei ich hoffe, dass sie zuerst die Löffel abgibt!"

„Darauf kannst du lange warten", grollte die Tante. „Einen wie dich überlebe ich zweimal!"

„Komm", sagte Tim und fasste meinen Vater am Arm. „Lass uns verschwinden, sonst streitet ihr morgen früh noch." Er zog Vater zur Tür.

„Herr Küppers, einen Moment noch", hielt Tante meinen Freund mit zuckersüßer Stimme auf. Sie konnte die Stimmung wechseln, wie andere Leute ihre Unterhosen. „Ich weiß, dass ich jetzt sehr unbescheiden bin. Aber würde es Ihnen etwas ausmachen, Napoleon bei Ihrem Spaziergang mitzunehmen? Er muss noch einmal Gassi, bevor es in die Heia geht."

Tim schluckte verlegen. Ein verkrampftes Lächeln überzog sein Gesicht. Es bewies mir, dass er eigentlich ganz anders geplant hatte. Von wegen Beine vertreten! Ich grinste schadenfroh in mich hinein.

„Es ist mir ein Vergnügen, Napoleon Gassi zu führen", behauptete er dennoch. „Selbstverständlich nehmen wir den kleinen Süßen mit!"

„Sie sind ein überaus netter Mensch", freute sich Tante Adelheid. „Schade, dass Sie nicht zu meiner Familie gehören! Ich würde Sie für Ihr Entgegenkommen mit drei Pluspunkten bedenken!"

„Du kannst sie ja mir gutschreiben", schlug ich vor.

„Nein", entgegnete die Tante. „Diese Punkte stehen dir leider nicht zu. Ich bin für absolute Gerechtigkeit." Sie erhob sich. „Ich hole Ihnen noch schnell die Leine, Herr Küppers, damit Ihnen mein kleiner Liebling nicht wegläuft. Ich bin gleich zurück."

„Wie konntest du dich nur bereit erklären, diesen Mistkäfer mitzunehmen?", fauchte Vater meinen Freund an, nachdem Tante Adelheid samt Hund verschwunden war.

„Was blieb mir denn anderes übrig?", gab Tim säuerlich zurück. „Immerhin geht es um fünf Millionen für deinen Sohn!"

„Du bist ein wahrer Freund", lobte ich ihn. „Falls ich tatsächlich erben sollte, werde ich dir eine Flasche Apfelsaft spendieren!"

„Mir kommen die Tränen", versetzte Tim verstimmt. „Was machen wir jetzt bloß mit dem Vieh?"

„Ich dachte, ihr wolltet euch lediglich die Beine vertreten", stichelte ich. „Dabei stört er euch doch nicht. Oder hattet ihr vielleicht etwas anderes vor?"

„Das geht dich einen feuchten Keks an", knurrte Tim.

„Wir binden ihn unterwegs an einen Baum", regte Vater an. „Vielleicht erbarmt sich einer und nimmt ihn mit."

„Untersteht euch", warnte Lydia empört. „Wenn ihr ohne das Hundchen zurückkommen solltet, raucht die Hütte. Dann werdet ihr mich kennenlernen! Ich würde es euch also nicht raten!"

Die Diskussion wurde von Tante Adelheid, die mit dem angeleinten Napoleon zurückkehrte, unterbrochen. Sie übergab ihn Tim, beugte sich noch einmal zu ihm hinunter, streichelte ihn und sagte:

„Sei lieb zu dem netten Onkel, hörst du? Folge ihm und mach keine Dummheiten. Sollte dieser senile Alte dich allerdings ärgern, dann beiß ihn ruhig ins Bein!"

Sie bedankte sich noch einmal überschwänglich bei Tim und begleitete die beiden armen Sünder nebst Hund zur Haustür. Ihre Gesichter sprachen ganze Bibliotheken, als sie sich mit hängenden Köpfen trollten. Der familiäre Teil des Abends konnte beginnen.

Tante Adelheid berichtete meiner Ersatzrau und mir ausführlich von ihren diversen Krankheiten, die sie wahrscheinlich bald dahinraffen würden. Nur deshalb wäre sie auf die Idee gekommen, endlich ihr Testament zu machen. Sie spüre den nahen Tod, auch wenn sie sich meinem Vater gegenüber gerade anders geäußert hätte. Manchmal glaube sie abends nicht, dass es ihr vergönnt wäre, am nächsten Morgen noch einmal aufzuwachen. Sie danke ihrem Schöpfer für jeden Tag, den Er ihr noch schenke.

„Es ist vor allen Dingen das Herz", klagte sie. „Es flattert sehr oft, setzt manchmal sogar sekundenlang aus. Und dann der Blutdruck! Mein Gott, davon reden wir erst gar nicht! Mal ist er zu hoch, mal ist er zu niedrig! Mein ganzer Kreislauf ist praktisch im Eimer!"

Die Nieren arbeiteten auch nicht mehr ordnungsgemäß. Das spüre sie ganz deutlich. Und von den Steinen, die sie schon produziert hätten, könnte man gut und gern ein Zweifamilienhaus bauen. Ungelogen! Solche Dinger wären es! Sie zeigte uns die Größe ihrer Nierensteine zwischen Daumen und Zeigefinger. Hühnereier waren nichts dagegen.

Dazu noch der Zucker! Das käme wiederum von der Bauchspeicheldrüse, die wahrscheinlich längst ihren Dienst eingestellt hätte. Was sich natürlich auch auf die Galle niederschlagen und dadurch die Leber angreifen würde.

Wahrscheinlich hätte sie den Magen voller Geschwüre, vermutete die Tante, und ihre Milz wäre schon seit Jahren geschrumpft. Sie spüre ständig ein Stechen in der Lunge und das Atmen fiele ihr verdammt schwer.

„Zumal ich auch noch gegen alles Mögliche und Unmögliche allergisch bin", berichtete die Tante. Aber ihr Arzt, dieser Trottel, hätte ihr bescheinigt, dass sie kerngesund wäre und es vermutlich noch eine ganze Weile machen würde. Von nichts eine Ahnung hätte dieser Kerl! Selbst den Röntgenbildern und den Ultraschalluntersuchungen könne man nicht trauen. Wahrscheinlich wären sie alle gefälscht. Nur auf ihr Geld hätte man es abgesehen.

„Der einzige, der mir bis jetzt ein wenig geholfen hat, ist ein Heilpraktiker", tat Tante Adelheid uns kund. „Er ist zwar auch nicht ganz billig, aber seine Mixturen scheinen zu wirken. Wunder konnte er mir natürlich nicht versprechen, aber er will zumindest versuchen, meinem auf der Kippe stehendem Leben den einen oder anderen Tag abzuringen. Die studierten Ärzte dagegen...!" Sie winkte angewidert ab. „Alles Quacksalber! Von einem zum anderen bin ich gerannt!

Nichts! Aber dieser Mann! Eine Kapazität! Dabei war er vorher ein Schuster gewesen und hat sich sein medizinisches Wissen im Selbststudium beigebracht!"

Lydia und ich lauschten gottergeben ihren Ausführungen, bemitleideten sie zutiefst und verliehen unserer Hoffnung Ausdruck, dass es diesem Kurpfuscher - das sagten wir natürlich nicht - gelingen möge, sie uns noch recht lange zu erhalten. Dafür erhielten wir wieder einen Pluspunkt. Es summierte sich langsam! Vetter Herbert, dieser Schleimer, würde wohl bald in den Mond schauen statt zu erben. Wir schleimten besser!

Als Tantchen uns gerade die rührende Geschichte ihrer Gallenblase erzählte, klingelte es an der Haustür.

„Nanu", sagte ich und schaute Lydia verwundert an. „Wer kommt uns denn um diese Zeit noch besuchen? Oder sind es schon unsere beiden Hundepfleger? Das wäre dann aber schnell gegangen."

„Am besten, du öffnest", schlug Lydia vor. „Dann erfährst du, wer vor der Haustür steht."

Eine tolle Idee! Ich beeilte mich, sie in die Tat umzusetzen. Und erlebte eine Überraschung, die mir das Herz in die Hose rutschen ließ!

♥

Meine Mutter war es nämlich, die geklingelt hatte und Einlass begehrte. Jetzt würde unser Schwindel unweigerlich auffliegen; denn darauf, auch ihr ein X für ein U bzw. eine Lydia für eine Pam vormachen zu können, durfte ich kaum hoffen. Sie würde unser Theater sofort durchschauen. Und dann...?

Fünf Millionen - ade!

„Ich möchte meinen Alten zurückholen", erklärte

Mutter, nachdem wir uns begrüßt hatten. „Er hat jetzt lange genug im eigenen Saft geschmort. Es wird höchste Zeit, dass er wieder sein geregeltes Familienleben bekommt, sonst gewöhnt er sich womöglich noch an diese unverdiente Freiheit und rastet ganz aus."

„Einen Moment bitte, Mutter", hielt ich sie zögernd zurück, als sie sich in Richtung Wohnzimmer, in dem sie ihren Herrn und Gebieter vermutete, bewegen wollte. Sie blieb stehen und schaute mich fragend an.

„Ich muss mit dir reden", fuhr ich fort und schob sie in die Küche. „Dringend! Nimm bitte Platz!"

„Du machst es aber spannend", sagte sie und runzelte besorgt die Stirn. „Hat mein Fritz etwas angestellt?"

„Es geht um mich", beruhigte ich sie. „*Ich* habe etwas angestellt! Notgedrungen! Wir haben nämlich Besuch bekommen!"

„Aber das weiß ich doch", versetzte Mutter. „Tim, Sabine und Lydia wohnen bei dir. Und neuerdings auch noch Vater. Dein Haus ist praktisch voll."

„Es ist noch jemand dazugekommen", berichtete ich. „Tante Adelheid!"

„Und das sagst du mir erst jetzt!" Als sie sich erheben wollte, drückte ich sie sanft auf ihren Stuhl zurück. „Hör mir bitte genau zu, Mutter!"

Ich erzählte ihr alles mit wenigen Worten, beschönigte nichts und bat sie am Schluss noch einmal eindringlich um Verständnis.

„Hmmmm!", machte sie und nagte nachdenklich an ihrer Unterlippe. „Hmmmm!"

„Du darfst mich nicht auffliegen lassen", beschwor ich sie. „Denke daran, um was es geht: Fünf Millionen und vielleicht sogar mehr."

Ich senkte kleinlaut den Blick und erwartete ihr

Donnerwetter. Es blieb aus. Dafür lachte sie plötzlich und fuhr mir mit der Hand durch die Haare. Eine Geste, mit der sie mich früher schon beruhigt hatte, wenn ich mit schlechtem Gewissen nach Hause kam und wegen irgendwelcher Dummheiten um Absolution gebeten hatte.

„Mach dir keine Sorgen, Sohnemann", sagte sie. „Ich werde nichts verraten, auch wenn ich wegen der Geschichte mit Lydia und dir die größten Bedenken hege."

„Da ist nichts!", schwindelte ich. „Alles läuft auf rein platonischer Basis ab."

Dies mit der Beteuerung *Ehrenwort* zu bekräftigen, verkniff ich mir lieber. Es genügte, Mutter anzulügen. Von Ehre konnte da keine Rede sein.

„Ob platonisch oder nicht", meinte meine Mutter, „ist allein deine Sache und geht mich nichts an. Das musst du mit deinem Gewissen ausmachen und, na ja, später vielleicht auch noch mit Pam. Ich hänge mich da besser nicht hinein."

„Danke, Mutter", atmete ich erleichtert auf und küsste sie. „Du bist ein Pfundsmädel!"

„Sag das mal deinem Vater", lachte sie und erhob sich. „So, und jetzt komm! Ich möchte meine Schwiegertochter und Tante Adelheid begrüßen."

Das Wort Schwiegertochter betonte sie reichlich seltsam. Mit gemischten Gefühlen folgte ich ihr ins Wohnzimmer.

Lydia blickte uns, als wir eintraten, erschrocken entgegen. Ich nickte ihr beruhigend zu.

„Mathilde, mein liebes Kind!", rief Tante Adelheid erfreut, sprang trotz ihrer zahlreichen Krankheiten erstaunlich flott auf und fiel meiner Mutter um den Hals. „Das ist aber eine nette Überraschung! Wie geht's, wie steht's, und vor allen Dingen: Was macht meine Schwester?"

„Wieso?", fragte Mutter ahnungslos. „Ich nehme an, dass es ihr gut geht."

„Gott sei Dank", atmete Tante Adelheid auf. „Dann hat sie also dieses... dieses..." Sie wandte sich an mich. „Was war es doch, das ihr fehlte?"

„Hippeditis und Augenrheuma", antwortete ich.

„Genau", sagte Tante Adelheid. „Dann hat sie es also glücklich überstanden, sonst wärst du wohl nicht hier, liebe Mathilde."

„Ja, doch, ich denke schon", versetzte die liebe Mathilde verwirrt.

„Es ist viel wert, wenn man eine Tochter hat, die sich im Krankheitsfall um einen kümmert", seufzte Tante Adelheid. „Mir waren Kinder ja leider nie beschieden. Deshalb musste ich immer für mich selbst sorgen und werde eines Tages wohl auch allein und einsam sterben."

„Das wirst du ganz bestimmt nicht, liebste Tante", versprach Lydia. „Wir werden immer für dich da sein, wenn du uns brauchst!"

„Ist sie nicht hinreißend, diese fabelhafte Frau", schwärmte die Tante von meiner Pseudogattin. „Wie sehr ich dich um diese Schwiegertochter beneide, liebe Mathilde."

„Das kannst du auch", meinte meine Mutter und blinzelte ihrer *Schwiegertochter* verschmitzt zu. „Ohne sie wäre mein Herr Sohn ganz schön aufgeschmissen!" Sie sah sich um. „Aber wo steckt eigentlich mein Göttergatte?"

„Herr Küppers und er führen meinen Hund Gassi", berichtete Tante Adelheid. „Die erste vernünftige Tat deines Mannes, seit ich hier bin."

Ob es wirklich eine vernünftige Tat war, würde sich wohl erst noch herausstellen, denn bis jetzt waren die beiden Helden nicht mit dem kleinen Köter zurück! Ich roch förmlich, dass da noch etwas in der Luft lag, hatte ganz schlimme Befürchtungen!

„Ja, mein Fritzi-Bubi ist eine Seele von Mensch", flötete Mutter. „Ich bin nach all den Jahren immer noch sehr glücklich mit ihm und habe den Tag herbeigesehnt, an dem ich ihn wieder in die Arme schließen kann."

Dieses verlogene Stück! Auch nicht besser als ich! Ob sie auch erben wollte? Ich musste grinsen.

„Ich verstehe dich nicht", brummte Tante Adelheid. „Wie kann man es mit einem unflätigen Kerl wie diesem aushalten? Ich hätte ihn längst in die Wüste geschickt, wenn ich du wäre!"

„Aber warum denn?", fragte Mutter unschuldig. „Man muss ihn nur zu nehmen wissen, dann kommt man auch mit ihm aus. Mein Fritz ist ein ungeschliffener Diamant!"

„Er ist ein ungehobelter Kotzbrocken", fand Tante Adelheid gehässig, äußerte sich dann aber nicht mehr weiter zu diesem Thema. Sie wusste, dass es sinnlos war, mit Mutter über Vater zu diskutieren. Wenn es darauf ankam, hielt sie bedingungslos zu ihm. Sie ließ nicht zu, dass andere ihn schlecht machten. Das besorgte sie lieber selbst, wenn sie mit ihm allein war.

Nun plauderten wir eine Weile über dies und jenes, tranken ein Fläschchen Wein dazu und hörten uns auch noch einmal in Stichworten Tante Adelheids Krankheitsgeschichte an. Irgendwann begann die alte Dame nervös zu werden und schaute immer öfter auf die Uhr. Die beiden Gassiführer waren mittlerweile über zwei Stunden unterwegs; ein ziemlich ausgedehnter Spaziergang!

„Wo sie nur bleiben?", klagte Tante Adelheid endlich, als die Uhr halb elf zeigte. „Sie müssten längst zurück sein!"

„Sie werden halt noch irgendwo ein Bierchen trinken", meinte meine Mutter.

„Mein Hund in einer Kneipe?", stöhnte Tante Adelheid entsetzt. „Das überlebe ich nicht!"

„Vater und Tim werden schon aufpassen, dass er sich nicht vollsäuft", vermutete ich lächelnd. „Außerdem ist der Ausschank von Alkohol an Hunde unter sechzehn Jahren meines Wissens verboten."

„Mach darüber keine Scherze", zischte mich Tante Adelheid an. „Deinem Vater traue ich alles zu; sogar, dass er meinen Napoleon mit Schnaps abfüllt!"

„Er vergreift sich doch nicht an wehrlosen Geschöpfen", verteidigte Lydia meinen Vater. „So etwas würde er niemals tun! Dafür kenne ich ihn zu gut!"

„Na, ich weiß nicht", zweifelte die Tante.

Um elf war sie nicht mehr zu halten. „Ich suche sie", verkündete sie aufgebracht. „Denen werde ich etwas erzählen, darauf könnt ihr euch verlassen!"

Ich erbot mich, sie zu begleiten, und erhielt gnädigst ihre Bewilligung. Also verabschiedeten wir uns kurz darauf von Lydia und Mutter und stiefelten durch die nächtlichen Straßen unserer kleinen Stadt am Main. Von Vater, Tim und Napoleon nirgends eine Spur.

„Wenn dem Hund irgend etwas zugestoßen ist, bringe ich sie eigenhändig um", versprach die Tante grimmig. Man sah ihr an, wie ernst es ihr damit war. Sie glich einem Feuer speienden Drachen. Ich hätte jetzt keinen Streit mit ihr haben mögen.

Vor der ersten Kneipe machten wir halt. „Kommst du mit hinein?", fragte ich.

Sie nickte. „Selbstverständlich! Ich will mich an Ort und Stelle davon überzeugen, dass meinem Napoleon nichts geschehen ist. Auf geht's!"

Wir betraten das Lokal und schauten uns suchend um. Von den drei Spaziergängern war nichts zu sehen.

„Sie waren vor etwa einer Stunde hier", erzählte der Wirt auf eine diesbezügliche Frage inklusive Personenbeschreibung. „Sie tranken jeder ein Bier und einen Korn und zogen dann weiter."

„Hat Napoleon etwa mitgetrunken?", erkundigte sich sein Frauchen besorgt.

„Ich weiß zwar nicht, wer von ihnen Napoleon war, aber getrunken haben sie alle etwas", erwiderte der Wirt.

„Entsetzlich!", stöhnte die Tante. „Na warte, wenn ich die erwische! Sie werden sich wünschen, niemals geboren worden zu sein!"

Wir marschierten weiter, lernten dabei eine Kneipe unserer Stadt nach der anderen kennen und erhielten überall die gleiche Antwort: Ja, die Herren wären hier gewesen, hätten auch etwas zu sich genommen und wären dann wieder gegangen.

Tante Adelheids Gemütszustand näherte sich dem Siedepunkt. Ihr Gesicht glühte rot wie eine überreife Tomate und ihre Augen versprühten Funken. Mir taten die beiden Ausreißer jetzt schon leid. Sie würden am Jüngsten Tag nicht auferstehen können, weil Tantchen ihre Gebeine vermutlich in alle Winde zerstreut hatte und sie die nicht wiederfanden.

„Vielleicht sind sie inzwischen längst zu Hause", hoffte ich für sie, „und wir haben sie lediglich verpasst."

„Dann rufen wir eben zu Hause an", bestimmte die Tante.

Wir taten es von der nächsten Telefonzelle aus und erhielten negativen Bescheid. Nein, weder Tim noch Vater noch Napoleon waren bis jetzt gesichtet worden. Auch Sabine war noch unterwegs. Lydia und Mutter waren allein und hätten sich erlaubt, noch ein Fläschchen Wein zu öffnen.

Also suchten wir weiter und landeten schließlich vor einem Stripteaseschuppen, dem einzigen unserer kleinen Stadt und etwas außerhalb in einer Seitenstraße gelegen. Es handelte sich um ein ziemlich mieses, nicht gerade einladend wirkendes Lokal und war nicht mit dem vornehmen Laden zu vergleichen, den wir neulich in Frankfurt kennengelernt hatten. Tiefste Provinz eben und dementsprechend bieder. Trotzdem schwante mir Fürchterliches!

„Willst du da etwa auch mit hinein?", fragte ich die Tante.

Sie nickte entschlossen. „Wenn schon, denn schon! Und wehe, sie sind drin!" Sie schüttelte drohend die Fäuste. „Dann explodiert die Bude!"

Sie waren drin, hockten bester Laune an einem kleinen Tisch und beobachteten eine billige Stripteaseshow, die gerade auf einer winzigen Bühne gezeigt wurde. Napoleon saß auf einem Stuhl zwischen ihnen und schaute ebenfalls zu. Jedenfalls sah es so aus.

Tante Adelheid stieß einen spitzen Schrei aus und bahnte sich mit energischen Schritten einen Weg durch das nicht gerade dicht besetzte Lokal. Die wenigen Gäste schauten ihr amüsiert nach und begannen zu tuscheln. Ich folgte ihr weniger amüsiert.

„Ha!", fuhr Tante Adelheid die beiden armen Sünder an und baute sich wie eine zu Haut und Knochen gewordene Rachegöttin vor ihnen auf. „Habe ich euch endlich!"

„Grüß dich, Adelheid", sagte mein Vater ungerührt und hörbar leicht beschwipst. „Würdest du deinen keuschen Körper bitte ein wenig zur Seite stellen? Du nimmst mir die Sicht!"

„Ich werde dir gleich noch etwas ganz anderes nehmen", drohte die Tante. „Und Ihnen, Herr Küppers, auch!"

„Setz dich endlich", knurrte mein Vater. „Sonst lass ich dich durch den Geschäftsführer entfernen."

Wir setzten uns. Das Mädchen auf der Bühne ließ gerade die letzten Hüllen fallen. Vater langte nach Napoleon hinüber und hielt ihm die Augen zu. Das Hündchen leckte ihm die Hand.

„Zufrieden?", grinste Vater. „Er hat bestimmt nichts gesehen, der Kleine!"

„Es ist unglaublich!", stieß Tante Adelheid hervor. „Uuunglaublich!"

„Nicht wahr?", meldete Tim sich zu Wort. „Die beiden haben sich inzwischen angefreundet! Ich hätte das niemals für möglich gehalten."

„Mein Napoleon in einem solchen Lokal", schniefte die Tante. „Das verzeihe ich euch nie! Nie!!!"

„Jetzt reg dich bloß nicht künstlich auf", sagte mein Vater. „Es ist ihm ja nichts passiert. Ich habe ihm jedes Mal, wenn's gefährlich wurde, die Augen zugehalten. Er ist übrigens gar nicht so übel, der Kleine!"

„Möchtet ihr etwas trinken?", wollte Tim wissen. „Natürlich auf meine Rechnung."

„Keine zehn Pferde halten mich hier!", rief Tante Adelheid empört. „Herr Küppers, Sie haben mich sehr enttäuscht! Da vertraut man Ihnen das Liebste und Wertvollste, das man besitzt, an, und was tun Sie? Sie schleppen es in ein solches Lokal, das von der Sünde und der Schamlosigkeit gewissenloser Weiber lebt!

Schämen Sie sich, Herr Küppers! Pfui Deibel!"

„Nicht ich wollte in dieses Lokal", behauptete Tim, der offenbar auch nicht mehr ganz nüchtern war, „sondern Ihr Napoleon! Als wir auf unserem Spaziergang vorhin hier vorbeikamen, blieb er stehen und war nicht zu bewegen, weiterzugehen. Was blieb uns anderes übrig, als seinem Herzenswunsch nachzugeben?"

„Lügen Sie mich doch nicht so schamlos an!", schimpfte Tante Adelheid. „Einem kleinen, unschuldigen Hund die Schuld an der eigenen Wollust in die Schuhe schieben zu wollen! Tobias, was hast du nur für Freunde!"

„Tja, Tante, das habe ich bis heute leider auch nicht gewusst", sagte ich, mühsam ein Lachen unterdrückend. „Tim! Vater! Wie konntet ihr nur! Zumal Napoleon vermutlich noch gar nicht aufgeklärt ist!"

„Er wird auch jungfräulich bleiben", erklärte die Tante mit dumpfer Stimme. „Komm jetzt, Tobias! Lass uns gehen! Dies alles hier widert mich an! Gleich muss ich mich übergeben!"

Sie erhob sich und griff nach ihrem Hund. Der nahm Abwehrstellung ein und knurrte sie an. Für Tantchen brach eine Welt zusammen.

„Aber Napoleon", hauchte sie erschüttert. „Ich bin es doch - dein Frauchen!"

Napoleon begann zu bellen und ließ sich nicht von ihr anfassen. Anscheinend gefiel dem jungfräulichen Hündchen dieser Laden! Dabei gab es hier nicht einmal Schokolädchen oder sonstiges Happihappi.

„Es wäre besser, wenn ihr mitkommt", regte ich an. „Meine Mutter erwartet uns nämlich zu Hause."

„Mutter?" Vater sah mich erschrocken an. „Was will *die* denn?"

„Dich heim ins Reich holen!"

„Auch das noch!" Vater wirkte nicht sonderlich erfreut. „Vielleicht ist es besser, wenn ich nicht mitkomme."

„Doch, Vater, es ist sicher besser!", beschwor ich ihn. „Besser für alle Beteiligten!"

„Glaubst du wirklich?"

Ich nickte zuversichtlich.

„Na schön!" Vater seufzte abgrundtief. „Dann wollen wir halt mal wieder!" Er erhob sich und griff nach Napoleons Leine. Dieser sprang von seinem Sitz herunter und folgte ihm, als wäre dies die selbstverständlichste Sache der Welt. Für Tantchen hatte er keinen Blick übrig. Sie stöhnte enttäuscht auf und konnte nicht verstehen, dass ihr kleiner Abgott sich von ihr abgewandt hatte. Als wir gemeinsam das düstere Lokal verließen, musste ich sie stützen. Sie schien in den letzten Minuten um Jahre gealtert zu sein. Tränen glitzerten in ihren Augen. Sie tat mir entsetzlich leid.

Als wir draußen auf der Straße standen, wurde Napoleon plötzlich unruhig und begann an der Leine in Richtung Tantchen zu zerren. Er schniefte jämmerlich und gab nicht eher Ruhe, bis sein Frauchen ihn auf die Arme nahm und herzte und küsste. Er hatte zu ihr zurückgefunden! Jetzt war die Welt wieder in Ordnung für sie! Trotz Schmerzen am Herzen, den Nieren, der Galle, der Leber, dem Magen... Hauptsache, sie hatte ihren Napoleon wieder - und er sie! Dem Himmel sei vielfältiger Dank!

♥

Vaters Schritte wurden immer schwerer, als wir uns meinem Haus näherten. Er blieb ein paarmal stehen und tat so, als müsse er sich die Schuhe binden. Dabei trug er Slipper, der Feigling. Alles deutete darauf hin, dass er Angst hatte, Mutter unter die Augen zu treten.

"Nur Mut", raunte ich ihm zu und knuffte ihn aufmunternd in die Seite. "Sie scheint ihren friedvollen Tag zu haben!"

"Tatsächlich?" Er schien nicht völlig überzeugt zu sein. "Vielleicht sollte ich doch noch einmal ums Quadrat laufen!"

"Unsinn", widersprach ich. "Bist du ein Mann oder bist du ein Waschlappen?"

"Keine Ahnung", entgegnete er. "In Gegenwart deiner Mutter weiß ich das manchmal selbst nicht so genau."

Mutter benahm sich aber großartig! Als wir anrückten, schloss sie den ihr Angetrauten in die Arme, schmiegte sich an ihn und küsste ihn sogar.

"Dass ich dich endlich wiederhabe!", säuselte sie und zwinkerte mir dabei verstohlen zu. "Die Tage ohne dich waren öd und leer! Ich konnte sie kaum mehr ertragen!" Fragte sich nur, was geschehen würde, wenn sie erst wieder zu Hause waren. "Freust du dich auch so sehr, mein geliebtes Fritzi-Bubi?"

"Selbstver... selbstverfreilich!"

Dem geliebten Fritzi-Bubi fehlten vor Erstaunen die passenden Worte. Er schnappte nach Luft wie ein Fisch auf dem Trockenen, schien nicht zu fassen, wie liebevoll er empfangen wurde.

"Wir fahren jetzt gleich heim", bestimmte Mutter. "Deine Sachen haben Ly... äh... die lybe Pam und ich schon zusammengepackt. Gib brav Händchen und bedanke dich, dass man dich so liebevoll aufgenommen und betreut hat."

Mein Vater wagte keinen Widerspruch. Er verabschiedete sich wie ein wohlerzogener Junge von uns, nahm stumm zur Kenntnis, dass Tante Adelheid ihm die Hand zum Gruß verweigerte, und folgte Mutter zum Auto. Wir winkten hinter ihnen her, bis ihr Wagen um die nächste Kurve gebogen war.

"Hoffentlich zerrupft sie ihn nicht allzu sehr", dachte ich. "Obwohl: Schaden könnte es ihm nichts! Er hat es dicker hinter den Ohren als ich! Ich habe zumindest ein schlechtes Gewissen. Er offenbar nicht."

"Das hätte ich nun wirklich nicht gedacht", zeigte Tante Adelheid sich erstaunt, nachdem die beiden mehr oder weniger glücklich Wiedervereinten in Richtung Heimat entfleucht waren. "In ihrem Alter noch so verliebt! Unglaublich! Und vor allem bei *diesem* Mann! Was hat er, das ich einfach nicht an ihm entdecken kann?"

"Mutter wird es wissen", meinte ich. "Sonst hätte sie ihn wahrscheinlich nicht geheiratet und wäre nicht so lange bei ihm geblieben!"

"Unverständlich für mich; unverständlich!" Sie schüttelte den Kopf. "Dieser Mann! Meinen armen Napoleon in ein Bordell mitzunehmen! Das vergesse ich ihm nie! Ihnen übrigens auch nicht, Herr Küppers! Ich überlege ernsthaft, ob ich Sie nicht wegen Verführung eines minderjährigen Hundes anzeigen soll!"

"Gnade!", flehte Tim sie an und rang scheinbar verzweifelt die Hände. "Gibt es denn nichts, mit dem ich Ihr Wohlwollen zurückgewinnen könnte? Soll ich mir Asche aufs Haupt streuen, Ihnen die Füße küssen oder nackt durch die Antarktis wandern? Verlangen Sie von mir, was Sie wollen, gnädige Frau, nur verzeihen Sie mir!"

"Ich werde darüber nachdenken", versprach Tante Adelheid huldvoll. "Wahrscheinlich werde ich mich für die Antarktis entscheiden! Aber nur, wenn Sie diesen anderen Halunken mitnehmen."

Wir setzten uns noch für ein Weilchen zusammen und tranken den Rest des Weines, den Lydia und Mutter übrig gelassen hatten. Sabine war bis jetzt noch nicht wieder aufgetaucht. Vielleicht hatte ich ja wirklich Glück, und sie ließ mich in dieser Nacht in Ruhe? Nichts wünschte ich mir sehnlicher!

Sie war auch um eins, als wir in unsere Betten gingen, noch nicht zu Hause. Wir verabschiedeten uns artig von Tantchen, küssten sie auf beide Wangen und begaben uns zu unseren Zimmern. Selbst Tim durfte ihr inzwischen wieder die Hand reichen und ihr eine *Gute Nacht* wünschen. Napoleon streicheln durfte er nicht. Irgendeine Strafe musste schließlich sein. Tim trug es mit Fassung und Würde.

"Sei lieb zu deinem Frauchen", forderte Tante Adelheid mich kichernd auf, bevor sie in ihr Zimmer schlüpfte. "Sie hat es weiß Gott verdient!"

Ich versprach ihr, mein Möglichstes zu tun. Und dann war ich endlich mit Lydia allein und schloss die Schlafzimmertür.

♥

"Was für ein Tag", sagte Lydia, schleuderte ihre Schuhe von den Füßen und ließ sich rücklings aufs Bett fallen. "Langweilig wird einem das Leben an deiner Seite nicht! Ich hoffe nur, du warst mit mir zufrieden?"

"Du warst fabelhaft", beteuerte ich, legte mich neben sie und nahm sie in die Arme. "Wenn ich tatsächlich erben sollte, wird es zum größten Teil dein Verdienst sein, denn du hast Tante Adelheids Herz im Sturm erobert. So wie du immer mehr das meine eroberst!"

"Das sagst du doch nur so", seufzte sie. "Ach, Tobias, wenn es doch nur die Wahrheit wäre!"

Ich bewies ihr, dass ich die Wahrheit sprach, und küsste zärtlich ihre blühenden Lippen. Mein schlechtes Gewissen hatte ich diesmal vor der Schlafzimmertür zurückgelassen. Flugs waren wir aus unseren Klamotten. und dann genoss ich jede Sekunde in Lydias Armen, wurde eins mit ihr und wünschte mir, es möge für immer so bleiben!

Von wegen: Es möge immer so bleiben! Ha! Keine Viertelstunde war uns vergönnt, als die Haustür ging und Sabine heimkam. Kurz darauf klopfte es an meine Zimmertür.

"Was gibt es?", fragte ich unfreundlich.

"Ich bin es - Sabine", kam es von draußen.

"Das habe ich mir fast gedacht", knurrte ich und machte aus eins wieder zwei, weil mein kleiner Tobias vor Ärger nicht mehr mitspielte. "Aber für unsere Vereinbarung ist es mir heute einfach zu spät! Ich kann und mag nicht mehr, bin hundemüde."

"Aber darum geht es doch gar nicht", jammerte das Mädchen. "Ich möchte nur mit dir sprechen."

"Hat das nicht bis morgen Zeit?"

"Nein, Tobias, du musst mich anhören", klagte Sabine. "Jetzt gleich. Es ist etwas Schreckliches geschehen!"

Ihre Stimme klang ehrlich verzweifelt. Oder war es vielleicht doch nur ein Trick von ihr, um mich in ihr Zimmer zu locken? Ich war mir nicht ganz sicher.

"Was soll ich tun?", fragte ich Lydia leise.

"Bevor sie alle anderen aufweckt, solltest du vielleicht doch mit ihr reden", riet sie mir.

"Und wenn sie doch mehr will als reden?"

Lydia zuckte unglücklich die Schultern. "Ich

wünschte mir, sie würde nicht *mehr* wollen, damit für mich mehr übrig bleibt."

"Tobias, bitte", meldete sich Sabine wieder. "Ich bin fix und fertig und weiß nicht mehr ein und aus!"

"Du, der geht es wirklich beschissen", meinte Lydia. "Das ist kein Theater. Sprich mit ihr. Es muss ja nicht bis morgen früh dauern."

"Worauf du dich verlassen kannst! Halte die Baustelle bitte offen."

"Versprochen!"

Ich sprang aus dem Bett und schlüpfte in meinen Morgenmantel. Dann öffnete ich die Tür. Sabine stand wie das Leiden Christi in Person davor, hatte offensichtlich geheult. Und auch jetzt schossen ihr gleich wieder Tränen in die Augen.

"Danke, dass du gekommen bist", fiepte sie. "Ich weiß nicht mehr ein und aus."

"Das sagtest du bereits", erinnerte ich sie. "Also?"

"Doch nicht hier", schluchzte sie. "Wo jeden Moment jemand vorbeikommen könnte, weil er auf's Klo muss."

Ich wählte als neutrale Zone die Küche und bugsierte sie dorthin. Kaum dort angekommen, warf sie sich an meine Brust und heulte jämmerlich.

"Es hätte niemals passieren dürfen", flennte sie. "Niemals! Ich war mir so sicher!"

"Was hätte nicht passieren dürfen?", erkundigte ich mich und schob sie ein wenig von mir.

"Ich dachte immer, dass ich nur dich liebe! Nur dich allein!" Sie verringerte den Abstand zwischen uns wieder und presste sich an mich. "Und jetzt ist es passiert!"

Ich wusste nicht, von was sie sprach, und fühlte mich ziemlich hilflos.

"Wenn du mir nicht erzählst, was passiert ist, kann ich dir natürlich keinen Rat geben", sagte ich. "Also?"

Es fällt mir so unheimlich schwer", greinte sie. "Und ich möchte dich doch auch nicht enttäuschen! Ach, Tobias!"

Sabine zitterte am ganzen Körper, dabei war es selbst um diese späte Stunde noch ziemlich warm im Raum. Mir wurde es immer ungemütlicher in meiner Haut, hatte die schlimmsten Befürchtungen. Wenn sie doch endlich mit der Wahrheit herausrücken würde!

"Ich... ich...! Nein, ich kann es dir nicht sagen!"

"Ich möchte aber, dass du es mir sagst", forderte ich. "Sonst stehen wir morgen früh noch hier herum, und ich weiß immer noch nicht, um was es eigentlich geht."

"Tobias, ich habe mich verliebt!", platzte sie endlich heraus. "In einen anderen! Ist das nicht furchtbar?"

Mir fiel ein Stein vom Herzen, hätte vor Erleichterung lachen mögen, weil ich mit wesentlich Schlimmerem gerechnet hatte. Ich hatte befürchtet, sie würde mir eröffnen, dass sie schwanger wäre. Schwanger von mir! "Dussel", schalt ich mich im nachhinein. "Das hätte sie jetzt doch noch gar nicht wissen können. Nach den paar Tagen!

Um sie wegen meiner unbändigen Freude nicht vor den Kopf zu stoßen, legte ich mein Gesicht in kummervolle Falten und knirschte:

"Man kann seinem Schicksal nicht entrinnen, Kleines! Heute erwischt es den und morgen jenen! Das ist nun mal so im Leben."

"Es ist unverzeihlich", jammerte sie. "Ach, Tobias, ich bin ja so unglücklich!"

"Das solltest du nicht sein, mein armes Kind", erwiderte ich mit Grabesstimme. "Mir blutet zwar das Herz, aber ich werde dir verzeihen! Nimm den anderen und vergiss mich!" Ich wischte mir eine imaginäre Träne aus meinem rechten Augenwinkel. "Nimm ihn, wenn dein Herz es dir gebietet!"

Warum kam ich mir dabei nur so ungeheuer blöd vor? Und warum spielte ich dieses Theater überhaupt?

"Ich liebe ihn sooo sehr", hauchte Sabine. "Sooo sehr! Was soll ich bloß tun?"

Ich drückte sie sanft auf einen Stuhl und setzte mich ihr gegenüber auf einen anderen. Und bemühte mich weiterhin, meinem Gesicht einen deprimierten Ausdruck zu verleihen. Dabei jubilierte es in meinem Inneren wie an Weihnachten. Mehr noch! Es jubilierte, als wären Weihnachten, Ostern und mein Geburtstag auf einen Tag gefallen! Aber das durfte ich ihr doch nicht sagen. Warum eigentlich nicht? Ich blieb bei der erschütterten Version meiner Gefühle. Warum, weiß ich nicht. Vielleicht deshalb, weil sie mich so schamlos erpresst hatte.

"Das alles kommt natürlich sehr überraschend für mich", sagte ich düster. "Du weißt, dass ich es anfangs nicht wollte, weil ich verheiratet bin. Nachdem wir aber..." Ich schlug die Hände vor's Gesicht. Rache musste sein! „Ich... ich...! Mein Gott, wie konntest du mir das antun!"

Sie schaute mich angsterfüllt an, legte mir beruhigend die Hand auf den Kopf. "Du wirst dir doch nichts antun?", fragte sie mich besorgt. "Du hast doch noch Lydia! Sie liebt dich! Wirklich! So etwas fühlt man als Frau! Du bist auf mich nicht angewiesen! Oder soll ich...?"

Um Gottes willen! Jetzt bloß keinen Fehler machen! Nicht, dass sie auf die Idee kam, mich neben ihrem neuen Lover unbedingt trösten zu müssen! Das wäre schrecklich gewesen! Wo ich doch so froh war, dass sie sich anderweitig orientiert hatte.

"Ich habe ja auch noch meine eigentliche Frau", sagte ich. "Auch sie wird eines Tages zu mir zurückkehren, hoffe ich."

"Na also", meinte sie erleichtert und wischte sich die Tränen vom Gesicht. "Du wirst darüber hinwegkommen. Zumal unsere Beziehung ja auch noch nicht allzu eng geworden war; eine einmalige sexuelle Entgleisung - sozusagen." War es nicht eine zweimalige gewesen? "Und du bist mir nicht böse?"

"Wie könnte ich dir böse sein?"

"Du trägst es wie ein wahrer Mann", bewunderte sie mich. "Danke, Tobias! Du ahnst nicht, wie sehr du mein schlechtes Gewissen damit erleichterst."

"Doch, ich ahne es, Kleines."

"Er ist ja so süß."

"Wer?"

"Thomas! Einfach himmlisch!"

"Na fein!"

"Außerdem ist er viel jünger als du", erzählte sie mir. "Wahrscheinlich hätten wir zwei altersmäßig doch nicht so recht zusammengepasst."

"Wahrscheinlich nicht."

"Er fährt ein geiles Motorrad", berichtete sie und nannte mir eine bekannte Marke. "Und er ist so stark! Und so zärtlich! Er hat mich rasend gemacht! So etwas habe ich noch nie empfunden!"

Jetzt war ich doch ein bisschen beleidigt! Welcher Mann hört es schon gern, wenn eine ehemalige Geliebte behauptet, ihr neuer wäre besser als er?

"Du warst natürlich auch ganz gut", tröstete sie mich, als sie meine belämmerte Miene bemerkte. "Aber Tommy ist halt anders. Du bist doch jetzt nicht eingeschnappt?"

Ich schüttelte den Kopf, obwohl ich es war. "Ich wünsche dir, dass du glücklich wirst mit ihm", sagte ich und erhob mich.

"Und du bist wirklich nicht böse?"

"Aber woher denn!" Ich streichelte ihr noch einmal über ihr Köpfchen, und als sie sich erneut an meine Brust warf, küsste ich sie sogar zärtlich; küsste sie inniger, als dies nach allem, was vorher gesprochen worden war, angebracht gewesen wäre.

In diesem Moment öffnete sich die Küchentür. Tante Adelheid schwebte herein, sah, was ich mit Sabine trieb, und erstarrte zur Salzsäule. In ihrem langen, weißen Nachthemd wirkte sie noch dünner und länger als sonst. Sie trug ein rüschenbesetztes Nachthäubchen, und ihre Zähne standen wahrscheinlich in einem Glas auf ihrem Nachttisch.

"Tobias!", rief sie mit der Stimme jenes Erzengels, der Adam und Eva aus dem Paradies vertrieben hatte. "Ich sehe wohl nicht recht! Du treibst es hinter dem Rücken deiner entzückenden Frau mit der Tochter deines Freundes? Schande über dich!"

"Du... du missverstehst das völlig", stotterte ich. "Sabine hat Probleme, und ich versuchte, sie zu trösten!"

"Auf diese Art und Weise?" Tantchen schüttelte missbilligend den Kopf. "Du bist ein Wüstling, Tobias Wunderlich! Genau wie dein Vater!" Sie schaute an mir herunter. "Bedecke wenigstens deine Zippedäus! Er sieht traurig aus!" Er hatte kurz zuvor nicht so traurig ausgesehen. Trotzdem zog ich meinen Morgenmantel vorne zusammen. "Ich muss dir leider alle bisher notierten Punkte streichen! Einer wie du ist nicht würdig, mein Erbe anzutreten!"

"Das kannst du doch nicht machen!", flehte ich

Tantchen an. "Zwischen Sabine und mir läuft wirklich nichts."

"Ehrlich", versicherte Sabine. "Ich liebe einen ganz anderen! Und mit dem hat es heute Abend Zoff gegeben! Als ich in Tränen aufgelöst nach Hause kam, liefen Tobias und ich uns zufällig über den Weg."

"Weil ich Durst hatte und noch ein Glas Buttermilch trinken wollte", warf ich ein.

"Ich erzählte ihm von dem Scheiß, den ich erlebt hatte", fuhr Sabine fort, "und da nahm er mich halt in die Arme und küsste mich. Mein Gott, da ist doch nichts dabei! Deswegen müssen Sie ihm doch nicht alle Punkte streichen! Das ist ja ätzend!"

"Was ist das?", erkundigte sich Tantchen.

"Ätzend!", wiederholte Sabine. "Idiotisch! Völlig daneben! Bescheuert, wenn Sie das besser verstehen.

Tante Adelheid schluckte. "Na schön", räumte sie ein. "Dann habe ich das wohl wirklich missverstanden. Trotzdem muss ich ihm, weil er sich in fast unbekleidetem Zustand einem attraktiven jungen Mädchen zur Schau gestellt hat, fünf Punkte abziehen. In einem sittsamen Haus tut man das nicht! Da zieht man, wenn man sein Schlafzimmer verlässt und mit dem Erscheinen anderer Damen rechnen muss - und wäre es bloß ich - zumindest eine Unterhose an." Sie lächelte sarkastisch. "Dein Zippedäus sieht übrigens wirklich nicht besonders vielversprechend aus!"

Sprach's, wandte sich um und entfleuchte.

Sabine hob die Schultern. „Tut mir leid!", sagte sie zerknirscht.

„Was denn? Dir muss nichts leid tun."

„Doch. Wegen der Punkte."

„Scheiß drauf", erwiderte ich. „Die hole ich mir schon wieder, wenn ich tüchtig in die Pedale trete. Gute

Nacht, Bine!"

„Gute Nacht, Tobias!"

Ich küsste sie noch einmal, diesmal wesentlich väterlicher, und begab mich zu Lydia zurück, die mich sogleich mit neugierigen Fragen bestürmte. Ich erzählte ihr, was ich gerade erlebt hatte.

„Na, dann ist ja alles gut", meinte sie sichtlich erleichtert. „Ich muss dich nicht mehr mit Sabine teilen!"

„Nichts ist gut", brummte ich. „Die Alte hat mir immerhin fünf Punkte abgezogen. Die muss ich erst einmal wieder zurückerobern!"

„Überlass das nur mir", lächelte Lydia. „Wie du weißt, kann ich's mit ihr. Kannst du auch noch einmal mit mir? Schließlich wurden wir unterbrochen."

Und ob ich konnte! Es war fast früher Morgen, bis ich nicht mehr konnte. „Lydia", dachte ich und schlief selig in ihren Armen ein. „Soll Pam doch bleiben, wo der Pfeffer wächst! Ich habe keine Sehnsucht mehr nach ihr. Lydia heißt die Frau, die ich liebe! Lydia! Lydia!

Ach, Sabine!"

15.

Sonntagmorgen!
Ausschlafen!
Pustekuchen!
Tante Adelheid war streng katholisch erzogen worden. Ich auch, sah das alles aber nicht mehr ganz so eng. Tante Adelheid schon. Sie bestand darauf, dass wir gemeinsam den Gottesdienst besuchten. Um halb zehn! Mitten in der Nacht! In Anbetracht der gestrichenen fünf Punkte wagte ich keine Widerrede. Selbst Tim, der erklärter Atheist war und für den ganzen Humbug, wie er es nannte, normalerweise nichts übrig hatte, folgte unseren Spuren, als wir in unseren Sonntagsstaat gekleidet in die Kirche traten. Sabine war zu Hause geblieben. Napoleon natürlich auch. Er vertrug den Weihrauchgeruch nicht.

Wir nahmen in einer der vorderen Reihen Platz. Während der Predigt pennte Tim ein. Ich musste ihm mehrmals kräftig in die Seite stoßen, weil er derart laut schnarchte, dass man die trostreichen Worte des Pfarrers kaum noch verstehen konnte. Dabei waren sie so aufschlussreich und wie für uns gesprochen.

Hochwürden sprach nämlich von der heutigen unmoralischen Zeit, vom Verfall der Sitten und davon, dass Ehebruch praktisch zum guten Ton gehörte. Ein schändliches Vergehen! Die entsetzlichsten Strafen der Hölle würden einen dafür in selbiger erwarten. Das Tor zum Paradies würde einem auf ewig verschlossen bleiben. Gott wäre zwar ein barmherziger Kerl, aber so barmherzig nun auch wieder nicht. Wer gesündigt hätte, müsste schmoren. Für alle Ewigkeit.

Ich lauschte diesen Worten mit wachsender Besorgnis. Glaubte man ihnen, waren meine Aussichten für das Leben nach dem Tod nicht gerade rosig. Wenn man bloß wüsste, ob der Pfarrer recht hatte? Es war kein erhebender Gedanke, dem Satan für den Rest der Zeiten als eine Art Grillwürstchen dienen zu müssen.

„Noch ist Zeit zur Umkehr!", rief Hochwürden mit donnernder Stimme. Kam es mir nur so vor, oder schaute er dabei tatsächlich in meine Richtung? Ich zog den Kopf ein und versteckte mich hinter dem Rücken einer breitschulterigen Blondinen. „Wie spricht der Herr? Kommet zu mir, die ihr mühselig und beladen seid! Ich will euch erquicken! Ja, Er ist in Seiner unermesslichen Güte bereit, euch zu verzeihen! Darum kehret um und tuet Buße! Der Tag des Gerichtes ist nicht mehr fern! Amen!"

„Du, ich glaube, der hat uns gemeint", raunte mir Tim, der offenbar doch nicht ganz so fest geschlafen hatte, zu.

„Quatsch", widersprach ich, war mir aber selbst nicht ganz sicher. „Woher sollte er denn wissen..."

„Pssst!", machte Tante Adelheid und blickte uns strafend an. Ich nickte reuevoll und sang das nächste Lied um so lauter mit. Ein kirchliches Evergreen, von dem niemand mehr wusste, wer es geschrieben hatte. Ob man meine Lieder nach so vielen Jahrhunderten auch noch singen würde? Kaum anzunehmen. Und in einer Kirche schon mal gar nicht. Dabei waren meine Songs von der Melodie und dem Text her wesentlich besser als diese religiöse Schnulze.

In den Reihen vor uns entstand erhebliche Unruhe. Da wurde geflüstert, gekichert und gelacht. Ich begann Böses zu ahnen und schaute mich nach den Meinen um. Natürlich! Jan war verschwunden! Er hatte unsere Andacht ausgenutzt, um sich abzusetzen. Jetzt krabbelte er wahrscheinlich irgendwo unter den Bänken herum und erschreckte frömmelnde Damen! An den Reaktionen selbiger konnte man förmlich seinen Weg verfolgen. Ich zwängte mich aus meiner Reihe und machte mich auf die Suche nach ihm.

„Entschuldigen Sie", flüsterte ich drei Reihen vor uns, wo zuletzt gekichert worden war. „Haben Sie zufällig einen kleinen Jungen gesehen?"

„Eben war er noch hier", wurde geantwortet.

Jetzt war er nicht mehr da! Also suchte ich weiter.

„Jan!", rief ich unterdrückt. „Jan, komm sofort zu Papi!"

Der Pfarrer wurde auf mich aufmerksam, unterbrach seine heilige Handlung und schaute zu mir herüber.

„Dürfte ich erfahren, weshalb Sie die Andacht meiner Schäfchen stören?", fragte er ärgerlich.

„Tut mir sehr leid, Hochwürden", erwiderte ich zutiefst beschämt, „aber mein kleiner Sohn ist ausgerissen!"

„Konnten Sie nicht besser auf ihn aufpassen?"

„Tut mir wirklich leid", wiederholte ich. „Aber Ihre Predigt hat mich so sehr fasziniert..."

„Schon gut! Schon gut", unterbrach er mich gütig. „Also? Wo ist ein kleiner Junge aufgetaucht, der nicht da hingehört, wo er ist?

„Hier", meldete sich eine weibliche Person. „Ich habe ihn!"

„Holen Sie Ihren Sohn ab", forderte mich Hochwürden auf, „und dann lasset uns fortfahren."

„Wohin will er denn fahren?", hörte man eine Kinderstimme. Sie gehörte unverkennbar Julia! Auch das noch! Ich schämte mich in Grund und Boden.

„Pssst!", machte Tante Adelheid gereizt. „Psssst!"

Ich begab mich mit hochrotem Kopf zu der Dame, die Jan gesichtet hatte, und nahm ihn dort in Empfang. Er sah mir strahlend entgegen und streckte seine Ärmchen nach mir aus. Ich warf Tante Adelheid einen um Entschuldigung bittenden Blick zu und verließ mit dem Kleinen das Gotteshaus.

„Du bist ein böser Junge", tadelte ich ihn, als wir draußen waren, und drohte ihm mit dem Finger. „Wie oft muss ich dir denn noch erklären, dass man nicht fortlaufen darf?"

„Jan lieb", meinte er unschuldig. „Jan nist fortelauft!"

„O doch, du bist fortgelaufen!" rief ich ärgerlich. „Das nächste Mal gibt's dafür etwas hinter die Löffel! Haben wir uns verstanden?"

Jan nickte eifrig. „Jawoll", sagte er. „Du Ahsloch!", fügte er hinzu.

Mir war, als hätte mir einer ein Brett vor die Birne geknallt. Fassungslos starrte ich ihn an und fragte: „Was hast du eben gesagt?"

„Ahsloch", wiederholte der Kleine freundlich. „Papa Ahnsloch!"

Ich hatte also richtig gehört! Mein knapp dreijähriger Sohn hatte ein neues Wort entdeckt und probierte es jetzt an mir aus. Innerlich musste ich zwar grinsen, nach außen spielte ich dagegen den gar gestrengen Vater.

„Das darf man aber nicht sagen", ermahnte ich ihn. „Das ist ein schlimmes Wort; ein ganz böses!"

„Tim auch sagt", klärte mich mein Sohn auf.

Natürlich! Von wem sonst konnte es stammen? Sollte ich noch mehr dazu sagen? Sollte ich Jan Strafe androhen, wenn er dieses Wort weiterhin gebrauchte? Um so interessanter wurde es für ihn. So aber, wenn ich gar nicht mehr darauf einging, vergaß er es vielleicht bald wieder. Oder auch nicht! Weil solche Worte eher haften bleiben als *Bitte* oder *Danke*.

Ich nahm Jan an der Hand und spazierte mit ihm vor dem Gotteshaus auf und ab. Eine knappe halbe Stunde später war die Messe zu Ende und die Gläubigen strömten nach draußen. Ein paar ältere Damen, die eben noch mit verklärten Gesichtern den Worten des Pfarrers gelauscht hatten, stellten sich zusammen und begannen über andere zu tratschen. *Quak, quak, quak, quak, quak!* Je gemeiner, um so interessanter! Gottes Wort von der Nächstenliebe endete für sie offenbar am Kirchenportal!

Ich entdeckte meine Freunde und Verwandten im Gewühl und drängelte mich zu ihnen durch. Tante Adelheid empfing mich mit mürrischer Miene. Meine Aktien schienen wieder um etliche Punkte gefallen zu sein. Ich würde kräftig in die Pedale treten müssen, um Tantchen wieder mit mir zu versöhnen. Sonst gewann Vetter Herbert am Ende doch noch die Schleimerkrone und damit die fünf Millionen.

„Musste das sein?", fragte die Tante spitz.

Ich zuckte hilflos die Schultern. „Jan war noch nie in einem Gottesdienst", bekannte ich und biss mir im gleichen Moment auf die Lippen. Vielleicht hätte ich diese traurige Tatsache besser nicht verraten sollen? Fromm, wie sie war, nahm sie mir das sicher übel.

„Das dachte ich mir", erwiderte sie ungnädig. „Euch scheint an eurem Glauben eh nicht mehr viel zu liegen, habe ich das merkwürdige Gefühl."

„O doch!", mischte sich meine Ersatzfrau ein. „Wir besuchen die Messe fast jeden Sonntag und an den hohen Feiertagen sowieso."

Schwindel, Schwindel!

„Allerdings habe ich Jan bisher für zu jung gehalten, uns zum Gottesdienst zu begleiten", fuhr sie fort. Er ist ein kleiner Zappelphilipp, kann keine Minute ruhig sitzen bleiben und stört damit nur die Andacht der anderen. Du hast es heute selbst erlebt."

Tante Adelheid blinzelte schon wieder etwas freundlicher unter ihrem großen Blümchenhut hervor. Lydia musste einen Riesenstein bei ihr im Brett haben.

„Sicher hast du recht", räumte sie ein. „Du als Mutter musst das schließlich am besten wissen. Ich möchte mich keinesfalls in eure Erziehung einmischen."

„Du sollst ruhig deine Meinung sagen", schmeichelte Lydia und hängte sich bei der lieben Tante ein. „Ich bestehe sogar darauf. Man kann von euch Älteren nämlich nur lernen."

Tante Adelheid lächelte zufrieden und tätschelte liebevoll Lydias Hand. War das ein Glück, dass ich dieses Mädel hatte! Ich bereute keine Sekunde, ihr zehn Prozent der eventuell zu erwartenden Erbschaft versprochen zu haben. Sie verdiente sie sich mehr als redlich.

Ich fühlte, wie mein Herz sich ihr immer inniger zuneigte und die Erinnerung an eine andere blasser und blasser wurde. Und das lag keinesfalls allein an dem Umstand, dass Lydia mir dabei half, vielleicht fünf Millionen zu kassieren! Das hatte, wenn ich meine Gefühle richtig deutete, längst etwas mit Liebe zu tun.

Auch beim Nachhauseweg waren Tante Adelheid und Lydia wieder ein Kopf und ein Hintern. Sie gingen Arm in Arm, unterhielten sich angeregt und waren bester Laune. Auch über uns Männern schienen sie zu lästern, denn hin und wieder drehten sie sich nach uns um, steckten anschließend die Köpfe zusammen und kicherten albern.

„Wie Gänse", fand Tim.

„Lass sie", erwiderte ich. „Ich bin froh, dass die beiden ein so blendendes Verhältnis zueinander haben. Es füllt mein Punktekonto wieder auf."

„Wieso? Hast du dir Abzüge eingehandelt?"

Ich erzählte ihm, wie Tante Adelheid Sabine und mich beim Küssen erwischt hatte. „Dabei war es ein völlig harmloser Kuss", stellte ich schnell klar und berichtete, wie es dazu gekommen war. „Es hat mich trotzdem fünf Punkte gekostet, weil mein Morgenmantel sich dabei geöffnet hatte und mein Schniedelwutz der lieben Tante *Guten Abend* sagte", schloss ich.

Tim lachte. „Aber die fünf Punkte, die das gekostet hat, waren es wert, wenn dadurch deine Heimlichtuerei mit meiner Tochter ein Ende gefunden hat", sagte er. „Stell dir vor, sie hätte euch irgendwann beim Poppen..."

„Vorsicht", warnte ich ihn, bevor er sich noch länger über dieser heikle Thema ausließ.

Tante Adelheid und Lydia waren nämlich stehen geblieben und wandten sich nach uns um. „Tantchen hätte Lust auf einen Frühschoppen", verriet uns meine Ersatzfrau augenzwinkernd. „Was haltet ihr davon?"

Wir waren sehr von dieser Idee angetan.

„Drüben im Bayrischen findet ein Sängerfest statt, habe ich gestern in der Zeitung gelesen", erzählte Tim. „Mit großem Festzelt, Rummelplatz und so. Heute morgen spielt eine bekannte bayerische Blaskapelle. Wäre das nichts?"

Und ob das 'was war, auch wenn diese Art Musik nicht so ganz mein Fall war. Wir eilten nach Hause, um Sabine von unserem Vorhaben zu unterrichten. Sie hatte keine Lust, uns zu begleiten. Sie wollte sich lieber ein Tennismatch im Fernsehen anschauen und dabei auf Napoleon aufpassen, dessen empfindlichen Ohren wir nicht zumuten wollten, sich bayerische Blasmusik anhören zu müssen.

Wir anderen saßen wenig später in meinem Wagen und fuhren in den Nachbarort. Wir parkten unser Fahrzeug auf einer dafür vorgesehenen Wiese in der Nähe des Festplatzes und stiefelten los.

Das Zelt war sehr gut besucht. Es herrschte bereits eine Bombenstimmung. Das Bier floss in Strömen und die Luft war zum Schneiden. Der Duft von gegrillten Haxen und Hähnchen, von Würstchen, Spießbraten und Pommes ließ einem das Wasser im Mund zusammenlaufen.

In der Nähe der sich über die ganze Breitseite des hinteren Zeltes erstreckenden Bühne und Tanzfläche fanden wir an einem schmalen, langen Tisch Platz und ließen uns auf den groben Holzbänken nieder. Tante Adelheid schob unternehmungslustig ihren Blümchenhut ins Genick und winkte einen der schwitzenden Kellner herbei. Kurz darauf prosteten wir uns mit Halbliterkrügen Bier zu. Julia und Jan natürlich nicht. Die nuckelten an einer Limo.

„*Aus Böhmen kommt die Musik...*", spielte die Blaskapelle, obwohl sie aus Bayern stammte, und viele sangen mit. Wir, nachdem wir den ersten Durst gelöscht hatten, selbstverständlich auch. Wir beteiligten uns stimmgewaltig an dem Lied vom *Paul, dessen Gaul keinen Zahn mehr im Maul hatte* und besangen natürlich auch die *Frau Meier*. Wobei uns ziemlich egal war, ob sie sich eventuell mit ay, ey oder gar ai schrieb.

Heute war ein wunderschöner Sommertag. Die Sonne prallte mit geballter Kraft auf das Festzelt und ließ es zu einer Art Sauna werden. Das machte Durst! Wir tranken, lachten und schunkelten. Und tranken wieder. Einen Liter, zwei Liter...!

Ein Prosit der Gemütlichkeit! Oans - zwoa - gsuffa!

Tante Adelheid hielt tapfer mit. Sie war kaum wiederzuerkennen. Ihr Gesicht glühte und der Schweiß lief ihr in Bächen über Stirn und Wangen. Nach einer guten Stunde trank sie mit Tim Brüderschaft und ließ sich sogar von ihm küssen.

„Das gibt fünf Minuspunkte, Tantchen", spielte ich auf die vergangene Nacht an. Sie lachte, winkte ab und küsste nun ihrerseits Tim. Mein Gott, war das Leben schön! Und:

Aaner geht noch, aaner geht noch noi!

Später, nachdem wir alle etwas gegessen hatten, tanzten wir auch. Tim und ich schoben abwechselnd Tante Adelheid und Lydia auf der Tanzfläche herum, Julia und Jan versuchten, das nachzuahmen. War das eine Stimmung! Als Tim anfing, schlüpfrige Witze zu erzählen, kicherte die Tante errötend und erzählte ihrerseits noch deftigere. Ich glaubte, meinen Ohren nicht trauen zu dürfen!

„Und jetzt dirigiere ich", verkündete Tante Adelheid irgendwann lautstark. „Komm, Tobias, mach das mal klar für mich!"

Ich musste mit hinauf zur Kapelle und redete mit deren Leiter. Für eine Runde Freibier drückte man Tante Adelheid einen Taktstock in die Hand und spielte einen Tusch.

„Meine Damen und Herren, werte Festgänse... pardon... gäste", rief der Orchesterchef in sein Mikrofon, „und jetzt spielen wir unter der Leitung von..."

Er schaute mich fragend an.

„Unter der Leitung von Tante Adelheid", übernahm ich die restliche Ansage.

Das Zelt bzw. dessen Insassen raste.

Tante Adelheid verbeugte sich geschmeichelt nach allen Seite und versuchte sogar einen Hofknicks, der das Zelt - bzw. dessen Insassen - noch mehr toben ließ. Sie stellte sich in Positur, hob den Taktstock und ab ging die Post.

„Rummdada - rummdada - rummda rummda - rummdada!" Dicke-Backe-Musik vom Feinsten.

Tante Adelheid dirigierte, als hätte sie ihr Leben lang nichts anderes getan, trank zwischendurch aus einem riesigen Maßkrug, den ihr der Kapellmeister überreichte, und zog eine Schau ab, von der sich so mancher Profi ein Scheibchen hätte abschneiden können. Ich konnte nur ein ums andere Mal verwundert den Kopf schütteln.

Tantchen, was haste dir verändert!

Als das Stück zu Ende war, drohte der Beifall das Festzelt fortfliegen zu lassen.

„Zugabe!", brüllten sie wie aus einem Munde. „Zugabe! Zugabe! Zugabe!"

Der Kapellmeister zog seine neue Kollegin in die Arme und drückte ihr einen dicken Schmatzer auf den Mund.

Und sie lachte glücklich!

Das muss man sich mal vorstellen!

„Du musst wohl noch einmal dirigieren", sagte ich zu ihr. „Daran führt kein Weg vorbei. Ohne Zugabe lassen sie dich nicht von der Bühne."

„Meinetwegen", erklärte sie sich einverstanden. „Und diesmal singe ich auch noch dazu."

Sie einigte sich mit den Musikern auf das bekannte

Kufstein-Lied, stellte ihren erlauchten Körper vor das Mikrofon und gab ihren Mitstreitern das Zeichen zum Beginn.

Tante Adelheid sang ähnlich wie eine Nebelkrähe, nur wesentlich lauter. Und falscher! Aber das störte offenbar keinen und sie am allerwenigsten. Als sie dann auch noch zu jodeln anfing, hielt es kaum einen mehr auf seinem Platz. Die ersten Tische kippten um, die Leute kugelten sich vor Vergnügen und das Festzelt wackelte. Man konnte den unbeschreiblichen Lärm sicher noch in etlichen Kilometern Entfernung hören.

Als weitere Zugabe gewährte Tante uns den *Erzherzog-Johann-Jodler*, die Renommiernummer sämtlicher Alpencarusos und deren weiblichen Pendants.

Mir kräuselten sich die Fußnägel. Kaum einer der Musikanten konnte noch sein Instrument bedienen. Der Trompeter hockte in der Kesselpauke und hieb dem Klarinettisten, der in der Tuba steckte, seine Pranken auf die Schultern. Der Posaunist hatte sich mit seinem Instrument in einem Saxophon verfangen, der Schlagzeuger trommelte auf der Glatze des Flötisten herum und der Keyboarder schaukelte wie Tarzan an einer Girlande, die von Zeltdach herunterbaumelte.

Das alles, was ich gerade erzählte, war natürlich stark übertrieben, aber so ähnlich war die Reaktion der Musiker auf Tantchens Urschreie schon. Sie aber sang unbeirrt ihr Lied zu Ende.

Und wieder glich der Beifall einem Orkan, nachdem Tante dem *Erzherzog Johann* endgültig den Garaus gemacht hatte. Sie war zum Star des Festes geworden und verteilte strahlend Handküsse nach allen Seiten. Und schüttete immer wieder den köstlichen Gerstensaft in sich hinein, den ihr die Musiker reichten.

Nun stürmte auch noch der Festpräsident auf die

Bühne und drückte die gute Tante begeistert an seine breite Brust.

„Eine Wucht bist du", rief er, während ihm die Tränen - Lachtränen - die Wangen hinunterliefen. „Tante Adelheid, du bist der Hammer der Nation!" Dann griff er nach dem Mikrofon. „Liebe Festgäste, das Festkomitee hat soeben einstimmig beschlossen, Tante Adelheid zur Ehrenfestjungfrau zu ernennen! Ich hoffe, Sie sind alle damit einverstanden?"

Und ob man das war! Ein paar junge Burschen eilten zu uns, hoben die Tante auf ihre Schultern und trugen sie in einer Ehrenrunde kreuz und quer durch das Zelt. Und die Kapelle spielte *Wir winden dir den Jungfernkranz* dazu. Ein Heidenspektakel, aber Tante Adelheid schien es zu genießen.

Als Tante Adelheid endlich wieder an unserem Tisch saß, stürmten die Kinder auf sie ein und verlangten Autogramme. Sie zierte sich zunächst zwar ein wenig, schrieb dann aber doch auf alle möglichen und unmöglichen Unterlagen wie Bierdeckel, Servietten, Programmhefte, Eintrittskarten, Arme und T-Shirts ihren Namen. Soviel Erfolg wünschte ich mir für unser neues Musical. Man konnte fast neidisch werden.

„Und jetzt lade ich euch alle auf die Achterbahn ein", rief sie, nachdem keiner mehr Autogramme wollte und sie für eine Weile verschnauft hatte. „Kinder, so gut wie heute ging es mir schon lange nicht mehr! Ich fühle mich wie in meinen besten Jahren."

Ich staunte von Minute zu Minute mehr über die gute Tante. War das noch die verknöcherte alte Witwe, die gestern Abend empört in diese Stripteasekneipe gestürmt war, um ihren Hund vor dem moralischen Verfall zu retten? Die uns zuvor stundenlang von ihren diversen Krankheiten erzählt hatte? Davon war in diesem Moment nichts mehr zu spüren; nichts von Gallenblasenentzündung, Nierensteinen, Magengeschwüren oder Herzflimmern. Ihre Wangen schimmerten zartrosa und ihre sonst so kühl blickenden Augen strahlten mit der Sonne um die Wette. Ob die studierten Ärzte nicht doch recht hatten und ihr in Wahrheit gar nichts fehlte?

Unter dem Jubel der Festgäste zogen wir aus dem Zelt und begaben uns zur Achterbahn. Angeblich sollte es die höchste und steilste transportable Europas sein und lockte außerdem mit drei Loopings. Mir wurde es etwas flau in der Magengegend, als wir vor dem riesigen Stahlgerüst standen. Tim guckte auch nicht gerade begeistert aus der Wäsche.

„Ich passe lieber auf Jan auf", versuchte ich mich zu drücken. „Für ihn ist das noch nichts und außerdem auch nicht zulässig."

„Und ich passe auf Tobias auf, damit er auch richtig auf Jan aufpasst", meinte Tim.

„Jan auch will", forderte mein Sohn beleidigt und deutete auf das mächtige Stahlgerüst.

„Hier steht: ‚Für Kinder unter 12 Jahren verboten'", sagte ich, obwohl das so gar nicht da stand.

Julia korrigierte mich denn auch sofort. „Das stimmt so nicht. Da steht: Kinder unter 12 Jahren nur in Begleitung Erwachsener!"

Warum in alles in der Welt konnte sie schon lesen?

„Ihr kommt alle mit", bestimmte Tante Adelheid. „Keiner drückt sich! Denkt an eure Punkte!"

Wir dachten daran und folgten ihr. Tante Adelheid zahlte großzügig für alle. Und dann saßen wir auch schon in einem der Wagen, die sich hintereinander zu einer Art Rakete zusammenfügten. Tim und Tante Adelheid hockten auf den vordersten Plätzen, dann kamen Lydia und Julia und schließlich Jan und ich. Ich drückte den Kleinen mit klopfendem Herzen an mich und schickte ein Stoßgebet nach dem anderen gen Himmel. Weil ich nämlich ganz großen Schiss hatte, das gebe ich ehrlich zu.

Die Fahrt begann. Eine Zahnradkette zog uns langsam in die Höhe. Fast senkrecht ging es hinauf. Ich wagte nicht, nach unten zu sehen und schloss leise vor mich hin bibbernd die Augen. Oben angekommen, klinkte sich unser Gespann aus, zockelte in gemächlichem Tempo durch eine weiträumige Kurve und schoss dann etwa zwanzig Meter nach unten. Mein Magen kehrte sich nach oben. Im nächsten Moment wurde er wieder nach unten gedrückt, weil unser Wagen nach oben geschleudert wurde. Eine Höllenfahrt!

Tante Adelheid, die mit beiden Händen ihren Blümchenhut festhielt, und die Kinder jubelten und schrieen vor Begeisterung. Tim wirkte, soweit ich das von hinten erkennen konnte, wie der Letzte auf dem Schafott. Lydia umklammerte Julia. Und ich?

Ich war tot! Mausetot! Die Sekunden wurden zu einer Ewigkeit. Rauf - runter - Looping - wieder rauf - runter - Looping...! Und der Magen immer entgegengesetzte Richtung. Als Grillwürstchen in der Hölle geröstet zu werden musste schöner sein!

Doch dann endlich rollte unser Gespann aus. Ich bedankte mich beim Herrn aller Welten, dass ich überlebt hatte.

„Das hat Spaß gemacht!", rief Tante Adelheid begeistert. „Das machen wir gleich noch mal!"

„Mir ist hundeelend", bekannte Tim. „Ich stehe das kein weiteres Mal durch."

„Du bist eine Memme", klagte ihn Tante Adelheid

voller Verachtung an. „Ein Hosenscheißer!"

„Und wenn schon", brummte Tim und kletterte aus dem Wagen. „Ich bin ja auch nicht erbberechtigt!"

Er wankte nach draußen, setzte sich auf die Stufen der Achterbahn und stützte den Kopf in die Hände. Wie sehr ich ihn beneidete, dass er nicht erbberechtigt war!

„Und wie ist es mit euch beiden?", wandte sich Tante Adelheid an Lydia und mich. „Lasst ihr mich auch im Stich?"

Das durften wir uns, wir ahnten es, wegen unseres Punktekontos nicht erlauben. Also willigten wir, wenn auch gegen unsere eigentliche Überzeugung, in eine weitere Fahrt ein. Schleimer, verdammte Schleimer!

Und schon ging es wieder aufwärts, dann runter... im Kreis herum... rauf... runter... und... und... und...! Ich hörte auf zu denken, wusste nicht mehr, ob ich ein Männchen oder Weibchen war, und bekam kaum mit, als die Fahrt zu Ende ging.

Jetzt reichte es auch Tante Adelheid. Wir kletterten aus unserer Rakete und begaben uns zu Tim, der sich inzwischen einigermaßen erholt hatte. Plötzlich begann Tante Adelheid zu wanken. Erschrocken griff ich nach ihrem Arm und hielt sie fest. Sie knickte in die Knie.

„Mir ist ja sooo schlecht, hick", stammelte sie und nahm die Farbe eines Betttuches an. „Mir ist ja sooo elend, hick, hick!" Und jetzt verdrehte sie auch noch die Augen! Mir wurde ganz anders!

„Mein Gott, sie stirbt!", rief Lydia entsetzt. „Schnell einen Arzt!"

„So schnell stirbt es sich nicht", grinste Tim gehässig. „Sie ist lediglich sturzbesoffen, das ist alles! Sie hat ja auch geschluckt wie ein Weltmeister, und die

Achterbahn hat den Alkohol jetzt so richtig durcheinander gewirbelt. Wir sollten sie auf dem schnellsten Weg nach Hause transportieren. Hoffentlich kotzt sie nicht das Auto voll."

„Wir möchten aber noch ein bisschen hier bleiben", meckerte Julia. „So toll war es schon lange nicht mehr."

„Danz doll", echote Jan. „Will da bleib!"

„Toll?", höhnte ich. „So etwas nennt ihr toll?" Ich lachte gereizt. „Ihr habt einen seltsamen Geschmack! Es langt! Wir fahren nach Hause!"

„Aber Tante Adelheid hat uns versprochen, noch mal Kettenkarussell mit uns zu fahren!"

„Hat sie das?", erwiderte ich sarkastisch. „Na, dann schaut sie euch doch mal an."

„Die hat ihr Kettenkarussell im Kopf", vermutete Tim.

„Mir ist ja sooo schlecht", kam prompt die Antwort der Betroffenen. „Mir ist ja sooo schlecht! Mein Gott, was ist es mir sooo schlecht!"

Tim und ich hakten sie links und rechts unter und schleppten sie zu meinem Auto, wo wir sie auf den Rücksitz verfrachteten. Sie ließ alle Glieder hängen und baumeln und brummelte immer wieder, wie schlecht es ihr wäre. Sie tat mir leid, aber wenn ich an die Achterbahn dachte, auch wieder nicht.

„Verratet Napoleon nichts", bat sie uns noch, bevor sie einschlief. „Er soll sich seines Frauchens nicht schämen. Hick!"

Zu Hause schafften Lydia und ich sie in ihr Bett und flößten ihr ein Glas Alka-Seltzer ein. Eine Doppelportion, versteht sich. Sekunden später schnarchte sie in den hellsten Tönen. Für sie war der Sonntag wohl gelaufen.

Da wir auf dem Fest gegessen hatten, mussten wir heute nicht mehr kochen. Also zogen wir uns, weil wir ja auch nicht mehr ganz nüchtern waren, zu einem Mittagsschläfchen in unsere Heia zurück.

„Ein sehr unterhaltsamer Sonntag", beschwerte sich Sabine, bevor wir verschwanden. „Steffi hat nach fünfundfünfzig Minuten mit 6:1 und 6:0 gewonnen. Das restliche Fernsehprogramm interessiert mich nicht mehr. Was soll ich tun?"

„Führe Napoleon Gassi", schlug ich vor.

„Das habe ich bereits zweimal getan", erklärte Sabine. „Soviel pinkeln muss der kleine Kerl ja nun auch wieder nicht."

„Dann schmeiß dir halt einen Videofilm rein", regte ich an. „Oder geh mit den Kindern spazieren. Nur... lass uns bitte bis ungefähr Weihnachten in Ruhe!"

♥

Ich wurde von einem heftigen Klingeln an der Haustür aus meinem Schlummer gerissen. Ärgerlich vor mich hinbrummend schälte ich mich aus Lydias Armen, schlüpfte in meinen Morgenmantel und begab mich, weil offensichtlich kein anderer da war, um zu öffnen, zur Tür. Die ungeheuerlichen Sündenstrafen, von denen der Pfarrer am Morgen in seiner Predigt gesprochen hatte, schienen zu beginnen. Es waren meine heiß geliebten Schwiegereltern - Karl und Elfriede Seliger.

„Du hast noch geschlafen?", begrüßte mich meine Schwiegermutter, ohne mir vorher einen *Guten Tag* gewünscht zu haben. „Um diese Zeit?" Sie schaute missbilligend auf ihre Armbanduhr. „Wo ist Lydia?"

„Die schläft auch noch", erwiderte ich milde.

„Zustände sind das hier!", empörte sich meine liebe Schwiegermutter. „Zustände wie im alten Rom. Habt ihr nichts Besseres zu tun, als den Sonntag zu verpennen?"

„Das stimmt so nicht. Wir waren nämlich heute Morgen in der Kirche", berichtete ich stolz.

„Na toll", meinte meine Schwiegermutter. „Ist das ein Grund, jetzt schon wieder in den Federn zu liegen? Dürften wir vielleicht hereinkommen?"

Sie standen immer noch vor der Haustür. Wohl oder übel ließ ich sie eintreten und führte sie ins Wohnzimmer, wo ich sie Platz zu nehmen bat.

„Du solltest dir etwas überziehen", regte meine Schwiegermutter gehässig an. „Sonst erkältest du dir womöglich noch deine Reize - oder wie immer man das auch nennen mag. Ich sehe inzwischen nach Lydia. Wo finde ich sie?"

Tja, jetzt saß ich in der Falle! Ich sollte mich anziehen, aber dazu musste ich in mein Schlafzimmer, wo Lydia im Bett lag und selig schlummerte. Und genau dorthin hätte ich jetzt auch meine Schwiegermutter schicken müssen. Verflixt und zugenäht, was sollte ich bloß tun?

„Ich sage Lydia Bescheid, dass ihr da seid", stotterte ich verlegen.

„Nichts dergleichen wirst du tun", widersetzte sich meine Schwiegermutter. „Du hast in Lydias Schlafzimmer nichts verloren. Soviel ich weiß, schläft sie nackt. Das wäre ja noch schöner!"

Wenn die wüsste!

Bald würde sie es wissen! Meine Hinrichtung stand unmittelbar bevor!

Mein Schwiegervater hatte bis jetzt - wie immer -

keine Silbe von sich gegeben. Er hockte zusammengesunken in seinem Sessel und begutachtete intensiv seine Fingernägel.

„Würdest du mir endlich verraten, in welchem Zimmer ich meine Tochter finde?", fuhr mich meine Schwiegermutter an.

„In... in meinem", stammelte ich.

„In deinem?"

Ich nickte verlegen.

„Soll das heißen...?" Meine Schwiegermutter mochte diesen Gedanken offenbar nicht zu Ende denken. Er erschien ihr zu ungeheuerlich.

„Wir müssen", grummelte ich und fügte, obwohl ich eigentlich nicht so dachte, hinzu: „Leider!"

Mein Schwiegervater, das arme Schwein, gestattete sich ein schmales Lächeln. Immerhin. Seine bessere - wirklich bessere? - Hälfte bemerkte es zum Glück nicht.

„Wieso müsst ihr?", keifte meine Schwiegermutter. „Wer zwingt euch dazu?"

„Meine Tante Adelheid."

„Wer ist denn das?"

„Du hast sie bei unserer Hochzeit kennengelernt. Und dann auch noch bei den Taufen."

„Und was tut sie hier?"

„Sie schläft", erwiderte ich wahrheitsgemäß.

„Sie auch?" Meine Schwiegermutter schüttelte entrüstet den Kopf. „Ist dies neuerdings ein Haus voller Penner?"

„Tante Adelheid hat sich heute Morgen ein wenig übernommen", erklärte ich. „Sie benötigte diesen Schlaf aus gesundheitlichen Gründen ganz dringend."

„Und warum zwingt sie Lydia und dich, im selben Zimmer zu hausen?"

Meine Güte, war das ein Verhör! Beim Nürnberger Prozess konnte es seinerzeit nicht anders zugegangen sein. Meine Schwiegermutter war allerdings Staatsanwalt und Richter in einer Person. Wie ihr Urteil ausfallen würde, war mir jetzt schon klar. Dann wurde sie wahrscheinlich auch noch zum Vollstrecker.

„Warum zwingt euch diese Tante, in einem Zimmer zu schlafen?", wiederholte meine Schwiegermutter, weil ich vorher nicht geantwortet hatte. Wenn Blicke töten könnten, hätte ich auf der Stelle das Zeitliche gesegnet.

„Weil Lydia aus bestimmten Gründen momentan nicht Lydia ist", versuchte ich zu erklären. „Lydia ist momentan Pam und Pam ist Lydia. Verstehst du?"

Man sah ihr an, dass sie nicht verstand. „Ist Pam denn zurück?", fragte sie verstört. „Warum hat sie sich noch nicht bei mir gemeldet? Und wo befindet sich Lydia, wenn Pam wieder da ist? Ich verstehe überhaupt nichts mehr."

Kein Wunder! Ich verstand es ja selbst fast nicht mehr. Zumindest wusste ich, dass ich immer noch ich war. Das war doch wenigstens etwas.

„Hör zu", sagte ich. „Die Sache ist die: Pam ist noch nicht zurück."

„Du sagtest doch gerade, sie wäre?"

„Das hast du falsch verstanden!"

„Und wer liegt dann in deinem Schlafzimmer?"

„Lydia!"

„Also doch!"

„Nein", sagte ich, der Verzweiflung nahe.. „Lydia liegt zwar in meinem Bett, aber sie ist Pam."

„Sag mal, bist du betrunken?" Meine Schwiegermutter schnupperte. „Oder hast du dir einen Sonnenstich zugezogen?"

„Die Sache ist doch ganz einfach", versuchte ich noch einmal. ihr die Sachlage klarzumachen. „Tante Adelheid soll glauben, dass Pam zu Hause ist. Also spielt Lydia ihre Rolle. Hast du jetzt begriffen? Es geht immerhin um fünf Millionen." Ich erzählte ihr in Stichworten die Erbschaftsgeschichte. „Deshalb."

„Und dafür gibt sich meine Tochter her?", stöhnte meine Schwiegermutter entsetzt. „Uuunglaublich! Was sagst du dazu, Karl?" Sie blickte ihren Göttergatten ratlos an. Und das hieß schon viel. Sehr viel!

„Nun ja", begann Karl zögernd. „Was soll ich schon dazu sagen?"

Richtig, was sollte er sagen? Er sagte ja nie etwas, hatte eigentlich gar nichts zu sagen.

„Ich lasse das nicht zu!", rief meine Schwiegermutter. „Was ihr da treibt ist Ehebruch! Selbst wenn es um zehn Millionen ginge! Es ist schlicht und einfach eine Schweinerei!"

„Aber, liebe Schwiegermutter", versuchte ich sie zu beruhigen, „das alles ist doch nur ein Spiel. Wir tun nur so, als ob... In Wirklichkeit ist gar nichts zwischen Lydia und mir. Wir schlafen zwar in einem Zimmer, aber damit hat es sich schon. Ehrlich."

Ich fand, dass ich von Tag zu Tag besser log. Übung macht eben den Meister. Schwiegervater schmunzelte verstohlen. Er glaubte mir kein Wort. Wie recht er hatte! Vielleicht besser, dass er nichts dazu sagte.

„Ich muss sofort mit meiner Tochter sprechen", rief meine Schwiegermutter. „Sie muss mir bestätigen, dass du mich nicht angeschwindelt hast. Wahrscheinlich hast du es, weil du schon immer ein Schwerenöter gewesen bist; ein Musikant eben! Das arme Mädchen! Hätte ich sie bloß nicht zu dir geschickt!"

„Frage sie halt", forderte ich sie auf. „Es ist nichts

passiert! Lydia und ich schlafen nebeneinander wie Bruder und Schwester. Ich habe sie bis jetzt nicht einmal nackt gesehen."

„Davon will ich mich selbst überzeugen", knurrte meine Schwiegermutter, erhob sich und begab sich hinauf zu meinem Schlafzimmer. Ich folgte ihr mit schrecklichen Ahnungen.

Lydia schlummerte noch immer. Als sie hörte, wie die Tür geöffnet wurde, schob sie schlaftrunken die Bettdecke beiseite und präsentierte uns ihren wundervollen nackten Körper. Die liebe Schwiegermutter schloss gequält die Augen. Mein kleiner Tobias meldete sogleich Interesse an und hob ein wenig sein Köpfchen. Ich hüllte den Morgenmantel fester um mich.

„Bist du es, Liebling?", murmelte Lydia. „Komm zu mir! Ich habe gerade von gestern Nacht geträumt. Es war sooo schön. Komm, lass es uns gleich wiederholen. Ich stehe schon wieder in Flammen."

Meine Schwiegermutter stieß einen Schrei aus, der an den erinnerte, mit dem Tarzan im Dschungel seine spätere Jagdbeute zu lähmen pflegte. Lydia zuckte zusammen, war mit einem Mal hellwach und zog erschrocken die Bettdecke über sich.

„Mutter!", stammelte sie. „Du hier?"

Sie schaute mich hilflos an und suchte verzweifelt nach Worten. Ich zuckte ratlos die Schultern. Und die Schwiegermutter ging zum Angriff über. Ihre Stimme überschlug sich.

„Hast du denn überhaupt kein Schamgefühl im Leib? Benimmst dich wie eine Hure und betrügst deine arme Schwester, die allein in der Welt herumirren muss! Sittenstrolche seid ihr! Flittchen! Heruntergekommene Sexakrobaten! Es ist nicht zu fassen!"

„Was ist denn hier für ein Lärm?", beschwerte sich eine müde Stimme hinter uns. Tante Adelheid! Sie trug noch immer ihr buntes Blümchenkleid, das sie schon am Morgen in der Kirche und danach angehabt hatte, und sah ziemlich verkatert und zerknittert aus. „Müsst ihr unbedingt so laut herumschreien? Habt ihr denn kein Mitleid mit eurer armen, kranken Tante, die kurz vor dem Exitus steht?"

„Sie kommen mir gerade recht!", plärrte meine Schwiegermutter und baute sich wie ein Racheengel vor meiner lieben Erbtante auf. „Wissen Sie eigentlich, was hier gespielt wird, Sie Unschuldslamm? Belogen und betrogen werden Sie."

Das Unschuldslamm schaute meine Schwiegermutter verständnislos an. Man konnte sehen, dass sie sich verzweifelt bemühte, ihre Gedanken in die richtige Reihenfolge zu bringen. In ihrem Kopf musste ein wahres Tohuwabohu herrschen.

„Was will sie von mir?", wandte sich die Tante an mich. „Wer ist sie überhaupt, und warum schreit sie so grässlich?"

„Kennst du meine liebe Schwiegermutter nicht mehr?", gab ich gequält zurück.

Tante Adelheid sah noch einmal genauer hin. „Ach ja, richtig! Freut mich, Sie wieder einmal zu treffen." Sie reichte meiner Schwiegermutter die Hand, die diese widerwillig ergriff. „Sie haben übrigens eine ausgesprochen liebenswerte Tochter. Ihr Mädchen und mein Großneffe Tobias führen eine überaus glückliche, harmonische Ehe. Davon konnte ich mich selbst überzeugen."

„Ha!", machte die Schwiegermutter mit funkelnden Augen. „Die beiden sind doch gar nicht verheiratet!"

„Aber Mutter!", rief Lydia, die sich von ihrem ersten Schreck erholt zu haben schien. „Was redest du denn da für einen Unsinn?"

„Du bist still!", herrschte meine Schwiegermutter Lydia an und durchbohrte sie mit einem tödlichen Blick. „Mit dir rede ich nicht mehr! Und überhaupt: Du bist meine Tochter nicht länger!"

„Langsam, langsam, langsam", mahnte Tante Adelheid. „Alles schön der Reihe nach! Wieso ist dieses nette Wesen nicht mehr Ihre Tochter? Was hat sie angestellt? Ich habe sie als ruhige, bescheidene und fleißige Ehefrau kennengelernt. Sie sollten stolz auf sie sein!"

„Ehefrau?" Meine Schwiegermutter schnaubte wie ein altes Walross. Ich hätte sie vergiften mögen. „Sie ist keine Ehefrau! Zumindest nicht seine!"

„Ja, seid ihr denn geschieden?", fragte Tante Adelheid.

„Sie waren nie miteinander verheiratet!"

„Jetzt hören Sie aber auf!" Tante Adelheid lächelte nachsichtig. „Ich war selbst bei ihrer Hochzeit anwesend. Und Sie doch auch, wenn ich mich recht erinnere."

„Es war nicht *ihre* Hochzeit", tat meine Schwiegermutter kund. „Dieser Halbmensch da hat meine Tochter Pam geheiratet und nicht Lydia! Ich hätte es niemals erlauben dürfen!"

„Ja, aber das ist doch Pam", meinte Tante Adelheid verstört.

„Nein, Tantchen", sagte meine Ersatzfrau leise. „Ich bin nicht Pam. Wir haben dich schamlos angeschwindelt. Ich bin tatsächlich Pams Schwester Lydia. Was soll ich es länger leugnen? Es macht jetzt eh keinen Sinn mehr."

Meine liebe Schwiegermutter blickte Tante Adelheid

triumphierend an. Die Tante tastete nach einem Stuhl und ließ sich schwerfällig nieder. „Das darf doch nicht wahr sein", murmelte sie. „Das darf doch alles nicht wahr sein!"

„Es ist aber so", bestätigte ich zerknirscht. „Sie ist wirklich Lydia. Wir haben dich aus Geldgier gemein an der Nase herumgeführt. Es war nicht richtig, das wird mir jetzt klar. Man kann sein Glück, und sei es auch nur sein finanzielles, nicht auf einer Lüge aufbauen. Ich kann nichts anderes tun, als dich ganz herzlich um Verzeihung zu bitten."

Tante Adelheid schaute schweigend auf den Boden. In ihrem Gesicht arbeitete es. Sie nagte an der Unterlippe, seufzte, schüttelte den Kopf als könne sie die Welt nicht mehr begreifen und seufzte erneut.

„Sie müssen diesen Halunken sofort enterben!", keifte meine liebe Schwiegermutter voller Genugtuung. „Er hat es nicht anders verdient! Er hat gar nichts verdient; nicht das Schwarze unter dem Fingernagel!"

„Sie sind also seine Schwiegermutter, nicht wahr?", fragte Tante Adelheid unvermittelt. Ein Ruck war beim Gezänk der Elfriede Seliger durch ihren Körper gegangen. Jetzt saß sie kerzengerade auf ihrem Stuhl. Alle Müdigkeit schien von ihr abgefallen zu sein. Von einem Kater war nichts mehr zu spüren.

„Was fragen Sie mich Dinge, die Sie eh schon wissen?", fauchte Elfriede die Tante an. „Ja, ich bin seine Schwiegermutter! Leider! Und ich kann Ihnen nur eines sagen: Ich schäme mich für diesen Verbrecher!"

„Sie sollten sich lieber für sich selbst schämen", riet ihr Tante Adelheid angewidert. „Wie Sie sich benehmen! Natürlich war es Unrecht, was Tobias und Lydia getan haben. Ich ärgere mich auch darüber, das gebe ich ehrlich zu. Allerdings wurmt mich wesentlich mehr, dass ich ihren Schwindel nicht durchschaut habe. Ich hatte mich für cleverer gehalten. Aber raste ich jetzt aus wie Sie? Nein! Dabei hätte ich mehr Grund dazu!"

„Soll ich mich etwa nicht darüber aufregen, wenn ich dahinterkomme, dass eines meiner Kinder belogen und betrogen wird?", zischte Elfriede. „Steht mir dieses Recht als Mutter nicht zu?"

„Natürlich steht Ihnen dieses Recht zu", räumte Tante Adelheid ein. „Aber deswegen muss man sich doch nicht wie eine Furie aufführen! Und vor allen Dingen dürfen Sie die Schuld nicht allein diesen beiden zuweisen! Auch ich habe meinen Teil dazu beigetragen, sie unrecht handeln zu lassen! Und selbstverständlich auch Pam! Sie hätte Tobias nicht verlassen dürfen, um sich allein in der Welt zu vergnügen. Eine Frau gehört an die Seite ihres Mannes!"

„Tante Adelheid!", rief ich verblüfft.

„Sei still, meine Junge", entgegnete sie lächelnd. „Mir ist heute manches klar geworden. Man sollte nicht - wie ich - ständig nach den Fehlern der anderen suchen und sich selbst für unfehlbar halten. Ich verbarg mein wahres Ich hinter mir selbst diktierten moralischen Grundsätzen. Ein paar Gläser Bier genügten, sie zu vergessen. Und das war gut so! Ich war heute Morgen in diesem Festzelt glücklich wie lange nicht und wünsche mir, dass dies so bleibt.

Was brachte mir meine verdammte Spießbürgerlichkeit denn ein? Ich hatte keine Freunde, meine Verwandten sahen mich lieber gehen als kommen und ihr habt mich sogar hinter's Licht geführt. Ich kann und will euch deswegen nicht verurteilen. Schließlich habe ich es mir selbst eingebrockt.

Die glücklichste Familie wollte ich finden! Was für ein Unsinn! Welcher Außenstehende kann sich anmaßen, zu entscheiden, wer glücklich ist und wer nicht? Ich hielt euch für diese Familie, dabei wart ihr nicht einmal eine. Woran zu erkennen ist, wie toll es um meine Menschenkenntnis, auf die ich immer so stolz war, bestellt ist.

Ja, ich war fest entschlossen, euch zu meinen Universalerben zu bestimmen. Du musst jetzt nicht so bedeppert aus der Wäsche gucken, Tobias. Du wirst nicht enterbt. Keiner wird enterbt. Ich habe mich entschlossen, ab sofort ein neues Leben zu beginnen. Deshalb werde ich Pams Beispiel folgen und mir auf meine alten Tage noch einmal die Welt anschauen. Dazu war ich bisher zu geizig. Jetzt will ich nachholen und genießen. Und wenn mir etwas zustoßen sollte, wird mein verbliebenes Vermögen gleichmäßig unter euch alle aufgeteilt. Dann braucht keiner auf den anderen neidisch zu sein, und ich kann in meiner Grube unbeschwerten Gewissens auf den Tag der Abrechnung warten." Tante Adelheid atmete tief durch. „Und damit Schluss meiner Rede. Mensch, war das ein Monolog! Und alles ohne Drehbuch!"

„Tante Adelheid, du bist eine Wucht!", rief Lydia, sprang aus dem Bett und fiel ihr um den Hals. Und vergaß dabei völlig, dass sie außer einem Arm- und Fußkettchen nichts anderes trug.

„Lydia, du bist nackt!", rief meine Schwiegermutter denn auch sogleich empört.

Ihr Gesicht war bei Tante Adelheids Worten immer länger geworden. Offenbar ärgerte sie sich fürchterlich, dass ich von dieser nicht so richtig eins auf den Deckel bekam und noch nicht einmal völlig von der Erbschaft ausgeschlossen wurde.

Ich dagegen teilte die Gefühle meiner Ersatzfrau, auch wenn ich die Millionen nun nicht mehr allein erben würde. Die Tante hatte recht: Es hätte nur Ärger und Streit unter den Verwandten gegeben, wenn einer alles bekommen hätte. Ihr Entschluss war weise und gerecht. Ich verspürte plötzlich eine bis heute nicht gekannte herzliche Zuneigung für die alte Tante, die ich ihr vorher nie hatte entgegenbringen können.

„Wen stört es, dass ich nackt bin?", rief Lydia unbekümmert. „Tante Adelheid und du, Mutter, seid vom gleichen Geschlecht. Und Tobias ist schließlich mein Mann!"

„Das ist er nicht", korrigierte sie meine liebe Schwiegermutter bissig. „Du solltest dich schämen!"

„Tu ich aber nicht", lachte Lydia. „Und ich schäme mich auch für keine Sekunde unseres Ehelebens! Es war eine wunderschöne Zeit, die ich nicht missen möchte."

„Mir fehlen die Worte", stöhnte meine Schwiegermutter und schlug die Hände über dem Kopf zusammen. „Nein, in diesem Haus bleibe ich keine Minute länger! Ogottogottogott, womit habe ich das verdient? Die arme Pam! Das arme Kind!"

Sie stürmte aus meinem Schlafzimmer, klemmte sich ihren schweigsamen Göttergatten unter den Arm und verließ, ohne uns auch nur noch eines Blickes zu würdigen, mein Haus. Ich sollte sie für lange Zeit nicht mehr zu Gesicht bekommen. Ich habe es überlebt.

„Lass sie", meinte Tante Adelheid kopfschüttelnd. „Auch sie wird eines Tages zur Besinnung kommen und die Welt mit anderen Augen betrachten. Genau wie ich. Ich hoffe nur, dass es bei ihr nicht ganz so lange dauern wird wie bei mir."

„Besser spät zur Einsicht kommen als nie", sagte ich, umarmte Tantchen und verließ mit ihr, um Lydia Gelegenheit zum Ankleiden zu geben, das Schlafzimmer.

„Was war denn hier los?", erkundigte sich Tim, der uns im Flur verschlafen entgegenkam. „Habe ich geträumt oder waren deine Schwiegereltern eben wirklich hier?"

Ich klärte ihn mit wenigen Worten über den neuesten Stand der Dinge auf. Als ich geendet hatte, vollführte Tim eine tiefe Verbeugung vor Tante Adelheid.

„Meinen Respekt, gnädige Frau", sagte er ungewohnt ernst. „Es ist nicht einfach, über den eigenen Schatten zu springen. Um so mehr Bewunderung gebührt Ihnen, dass Sie es dennoch getan haben."

„Ich dachte, wir hätten heute morgen Brüderschaft getrunken, Tim?", lächelte die Tante. „Dabei soll es, bitte schön, bleiben, wenn es dir recht ist."

16.

Tante Adelheid blieb, wie geplant, bis zum Wochenende bei uns. Es wurden vergnügte Tage. Die Tante hatte sich wirklich grundlegend geändert. Sie war jetzt immer zu Scherzen aufgelegt, wollte keinen Abend früher als nötig ins Bett und versöhnte sich sogar mit meinem Vater, als wir gemeinsam meine Eltern besuchten.

Der gute Fritz benahm sich neuerdings zahm wie ein dressierter Löwe. Es schien an jenem Abend, als Madame ihn heimholte, noch ganz schön in der Papiermühle gerauscht zu haben. Doch weder er noch Mutter verloren während unseres Besuches bei ihnen auch nur ein Wort darüber. Und es ging uns ja auch nichts an.

Die Kinder sagten jetzt wieder Lydia zu ihrer Tante, und es herrschte eine Eintracht im Haus wie selten zuvor. Selbst Sabine gab sich friedlich. Sie war immer noch in ihren Thomas verliebt und kam keinen Abend vor Mitternacht nach Hause.

Ein Umstand stimmte mich allerdings traurig und machte mir anfangs sehr zu schaffen:

Lydia war nach dem Zwischenfall mit ihrer Mutter und der dadurch bedingten Aufklärung unseres Pseudoehelebens aus meinem Schlafzimmer ausgezogen. Meine besten Worte hatten sie nicht bewegen können, zu bleiben. Und sie in ihrem Gästezimmer zu besuchen, erlaubte sie mir auch nicht.

"Es hat doch keinen Sinn", meinte sie traurig, als ich sie beschwor, mich doch bitte nicht zu verlassen. "Ich gehöre nun mal nicht zu dir. Zu dieser Erkenntnis hätte ich schon viel früher kommen müssen."

"Aber es war doch schön mit uns beiden!"

"Wunderschön", bestätigte Lydia. "Trotzdem war es falsch. Wir hätten uns zusammennehmen müssen. Ich werde meiner Schwester nie mehr offen in die Augen sehen können."

"Sie hat es sich doch selbst zuzuschreiben."

"Mag sein", räumte Lydia ein. "Es muss dennoch vorbei sein!"

"Lydia, ich liebe dich", beteuerte ich. "Ich liebe dich von ganzem Herzen! Ich wollte es zunächst selbst nicht wahrhaben, weil ich unser Spielchen anfangs hasste und dich und mich dafür verachtete. Doch dann wurde mir klar, was für eine großartige Frau du bist, und aus dem Spiel wurde für mich Ernst. Ja, Lydia, ich liebe dich!"

"Ach, Tobias", seufzte sie. "Schön wär's ja! Aber du bist nun mal mit Pam verheiratet, und ich möchte keinesfalls als Scheidungsgrund dienen. Vielleicht bin ich es sogar schon; denn meine Mutter wird vermutlich nicht den Mund halten und meiner Schwester alles brühwarm erzählen."

"Na und?", winkte ich ab. "Dann lässt sie sich eben von mir scheiden! Damit würde sie mir doch nur den Weg freimachen für eine neue, glücklichere Ehe mit dir."

"Glaubst du wirklich, eine Ehe mit mir würde glücklicher werden?", zweifelte Lydia. "Pam und ich sind uns in vielem ähnlich. Wir sind schließlich nicht umsonst Zwillingsschwestern. Vielleicht ist es ja gerade das, warum du glaubst, dich in mich verliebt zu haben: Du liebst Pam in mir!"

Vielleicht hatte sie recht. Anfangs hatte ich ja wirklich gedacht, meine Frau in den Armen zu halten, wenn ich mit Lydia alle Spielarten der Liebe praktiziert hatte. Und je länger wir jetzt darüber sprachen, um so unsicherer wurde ich mir über meine wahren Gefühle ihr gegenüber. Jedenfalls bezog Lydia wieder ein Einzelzimmer, das sie abends sorgfältig von innen abschloss.

Tim und ich versuchten tagsüber, an unserem Musical weiter zu schreiben. Bis zur Abreise der Tante waren wir über unsere Einleitungsmusik, die ich in einer Anwandlung geistiger Umnachtung komponiert hatte, nicht hinausgekommen. Unserem Verleger tischten wir Märchen auf, wenn er sich nach dem Stand unserer Arbeit erkundigte. Er würde uns umbringen, wenn er die Wahrheit erfuhr. Und das würde wohl nicht mehr lange dauern! Der Besuch des Fernsehteams konnte täglich, ja, stündlich über uns hereinbrechen.

Am Samstag brachten wir Tante Adelheid gemeinsam zur Bahn und nahmen gerührt Abschied von ihr. Sie war uns allen in den vergangenen Tagen sehr ans Herz gewachsen, und es fiel uns echt schwer, uns von ihr trennen zu müssen. Selbst Napoleon standen die Tränen in den Augen, als sich der Zug in Bewegung setzte. Aber er und sie wollten uns ja bald wieder einmal versuchen, hatte Tante Adelheid versprochen. Wir hofften, dass dies kein leeres Versprechen war.

♥

Am Abend desselben Tages geruhte meine mir standesamtlich und kirchlich vor dreizehn Jahren angetraute Gattin, mich wieder einmal anzurufen. Aus

Honolulu, der Hauptstadt von Hawaii, meldete sie sich. Sie machte einen recht vergnügten, aufgedrehten Eindruck.

"Hallo, mein Liebling", zwitscherte sie. "Wie geht es euch? Alles in Ordnung?"

"Ja", bestätigte ich einsilbig.

"Hier ist es himmlisch", schwärmte sie. Bei ihr war es anscheinend überall himmlisch. "Hawaii ist noch herrlicher als Rio."

"Das freut mich", sagte ich.

"Du bist so kurz angebunden?"

"Bin ich das?"

Ich war es wirklich! Ich war wütend! Ärgerlich! Stinksauer! Hätte den Hörer am liebsten aufgeknallt!

"Ist was mit den Kindern?", wollte sie wissen.

"Nein."

"Mein Gott, lass dir doch nicht jedes Wort einzeln aus der Nase ziehen", beschwerte sie sich. "Seid ihr alle gesund?"

"Ja, wir sind alle gesund", fauchte ich. "Es geht uns allen prächtig, und wir vermissen dich überhaupt nicht. Weil wir uns nämlich kaum noch daran erinnern können, dass es dich überhaupt gibt!"

"Was hast du denn, Liebling?" Sie klang plötzlich etwas verstimmt. "Du gönnst mir meine Reise nicht! Du bist ein Egoist! Ein verdammter Querkopf! Typisch Mann eben!"

"Das steht mir zu!"

"Und *mir* steht meine Reise zu! Ich lasse mir von dir meinen Urlaub nicht vermiesen!"

"Das ist auch nicht meine Absicht."

"Es klingt aber so."

"Entschuldige bitte, es soll nicht wieder vorkommen. Und wie geht es dir? Gut, nehme ich mal an?"

"Ja, Tobias, ich fühle mich sauwohl!" Ihre Stimmung schwang nahtlos um. "Die Welt ist so wunderschön! Ich möchte am liebsten gar nicht mehr heimkommen und nur noch reisen... reisen... reisen!"

"Lass dich von mir nicht aufhalten!"

"Quatsch", sagte Pam. "Natürlich komme ich irgendwann zurück. Ich kann dich und vor allem die Kinder doch nicht im Stich lassen. Ein bisschen Verantwortungsgefühl besitze ich schließlich schon noch."

"Ein bisschen vielleicht, aber nicht viel", brummte ich.

"Was soll denn das schon wieder heißen?"

"Gar nichts. Was macht übrigens eure Reisebekanntschaft?"

Ich hörte sie kichern. In mir stieg die Galle hoch. Wie gut ich dieses Kichern kannte! Sie hätte mir eigentlich gar nichts mehr erklären müssen. Ich wusste auch so Bescheid. Dieses Kichern sagte mir alles.

"Jonny ist so süß", schwärmte sie mir vor. "Jeden Wunsch liest er mir von den Augen ab. Er ist einfach himmlisch!"

"Himmlisch ist dieser Reisecasanova", dachte ich wütend. "Und ich Kamel habe Lydia aus meinem Schlafzimmer ziehen lassen!"

"Hallo, Liebling, bist du noch dran?"

"Ja!"

"Warum sagst du nichts mehr? Du bist doch nicht etwa eifersüchtig? Wie geht es übrigens meinem Schwesterlein? Wohnt sie noch bei euch?" Sie verstand es blendend, vom Thema abzulenken! Biest!

"Ja, Lydia ist noch hier."

"Grüße sie bitte von mir."

"Mach ich." Und dann knallhart: "Hast du mich

betrogen? Ehrlich!"

Am anderen Ende der Leitung blieb es eine Weile still. Dann: "Gegenfrage: Hast du mich betrogen?"

"Nein", schwindelte ich und merkte selbst, wie wenig überzeugend das klang. "Mit wem denn?"

Pam kicherte wieder. Kicherte!!! "Jonny möchte mich heiraten", gestand sie mir. "Er... er liebt mich!"

"Und du? Liebst du ihn auch?"

Wieder einen Augenblick Funkstille. "Ich bin doch verheiratet - und zwar mit dir."

"Ist das ein Argument?"

"Ich habe zwei Kinder, die mich brauchen!"

"Also nur wegen der Kinder?" Wieder Funkstille. "Gib zu: Ich bin dir gleichgültig geworden."

"So kann man das nichts ausdrücken, Tobias." Sie begann zu schluchzen. "Ich bin ja so unglücklich."

"Ich dachte, du fühlst dich sauwohl?"

"Man kann auch beides gleichzeitig sein", behauptete sie.

"Ich habe es kommen sehen!"

"Nein, Tobias, das konnte niemand voraussehen", sagte sie. "Ich hatte mir felsenfest vorgenommen, dir treu zu bleiben. Ehrenwort! Aber man kann doch nichts gegen seine Gefühle machen."

Das hatte ich doch irgendwann und irgendwo schon einmal gehört: Man kann nichts gegen seine Gefühle machen! Nein, das konnte man offensichtlich wirklich nicht.

"Ich habe verstanden", meinte ich.

"Ich komme selbstverständlich zu dir zurück", versprach sie mir noch einmal.

"Und? Was bringt das?", entgegnete ich. "Du liebst einen anderen."

"Wenn ich das nur wüsste", klagte sie. "Du musst

mir einfach noch ein wenig Zeit lassen. Ich muss erst mit mir selbst ins Reine kommen."

"Ja, und in der Zwischenzeit treibst du es mit diesem himmlischen Jonny! Ein wunderbares Gefühl für einen Ehemann, das zu wissen. Ich fühle die Hörner förmlich wachsen."

Sie fing zu weinen an. Seltsamerweise berührte es mich kaum. Ich hatte eine Stinkwut im Bauch! "Warum lege ich nicht einfach auf?", dachte ich.

"Du bist gemein", fiepte mein Weib. "So gemein."

"Ach ja? Und du?"

"Ich weiß, Tobias!"

"Also gut", sagte ich. "Ich lasse dir Zeit. Ich lasse dir soviel Zeit, wie du möchtest. Ruf mich an, wenn du dich endgültig entschieden hast. Vorher bitte nicht mehr, sonst breche ich das Gespräch auf der Stelle ab. Und glaube nicht, dass ich weiterhin den treuen Ehemann spielen werde!"

Ich hatte es niemals getan! Warum war ich dann so sauer auf sie, weil sie mir offenbar Gleiches mit Gleichem vergalt? Hatte sie nicht dieselben Rechte wie ich? Anscheinend nicht! Für mich schien das alte Männergesetz zu gelten:

Wir dürfen alles, Frauen nichts!

Dabei war ich nicht einmal Italiener!

"Du hast 'was mit Lydia, nicht wahr?"

"Das geht dich nichts an. Aber auch gar nichts geht dich das mehr an."

"Tobias?"

"Ja?"

"Das alles tut mir wahnsinnig leid!"

"Mir auch", sagte ich. "Und jetzt mach's gut! Jedes weitere Wort wäre momentan sinnlos."

Und noch einmal: "Tobias?"

"Ja?"

"Ich glaube, ich habe dich doch noch ganz gern."

"Wie schön für mich". Ich hatte die Schnauze voll und legte, ohne mich von ihr zu verabschieden, auf. Dann begab ich mich in mein Arbeitszimmer und setzte mich an den Flügel. In den folgenden Stunden komponierte ich die nächsten Nummern unseres Musicals. Es waren ganz phantastische Melodien!

♥

Am Montag nach diesem aufschlussreichen Telefongespräch quartierten sich die Fernsehleute bei uns ein. Es handelte sich um zwei gut aussehende junge Männer, die uns allen auf Anhieb sympathisch waren.

Wolf Berger, der Kameramann, war Mitte Dreißig, groß und schlank gewachsen und hatte mittellange schwarze Haare. Der andere hieß Dirk Bossler, war für den guten Ton zuständig und betätigte sich gleichzeitig als Moderator. Auch er war groß und schlank, allerdings blond und mochte etwa fünfundzwanzig Jahre alt sein. Mit ihnen kam frischer Wind in unsere seit der Abreise Tante Adelheids etwas gedrückte Stimmung.

Natürlich hatte ich den anderen von Pams Anruf berichtet und nichts verschwiegen. Tim nahm es gelassen auf. Er traute seiner besseren Hälfte sowieso nicht über den Weg.

"Tut mir schrecklich leid für dich", bedauerte Lydia. "Aber das ändert nichts an der Tatsache, dass ihr nach wie vor verheiratet seid. Und bis das nicht endgültig geklärt ist, werde ich mich vornehm zurückhalten!"

"Das verstehe ich nun wirklich nicht", beklagte ich mich. "Ich habe deine Gründe, bei mir auszuziehen, akzeptiert. Aber die haben sich jetzt doch wohl erledigt. Wir müssen auf Pam keine Rücksicht mehr nehmen. Warum also spielst du plötzlich das Blümchen-rühr-mich-nicht-an?"

"Vielleicht bin ich endlich erwachsen geworden", lächelte sie traurig.

Ich konnte reden, was ich wollte - sie blieb bei ihrer Meinung und hielt ihre Zimmertür nachts verschlossen. Mein sexueller Notstand und meine Sehnsucht nach ihr wuchs von Stunde zu Stunde. Und nicht nur das! Ich wollte mich schließlich rächen! Rächen, weil Pam sich von einem anderen vernaschen ließ und sogar mit dem Gedanken spielte, sich von mir zu trennen! Ich wollte bittere Rache - und niemand bot mir die Gelegenheit dazu!

Jetzt waren also die Fernsehleute bei uns und machten die ersten Aufnahmen von unserer Arbeit. Lampen wurden in meinem Arbeitszimmer installiert, die Kamera aufgebaut und Mikrofone über den ganzen Raum verteilt. Wir waren Eigentum der Öffentlichkeit geworden, und das ging mir gewaltig auf den Keks!

"Sie dürfen nicht so finster in die Kamera blicken, Herr Wunderlich!", ermahnte mich Wolf Berger, der Kameramann, der gleichzeitig als Regisseur fungierte. "Man könnte annehmen, Sie schreiben an einem Trauerspiel und nicht an einem heiteren Musical!"

Ich lächelte bis mir die Backenknochen weh taten. Richtig blöd kam ich mir dabei vor. Tim erging es kaum anders.

"Hören Sie mal", knurrte er gereizt. "Ich bin hier um zu arbeiten und nicht, um dämlich in diese verdammte Kamera zu grinsen. Davon werden meine Texte nicht besser!"

Und überhaupt! Jetzt, nachdem die Fernsehleute bei

uns waren, kamen wir überhaupt nicht mehr voran. Sie störten einfach, auch wenn sie noch so sympathisch waren. Ich denke, jeder Mensch wird nervös, wenn ihm einer bei der Arbeit über die Schulter schaut. In unserem Fall schaute eine ganze Nation zu und über Kabel oder Satellit die halbe Welt. Ich rief unseren Verleger an.

"So geht das nicht", beschwerte ich mich verärgert. "Ich kriege keine einzige Note zustande, wenn diese verflixte Linse auf mich gerichtet ist! Ich lehne es ab, unter diesen Umständen weiter zu arbeiten!"

"Seien Sie nicht kindisch, Wunderlich" entgegnete Dr. Struller jovial. "Wir brauchen diese Werbung! Wie Sie wissen, sind wir nicht die einzigen, die Musicals produzieren. Oder muss ich Sie an *Cats*, *Starlight Express* oder *das Phantom der Oper* erinnern? Deshalb muss ganz Deutschland danach lechzen, endlich Ihr komplettes Werk zu hören und zu sehen!"

"Deutschland wird es weder zu hören noch zu sehen bekommen, solange mir eine Fernsehkamera bei der Arbeit zuschaut", befürchtete ich. "Ich brauche mein stilles Kämmerlein und keine Komponiershow auf offener Bühne. Sehen Sie das bitte ein, Doktor Struller, sonst können Sie alle Termine absagen."

Wir einigten uns darauf, dass wir einmal in der Woche gefilmt werden durften. Bis dahin sollten wir jeweils einen Teil fertig haben und dann so tun, als würde es uns gerade einfallen. Für die Kamera und für die deutsche Nation! Und über Kabel oder Satellit auch noch für die halbe Welt!

Mir war nach allem, nur nicht nach Arbeiten zumute. Hier die Ungewissheit wegen meiner lieben Frau Gemahlin, da das Verlangen nach Lydia. Ich stand kurz vor einem Nervenzusammenbruch.

Und unsere beiden Damen begannen jetzt auch noch ungeniert mit den beiden jungen Männern zu flirten. Während Tim und ich zu arbeiten versuchten, gingen sie mit ihnen spazieren, fuhren in der Landschaft herum und suchten abends zusammen alle einschlägigen Diskotheken unserer näheren und auch weiteren Umgebung heim. Die Kerle wurden mir langsam unsympathisch.

"Was ist eigentlich mit deinem Thomas?", fragte ich Sabine, als ich sie zufällig einmal allein erwischte.

Sie winkte verächtlich ab. "Thomas war ein Knabe", sagte sie. "Wenn ich Dirk dagegen betrachte! Das ist ein ganzer Mann! Ich liebe ihn über alles! Wir wollen uns übrigens verloben. An meinem achtzehnten Geburtstag in vierzehn Tagen."

"Na, dann gratuliere ich doch recht herzlich", knurrte ich wütend. "Du wechselst die Männer, wie andere Leute ihre Socken."

"Du musst gerade 'was sagen", entgegnete sie anzüglich. "Was du dir in den letzten Wochen geleistet hast, war auch nicht gerade die feine englische Art." Sie grinste. "Oder war sie es doch? Denke bloß an Prinz Charles und seine Diana!"

"Was habe ich mit Prinz Charles zu schaffen?"

"Der hat es auch mit zwei Frauen gleichzeitig getrieben! Genau wie du! Du solltest dich schämen!"

Jetzt ging mir aber doch der Hut hoch. "Ach ja?", schrie ich erbost. "Ich habe es also mit zwei Frauen gleichzeitig getrieben? Wer hat mich denn soweit gebracht? Erpresst bin ich worden, hundsgemein erpresst!"

"Warum hast du dich erpressen lassen?"

"Was blieb mir denn anderes übrig?"

"Wenn du ein Mann wärst, hättest du dich zu wehren gewusst", meinte Sabine. "Aber du bist eben nur ein kleiner, unscheinbarer Westentaschencasanova! Man muss nur ein bisschen mit den Augen zwinkern, mit dem Busen wedeln und mit dem Hintern wackeln, und schon wirst du spitz wie Nachbars Lumpi!"

Das war ein dicker Hund! Nicht Nachbars Lumpi - den kannte ich nicht -, sondern das, was Sabine mir an den Kopf warf. Am liebsten hätte ich sie - was ich ja schon einmal vorgehabt hatte - übers Knie gelegt. Aber wahrscheinlich hätte sie auch das als eine Art sexueller Handlung oder gar Nötigung betrachtet.

"Hast du deinem Vater schon erzählt, dass du dich verloben möchtest?" erkundigte ich mich.

"Er wird es rechtzeitig erfahren", antwortete sie. "Lydia ist sich mit Wolf übrigens auch schon so gut wie einig." Das traf mich! Ich schaute sie entsetzt an. "Gell, da guckste! Ja, mein Lieber, so ändern sich die Zeiten!"

Ich machte auf dem Absatz kehrt und ließ sie stehen. Ihr spöttisches Lachen, dass sie mir hinterher schickte, klang mir noch nach Minuten im Ohr. Ich fühlte mich müde, alt und zerschlagen. Lydia! Auch sie wendete sich gnadenlos einem anderen zu! Ich konnte und wollte es einfach nicht glauben!

An diesem Nachmittag komponierte ich den Song, der später der absolute Hit unseres Musicals werden sollte. Da war viel Moll drin, viel Herzblut und noch mehr Melodie.

Ich habe solche Sehnsucht nach dir.
Lydia! Ausgerechnet Lydia!

♥

Am Abend knöpfte ich sie mir vor. Die Kinder waren im Bett, wir so genannten Erwachsenen saßen im Wohnzimmer zusammen und plauderten. Sabine hockte hauteng neben Dirk auf der Couch, Lydia neben Wolf. Tim und ich hingen verdrießlich in den Sesseln.

"Lydia, ich möchte dich sprechen", sagte ich.

"Dann tu's doch, mein Lieber", erwiderte sie.

"Allein!"

"Muss das denn unbedingt sein?"

"Unbedingt", sagte ich. "Komm bitte mit in mein Arbeitszimmer."

Sie erhob sich, strich Wolf Berger wie aus Versehen über den Kopf und folgte mir. Ich spürte einen schmerzlichen Stich in der Herzgegend. Sabine lachte spöttisch. Ich hätte die beiden Weiber umbringen mögen! Die beiden Kerle am liebsten auch.

"Ich kann mir denken, was du von mir willst", begann Lydia, nachdem wir in meinem Arbeitszimmer Platz genommen hatten. Sie schlug die Beine übereinander, steckte sich eine Zigarette an und blies den Rauch nervös an die Decke. "Fang schon an mit deinem Verhör."

"Ich möchte nur wissen, was mit diesem Berger ist", sagte ich leise. "Du hast 'was mit ihm, nicht wahr?"

Sie zuckte die Schultern. "Kann man's wissen?"

"Ich dachte, du liebst *mich*?"

"Das dachte ich auch einmal", räumte sie immerhin ein. "Ich habe mich offensichtlich geirrt. Tut mir leid, Tobias."

Ich tat neuerdings jedem leid! Pam, Sabine und jetzt auch noch Lydia! Ich tat mir schon selbst leid! Ein Scheißgefühl! Erst konnte ich mich kaum dieser Weiber erwehren, und jetzt stand ich plötzlich allein da!

Ich fühlte mich elend wie selten zuvor in meinem Leben.

"Wolf hat den großen Vorteil, dass er frei und ungebunden ist", versuchte Lydia zu erklären. "Du dagegen bist verheiratet."

"Darüber hast du vor ein paar Tagen noch ganz anders gedacht", erinnerte ich sie. "Außerdem ist meine Ehe, wie ich befürchte, sowieso am Ende. Willst du es dir nicht doch noch einmal überlegen?"

Lydia schüttelte den Kopf. "Da gibt es nichts mehr zu überlegen. Ich werde Wolf wahrscheinlich heiraten."

Ich war ehrlich erschüttert. "Das ging aber schnell!"
"So ist die Liebe!"

"Ich weiß", sagte ich dumpf. "Diese verdammte Liebe! Sie bringt so viel, aber sie nimmt noch mehr, wenn sie zu Ende ist. Und bei uns ist sie doch zu Ende - oder?"

"Wahrscheinlich habe ich dich nie geliebt", vermutete Lydia. "Ich habe für dich geschwärmt - ja! Als erfolgreicher Musiker und Komponist. Das gebe ich zu. Es hat mich gereizt, einen so bekannten Mann wie dich im Bett zu haben. Es interessierte mich einfach, ob du da genauso gut bist wie an deinem Klavier."

"Und?"

"Du bist ein sehr guter Pianist!", sagte Lydia mit einem unverbindlichen Lächeln.

"Danke für das Kompliment", brummte ich verbittert, denn ich verstand, was sie mir durch die Blume klarmachen wollte. Wolf war offenbar der bessere Lover von uns beiden!

"Ich habe also keine Chance mehr?", fragte ich.
"Keine", bestätigte sie gnadenlos.
Ich hätte heulen mögen und setzte mich an den

Flügel, um jene Melodie zu spielen, die ich am Nachmittag komponiert hatte. *Ich habe solche Sehnsucht nach dir.* Tränen stiegen mir in die Augen, liefen mir wie salzige Bächlein die Wangen hinunter. Ich fühlte ihre Hände auf meinen Schultern, die mich sanft rüttelten.

"Mach es mir doch nicht so schwer", bat sie mich und heulte ebenfalls. "Ich kann doch nichts dafür! Gegen seine Gefühle ist man einfach machtlos."

"Ich weiß", murmelte ich. "Dieser beschissene Satz scheint neuerdings zu meinem Lebensmotto zu werden." Ich hörte zu spielen auf und wandte mich nach ihr um. "Ich möchte, dass du mein Haus verlässt! Ich ertrage es nicht, dich mit diesem Berger zusammen zu sehen. Und diesen anderen Heini könnt ihr gleich mitnehmen. Ich scheiße auf die Fernsehaufnahmen! Wenn es meinem Verleger nicht passt, schmeiße ich ihm den ganzen Kram vor die Füße. Es gibt auch noch andere!"

"Du wirfst mich also aus deinem Haus?", konstatierte sie. Ich nickte. "Und was wird aus deinen Kindern? Wer sorgt für sie, wenn ich nicht mehr da bin?"

"Ich", sagte ich kalt. "Ich habe es vor deiner Ankunft gekonnt und werde es wieder können! Hauptsache, du verschwindest von hier und die übrige Bagage mit!"

"Wie du willst", erwiderte Lydia traurig. "Ich hatte mir unseren Abschied anders vorgestellt."

"Ich auch! Zumal ich nie an einen Abschied gedacht hatte. Aber daran ist jetzt wohl nichts mehr zu ändern. Und jetzt geh bitte!"

Ich drehte mich nach meinem Flügel um und spielte die bewusste Melodie noch einmal.

"Tobias!"

Ich gab keine Antwort, konnte keine geben, weil mir

ein dicker Kloß im Hals steckte, der mich würgte. Ich war fix und fertig. Und schon wieder liefen mir die Tränen die Wangen hinunter. Auch Männer dürfen weinen!

"Mach's gut, Tobias", flüsterte Lydia und strich mir noch einmal sanft über's Haar. "Ich wünsche dir viel Glück. Es war - trotz allem - schön mit dir."

"Verschwinde!", sagte ich tonlos. "Hau endlich ab!"

Da ging sie und mit ihr ein Traum, der keiner hatte werden sollen. Ich erhob mich und schloss hinter ihr die Tür ab. Etwa eine halbe später hörte ich, wie Lydia mit ihren Begleitern das Haus verließ. Dann fuhr ein Wagen davon. Schluss, aus, Ende, vorbei! Ich genehmigte mir einen doppelstöckigen Whisky. Und heulte wie ein Schlosshund.

Es klopfte, klopfte mehrmals. Dann endlich öffnete ich. Es war Tim, der mich besorgt ansah.

"Du hast sie rausgeschmissen, nicht wahr?" Ich nickte. "Sie sind alle gegangen. Selbst Sabine. Sie will nichts mehr mit uns zu tun haben. Ich konnte sie nicht aufhalten."

Ich zuckte gleichgültig die Schultern.

"Dann sind wir jetzt also wieder auf uns allein angewiesen", stellte Tim fest, aber es klang keinesfalls wie ein Vorwurf.

"Es ist besser so", erwiderte ich. Es waren die ersten Worte, die ich wieder herauswürgen konnte.

"Ist es so schlimm?", fragte Tim besorgt.

"Es geht schon wieder", schluchzte ich trocken.

"Du solltest das alles nicht so tragisch nehmen", meinte Tim. "Weiber gibt es wie Sand am Meer!

Mensch, Tobias, lass die Ohren nicht hängen! So kenn ich dich ja gar nicht!"

"Du hast recht, Tim!" Ich versuchte ein Lächeln. Es gelange mir nicht so ganz, wirkte wohl ziemlich verkrampft. "Du hast bestimmt recht."

"Ich habe immer recht", behauptete Tim. "Und deshalb machen wir jetzt einen drauf, dass die Heide wackelt!"

"Du bist nicht sauer, weil ich die Fernsehaufnahmen abgebrochen habe?"

"Im Gegenteil", versetzte Tim. "Ich bin dir dankbar dafür! Die können mich doch alle mal...! Was glaubst du, was ich diesem Struller erzählen werde? Ich lass mich von ihm zu nichts mehr zwingen! Wenn der nicht abwarten kann, bis unser Musical fertig ist, soll er sich eben andere suchen, die nach seiner Pfeife tanzen. Ich bin dazu nicht mehr bereit. Verleger, die sich um unsere Sachen reißen, gibt es genügend in Deutschland. Es wird höchste Zeit, dass wir ihm das endlich mal klarmachen. Dieser Halsabschneider hat uns ohnehin nur ausgenutzt und in erster Linie immer nur an sich gedacht."

"Ich bin froh, dass wenigstens du mir geblieben bist", sagte ich. "Ein echter Freund ist manchmal mehr wert als alle Weiber dieser Erde zusammen."

"Sag ich doch! Und darauf trinken wir jetzt einen! Auf unsere Freundschaft und auf unser Strohwitwerdasein! Wäre doch traurig, wenn wir beide uns von diesen längsgeschlitzten Kratzbürsten unterbuttern ließen! Mit uns doch nicht! Ha!"

Ich musste lachen.

"Na also", sagte Tim zufrieden. "Jeder Kummer geht einmal zu Ende. Hast du übrigens noch die Nummer unserer beiden Windelfreundinnen vom Zoo?"

Ich kramte auf und in meinem Schreibtisch und fand die rosarote Visitenkarte dann endlich auch. Tim nahm sie mir aus der Hand, begab sich zum Telefon und vereinbarte einen Termin für uns. Und diesmal ging es weiß Gott nicht um Windeln.

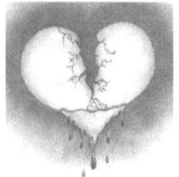

17.

Wieder waren mehr als vier Wochen vergangen. Tim und ich besorgten Haus und Kinder mehr schlecht als recht. Wir hatten unsere Eierkur wieder aufgenommen und begannen fast schon zu gackern. Manchmal gingen wir, um einen anderen Geschmack in den Mund zu bekommen, auch in eine Kneipe essen. Aber all das ersetzte nicht die Gaumenfreuden, mit denen Lydia uns zuvor verwöhnt hatte. Unsere Stimmung näherte sich dem Gefrierpunkt.

Ich hörte in diesen vier Wochen weder etwas von meiner Originalfrau noch von deren Double. Tim hatte ausfindig gemacht, dass seine Tochter bei ihm zu Hause war. Sie ließ sich nicht bewegen, zu uns zurückzukehren. Ich war für sie gestorben; ein Opa mit lächerlichen spießbürgerlichen Ansichten! Ob sie noch mit diesem Dirk zusammen war, konnten wir nicht in Erfahrung bringen. Eine Verlobungsanzeige hatte uns jedenfalls nicht erreicht, obwohl ihr Geburtstag längst vorüber war. Meine Geschenke für sie hatte Tim wieder mit zurückgebracht, als er vom Gratulieren heimkehrte. Sie hatte die Annahme strikt verweigert.

Von Tante Adelheid war eine Ansichtskarte aus Mexico-City angekommen. Sie hatte ihre Weltreise angetreten und schrieb, dass sie sich sehr wohl fühle. Napoleon auch. Endlich würde sie das Leben führen, nach dem sie sich insgeheim immer gesehnt hätte. Ich gönnte es ihr von Herzen.

Unser Verleger, Dr. Struller, hatte getobt, als wir ihn davon unterrichteten, dass wir es ablehnten, weiterhin unter den neugierigen Blicken von Fernsehleuten zu arbeiten. Tim hatte ihm daraufhin gehörig die Meinung gegeigt. Er war sehr still geworden, der Herr Verleger, und hatte uns nur noch eindringlich gebeten, ihn bloß nicht im Stich zu lassen.

"Wir liefern das Musical, wenn es uns passt", hatte Tim gesagt. "Wir lassen uns von Ihnen in keine Terminvorgabe mehr zwängen. Wenn Ihnen das nicht gefällt, müssen wir unsere Zusammenarbeit mit Ihnen eben beenden! Basta!"

Dr. Struller war ziemlich kleinlaut geworden und hatte uns versprochen, sich nie mehr in unsere Arbeit einzumischen. Damit war auch diese Sache geregelt. Was wir ihm nicht verraten hatten war, dass unser Musical in den letzten Tagen große Fortschritte gemacht hatte. Allerdings hatten wir inzwischen ein völlig anderes Thema gewählt. Nichts mehr mit *Kleopatra 2000*. Er würde sehr überrascht sein, wenn wir es ihm präsentierten.

Auch heute arbeiteten Tim und ich wieder eifrig an unserem neuen Werk. Die Kinder spielten im Garten und störten uns nicht. Überhaupt hatten sie alles mit sehr viel Verständnis ertragen. Richtig lieb waren sie gewesen und hatten fast gar nicht gejammert, weil es nun plötzlich keine Tante Lydia und auch keine Sabine mehr gab, die sich um sie kümmerten. An ihre Mami dachten sie ohnehin fast nicht mehr.

Das Telefon klingelte. Ich nahm ab und meldete mich. Es war Claudia, Tims Frau. Sie klang sehr erregt.

"Es ist etwas Schreckliches passiert", erzählte sie. Ich hörte sie schluchzen. Mein Herz begann stürmisch zu klopfen. "Ach, Tobias! Wären wir doch niemals verreist!"

"Beruhige dich erst mal", bat ich sie. "Wo steckt ihr überhaupt?"

"In Istanbul! Es sollte unsere letzte Station vor der Heimreise sein. Pam..." Sie unterbrach sich wieder, schluchzte und putzte sich dann anscheinend die Nase.

"Was ist mit Pam?", fragte ich beunruhigt.

"O, dieses Schwein!"

"Pam?"

"Natürlich nicht! Lass mich doch endlich einmal zu Ende reden!"

"Ich bin ja schon still. Also?"

"Pam sitzt im Knast!"

"Wie bitte?"

"Du hast richtig gehört", bestätigte Claudia. "Deine Frau sitzt im Knast. Dieses Schwein hat ihr Koks ins Gepäck geschmuggelt."

"Welches Schwein?"

"Na, dieser Jonny!"

"Ihr Verlobter?"

"Unsinn!", rief Claudia. "Sie hat nie etwas mit ihm gehabt! Sie wollte dich nur ein bisschen aufziehen! Weil du und Lydia... Was weiß denn ich!"

"Aufziehen! Das hat aber ganz anders geklungen", brummte ich und mochte nicht so recht daran glauben, dass das alles ein Schwindel gewesen sein sollte. "Immerhin sprach sie von Scheidung!"

"Daran hat sie nie gedacht", beteuerte Claudia. "Sie wollte dich halt nur mal auf die Probe stellen. Aber das ist doch jetzt auch völlig unerheblich. Du musst sofort hierher kommen! Sie ist am Ende!"

Mein Gott! Pam im Knast! Ich hatte gelesen, wie schrecklich türkische Gefängnisse angeblich sind! Dagegen waren unsere die reinsten Kuranstalten. Und welche Strafe in der Türkei auf Rauschgiftschmuggel stand, war mir auch bekannt. Wenn's hart kam, drohte ihr sogar der Tod, obwohl hier seit 1984 niemand mehr hingerichtet worden war und Bestrebungen im Gang waren, die Todesstrafe ganz abzuschaffen.

"Du kommst doch, Tobias?", fragte Claudia besorgt.

"Selbstverständlich komme ich. Ich nehme die nächste Maschine. Wo finde ich dich?"

Sie nannte mir die Adresse eines Hotels.

"Bring am besten einen Rechtsanwalt mit", schlug sie vor. "Du hast doch einen guten. Diesen... diesen... Wie heißt er noch mal schnell?"

"Meinst du meinen Schulfreund Kurt Michel?"

"Genau den! Er ist doch ein Klassemann, einer der besten überhaupt."

"Ich will versuchen, ihn zu erreichen", versprach ich. "Hoffentlich hat er Zeit, mich in die Türkei zu begleiten."

"Er *muss* Zeit haben, Tobias", beschwor mich Claudia. "Er muss! Soll ich Pam etwas von dir ausrichten?"

"Darfst du sie denn besuchen?"

"Ja - zum Glück. Ich darf sie sogar mit Essen versorgen. Natürlich gegen ein entsprechendes Bakschisch." (*Anm.: In islamischen Ländern das gebräuchliche Wort für Schmiergeld*)

"Dann sag ihr bitte, dass sie sich keine Gedanken machen soll und..." Ich zögerte.

"Ja?"

"...und dass ich sie sehr, sehr lieb habe!"

"Das richte ich gerne aus, Tobias. Sag Tim bitte das gleiche von mir."

"Wie bitte?" Tim, der mithörte, verzog spöttisch das Gesicht.

"Du sollst Tim sagen, dass ich ihn auch sehr lieb

habe", wiederholte Claudia. "Nie war mir das klarer als jetzt. Aber das ist momentan nebensächlich. Jetzt geht es zunächst mal nur um Pam. Sieh zu, dass du keine Zeit verlierst. Sie geht in dem Loch, in das man sie gesteckt hat, ein wie ein Primelchen ohne Wasser."

"Ich werde mein Möglichstes tun", versprach ich.

"Mehr, Tobias, mehr!"

Ich legte auf und schaute Tim desolat an.

"Scheiße!", fluchte dieser. "Wir hätten sie niemals fortlassen dürfen! Das haben wir nun davon! Jetzt dürfen wir sie aus der Scheiße rausholen, in die sie sich durch eigene Dummheit geritten haben!"

"Wieso wir?"

"Weil ich selbstverständlich mit nach Istanbul fliege", erklärte Tim. "Als dein bester Freund gehöre ich an deine Seite. Außerdem ist ja auch *meine* Frau da unten."

"Die dich sehr lieb hat! Du, das klang sogar ehrlich!"

"Das muss sie mir erst beweisen", sagte Tim und zuckte die Achseln

Jetzt galt es allerlei zu regeln. Ich rief zunächst meine Eltern an und bat sie, sofort zu uns zu kommen, damit sie während unserer Abwesenheit auf die Kinder aufpassten. Als sie hörten, um was es ging, waren sie schnell dazu bereit und versprachen, sich umgehend auf den Weg zu machen.

Nachdem dies geklärt war, setzte ich mich mit Dr. Michel in Verbindung. Er war zum Glück in seiner Kanzlei und sogleich am Telefon. "Na, du alter Sünder, was hast du denn jetzt schon wieder ausgefressen?", begrüßte er mich.

Ich berichtete ihm, was geschehen war und bat ihn fast flehentlich, mich in die Türkei zu begleiten, um die

Freilassung Pams zu bewirken.

"Ich habe Termine, Tobias", sträubte er sich zunächst. "So einfach, wie du dir das in deinem jugendlichen Leichtsinn vorstellst, geht es nicht. Außerdem habe ich als Anwalt keinerlei Rechte in der Türkei, müsste also einen dortigen Kollegen einschalten."

"Dann tu das", beschwor ich ihn. "Und sieh zu, dass du trotzdem mitkommen kannst. Ich brauche dich und deinen Rat! Überlass deine Termine einem deiner Kompagnons."

"Gut", erklärte er sich einverstanden. "Weil du es bist! Besorge du die Flugtickets, ich kümmere mich um einen türkischen Kollegen. Ein bisschen Zeit musst du mir aber lassen. Vor morgen früh können wir nicht fliegen."

Ich platzte zwar fast vor Ungeduld und wäre am liebsten sofort abgedampft, musste aber einsehen, dass sich eine so wichtige Angelegenheit nicht über's Knie brechen ließ. Außerdem hätten wir für heute auch keine Flugtickets mehr bekommen. Die Maschinen nach Istanbul waren alle ausgebucht.

Wir erreichten Istanbul am späten Vormittag und ließen uns von einem Taxi zu Claudias Hotel bringen. Dr. Michel, mein alter Schulfreund, fuhr gleich zur Kanzlei seines türkischen Kollegen weiter, dessen Adresse er über die Anwaltskammer ausfindig gemacht hatte. Er hieß Dr. Kadir Özgül, hatte lange in Deutschland gelebt und unter anderem in Heidelberg und Frankfurt studiert. Dr. Michel hatte sich gestern noch telefonisch mit ihm in Verbindung gesetzt und ihm die Lage geschildert. Dr. Özgül hatte ihm zugesagt, die Sache unverzüglich in die Hand zu nehmen.

Das Wiedersehen mit Claudia verlief äußerst tränenreich. Sie hing abwechselnd an Tims und meinem Hals und versicherte uns ein ums andere Mal, wie glücklich sie wäre, uns endlich bei sich zu haben.

"Wie geht es Pam?", war meine erste Frage.

"Nichts Neues seit gestern", berichtete Claudia traurig. "Sie ist mit den Nerven so ziemlich am Ende."

"Eigentlich geschieht es euch ganz recht", stänkerte Tim und blinzelte mir verstohlen zu. Er konnte es halt nicht lassen! "Wärt ihr, wie es sich für brave Ehefrauen und Mütter geziemt, hübsch artig mit dem Arsch bei uns zu Hause geblieben, hockten wir jetzt nicht in der Scheiße!"

"Ich weiß es ja", schluchzte Claudia jämmerlich. Sie war kaum wiederzuerkennen. Der Schock schien sie tief getroffen zu haben. "Wir haben es auch längst bitterlich bereut. Ich verspreche dir, dass so etwas nie wieder vorkommen wird! Ich will dir künftig immer eine brave und treue Frau sein."

"Das heißt, falls ich dich überhaupt noch zurückhaben will", grinste er.

"Tim!" Sie schaute ihn tödlich erschrocken an. "Hast du etwa eine andere?"

"Eine?" Tim lachte selbstgefällig. "Dutzende, meine Liebe! Ich bin gar nicht so schnell aus den Hosen gekommen, so sehr war ich ständig gefragt!"

"Ja, verspotte mich nur", beklagte sich Claudia. "Ich habe es nicht anders verdient."

"Nein, hast du nicht", befand Tim.

"Hast du mich denn gar nicht mehr lieb?"

Ich dachte, dass es an der Zeit wäre, die beiden allein zu lassen, und zog mich in mein eigenes Zimmer zurück. Dort packte ich meine Reisetasche aus, duschte und zog mich um. Dann begab ich mich hinunter zur Bar, setzte mich an den Tresen und orderte ein Bier sowie einen Raki. *(türkischer Anisschnaps)*

Es dauerte eine ganze Weile, bis Tim und Claudia sich wieder zu mir gesellten. Er zeigte mir hinter ihrem Rücken das berühmte Victoryzeichen. Claudias glänzende Augen verrieten, dass sie sich in der vergangenen Stunde offenbar ausgiebig versöhnt hatten. Ich freute mich ehrlichen Herzens für sie und hoffte, dass mir das gleiche bald mit Pam vergönnt sein würde.

Wir hatten gerade eine Kleinigkeit zu Mittag gegessen, als Dr. Michel zurückkehrte.

"Und?", fragte ich besorgt, während er sich an unserem Tisch niederließ. "Konntest du irgend etwas erreichen?"

Dr. Michel zuckte die Schultern. "Alle Indizien sprechen gegen deine Frau", erwiderte er ernst. "Und die beiden Kerle, die ihr diese schlimme Geschichte angeblich eingebrockt haben, leugnen beharrlich, etwas mit der Sache zu tun zu haben."

"Haben sie die denn auch?", wollte Tim wissen.

"Ja, man hält sie ebenfalls fest", erklärte Dr. Michel. "Frau Küppers hatte großes Glück, dass man sie laufen ließ."

"Wann kann ich Pam sehen?", fragte ich.

"Vor morgen früh leider nicht", bedauerte mein Schulfreund. "Dieser türkische Kollege ist übrigens ein sehr netter, patenter Kerl. Ich glaube, wir können uns auf ihn verlassen. In jeder Beziehung!"

"Wie meinst du das?"

"Darüber möchte ich jetzt noch nicht sprechen", tat

Dr. Michel geheimnisvoll. "Du hast doch hoffentlich dein Scheckheft dabei und auch genügend Deckung auf deinem Konto?"

"Selbstverständlich. Aber was hat das mit Pams Knastaufenthalt zu tun?"

"Das wird man sehen", wich Dr. Michel aus. "So, und jetzt habe ich einen Bärenhunger. Meint ihr, sie rücken noch etwas heraus um diese späte Stunde?"

Sie rückten. Also verputzte er zunächst eine *tarhana çorbasi,* eine Teigsuppe aus Joghurt und Fleischbrühe, dann eine Portion *kabak dolmasi*, das war gefüllter Kürbis, und schließlich noch einen großen Teller voll *pilaw*, ein Reisgericht mit Hammel- und Rindfleisch. Als Dessert ließ er sich eine der berühmten türkischen Süßspeisen schmecken, bei deren Herstellung Honig, Mandeln, Nüsse und Pistazien eine große Rolle spielen. Anwälte lebten offensichtlich nicht schlecht. Wir hatten jeder nur eine bescheidene Portion *Kebab* verdrückt.

Den Nachmittag verbrachten wir damit, uns die Stadt anzuschauen. Was sollten wir auch anderes tun? Und wenn man schon mal in Istanbul war, musste man zumindest die *Hagia Sophia* gesehen haben, jene weltberühmte, unter Kaiser Justinian als Kuppelbau errichtete byzantinische Kirche, die später von den Türken unter Hinzufügung von Minaretts in eine Moschee umgewandelt worden war und seit 1934 als Museum diente.

Wir besichtigten auch noch den *Topkapi Saray*, den ehemaligen Sultanspalast hoch über dem Bosporus, bummelten durch den *Gedeckten Basar* und über die *Galata-Brücke* und bestiegen den sechzig Meter hohen *Bajezid-Turm*, von dem aus man eine prachtvolle Rundsicht hatte.

Nun könnte man uns vielleicht vorwerfen, wir hätten nur unser Vergnügen im Kopf gehabt und dabei meine arme Pam im Knast vergessen. Dem war wirklich nicht so. Wir konnten momentan einfach nichts für sie tun, mussten abwarten, welche Fäden Dr. Özgül unterdessen knüpfte. Hätten wir uns in unserem Hotel hinsetzen und Trübsal blasen sollen? Damit wäre Pam doch auch nicht gedient gewesen.

Den Abend verbrachten wir in unserer Hotelbar, wo eine kleine türkische Kapelle aufspielte und zwischendurch Bauchtänze gezeigt wurden. Höhepunkt war der *Zillertaler Hochzeitsmarsch* auf türkische Art. Gegen Mitternacht verabschiedeten wir uns, verabredeten uns für neun Uhr am nächsten Morgen und zogen uns in unsere Zimmer zurück.

Ich fand in dieser Nacht nur wenig Schlaf und wälzte mich stundenlang unruhig im Bett herum. Entsprechend unausgeschlafen und zerschlagen kroch ich morgens aus den Federn. Nachdem ich zunächst heiß und danach eiskalt geduscht hatte, fühlte ich mich etwas wohler. Ich zog mich an und begab mich hinunter in den Frühstücksraum, wo Dr. Michel bereits wieder eifrig zulangte. Von Tim und Claudia war noch nichts zu sehen.

"Ich habe schon mit Kollege Özgül telefoniert", berichtete Dr. Michel. "Er erwartet uns am Gefängnis. Viel erreichen konnte er bis jetzt leider noch nicht."

Das Frühstück schmeckte mir, im Gegensatz zu Dr. Michel, an diesem Morgen gar nicht. Ich trank einen Orangensaft, später Kaffee und gab mich mit ein bisschen Körnerfutter und mit Früchten angereichertem Quark zufrieden. Ich hatte Magenschmerzen, vor Aufregung viel zu hohen Blutdruck und fühlte mich kotzelend.

Tim und Claudia hatten wir nicht zu Gesicht bekommen, als wir endlich mit einem Taxi losfuhren. Sie versöhnten sich offenbar immer noch. Oder schon wieder!

Dr. Kadir Özgül war ein freundlicher Herr Anfang Vierzig und sah aus, wie man sich den typischen Türken vorstellt: Schwarzhaarig, nicht allzu groß, obligatorischer Oberlippenbart. Gekleidet war er westlich mit einem dunkelblauen Nadelstreifenanzug, dazu das passende Hemd mit entsprechender Krawatte. Und er sprach ein vorzügliches Deutsch.

"Ihre Frau hat sich da ja etwas Schönes eingebrockt", meinte er, nachdem er Dr. Michel und mich mit Handschlag begrüßt hatte. "Die läuft Ihnen sicher nicht mehr so schnell davon!" Er wusste offenbar über alles Bescheid. Warum auch nicht? Die kleinste Kleinigkeit konnte wichtig sein.

„Hat sie überhaupt eine Chance, hier wieder irgendwie unbeschadet herauszukommen?", fragte ich.

"Das ist schwer zu sagen", erwiderte Dr. Özgül. "Rauschgiftschmuggel oder -handel ist bei uns eine schlimme Sache! Wenn wir keine Gegenbeweise vorlegen können, sieht es für Ihre Frau finster aus. Aber vielleicht finden wir ja auch noch einen anderen Weg, sie herauszuholen. Auch diese Möglichkeit gibt es bei uns durchaus immer wieder." Er lächelte verschmitzt und zwinkerte mir beruhigend zu. "Diese Möglichkeit würde halt einiges kosten."

"Geld spielt keine Rolle", sagte ich, obwohl Geld in letzter Zeit bei mir immer eine Rolle gespielt hatte. Aber wir hatten ja einen Hit, allerdings auch noch keine GEMA-Abrechnung. "Hauptsache, Pam kommt wieder frei."

Wir betraten ein trostloses Gebäude, wiesen uns

mehrfach aus und standen schließlich in einem einfachen, mit einem Tisch und mehreren Stühlen ausgestatteten, vergitterten Besucherzimmer. Mir klopfte das Herz bis zum Hals. Ein Wärter brachte Pam herein, und dann stand ich nach vielen Wochen endlich wieder der Frau gegenüber, die ich so sehr liebte und immer - trotz allem - geliebt hatte.

"Tobias", schluchzte sie und flog mir in die Arme. "Ich bin ja so glücklich, dich zu sehen! Jetzt habe ich endlich wieder Hoffnung, dass alles gut wird!"

Sie hing an mir und küsste mich wie eine Ertrinkende. Ich drückte sie fest an mich und schwor mir, sie nie wieder loszulassen. Alles war vergessen! Alles! Es zählte nur, dass ich sie endlich wieder in meinen Armen hielt.

Pam sah schlecht aus, mager und blass. Ihre Augen lagen tief in den Höhlen, trugen dunkle Ringe und waren gerötet. Sie musste viel geweint haben in den letzten Tagen. Ihre Haare, die ich so sehr liebte, wirkten verfilzt und ungepflegt. Sie, die sonst nach blühender Heide und Sommerwiese duftete, strömte einen unangenehmen Körpergeruch aus, schien sich seit Tagen nicht mehr gewaschen zu haben. Armes Ding! Ihr Anblick schnitt mir tief ins Herz!

"Hol mich hier raus!", flüsterte sie verzweifelt. "Hol mich bitte ganz schnell heraus! Ich steh das nicht länger durch, bin am Ende meiner Kräfte! Nur die Hoffnung, dass du kommst, hat mich davon abgehalten, mir etwas anzutun!"

Ich konnte sie verstehen, konnte aber nicht viel dazu sagen, weil sich unser türkischer Anwalt zu Wort meldete:

"Entschuldigen Sie, dass ich Ihre Wiedersehensfreude unterbrechen muss", sagte Dr. Özgül. "Aber wir müssen einiges mit Ihnen bereden."

Zusammen mit Pam nahmen wir alle rund um den kleinen Tisch Platz. Der Wärter hatte sich auf einen Wink des Anwaltes wortlos vor die Tür verzogen.

"Hören Sie jetzt bitte genau zu", fuhr der türkische Anwalt mit unterdrückter Stimme fort. "Ich habe mich kundig gemacht: Man wird Ihnen, Frau Wunderlich, den Prozess machen. Daran führt vermutlich kein Weg vorbei. Wann das sein wird und wie die Sache ausgehen wird, weiß auch nicht.. Aber wie die Dinge stehen, wird man Sie wohl zu einer mehrjährigen Gefängnisstrafe verurteilen!"

"Aber ich habe doch gar nichts verbrochen!" rief Pam weinend. "Man hat mich auf hinterhältigste Weise reingelegt!"

"Das wissen Sie und das wissen wir" erwiderte Dr. Özgül. "Als Beweis genügt es leider nicht. Solange diese beiden Gauner die Tat abstreiten, sind Sie, Frau Wunderlich, die Hauptverdächtige. Man hat das Rauschgift schließlich in Ihrem Koffer gefunden. Allein diese Tatsache zählt vor Gericht! Wenn Sie Glück haben, kommen Sie mit zwanzig Jahren davon."

"Ich will hier 'raus", flennte Pam. "Ich halte es in diesem Loch keinen Tag länger aus!"

"Das sollen Sie auch nicht", sagte Dr. Özgül mit einem feinen Lächeln. "Und jetzt lassen Sie mich bitte einmal aussprechen, ja?"

Was jetzt kam, ließ mich mit den Ohren schlackern. Und mit anderen Sachen auch. Dr. Özgül plante nämlich, Pam mit Unterstützung einiger bestechlicher Gefängniswärter aus dem Knast zu entführen. Da nicht alle bestechlich waren, war das Ende nicht vorauszusehen. Ein einziger treuer Hüter des Gesetzes genügte, um den Plan auffliegen zu lassen. Was dann auf uns zukam, konnte man sich unschwer denken.

"Kopf hoch", sagte Dr. Michel zu Pam. "Es wird schon schiefgehen!"

Genau das war es, vor dem ich Angst hatte. Und Pam vermutlich auch.

Ich verabschiedete mich mit einem langen Kuss von ihr, sprach ihr noch einmal Mut und Trost zu und bat sie, um Himmels willen stark zu bleiben. Allein der Kinder wegen. Mir selbst war es alles andere als wohl zumute. Ich sah uns schon von treuen Gesetzeshütern erwischt und abgeknallt. Ein eiskalter Schauer lief mir den Rücken hinunter.

Nun fuhren wir gemeinsam zu einer Bank und machten einen größeren Scheck zu Bargeld. Dr. Özgül nahm es ohne Quittung in Empfang, verstaute es in seinem Aktenkoffer und verabschiedete sich von uns. Die Zeitbombe begann zu ticken!

"Wenn das nur mal gut geht!", stöhnte Tim, als wir ihm und seiner Frau von diesem ungeheuerlichen Vorhaben erzählten. "Ich komme mir wie eine der Hauptpersonen in einem Karl-May-Roman vor: *Durch's wilde Kurdistan* oder so! Da haben sie auch ständig welche aus dem Gefängnis befreit. Ich hoffe nur, dass Winnetou oder Kara Ben Nemsi rechtzeitig zur Stelle sein werden, um uns zu retten."

"Nur keine Angst", versuchte Dr. Michel uns zu beruhigen.. "Wir sind hier nicht in Deutschland. Die Gefängniswärter werden sehr schlecht bezahlt und sind für einen kleinen Nebenverdienst durchaus aufgeschlossen. Solche Geschäfte werden hier offenbar öfters getätigt, sagt Doktor Özgül. Vertrauen wir ihm einfach. Mehr können wir sowieso nicht tun."

Der Tag schlich dahin. Immer wieder schaute ich auf die Uhr, deren Zeiger wie eine besonders lahme

Schnecke über das Zifferblatt kroch. Ich wurde von Minute zu Minute nervöser, wurde zum Kettenraucher und war für meine Freunde nicht mehr ansprechbar.

Am Nachmittag erschien Dr. Özgül, strahlte übers ganze Gesicht und verkündete, dass es geklappt hätte.

"Ein alter Freund von mir wird uns gleich in das Gefängnis schleusen", sagte er. "Ein anderer hat - Allaha şükür - Dienst. Wir müssen allerdings sehr leise und sehr vorsichtig sein, weil ein anderer, der mir nicht ganz so wohlgesonnen ist, ebenfalls Dienst hat. Wenn der uns entdeckt, ist alles aus. Am besten ist, wenn nur Herr Wunderlich mitkommt. Die anderen fahren uns voraus zum Flughafen. Die letzte Maschine nach Deutschland hebt in etwa einer Stunde ab. Alles ist auf die Minute genau geplant. Auch einen zuverlässigen Taxifahrer habe ich schon gekauft. Er wird schweigen. Und nun alles Gute für sie alle! Mögen wir uns unter freundlicheren Umständen wiedersehen!"

Unser Taxifahrer sah alles andere als vertrauenserweckend aus. Er war ein kleiner, schmutziger Türke mit einem langen Oberlippenbart, der ihn an Dschingis-Khan erinnern ließ. Sein Fahrzeug glich einer Ruine aus Rost und Blech und wurde offenbar nur durch den Dreck zusammengehalten, der es wie ein Mantel umgab. Fahren dagegen konnte er. Er raste wie eine gesengte Sau durch den Feierabendverkehr Istanbuls und hielt bald darauf in der Nähe des Gefängnisses an.

Dr. Özgül und ich schlichen zu dem düsteren Bau, wo uns ein Mann in Uniform an einer Hintertür erwartete. Er tuschelte einen Moment mit meinem Begleiter, ließ etwas - vermutlich die Bestechungssumme - in seiner Tasche verschwinden und öffnete die Tür. Sie quietschte in den Angeln. Ich zuckte erschrocken zusammen. Der Uniformierte winkte grinsend ab.

Nichts rührte sich.

Auf Zehenspitzen schlichen wir durch die kaum beleuchteten Gänge des mächtigen Gebäudes. Keine Menschenseele war zu sehen. Hin und wieder hörte man das Fluchen eines Insassen, einen verzweifelten Schrei, Stöhnen. Ich spürte, wie eine Gänsehaut meinen Körper überzog und ein leichter Schüttelfrost mich packte. Mein Herz hämmerte eh wie ein Maschinengewehr. Ich hatte Angst - entsetzliche Angst!

Endlich - nach einer Ewigkeit, wie mir schien - standen wir vor Pams Zelle. Der Wärter fingerte umständlich an seinem Schlüsselbund herum, fand endlich den passenden Schlüssel und öffnete die Tür.

„Schnell, Frau Wunderlich", drängelte Dr. Özgül. „Beeilen Sie sich bitte! Hier kann jeden Moment die Hölle los sein!"

Wir verließen das düstere Gebäude auf dem gleichen Weg, auf dem wir hineingelangt waren. Als wir im Freien standen, fiel mir ein dicker Stein vom Herzen. Ich nahm meine Frau in den Arm und küsste sie mit Tränen in den Augen.

„Tun Sie das zu Hause", riet uns Dr. Özgül. „Jetzt müssen wir erst einmal verschwinden. Wir sind noch nicht aus der Gefahrenzone."

Er zerrte uns zu unserem Taxi, stieß uns hinein und nahm selbst auf dem Beifahrersitz Platz. Und schon begann die nächste Höllenfahrt unseres kleinen, schleimigen Fahrers. Er hätte Michael Schumacher durchaus Konkurrenz machen können, wenn er ins Formel-1-Geschäft eingestiegen wäre. Wahrscheinlich fragte ihn aber keiner, ob er es wollte.

„Hier ist der Pass Ihrer Frau", sagte Dr. Özgül und drückte mir den Ausweis - das Original! - in die Hand. Ich sah ihn erstaunt an. „Ohne dieses Dokument kann sie auch bei uns nicht ausreisen."

„Ja, aber woher...?"

Dr. Özgül legte lächelnd den Finger auf seine Lippen. „Mein Geheimnis", sagte er. „Wussten Sie nicht, dass der Orient voller Geheimnisse und Rätsel ist?"

„Geheimnisse, die vermutlich viel Geld kosten", versetzte ich trocken.

„Mag sein", räumte Dr. Özgül lächelnd ein. „Meine Rechnung wird es Ihnen zeigen."

„Sie sind ein Pfundskerl", fand ich. „Wenn Sie Zeit und Lust haben, besuchen Sie uns doch mal in Deutschland. Sie sind uns jederzeit herzlich willkommen."

„Danke für die Einladung", erwiderte Dr. Özgül. „Vielleicht nehme ich sie irgendwann wahr. Mein altes Heidelberg möchte ich schon gern mal wiedersehen."

„Dann bringen Sie aber bitte Ihre ganze Familie mit", meinte Pam. „Wir haben Platz für alle!"

„Bin ich blöd?", lachte Dr. Özgül. „Wer nimmt schon Bier nach München mit."

„Hoffentlich bekommen Sie keine Schwierigkeiten", sagte ich besorgt.

„Schwierigkeiten?" Dr. Özgül lachte. „Von wem denn? Keiner weiß etwas, keiner hat etwas gesehen. Selbst wenn einer etwas wüsste oder gesehen hätte. Außerdem wird man froh sein, einen Prozess, der nur Bonn *(Anm.: damaliger Regierungssitz der BRD)* wieder auf den Plan gebracht hätte, nicht führen zu müssen. Was sollte mir also passieren?"

Wer dies liest, könnte meinen, unsere Fahrt zum Flughafen wäre eine Art Kaffeefahrt an den Rhein gewesen. Dem war keinesfalls so. Unser türkischer Michael Schumacher hatte wieder ein höllisches Tempo drauf. Mal wurden wir nach links, dann wieder nach rechts geschleudert. Die Reifen quietschten, das Chassis ächzte und stöhnte und drohte, auseinanderzubrechen. Trotzdem erreichten wir heil den Flughafen, wo wir von unseren Freunden jubelnd begrüßt wurden. Tim nahm Pam in die Arme, heulte wie ein altersschwacher Wolf und wollte sie gar nicht mehr loslassen. Ich musste sie ihm schließlich gewaltsam entreißen.

Wir nahmen Abschied von unserem türkischen Anwalt, gelangten ohne Schwierigkeiten durch die Passkontrolle und saßen wenig später in der Lufthansamaschine, die uns in die Heimat brachte. Ich kaufte den gesamten Sektbestand, den es an Bord gab, auf und ließ ihn an die Passagiere verteilen. Als mich einer fragte, was der Grund dafür wäre, sagte ich:

„Ich bin glücklich! Einfach nur glücklich!"

Finale

Tja, damit wäre meine Geschichte eigentlich zu Ende, die ich am Sarg meines besten Freundes Tim Küppers träumte, als man bei der Trauerfeier unser Lied *Ich habe solche Sehnsucht nach dir* spielte. Aber vielleicht interessiert es Sie ja, wie es damals weiterging, nachdem wir aus der Türkei zurückgekehrt waren? Begeben wir uns also noch einmal für kurze Zeit in das Jahr 1986 zurück.

Unsere Kinder jubelten, als die geliebte Mami sie nach so langer Zeit endlich wieder in die Arme schloss. Meine Eltern standen dabei und hatten Tränen in den Augen. So rührend war das.

Pam und ich hatten uns viel zu erzählen. Natürlich verschwieg ich manches und vermute, dass auch sie nicht ganz bei der Wahrheit blieb. Aber machte das jetzt noch etwas aus?

Tim und Claudia verstanden sich plötzlich wieder prächtig. Zumindest vorübergehend. Bis sie sich wieder mit anderen Männern einließ und er schließlich die dreißig Jahre jüngere Kerstin kennen- und lieben lernte und sie nach der Scheidung von Claudia auch heiratete.

Sabine verliebte sich nach dem Zwischenspiel mit dem Toningenieur unseres Fernsehteams Dirk Bossler in einen jungen Mann, der Techno-Musik produzierte und sehr erfolgreich damit war. Mit seinem Titel *Wir kotzen alle auf die Alten* stand er wochenlang in den Charts. Sie söhnte sich irgendwann mit uns aus und begann - o Graus - mir schon wieder schöne Augen zu machen. Techno-Musik war offenbar doch nicht das Gelbe vom Ei.

Später heiratete sie insgesamt drei Mal und bekam von jedem ihrer Männer ein Kind. Mit ihrem jetzigen war sie nun schon relativ lang zusammen. Offensichtlich war auch sie mit zunehmendem Alter ruhiger geworden oder das Töpfchen hatte endlich wirklich das passende Deckelchen gefunden.

Tim besuchte uns damals fast jeden Tag, um zusammen mit mir an unserem Musical weiter zu schreiben. Abends wies ich ihm die Tür, weil ich mit meiner Pam allein sein wollte. Er ging gern, weil er - damals zumindest noch - mit seiner Claudia allein sein wollte. Wer hätte das vor ein paar Wochen jemals gedacht?

Es dauerte, Dr. Struller mochte fluchen, wie er wollte, trotzdem fast ein Jahr, bis unser Musical endlich uraufgeführt werden konnte. Es wurde ein Riesenerfolg und stellte alle Werke dieses englischen Musicalmachers weit in den Schatten. Die Vorstellungen waren über Monate ausgebucht. Unsere Songs waren in jedem Radio zu hören, die Fernsehanstalten brachten in jeder Unterhaltungsshow Ausschnitte und die Tantiemen flossen wie der Nil durch Ägypten.

Wie unser Musical hieß?

DIE STROHWITWER!

Es war die Geschichte von zwei jungen Männern, die von ihren Frauen allein gelassen wurden, weil diese eine Weltreise unternahmen. Die Story hatte kaum Ähnlichkeit mit der Wirklichkeit und ähnelte ihr doch verblüffend.

Und was wurde aus Lydia, meiner heiß geliebten Ersatzfrau?

Sie besuchte Pam und mich nach der Uraufführung unseres Musicals und gratulierte mir herzlich zu unserem Erfolg. Sie hatte inzwischen tatsächlich diesen

Kameramann geheiratet und behauptete, sehr glücklich mit ihm zu sein. Sie brachte auch ihr Baby mit, das sie unterdessen geboren hatte; einen süßen, blonden Jungen, der mir seltsam bekannt vorkam. Als ich am nächsten Morgen beim Rasieren in den Spiegel schaute, wusste ich, warum!

Ende

ein Muss für alle *Adam und die Micky's* Fans!

Dieter Adam, Chef der inzwischen aus Krankheitsgründen zwangspensionierten hessischen Kultgruppe *Adam und die Micky´s* stellte in diesem einzigartigen Buch einen Großteil der meist von ihm selbst geschriebenen oder mitverfassten Liedtexte seiner Mundartgruppe zusammen. Bebildert ist das Buch mit Karikaturen von den Platten-Covern, Kopien der Original-Cover der Singles sowie zahlreichen Fotos aus dem Familienalbum

ISBN: 978-3-7375-7053-4

bei amazon und überall, wo's Bücher gib

Die Adam-von-den-Micky's-Story

So war's - oder so ähnlich

DIETER ADAM blickt in diesem interessanten Buch auf ein bewegtes Leben zurück. In seiner ruhigen, sachlichen, aber durchaus auch humorvollen Art erzählt er von Höhen und Tiefen in künstlerischem, aber auch privaten Bereich. Er berichtet, wie er vom seriösen Banker zum Berufsmusiker wurde, was ihn dazu brachte, Heftromane, Kurzgeschichten für die Yellow Press und immer wieder erfolgreiche Theaterstücke für die Amateurbühne zu schreiben, die allerdings auch von Profibühnen wie Peter Steiners Theaterstadl gespielt wurden.

ISBN-Nr. 9783839179871

Herz, Schmerz und Gänsehaut

DIETER ADAM schrieb in den 80er Jahren des vergangenen Jahrhunderts zahlreiche Kurzgeschichten für die Yellow Press. Nachdem sie jahrelang in Vergessenheit geraten waren, hat er sie nunmehr aus der Schublade geholt, bearbeitet und auf den neusten Stand der deutschen Rechtschreibung gebracht. Heraus gekommen ist dabei dieses interessante Buch mit 36 ernsten und heiteren Liebesromanen, spaßigen Anekdoten und spannenden Kurzkrimis sowie zwei wahre Geschichten aus seinem Leben.

ISBN-Nr. 978-3-7375-6705-3
bei amazon und überall, wo es Bücher gibt

**neu aufgelegt, um eine Geschichte erweitert
und jetzt auch bebildert**

"Verzähl mer was" hat der Enkel zur Oma gesagt, und Dieter Adam lässt *die Omma e bissie was verzähle.* Märchenhaftes, Biblisches, Heldenhaftes, aber auch eigene Geschichten finden sich in seinem ersten Buch in hessischer Mundart.

ISBN: 978-3-7375-6810-4 Hardcover
       978-3-7375-5684-2 Taschenbuch

bei amazon und überall, wo es Bücher gibt

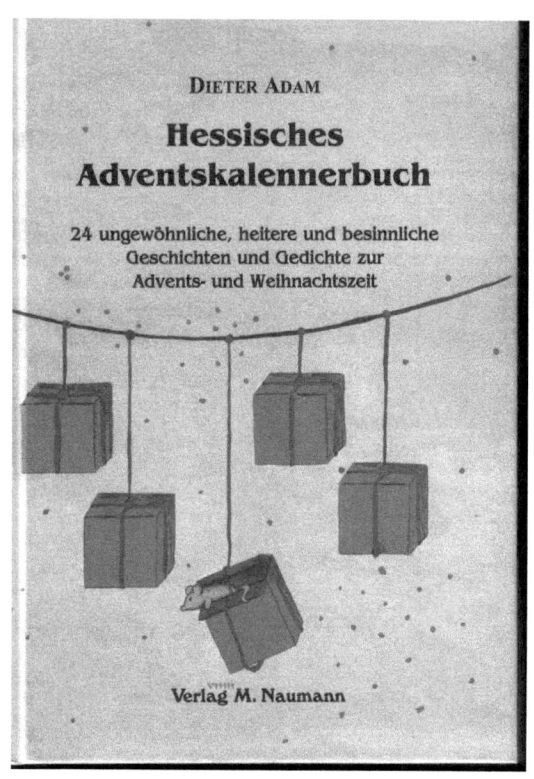

ISBN 3-933575-81-8

bei amazon und überall, wo es Bücher gibt

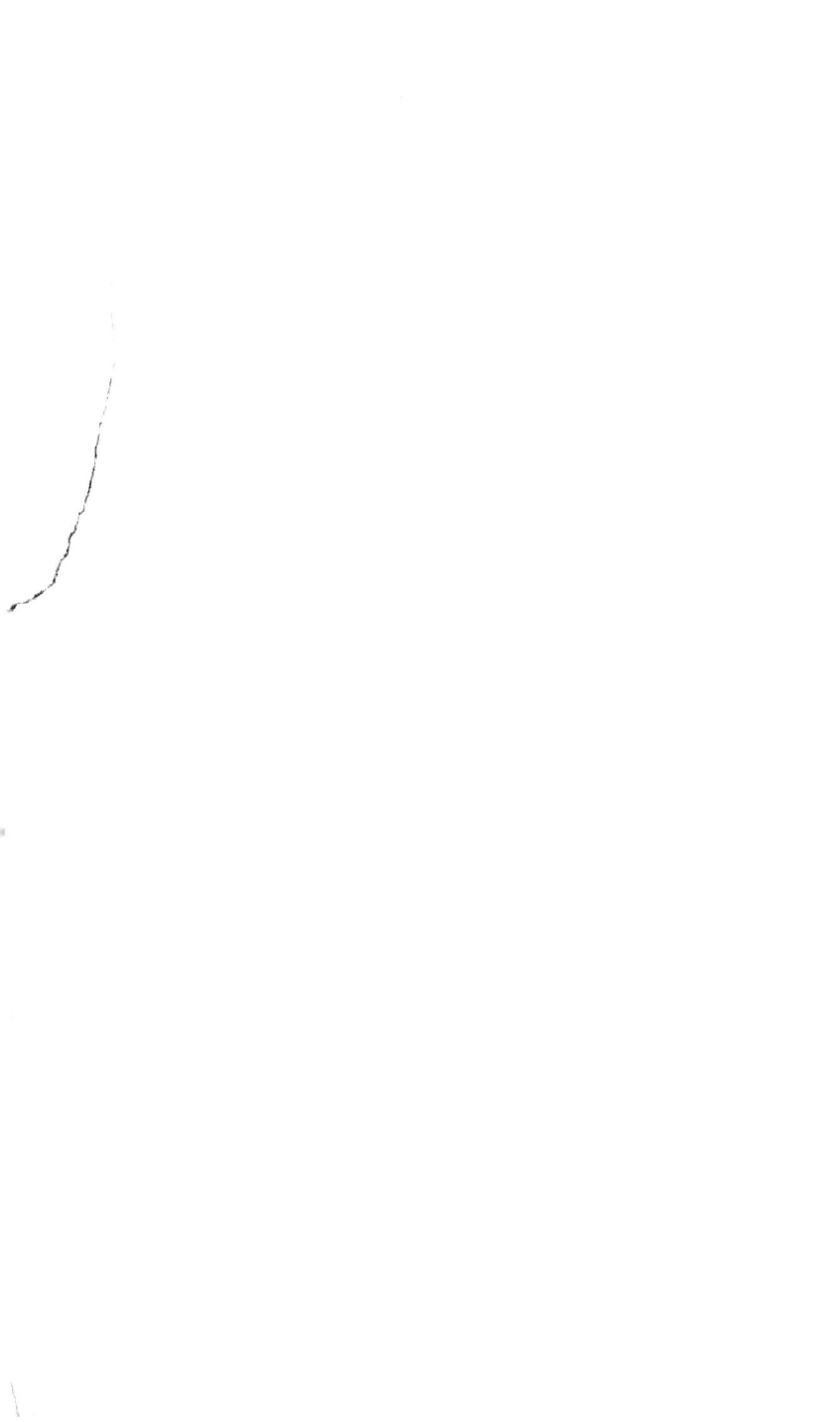